黑暗的明燈

中國現代派與歐洲左翼文藝

Fanal Obscur:

Chinese Modernists
and European Lefist Literature

鄺可怡 著

黑暗的明燈——中國現代派與歐洲左翼文藝

作　　者：鄺可怡

責任編輯：鄒淑樺

封面設計：張毅

出　　版：商務印書館（香港）有限公司
　　　　　香港筲箕灣耀興道 3 號東滙廣場 8 樓
　　　　　http://www.commercialpress.com.hk

發　　行：香港聯合書刊物流有限公司
　　　　　香港新界大埔汀麗路 36 號中華商務印刷大廈 3 字樓

印　　刷：中華商務彩色印刷有限公司
　　　　　香港新界大埔汀麗路 36 號中華商務印刷大廈 14 字樓

版　　次：2017 年 6 月第 1 版第 1 次印刷
　　　　　© 2017 商務印書館（香港）有限公司
　　　　　ISBN 978 962 07 5710 5
　　　　　Printed in Hong Kong

序 語 一

這本學術著作彌足珍貴，為三十年代的左翼文學研究開拓了一個嶄新的世界視野。書中很多資料和觀點，皆發前人之所未發。作為一個研究現代文學的學者，我獲益良多。

本書從幾個學界從未仔細研究過的個案為切入點，把三十年代中國現代派作家和歐洲左翼文學的關係做深入的探討和梳理。重點放在名詩人戴望舒在法國的留學經驗和譯作，將戴望舒在法國參加歐洲左翼運動的來龍去脈，和他對法國左翼文人所做的報導和批評，全盤託出，並細加分析，由此闡明現代派的先鋒派文藝、左翼世界主義、革命運動和話語三者之間的錯綜複雜的關係。

本書作者鄺可怡教授曾在法國留學，深通法文，她從大量法文、英文、俄文和中文資料中梳理出的左翼文學景觀，可謂多采多姿，特別是關於法國（或流亡到法國）的左翼知識份子 —— 如馬爾羅（André Malraux）、紀德（André Gide）、高力里（Bejamin Goriély）、謝而蓋（Victor Serge）—— 的言論和著作的介紹，十分精彩，令人折服。

李歐梵
香港中文大學冼為堅中國文化講座教授

序語 二

　　《黑暗的明燈》探討現代中國文學最具張力的課題：現代主義與馬克思主義的交匯與交鋒。鄺可怡教授呈現了三、四十年代極其複雜的文學、文化、意識形態互動。先鋒與現代，中國與世界，革命與摩登，戰爭與抒情，菁英與大眾，翻譯與創造——種種理念對話、文字實驗銘刻出一個高潮迭起、眾聲喧嘩的時代。

　　鄺可怡教授立足香港，叩問中國與世界現代性的弔詭。全書橫跨不同國家、文化和政治領域，從中國到法國、蘇聯、日本、英國，從革命現實主義到新感覺派，從詩歌到文論，從黨派機構到文學社團。《黑暗的明燈》為現代中文學界首開先例之作，並深入涉獵比較文學、跨文化研究，論證縝密，關懷深遠值得鄭重推薦。

美國哈佛大學 Edward C. Henderson

中國文學暨比較文學講座教授

目　錄

序　黑暗的明燈

　　現代主義和馬克思主義作為二十世紀兩種最具影響力的思潮，如何跨越地域、語言和文化的界限在不同國度相遇？二十世紀中國嚴峻的政治和文學環境又怎樣成就兩種思潮「相遇」的獨特形式？本書藉「黑暗的明燈」（fanal obscur）的矛盾修辭，描述中國現代派作家通過歐美現代主義和左翼文藝的思考，探索自身藝術和政治進路上各種兩難困境。中國「現代派」的指稱早見於三十年代，[1] 所屬作家羣駐足於世界主義和現代都市文明為基礎的城市 —— 同是革命的根據地 —— 上海，他們面向世界追尋藝術和意識形態的先鋒者位置，但經歷大革命的失敗、中國左翼作家聯盟成立和解散、中日戰爭

1　1937 年傅東華在〈十年來的中國文藝〉一文提出「現代派」的形成，以為施蟄存、杜衡、穆時英、葉靈鳳和戴望舒等作家「雖不曾造成一種思潮，卻曾造成了一種特殊的『趣味』。……他們在歷史上各人都本無所隸屬，而由於同在一個刊物 [《現代》] 上做稿，或由私人交誼的比較密切，氣味之比較相投，就彷彿成為了一個集團的模樣。……他們在文藝的趣味上，也確有一個共同之點。」見傅東華：〈十年來的中國文藝〉，《中國新文學大系 1927-1937》第一集・文學理論集一（上海：上海文藝，1987 年），頁 287-288。

爆發等歷史時刻，卻不斷面臨新的政治危機。文學與政治之間關係的探索不再限於口號和宣言，它漸次成為一種艱難、危險的實踐活動。三十年代的中國現代派不僅直接或間接（以日本為中介）與歐美現代主義發生碰撞，作家們同時廣泛接觸國際左翼文藝思潮且深受啟發，借鑑不同地域、傾向各異的左翼文藝發展經驗，審視當下身處的歷史處境，進進退退之間尋求家國與個人在政治和文學探索上的出路。

「黑暗的明燈」同時指向現代性的矛盾本質，意象本身來自被視為現代性論述的主要奠基者——十九世紀法國詩人波德萊爾（Charles Baudelaire, 1821-1867）。當後世學者不遺餘力、抽絲剝繭地分析波德萊爾〈1846 年的沙龍〉（Salon de 1846）和〈現代生活的畫家〉（Le Peintre de la vie moderne）等藝術評論對現代性美學特質的探討，闡述轉瞬即逝的美感經驗如何超越歷史而獲得永恒價值，從而建立「新」的美學準則，[2] 我們便不能忽略波德萊爾對現代性思考本身存在的悖論——詩人呼喚「新之降臨」（l'avènement du neuf）[3] 的同時卻視進步觀念為「黑暗的明燈」，他對現代性作為永恒的自我吞噬和不斷更新的運動表現如此憂慮：「還有一種十

2　Charles Baudelaire, "Salon de 1846," in *Œuvres complètes*,tome II,Édition de Claude Pichois（Nouv. éd.,Paris : Editions Gallimard, coll. Bibliothèque de la Pléiade, 1976）, pp. 493-496;"Le Peintre de la vie moderne," in *Œuvres complètes*,tome II, pp. 683-697.

3　Charles Baudelaire, "Salon de 1845," in *Œuvres complètes*, tome II, p. 407.

分時髦的錯誤，我躲避它猶如躲避地獄。我要說的是關於進步的觀念。這盞黑暗的明燈，是當今哲學詭辯派的發明，它獲得了專利卻沒有自然或神明的擔保，這盞現代的明燈在一切認知對象之上投下了暗影，自由消失了，懲罰不見了。誰想在歷史中看得清楚，必須首先熄滅這盞陰險的明燈（fanal perfide）。[4]」審美現代性自身的矛盾本質，在法蘭西學院的比利時學者貢巴尼翁（Antoine Compagnon, 1950-　）《現代性的五個悖論》（*Les Cinq paradoxes de la modernité*, 1990）一書中得到進一步的闡釋，他認為探討現代性的重點正是其被遮蔽的面孔，即正統敘述難以避免的疑難和矛盾。[5] 貢巴尼翁提出一對由互相對立的詞彙構成的詞組概念——現代傳統（la

---

4　Charles Baudelaire, "Exposition universelle, 1855, Beaux-arts," in *Œuvres complètes*, tome II, p. 580:"Il est encore une erreur forte à la mode, de laquelle je veux me garder comme de l'enfer. — Je veux parler de l'idée du progrès. Ce fanal obscur, invention du philosophisme actuel, breveté sans garantie de la Nature ou de la Divinité, cette lanterne moderne jette des ténèbres sur tous les objets de la connaissance; la liberté s'évanouit, le châtiment disparaît. Qui veut y voir clair dans l'histoire doit avant tout éteindre ce fanal perfide." 中譯參考夏爾・波德萊爾著，郭宏安譯：〈論一八五五年世界博覽會美術部份〉，《美學珍玩》（上海：上海譯文，2009 年），頁 235。筆者對譯文略有修訂。

5　貢巴尼翁通過現代性的五種悖論：新的執迷（le prestige du nouveau）、未來宗教（la religion du future）、理論癖（la manie théoricienne）、大眾文化的召喚（l'appel à la culture de masse）和否定的激情（la passion du reniement），探討現代性的矛盾本質。不難發現，貢巴尼翁有意跟歷來探討現代性的學者進行對話，還針對卡林內斯庫《現代性的五副面孔》（Matei Călinescu, *Five Faces of Modernity*, 1977）的觀點進行論辯。參考 Antoine Compagnon, *Les Cinq Paradoxes de la modernité*(Paris: Le Seuil, 1990), pp. 11-13.

tradition moderne）以討論現代性的歷史發展：「倘若現代傳統這一說法具有某種意義——悖論的意義，那麼這一現代傳統的歷史便是自相矛盾的，是否定性的：它將是一條不通向任何地方的途徑。我們於是啟程，走向現代傳統的自相矛盾的歷史，或者是走向實質上差不多的現代傳統的矛盾史。[6]」現代傳統的悖論史，將是一種充滿漏洞的敘述，一部斷續的編年史，而每種悖論均與現代性發展的關鍵時刻、歷史上的危機時期緊密扣連。跨越歐亞的歷史和文化脈絡，現代性發展遇上的矛盾和挑戰更是越加激烈。

本書聚焦在 1927 年中國大革命失敗至 1945 年第二次世界大戰結束期間各個歷史的關鍵時刻，試圖在世界文藝思潮的宏大版圖之下重構中國現代派與歐洲左翼文藝之間的關係脈絡，揭示中國現代性發展的混雜性（hybridity）和異質性（heterogeneity）特點。我們處理中國與西方的現代主義、左翼文藝的課題，一方面積極擺脫「影響」和「抵抗」兩種關係模式的簡化論述——事實上兩者背後所隱藏東、西方二元對立的觀念以至思維模式，早已備受學者質疑；另一方面，重塑現代派作家編輯活動、創作、翻譯和評論的文本脈絡和歷史情景，突顯他們在每個歷史關鍵時刻之中所面對的困境和抉擇。中國現代派與歐洲左翼文藝的研究，將為跨國的現代

6　Antoine Compagnon, *Les Cinq Paradoxes de la modernité*, p. 8. 中譯參考貢巴尼翁著，周憲、許鈞譯：《現代性的五個悖論》（北京：商務印書館，2005年），頁 4。

主義論述提供另一方向探討其內在的複雜性，亦為「全球化」和「在地化」的左翼文藝研究提供「中國左翼作家聯盟」以外的考察對象，以期開拓相關課題的研究視野。

　　本書全文七章，導言以外分為三個部分，探討中國現代派與歐洲左翼文藝關係的不同面向。首部分從跨文化的角度審視中國現代派如何透過「法語」左翼知識分子的視野，窺探十月革命前後俄蘇文學及文藝理論的發展，並通過翻譯和轉譯的特定文本，為當時由「左聯」主導的中國文壇注入各種有別於蘇共官方意識形態的異質聲音。二十世紀「法語」左翼作為歐洲特殊的左翼文化羣體，匯集了法國、比利時、瑞士以至俄羅斯、波蘭等地流亡法國並以法文寫作的左翼知識分子，正因他們經歷不同的政治處境和個人遭遇，展示的是左翼思想內部多元分化的觀點。本部分的討論分別涉及中、法、俄三地重要的文化中介者（médiateur）：留學法國的中國現代派詩人戴望舒（1905-1950），來自猶太裔俄國傳統家庭而流亡德國、比利時和法國的俄蘇文學評論家高力里（Benjamin Goriély, 1898-1986），以及比利時出生、移居法國的俄裔革命家兼作家謝爾蓋（Victor Serge, 1890-1947）。歷史的機遇讓他們的親身經歷和思考，成為不同文化背景左翼知識分子的參照。俄蘇文學評論《俄羅斯革命中的詩人們》（*Les Poètes dans la révolution russe*, 1934）內部各種思想的競逐，新俄小說《鐵甲車》（*Bronepoyezd 14-69*, 1922）表現的國際主義以及「中國式」的異國情調，都必需重置於整個文學文化生產、翻譯與

傳播的歷史語境，再作審視。

　　第二部分關注歐、亞戰爭語境下中國現代派對戰後法國現代主義、左翼文藝以及其他文藝思潮的解讀。穆杭（Paul Morand, 1888-1976）的寫作一直被視為「中國第一個現代主義小說流派」新感覺派的重要影響來源，[7] 但其小說的異國風情及跨國性元素直接指向戰後歐洲的社會處境，作品更循曲線途徑論述一次大戰本身及戰後的共產主義、社會主義、民主主義等各種思潮。本部分探討作家提倡不與民族主義對抗的「新世界主義」理念及對異國情調在文學應用上的反思，揭示戰後現代主義寫作的內在複雜性，並重塑二十年代至五十年代滬、港兩地刊載穆杭〈六日之夜〉（*La nuit des six jours*, 1924）四種中文翻譯及重譯的語境脈絡，考察小說文本如何從歐洲戰爭進入亞洲歷史的政治鬥爭（大革命失敗以後的上海）、戰爭現實（二戰時期業已淪陷的香港）以及不同美學傾向之間的競爭（港滬兩地的左翼與現代主義思潮）。相對而言，1938 年戴望舒因上海淪陷而避戰南下，利用抗日戰爭時期香港報刊僅餘的文化空間進行「內在抵抗」，翻譯及評論與戰爭主題相關的著作，當中包括法國左翼知識分子馬爾羅（André Malraux, 1901-1976）以及薩特（Jean-Paul Sartre, 1905-1980）同樣針對西班牙內戰(1936-1939)的創作，戰火陰霾之下卻又不忘「詩情」的探索。相關著作對戰爭的思考，通過翻

7　嚴家炎：《中國現代小說流派史》（北京：人民文學，1989 年），頁 125。

譯和評論構成跨越時空的戰爭語境之中另一場深刻的思想對話。

　　第三部分將中國現代派重置於先鋒性（avant-garde）和現代性（modernité）的理論脈絡，通過其普羅文學和都市風景兩種截然不同的書寫，重新探討他們自處的複雜位置。三十年代轉折之際，亦是「左聯」成立的關鍵時期，中國現代派的「作家—譯者—編輯羣」在文學日益政治化的壓力之下出版《新文藝》雜誌（*La Nouvelle littérature*, 1929-1930），通過選譯、引介、評論回應世界各地「新興文藝」的發展。儘管他們以先鋒者的姿態追求藝術和意識形態的革新，但自身參與普羅文學創作的嘗試和失敗，清晰彰顯了政治與藝術之間無法協調的張力和矛盾。另一方面，劉吶鷗（1905-1940）、穆時英（1912-1940）、葉靈鳳（1905-1975）等對都市風景的書寫及以香港作為鄉村自然的隱喻，均透露了中國現代派作家對自身所處位置的定位以及思考角度。此部分將配合近年隱喻研究的新發展，重新檢視現代派小說如何通過自然景物為喻建構都市意象，將陌生的城市景觀納入他們的認知範疇，又或逆向以都市為參照重新定義自然的論述，展示現代經驗轉化的曲折過程以及他們對都市獨特的感知模式。

　　中國現代派與歐洲左翼文藝的研究充滿著革命和學術的激情，視野廣闊，在此特別感謝李歐梵教授一直以來對青年學者的鼓勵，又自 2012 年起推動香港中文大學與台灣中央研

究院文哲研究所每年合辦以「左翼世界主義」為主題的國際學術研討會，讓世界各地關注此議題的學者得以互相交流，激發思考。衷心感謝法國巴黎人文學科研究（Fondation Maison des sciences de l'homme）於 2014 年的訪問邀請，給予學術上多方面的支持。法國國家圖書館（Bibliothèque nationale de France）以及法國巴黎全球猶太人聯盟圖書館（Bibliothèque de l'Alliance israélite universelle）的豐富館藏，更是是次研究不可或缺的資源，感謝館內專業人員的幫忙。此外，特別感謝希維亞‧艾田伯女士（Sylvia Étiemble）讓我查閱並複印其父親法國著名漢學家及比較文學學者雷諾‧艾田伯教授（Réne Étiemble, 1909-2002）與戴望舒之間的信函。本書部份章節曾於《中國文化研究所學報》、《中國現代文學研究叢刊》、《現代中文文學學報》等學術期刊發表，後經多次改寫和修訂，感謝多位匿名評審人的寶貴意見。本書的出版承蒙香港中文大學文學院資助，謹此致謝。又本書為香港研究資助局優配研究金（RGC General Research Fund）資助計劃成果之一（計劃編號 14610515），特此鳴謝香港研究資助局對本研究計劃「三、四十年代中國現代派與法國左翼知識分子」的支持，俾使計劃得以順利完成。

第一章

導言：兩種世界文藝思潮的「相遇」

　　對於我，在資產階級的雜誌裏，我努力分析資產階級思想系統，正面衝擊它。說甚麼左傾或馬克思主義，我才不在乎。列寧老是叮囑我們，如果迎合手段能夠引導到本源上去的話，那就何妨用一用迎合手段。

　　　　　　　　　—— 1934 年 8 月 9 日艾田伯致戴望舒信函[1]

封存七十年的信件

　　著名的法國漢學家、比較文學學者艾田伯（Réne Étiemble, 1909-2002）離世以後，一封收藏超過七十年、由中

1　Letter from Étiemble to Dai Wangshu (10), in Gregory Lee, *Dai Wangshu: The Life and Poetry of a Chinese Modernist*（Hong Kong: The Chinese University Press, 1989), p. 312；艾登伯著，徐仲年譯：〈艾登伯致戴望舒信札 (1933-1935)〉，《新文學史料》1982 年第 2 期，頁 220。此信日期只註明為「星期四」，郵印日期則為 1934 年 8 月 9 日。查郵印日期同為星期四，推斷信件寫於信件寄出當日。

1932-1935 年戴望舒赴法留學。
(藏法國里昂市立圖書館)

國現代派詩人戴望舒在 1934 年 6 月 20 日給他回覆的信函，
終於獲得整理出版。[2] 其中戴望舒詳細評論了法國著名左翼作
家馬爾羅（André Malraux, 1901-1976）以中國革命為主題的小
說《人的狀況》（*La Condition humaine*, 1933）：

<hr />

2　此信的法文原稿，現藏法國國家圖書館「檔案及手稿」部的「雷諾・艾田伯
　　資料庫」（Fonds René Étiemble），編號 NAF 28279。首次整理收入 Muriel
　　Détrie(dir.)，*France-Chine: Quand deux mondes se rencontrent*(Paris:
　　Gallimard, 2004)，pp. 114-115。雖然此書所載三封艾田伯和戴望舒之間的
　　信件（1934 年 6 月 19 日、1934 年 6 月 20 日、1934 年 8 月 9 日）均表示為
　　未出版書信（Correspondence inédite），但事實上 6 月 19 日和 8 月 9 日兩封
　　信函的中文及英文翻譯已於八十年代出版，只有 6 月 20 日這封信的原文及
　　翻譯從未刊載。2005 年北京舉行的「馬爾羅與中國」（Malraux et la Chine）
　　研討會中，兩位學者均注意到相關信件，分別在其論文的前言提及。參考

著名漢學家艾田伯 (Réne Étiemble) 在三十年代與赴法留學的戴望舒合作，向法語讀者譯介中國左翼文學。（攝於 1988 年，圖片來自艾田伯女兒經營的法國出版社 Asiatika 網頁。）

　　馬爾羅已在列寧格勒，您完成了有關他的文章？您願意告訴我它將在哪本雜誌發表？我很想讀這篇文章。我自己也想寫一點有關他的東西，尤其是關於《人的狀況》，但由於欠缺時間及一些必要資料，文章未能寫成。無可置疑，馬爾羅十分友善，擁有難得的寫作才華，但他最大的缺點在於錯誤理解中國革命的精神。看看《人的狀況》的人物，近乎所有人物都是個人主義的知識分子，投身革命亦只是出於個人關係，他們將革命視為一種逃避人類

Zhang Yinde, "La Tentation de Shanghai: espace malrucien et hétérotopie chinoise" et Che Jinshan, "*La Condition humaine* : quel intérêt particulier pour un lecteur chinois," *Présence d'André Malraux: Cahiers de l'Association Amitiés Internationales André Malraux*（Malraux et la Chine. Actes du colloque international de Pékin, 18, 19 et 20 avril, 2005）, n° 5/6（printemps 2006）: 81-104.

1934 年 6 月 19 日艾田伯致函戴望舒，向他透露自己正撰寫有關馬爾羅 (André Malraux) 的評論。（手稿複印自法國國家圖書館）

en ce moment - ne m'a pas encore envoye
la <u>Houille</u> ? - Je vous tiendrai au courant.

Avez vous reçu Commune ? Je n'ai
pu vous en voyer que 2 ex. Car on m'en
a donné 4 et je devais en envoyer un
à Louis Laloy, le seul professeur de chinois
ouvert aux idées neuves et à la Chine
(au autre au directeur des Langues orientales)
révolutionnaire. Hier j'ai décidé avec lui
mon sujet de thèse : quelque chose comme
"Le conte dans la littérature chinoise moderne
Laloy fera l'an. prochain, afin de
faciliter mon travail, un cours sur
la question. — Naturellement je ne
connais aucune bibliographie française qui
puisse m'aider ; je me permettrai, puisque
vous êtes compétent sur ces questions
de vous demander si vous connaissez un
ou deux ouvrages chinois par lesquels je

puisse amorcer mon étude: soit bibliographie
soit travaux désactuels. bien entendu je lirai
en particulier les conteurs révolutionnaires. Halay,
esprit très ouvert et persuadé que la
Chine ne peut se réaliser que par une
révolution de gauche et tout à fait
d'accord. Nous nous sommes aperçus qu'avec
les sinologues parisiens l'étude de Mo Tseu
m'entraînerait en des complications inédites.
Ca c'est plus vivant, me tient à cœur.
J'y travaillerai avec enthousiasme, heureux
de pouvoir faire connaître en France la
vraie Chine artistique et révolutionnaire aujour-
d'hui

A vous, très fraternellement
Brecht

P.S. Mon ami a traduit la nouvelle sans
difficulté. Je la porterai demain à
Paulhan et si l'accepte je vous l'enverrai
pour retouches.

—— Fraternités ——

命運的方法。小說裏沒有一個無產階級的人物擔當
重要角色。所有這些描述都是虛假的，也使中國革
命顯得滑稽可笑。另一方面，近乎所有人物都是歐
化的，或更確切地說是法國化的。這些都予我們中
國人觸目驚心的印象。他避免描寫典型的中國人，
不敢面對上海的無產階級，因為他未能充份理解他
們。結果：他在我們眼前展示的是無政府主義革命
的圖像，屬其他地方的，很遙遠的。[⋯⋯] 總而言
之，馬爾羅是個極具才華的作家，但他沒有能力理
解革命。（他甚至同情托洛斯基！）[3]（筆者自譯）

---

3 Correspondence inédite de Dai Wangshu, Le 20 juin 1934, in Muriel Détrie
（dir.）, *France-Chine: Quand deux mondes se rencontrent*, pp. 114-115 :
"Vous avez donc fini l'article sur Malraux, puisqu'il est déjà à Léningrad ?
Voulez-vous me dire dans quelle revue cet article va être publié ? J'ai envie
de le lire. J'avais mois aussi l'intention d'écrire quelque chose sur lui, surtout
sur *La Condition humaine*, mais je n'ai pas pu le réaliser, faute de temps et de
quelques documents nécessaires. Il est vrai que Malraux est très sympathique
et possède un rare talent d'écrivain. Mais il a le grave défaut d'avoir mal
compris l'esprit révolutionnaire chinois. Regardez un peu les personnages
de *La Condition humaine*. Presque tous sont des intellectuels individualistes
et ne s'attachent à la révolution que par des liens individuels. Ils prennent la
révolution pour un moyen d'échapper à la condition humaine. Pas un seul
personnage de classe prolétarienne, qui joue un rôle important. Tout cela est
faux et rend la révolution chinoise ridicule. D'autre part, presque tous les héros
sont européanisés ou plutôt francisés. Cela nous donne une impression forte
choquante, à nous Chinois. Il évite d'écrire le chinois typique, il n'ose envisager
le prolétariat shanghaïen, parce qu'il ne les connaît pas assez. Résultat: il met
devant nos yeux un tableau de la révolution anarchiste de quelque part, de
très loin. [⋯] En un mot, Malraux est un écrivain de valeur, mais incapable de
comprendre la révolution.（Il a même de la sympathie pour Trotzki !）"

1934 年，還是學生的艾田伯熱忱於中國哲學及文學，正努力學習中文，對於革命進行中的中國充滿好奇，並寄予莫大的關懷。通過法國共產黨《人道報》（L'Humanité, 1904- ）主編瓦揚－古久列（Paul Vaillant-Couturier, 1892-1937）的引介，他認識了來自上海、當時赴法留學的戴望舒。[4] 站在這道龐大的法國左翼知識分子鏡子面前，戴望舒彷彿清晰看見自己作為革命者的身影。他抱持強烈的國族身分認同，藉着第一人稱眾數代詞（「我們」、「我們中國人」）的敘事角度，向艾田伯表述他及其所代表的中國人民對馬爾羅「錯誤理解中國革命的精神」，致使「中國革命顯得滑稽可笑」的不滿。信中批評馬爾羅「同情」俄國革命家及馬克思主義理論家托洛斯基（Leon Trotsky, 1879-1940），就信函發出的時間而言更是針對早前托洛斯基被斯大林（Joseph Stalin, 1878-1953）驅逐出境流亡法

4　Letters from Étiemble（1）and（8）, "Appendix 2, Letters: To, From and Concerning Dai Wangshu," in Gregory Lee, Dai Wangshu, pp. 303, 309-310. 自 1933 年 11 月至 1935 年 1 月期間，艾田伯給戴望舒寄出十八封信函，一直被戴望舒小心保存。八十年代初，施蟄存從戴望舒的遺物裏發現這批信札，交由徐仲年翻譯，並於《新文學史料》發表（參考艾登伯著，徐仲年譯：〈艾登伯致戴望舒信札（1933-1935）〉,《新文學史料》1982 年第 2 期，頁 215-218）。西方學者利大英於 1989 年出版戴望舒研究的英文專著 Dai Wangshu: The Life and Poetry of a Chinese Modernist，直接從法文翻譯了十八封信函，收入該書的附錄。由於信札的中文翻譯誤譯之處甚多，利大英對各信件的撰寫及郵寄日期曾作仔細整理，本文引用的信函內容以利大英的譯本為主。十八封信札的法文原稿影印本，現藏法國國家圖書館「檔案及手稿」部的「雷諾‧艾田伯資料庫」（Fonds René Étiemble），編號 NAF 28279。

國期間，馬爾羅積極維護的行動和言論。[5] 信件發出以前，戴望舒和艾田伯業已合作為法國革命文藝家協會（Association des écrivains et artistes révolutionnaires, AEAR）的機關刊物《公社》（*Commune*, 1933-1939）籌備「革命的中國」（Chine révolutionnaire）專號，向法語讀者介紹中國革命的情況以及革命文學的不同面貌。當時艾田伯深信中國「只能通過左翼革命方能自救」，還因為遇上戴望舒「一位能擺脫官方意見的中國人」而深感高興。[6]

　　二人相遇四十多年以後，艾田伯出版《我信奉毛澤東主義的四十年》（*Quarante ans de mon maoïsme*, 1976），其中介紹戴望舒為「西化並同情共產主義的詩人」（le poète occidentaliste et communisant）。[7] 及後他向首部戴望舒研究的

5　托洛斯基自 1929 年被斯大林驅逐出境至被暗殺的十一年期間，曾移居四個國家：土耳其、法國、挪威和墨西哥。1933 年 7 月，托洛斯基從土耳其流亡至法國，並與馬爾羅秘密會面。他在法國西部城市魯瓦揚（Royan）附近的小鎮聖帕萊（Saint-Palais）隱居養病，期間馬爾羅不僅成為負責其安全的小組成員，日後甚至宣稱是當時為數不多願意公開維護托洛斯基的法國知識分子之一。參考 André Malraux, "Trotzky," *Marianne*, Le 25 avril, 1934, p. 3; André Malraux, "La Réaction ferme l'Europe à Léon Trotsky," *La Vérité*, n° 204（Le 4 mai, 1934）; Robert S. Thornberry, "A Spanish Civil War Polemic: Trotsky versus Malraux," *Twentieth Century Literature*, Vol. 24, No. 3, André Malraux Issue（Autumn, 1978）: 324-325.

6　Letters from Étiemble (8) and (11), in Gregory Lee, *Dai Wangshu*, pp. 309-310, 313.

7　Réne Étiemble, *Quarante ans de mon maoïsme (1934-1974)* (Paris: Gallimard, 1976), p. 17.

英文專著作者利大英（Gregory Lee, 1955- ）憶述年青時遇上的中國詩人，同樣毫不猶豫指出其鮮明的政治取向：他是個嚴酷的、正統的共產主義者（un dur, très orthodoxe）。[8] 誠然，戴望舒對馬爾羅以至托洛斯基的批評，源自自身參與政治活動的個人經驗（二十年代曾與施蟄存、杜衡參加共青團、「跨黨」加入國民黨，還因派發傳單參與宣傳活動被捕）。[9] 艾田伯對戴望舒的理解和判斷，亦建基於三十年代兩人在法國所經歷的歷史處境和政治事件。可以推想，艾田伯的觀點絕對不是當時中國文壇有關「第三種人」論爭之中魯迅以及一眾左翼評論家所能認同。上文所引戴望舒致艾田伯信函，不僅記錄了三十年代中、法兩地知識分子交互鏡像（miroirs-croisés）之中所折射的左翼文人姿態，它還透露了二十世紀跨文化脈絡之下現代主義和左翼思潮之間種種虛實形式的「相遇」（encounters）：當時已因象徵主義詩歌而廣為人知的中國現代派詩人戴望舒，分別與法國左翼知識分子紀德（André Gide, 1869-1951）、馬爾羅和艾田伯在巴黎「相遇」、[10] 西方現代主

8　Letter from Étiemble to G. Lee, 17 June 1983, cited in Gregory Lee, *Dai Wangshu*, p. 34: "Il me parlait jamais de sa vie privée mais de la politique, oui, beaucoup. Il me semblait un dur, très orthodoxe."

9　王文彬：〈戴望舒年表〉，《新文學史料》2005 年 1 期，頁 95-96；黃德志、肖霞：〈施蟄存年表〉，《淮陰師範學院學報》2003 年 1 期，頁 26-27；杜衡：〈在理智與感情底衝突中的十年間〉，《創作的經驗》（上海：天馬書店，1933 年），頁 131-132。

義和馬克思主義進入中國特定的歷史語境並且「相遇」，以至中國現代派在政治思想和文藝思潮的層面上與歐洲左翼不同形式的「相遇」。

相遇、對抗和協商

　　二十世紀現代主義和各種左翼文藝思潮（尤其是馬克思主義）之間的相遇和交鋒，為我們提供了審視兩種本世紀最具影響力、相互差異以至針鋒相對的理論體系內部問題的機會。二、三十年代一場由德國文化孕育的馬克思主義內部有關寫實主義和現代主義美學衝突的反思，正給我們多方向的啟示。美國歷史學家盧恩（Eugene Lunn, 1941-1990）在其經典著作《馬克思主義與現代主義》（*Marxism and Modernism*, 1982）便曾指出，當時盧卡奇（Georg Lukács, 1885-1971）、布萊希特（Bertolt Brecht, 1898-1956）、本雅明（Walter Benjamin, 1892-1940）和阿多諾（Theodor Adorno, 1903-1969）之間的論爭及對抗性論述，不僅呈現馬克思主義與現代主義對抗和相

10　1933 年 3 月 21 日革命文藝家協會商討決議案反抗德國法西斯暴行的會議上，戴望舒親身目睹馬爾羅和紀德慷慨陳詞。其時馬爾羅敘述中國革命的第三部小說《人的狀況》的選節即已在《新法蘭西評論》連載，全書文稿即將付梓，並將為他贏取法國最重要的龔固爾文學獎（Prix Goncourt）。參考 André Malraux, *La Condition humaine*(I) -(VI), *La Nouvelle Revue Française*, n° 232-237, jan-juin 1933; André Malraux, *La Condition humaine*, Paris: Gallimard, 1933; Site littéraire André Malraux, "Biographie détaillée," URL: http://www.malraux. org/index.php/biographie/biodetaillee.html（瀏覽日期：2016 年 8 月 1 日）。

互作用的獨特形式，還首次在二十世紀展示馬克思主義美學
原則較為靈活柔韌的一面，當中不能忽視的正是四位新馬克
思主義者具體的歷史經驗。這包括他們身處柏林、莫斯科、
巴黎和維也納的都市場景，以及他們面對一次大戰爆發、魏
瑪共和國（Weimar Republic）的建立、納粹德國以及蘇聯斯
大林時代的出現等歷史情境的回應，由此構成四人思想的內
在結構和意義。[11] 詹明信（Fredric Jameson, 1934-）認為這
場論爭可被視為歐洲十七世紀古典與現代論爭（Querelle des
anciens et des moderns）的當代演繹，它對理解二十世紀兩種
思潮互相挑戰、互相滲透的發展仍有相當意義。[12]

相對而言，二、三十年代中國現代派與歐洲左翼文藝的
相遇，乃在歐亞兩洲特殊的政治和歷史語境下成為另一重要
課題。本書即以中國現代派為重心，重新考量現代派作家羣
面對國內左翼文藝的擴張以及歐洲左翼思潮跨地域、跨文化
的迅速傳播，如何在高度政治壓力之下的邊緣位置接觸、理
解、介入左翼文藝的發展，並反躬自思就各種政治與文藝傾
向的矛盾尋求協商。他們的編輯活動、翻譯、創作和評論，
均為兩種思潮的相遇和交鋒提供了極不相同的審視機會，可

---

11 Eugene Lunn, *Marxism and Modernism: An Historical Study of Lukács, Brecht, Benjamin and Adorno*（Berkeley: University of California Press, 1982），pp. 1-6.

12 Theodor Adorno, Walter Benjamin, Ernst Bloch, Bertolt Brecht, Georg Lukács, *Aesthetics and Politics*, with an Afterword by Fredric Jameson, London and New York: Verso, 2007.

是相關問題至八十年代始受研究者的關注，[13] 其中或偏重探討
左翼作家對西方現代主義文學主題及技巧的挪用，[14] 或針對個
別現代派作家與「左聯」作家之間的交往、參與左翼文學運動
的情況進行闡述。[15] 本書的分析，將從兩方面探討中國現代派
與歐洲左翼文藝思潮「相遇」的獨特形式。

　　其一，我們強調中國現代派作為「政治先鋒者」和「藝術
先鋒者」的雙重面向，以期突顯他們處身三十年代兩種思潮衝
突之中的自我定位。面對戰爭現實以及國內文藝高度政治化的
發展，中國現代派作家在藝術和政治層面均保持先鋒者激進改
革的姿態，從而構成了他們思想和寫作的內核。本書各章的討

13　例如 1989 年利大英出版的《戴望舒：中國現代主義者的生命和詩歌》，雖然
　　沒有詳細分析戴望舒與歐洲左翼文藝的關係，但有章節專門討論現代派詩人
　　的政治取態，其中亦提及戴望舒部份的法、俄革命及左翼文學翻譯。另外
　　值得關注的是 1984 年梁秉鈞於美國加利福尼亞大學聖地牙哥分校提交比較
　　文學博士學位的論文《對抗的美學：中國詩人中現代主義一代的研究》。雖
　　然其研究對象主要為中國三、四十年代的「九葉派」詩人，但同樣通過比較
　　文學的視野分析戰爭語境之下中國的現代主義詩歌的特殊形態，特別關注
　　他們如何從邊緣位置反抗、回應當時左翼和抗戰的主流文學。參考 Gregory
　　Lee, *Dai Wangshu*; Leung Ping-kwan, *Aesthetics of Opposition: A Study of
　　the Modernist Generation of Chinese Poets, 1936-1949*, Ph.D. Dissertation,
　　University of California, San Diego, 1984.
14　例如張同道：〈火的吶喊與夢的呢喃 —— 三十年代的左翼詩潮與現代主義詩
　　潮〉，《文學評論》1997 年第 1 期，頁 107-117；林虹：〈現代派與左翼文學的
　　疏離與融合〉，《甘肅社會科學》2005 年第 3 期，頁 125-127、255；李洪華：
　　《中國左翼文化思潮與現代主義文學嬗變》，北京：中國社會科學，2012 年。
15　例如黃忠來：〈施蟄存與左翼文學運動〉，《江西社會科學》2001 年第 6 期，頁
　　37-40；楊迎平：〈現代派作家施蟄存的左翼傾向 —— 兼談與魯迅、馮雪峰的
　　交往〉，《魯迅研究月刊》2008 年第 11 期，頁 57-62、39；北塔：〈戴望舒與
　　「左聯」關係始末〉，《現代中文學刊》2010 年第 6 期，頁 42-50。

論，嘗試將中國現代派對歐洲不同傾向左翼文藝思潮的審視及對先鋒性內在矛盾的思考，重新納入「現代性」的論述框架，開拓更寬廣的研究視野。其二，近年學者普遍關注地區語境（local context）與全球語境（global context）辯證關係之下文藝思潮的移植軌跡，跨國性的馬克思主義和跨國性的現代主義研究均提供了歐洲中心論述的反思角度，[16] 學者甚或提出「翻譯的現代性」（translated modernity）及「跨文化現代性」（transcultural modernity）等概念，進一步審視現代性的本質和中國現代主義的發展，相關研究均為是次研究帶來不少啟發。[17] 事實上，中國現代派與歐洲左翼文藝的糾葛，涉足跨越歐亞兩洲歷史文化的龐大版圖。中國現代派作家一方面試圖擺脫受蘇聯或日本無產階級運動影響的中國左翼文藝，另一方面則積極引介

---

16 前人有關跨國性的馬克思主義研究以及跨國性的現代主義研究，對下文分析產生了不少啟發。例如劉康的《馬克思主義與美學：中國馬克思主義美學家和他們的西方同行》即視二十世紀中國左翼知識分子對西方馬克思主義的接受（包括誤讀和扭曲）為馬克思主義內部發展的一支，並由此重新審視西方馬克思主義。又如史書美《現代的誘惑——書寫半殖民地中國的現代主義（1917-1937）》強調跨國現代主義研究之中地區語境的考慮必須先於全球語境，並指出東亞地區或非西方現代主義的發展經驗，能構成西方現代主義論述的補充和挑戰。參考 Kang Liu, *Aesthetics and Marxism: Chinese Aesthetic Marxists and Their Western Contemporaries*, Durham: Duke University Press, 2000; Shu-mei Shih, *The Lure of the Modern: Writing Modernism in Semicolonial China, 1917-1937*, Berkeley, CA: University of California Press, 2001.

17 Lydia H. Liu, *Translingual Practice. Literature, National Culture, and Translated Modernity - China, 1900-1937*, Stanford: Stanford University Press, 1995; Peng Hsiao-yen, *Dandyism and Transcultural Modernity: The Dandy, the Flaneur, and the Translator in 1930s Shanghai*, New York: Routledge (Series: Academia Sinica on East Asia), 2010.

歐洲諸國不同傾向的左翼思潮，參照比對之下提出反思性的論述。本書着重考察中國現代派與歐洲左翼文藝在跨文化場域中的接觸，關注特定文學和理論文本的生成、翻譯和傳播的複雜過程及其牽涉的文化政治。

現代主義者的先鋒姿態

本研究從理論層面強調中國現代派的政治和藝術雙重先鋒性特點，但不論從思想史或藝術運動的發展，對現代主義和先鋒派作出簡單分劃，並不容易。歐洲歷史上的先鋒派來自更廣泛的現代性概念，兩者同樣建基於線性不可逆的時間意識，推崇未來價值而對過去進行激進批評，是以兩種運動的發展軌跡有其相似之處。[18] 然而二者處理的核心問題不盡相同，它們作為中國現代派研究的參照點，探討方向亦有基本性的分別。

「先鋒」作為軍事上的戰爭術語雖可上溯至十七世紀文

---

18 威廉斯身後發表的論文〈先鋒派的政治〉，曾嘗試對現代主義和先鋒派加以區別。威廉斯將現代主義和先鋒派視為十九世紀晚期一場席捲歐洲、具備連續性和內在關聯的運動的不同階段。他主張以那些自覺的、被命名的和自我命名的羣體作為這場運動的關鍵性標誌，從而考察各種藝術運動所構成的現代主義和先鋒派的歷史。他以為這場迅速發展的運動可分成三個主要階段及羣體，現代主義可說是始於第二類型，即從創新的羣體（第一類型）發展為替代的、激進的、創新的實驗藝術家和作家羣體；先鋒派則始於第三類羣體，即完全對抗性的一類，關鍵在於以藝術名義攻擊整個社會秩序和文化秩序。參考 Raymond Williams, "The Politics of the Avant-Garde," in Tony Pinkney (ed.), *The Politics of Modernism: Against the New Conformists*, (London: Verso, 1989), pp. 50-51.

藝復興時期，但至十九世紀此術語的使用方從法國革命的歷史語境轉入文化藝術批評的領域，「先鋒」被清晰運用作為政治、文學藝術、宗教方面進步立場的隱喻。近年學者卡林內斯庫（Matei Calinescu, 1934-2009）通過法語典籍的疏理，修訂不少先鋒派理論者的說法，[19] 指出文化層面上最早引入先鋒概念的乃是法國烏托邦社會主義者聖西門（Henri de Saint-Simon, 1760-1825）及其信徒發表於 1825 年的〈藝術家、學者與工業家對話〉（"L'Artiste, le Savant et l'Industriel. Dialogue"）。[20] 此文的重要性在於揭示馬克思主義文藝理論有關政治與藝術支配從屬關係的思想來源，並指出廣義的藝術家作為先鋒者進行社會改革的自覺性和責任。聖西門認為藝術家擁有文學、繪畫、音樂等不同藝術媒體的「各種武器」向人民傳播新觀念，其藝術力量亦最為「直接」和「迅速」（la plus immédiate et la plus rapide），故應採取最具生命力和決定

---

19 Matei Calinescu, *Five Faces of Modernity: Modernism, Avant-Garde, Decadence, Kitch, Postmodernism* (Durham: Duke University Press, 2003), pp. 100-108.

20 Henri de Saint-Simon, "L'Artiste, le Savant et l'Industriel. Dialogue," *Opinions littéraires, philosophiques et industrielles* (Paris: Galerie de Bossange Père, 1825), pp. 331-392. 此書出版時未見作者姓名，一般認為是法國聖西門的著作，但書前〈說明〉的署名已表示此書由不同作者合作而成。近年論者或認為〈藝術家、學者與工業家對話〉一文乃由聖西門的信徒阿萊維（Léon Halévy, 1802-1883）或羅德里格斯（Olinde Rodrigues, 1795-1851）據其意見撰寫。關於此文的作者問題，參考 Matei Calinescu, *Five Faces of Modernity*, pp. 101-102. 此處不贅。此外，另一位法國烏托邦社會主義者傅立葉（Charles Fourier, 1772-1837）雖然同樣強調藝術的改革力量，但從政治 / 藝術先鋒性論述的建立和發展以及日後與馬克思主義的關係等方面的考慮，本文偏重聖西門的論述。

性的行動（l'action la plus vive et la plus décisive）。因此藝術家被賦予先鋒者的角色，他們更應與學者、工業家組成菁英集團共同進行社會改革運動，此等理念均影響了日後馬克思主義文藝理論的基本觀點。

　　由於藝術家對先鋒者身分和責任的自覺性——即「先鋒」術語在歷史化過程上涵意轉變的重點，他們不論在藝術或政治層面，均具意識地走在時代的尖端。正是這種自覺意識賦予藝術家作為領導者的使命感、權力和責任。〈藝術家、學者與工業家對話〉一文強調了藝術改革社會的政治功能，故此自「先鋒」的軍事比喻被引入文藝批評領域開始，先鋒藝術的概念便無法和政治撇清，兩者之間支配從屬的關係甚至進入進退兩難的困境。藝術的本質，以至它和意識形態先鋒性的矛盾，俱成為先鋒派理論的核心問題。[21] 相對現代性的論述集中處理資產階級現代性（bourgeois modernity）和文化現代性（cultural modernity）分裂和矛盾，本書強調中國現代派作家的先鋒者姿態，以期將他們對於藝術本質與政治關聯、對左翼文藝發展傾向的反覆思考，重新納入我們的研究視野。在「先鋒」概念之下，探討中國現代派的「編輯—譯者—作家羣」，如何積極引介各種思想傾向相異相悖的文藝思潮——包括法國象徵主義、英國頹廢派、日本新感覺派與左翼文藝、俄蘇的未來主義和普羅文學，並通過書寫活動展示政治與藝術雙重先鋒性的探索以及當中的兩難處境。

---

21 Donald D. Egbert, "The Idea of 'Avant-garde' in Arts and Politics," *The American Historical Review* 73.2 (Dec. 1967): 340-344.

文本置換與文化政治

探討兩種文藝思潮的「相遇」，中國現代派作家對歐洲左翼文學和文藝理論的翻譯遂成為重要的研究對象，但這裏強調的是跨文化場域之中文本置換（textual transaction）的複雜過程：歐洲左翼文學及文藝理論原著的寫作和發表（包括通過報刊、雜誌、書藉出版等形式），如何進入中國歷史及文化語境被重新閱讀、翻譯、轉譯、引用、改編，進而被中國現代派作家在自身創作及評論之中再轉化運用。有關方面的探討，從接受研究對影響研究的反撥，文學關係研究重心的轉移，至法國社會學者布爾迪厄（Pierre Bourdieu, 1930-2002）的場域理論針對過往遵循單一的生產和消費原則分析文學生產機制的不足，嘗試重建文學場域（Champs littéraire）的生成法則及與其他場域的關係網，剖析文學作品生產和接受的社會條件，審視作家、文人團體、文藝思潮的發展與特定社會、特定時期的經濟和政治權力關係，都有助揭示文本置換過程的不同面向。[22]

自八十年代以降經過「文化轉向」及配合後殖民理論發展的翻譯研究所誘發的問題意識，均為文本置換過程的考察提供多元的思考角度。翻譯理論學者巴斯奈特（Susan Bassnett, 1945- ）和勒費維爾（André Lefevere, 1945-1996）

---

22 Yves Chevrel, "Les études de réception," in Pierre Brunel et Yves Chevral (dir.), *Précis de littérature comparée* (Paris: Presses Universitaires de France, 1989), pp. 177-214; Pierre Bourdieu, *Les règles de l'art: genèse et structure du champ littéraire*, Paris: Éditions du Seuil, 1992.

強調翻譯操作的基本單位是文化而非詞彙或文本，翻譯與
其他文學批評、文學史、傳記等的撰述都是文本的一種「重
寫」，反映某種意識形態和文學觀念，因此譯文必需重置於
其生產的政治體制與文化脈絡之中加以理解和閱讀。[23] 奠基
於貝爾曼（Antoine Berman, 1942-1991）有關德國學者翻譯思
想中「異的考驗」（L'épreuve de l'étranger）的論述，維努提
（Lawrence Venuti, 1953- ）分割歸化（domesticating）和異化
（foreginizing）兩種二元對立的翻譯方法，主張從事異化翻譯
以豐富譯文的語言及文化，並進一步揭示翻譯作為政治行為
背後隱藏兩種不平等文化勢力之間的權力鬥爭和文化政治策
略。[24]

　　相對論者提出的普遍性原則，本書從不同的個案研究強
調以下若干重點。其一，通過文本置換的過程探討左翼文藝
和政治思想跨越歐亞的傳播，首先需要肯定的正是眾多中國
和歐洲知識分子作為文化中介者的身分和位置。無可置疑，

23　Susan Bassnett, *Translation Studies*, London: Methuen, 1980; Susan
　　Bassnett and André Lefevere, "Introduction: Proust's Grandmother and the
　　Thousand and One Nights: The 'Cultural Turn' in Translation Studies," in
　　Translation, History and Culture (London: Pinter Publishers, 1990), pp.1-13;
　　André Lefevere, *Translation, Rewriting and the Manipulation of Literary Fame*,
　　London: Routledge, 1992.

24　Antoine Berman, *L'épreuve de l'étranger: Culture et traduction dans l'Allemagne
　　romantique: Herder, Goethe, Schlegel, Novalis, Humboldt, Schleiermacher,
　　Hölderlin.* Paris: Gallimard, 1984 ; Lauwrence Venuti, *The Translator's
　　Invisibility: A History of Translation*, New York: Routledge, 1995; Lauwrence
　　Venuti, *The Scandals of Translation: Towards an Ethics of Difference*, New
　　York: Routledge, 1998.

他們對文藝和政治思想的引介和翻譯所牽涉的不僅是詞彙、語句的問題，而是引介和翻譯背後的歷史和文化脈絡。不論二、三十年代施蟄存（1905-2003）、戴望舒、劉吶鷗等針對國內左翼知識分子集中引介蘇聯和日本的無產階級文學，他們刻意翻譯歐洲左翼知識分子有別於正統馬克思主義及蘇共文藝政策指導下的文學創作及文藝理論，為當時的中國左翼文壇注入不同聲音；又或 1934 年戴望舒在巴黎撰寫革命文藝家協會舉行反法西斯會議的報導，其中翻譯紀德的演說卻將他比附為中國的「第三種人」作家從而肯定其文學取向，上述的著譯均需重置於中、法兩地的政治和文化語境之中進行分析。然而，考察文學與哲學概念在跨地域的傳播過程中的演變，依然不可忽略特定詞彙、概念以及文本在原生文化生成、於在地文化接受和轉化的具體情況。如通過戴望舒對法國詩人梵樂希（Paul Valéry, 1871-1945）詩論的翻譯和接受，以及他對一次大戰以後詩情小說的譯介，分析抗日戰爭時期詩人面對國防文學所堅持的詩學理念，其中必需追溯「詩情」等關鍵概念的翻譯。

　　其二，縱然論者強調作家與譯者的書寫行為都受限於特定時期的經濟和政治體制，但他們作為文化中介者本身的能動性亦不容忽視。施蟄存、戴望舒、杜衡（1907-1964）等均曾參考普羅文學的翻譯作品，在中國和日本左翼評論家的指引下嘗試有關方面的創作，卻不曾放棄自身對詩歌結構、人物心理以至都市文明的探索。其三，本研究受惠於近二十年來世界各地學府及圖書館對報刊雜誌電子資料庫的大量開發，但我們同時注

1920 年 11 月 7 日法國左翼報刊《人道報》
首頁以「蘇維埃共和國萬歲！」為題，配
合列寧（左上）和托洛斯基（右上）的圖像，
發表俄羅斯革命三週年紀念文章。

意到不少文學及文獻資料的整理、翻譯和出版，乃由特定的政
治團體加以操控（整理和發表），例如法國共產黨設立加布里
埃・佩里基金會（Fondation Gabriel Péri）出版的雜誌《新創建》
（*Nouvelles FondationS*, 2006-2008），曾翻譯二十世紀無產階級
運動之中俄法兩國聯繫的文件，包括下文提及的「《世界》事
件」（L'Affaire *Monde*）所牽涉法國著名左翼作家巴比塞（Henri
Barbusse, 1873-1935）和蘇聯共產黨、共產國際來往的信函；
又如總部設於巴黎的第四國際（Quatrième Internationale）建立
的「革命者檔案」資料庫（RaDAR）[25]，儲存及整理了大量的

25　Rassembler, diffusser les archives de révolutionnaires（RaDAR），URL: http://
　　www.association-radar.org/ .

左翼報刊和雜誌材料，包括法國國家圖書館也沒收藏的左翼週報《光明》（*Clarté*, 1919-1928）以及《階級鬥爭》（*Lutte de classes*, 1928-1935）。 縱使從後殖民視角審視文獻資源和知識生產背後所牽涉的權力架構並非本書的研究重心，但由此可見跨文化脈絡下左翼文藝研究本身與當代社會的政治及權力網絡就有著糾纏不清的關聯。

I 中國現代派、法語左翼、俄蘇文學

第二章

「俄羅斯革命中的詩人們」的異質聲音

　　憑藉個人記憶，我希望展示不接納革命的作家所採取的姿態，以及尋求與革命重新結合的詩人的探索過程。

　　　　　　　——本雅明・高力里《俄羅斯革命中的詩人們》[1]

Après la conférence des aviateurs russes. On reconnaît, de gauche à droite, notre collaborateur Pierre Hubermont, l'aviateur Tchouknowsky et le professeur Bazanovitch. A l'avant-plan, à gauche, notre ami Jules Messine.

高力里 (Benjamin Goriély) 僅有的公開照片，1929 年 3 月 30 日刊載於比利時社會主義日報《人民》(Le Peuple)。(藏法國巴黎全球猶太人聯盟圖書館。)

1　高力里著，戴望舒譯：《蘇聯文學史話》(香港：林泉居，1941 年)，頁 274。

俄、法、比、中的文化跨越

　　二十世紀三十年代，被視為深受西方現代主義影響的中國現代派作家，既受世界左翼文藝思潮的啟發，又面對國內文學日益政治化、單一化發展的巨大壓力。施蟄存、戴望舒、劉吶鷗等憑藉其外文修養，積極引進歐洲左翼文藝——尤其是「法語」左翼作家及評論家——較為寬廣的政治和文學視野。中國現代派與「法語」左翼文藝思潮的關係，並非從未受到學者的關注，但由於曾留學法國的戴望舒與當時法國左翼作家有直接交往，研究者一般偏重分析他與法國左翼文人的交流活動，並集中討論兩件象徵性的事件：其一，1933 年戴望舒受法國共產黨機關刊物《人道報》主編瓦揚－古久列的邀請，參加革命文藝家協會的會議，及後撰寫〈法國通訊——關於文藝界的反法西斯諦運動〉一文，記述非共產黨員的紀德與無產階級作家合作共同反抗德國法西斯的暴行，更將他比附為法國文壇的「第三種人」，進而批評當時中國文壇的論爭，此事引來魯迅等左翼作家撰文抨擊。[2] 其二，縱然詩人

2　「第三種人」的説法由蘇汶〈關於《文新》與胡秋原的文藝論辯〉一文提出，有關論爭廣泛牽涉不同派別傾向的文人，然而戴望舒在滬時一直保持沉默。直至 1933 年戴望舒身在巴黎，在施蟄存主編的《現代》雜誌發表〈法國通訊——關於文藝界的反法西斯諦運動〉一文，報導 1933 年 3 月 21 日革命文藝家協會商討決議案反抗德國法西斯暴行的會議，強調非共產黨員身份的紀德與無產階級合作反抗法西斯暴行，還故意將紀德比附為法國文壇的「第三種人」，越洋介入當時中國文壇有關「第三種人」的論爭，引來魯迅以及其他左翼評論家猛烈的批評。參考戴望舒：〈法國通訊——關於文藝界的反法西斯諦運動〉，《現代》第 3 卷第 2 期（1933 年 6 月），頁 306-308；魯迅：〈又論「第三種人」〉，《南腔北調集》，載《魯迅全集》第四卷（北京：人民文學，2005 年），頁 531-536。有關「第三種人」論爭的資料，參考蘇汶編：《文藝自由論辯集》，上海：現代書局，1933 年；吉明學、孫露茜編：《三十年代「文藝自由論辯」資料》，上海：上海文藝，1990 年。

1934 年法國革命文藝家協會的機關刊物《公社》(Commune) 出版「革命的中國」專號。

戴望舒與艾田伯合譯丁玲小說《無題》，發表於《公社》第 7、8 期合刊 (1934 年 3-4 月)。

與中國左翼作家聯盟的文藝觀點不盡相同，但同一時期他正與法國左翼知識分子、日後著名的漢學家艾田伯合作為 1934 年第 7、8 期合刊的《公社》雜誌籌備介紹「革命的中國」專號，譯介了丁玲（1904-1986）、張天翼（1906-1985）和彭湃（1896-1929）的著作，[3] 讓「左聯」作家和革命者進入法國讀者的視野。無可置疑，相關

3　Ting Ling(Ding Ling), trad.Tai Van-chou(Dai Wangshu) et Jean Louverné (Synonyme de Réne Étiemble), "Sans titre", "Chant des prisonniers"; Tchang T'ien-yin(Zhang Tianyi), trad.Tai Van-chou, "La Haine"; Pen Pai (Peng Pai), "Extrait d'un journal," *Commune* 7-8(mars-avril, 1934), pp. 687-728. 丁玲：〈無題〉，《文學雜誌》第 1 卷第 34 期（1933 年 8 月），頁 11-16；張天翼：〈仇恨〉，《現代》第 2 卷第 1 期（1932 年 11 月），頁 95-111。〈囚徒之歌〉(Song of Prisoners) 是匿名之作，原著為中文詩歌，另附英文翻譯，載《中國論壇》第 2 卷第 2 期（1933 年 3 月 1 日），頁 16。據艾田伯給戴望舒的信，〈囚徒之歌〉由他翻譯。從原文和法文翻譯的比較可見，艾田伯直接從中文譯出此詩。此外，四十年後他也重新翻譯了張天翼的〈仇

文獻資料被論者廣泛引用及討論，然而正是由於戴望舒與法國左翼作家的密切交往，導致研究者忽略詩人通過翻譯引入「法語」左翼文藝，包括有別於法國的比利時左翼知識分子，以及十月革命後流亡歐洲以法文寫作的俄裔評論者，他們對俄蘇文藝理論及文學發展充滿異質性的觀點。此處所指的異質性（heterogeneity），包括在世界左翼思潮發展之下，一方面以歐洲為重心，細辨「法語」左翼文藝有別

高力里《俄羅斯革命中的詩人們》(Les Poètes dans la révolution russe, 1934)。

於蘇聯文藝政策的地方；另一方面針對亞洲的情況，強調通過翻譯引入的「法語」左翼文藝相異於當時中國左翼文壇的文藝觀點。

以上述的研究為背景，1934 年戴望舒翻譯本身為俄國、法國、比利時三地歷史文化中介者的高力里（Benjamin Goriély, 1898-1986）[4] 以法文撰述的《俄羅斯革命中的詩人們》（*Les Poètes dans la révolution russe*，下稱《詩人們》），就顯得猶為重要。《詩人們》書稿成於 1932 年，[5] 1934 年 3 月由

恨〉，收入《我的毛澤東主義四十年》。參考 Letters from Étiemble（1）and（3），"Appendix 2, Letters: To, From and Concerning Dai Wangshu," in Gregory Lee, *Dai Wangshu*, pp. 303-305; Jean Louverné, "Littérature révolutionnaire chinoise," *Commune* 7-8（mars-avril, 1934）: 682; Réne Étiemble, *Quarante ans de mon maoïsme, 1934-1974*, pp. 37-38, 44-64.

4　Sevtlana Cecovic et Hubert Roland, "Benjamin Goriély（1898-1986）, un médiateur privilégié de la littérature russe," *Slavica bruxellensia*（en ligne）10（2014）, consulté le 3 août 2016. URL: http://slavica.revues.org/1655.

巴黎著名出版社伽利瑪書店（Libairie Garllimard）出版，為當
時出版社引介十月革命前後俄蘇歷史和文學研究的系列叢書
之一。[6]《詩人們》出版以前，高力里已編譯《蘇聯新詩選集》
（*La Poésie nouvelle en U.R.S.S.*）[7] 以及俄國未來主義詩人馬
雅可夫斯基（Vladimir Maïakovsky, 1893-1930）的第一本詩集
《穿褲子的雲》（*Le Nuage en pantalon*）。[8] 二書分別於布魯塞
爾（Bruxelles）和巴黎出版，積極向法語讀者譯介俄國詩歌寫
作的新路向。高力里自言，作為俄國十月革命及文藝運動的
「目擊者」兼「熱心參與者」，無論其親身經歷或對革命以後新

5　1932 年高力里首先將《詩人們》的書稿投寄《歐羅巴》（*Europe*）月刊，因
　　為篇幅太長無法刊登；雜誌編輯蓋埃諾（Jean Guéhenno, 1890-1978）將稿
　　件推薦予《歐羅巴》所屬的列德出版社（Editions Rieder），可惜同樣無法出
　　版。參考 Lettre de Jean Guéhenno à Benjamin Goriély, Le 27 janvier, 1932.
　　Réservé à l'AIU, Fonds Benjamin Goriély, boîte 1, AP 21/II.

6　伽利瑪書店當時籌劃出版「蘇維埃共和國」（U.R.S.S.）和「俄羅斯青年」（Les
　　Jeunes russes）等系列叢書。「蘇維埃共和國」系列包括十月革命前後的文學
　　發展評論，《詩人們》以及勃洛克（Alexander Blok, 1880-1921）的《帝國體
　　制最後的日子》（*Les Derniers jours du régime impérial*）即屬此系列；「俄羅斯
　　青年」系列主要出版十月革命以後新一代作家的小説作品，包括了皮利尼亞
　　克（Boris Pilniak, 1894-1938）的《荒年》（*Golii god*）和伊凡諾夫（Vsevolod
　　Ivanov, 1895-1963）的《鐵甲車》（*Bronepoyezd 14-69*）。詳見伽利瑪出版
　　社的檔案 "Les lettres russes à la NRF" URL: http://www.gallimard.fr/Footer/
　　Ressources/Entretiens-et-documents/Document-Les-lettres-russes-a-la-NRF
　　（瀏覽日期：2016 年 8 月 10 日）。

7　此書為合譯詩集，初版印數只有三十，其中譯介了別濟米安斯基（Alexandre
　　Bezymiensky, 欠生卒年）、克勒伯尼科夫（Velimir Khlebnikov, 1885-1922）、
　　勃洛克、古米廖夫（Nikolaï Goumilev, 1886-1921）、葉賽寧（Sergei Yesenin,
　　1895-1925）、巴斯特納克（Boris Pasternak, 1890-1960）、雅洛夫（Aleksandr
　　Jarov, 1904-1984）、別德內依（Demyan Bedny, 1883-1945）、阿塞耶夫
　　（Nikolaï Aseev, 1889-1963）以及馬雅可夫斯基 6 位詩人合共九首代表作品。
　　參考 Benjamin Goriély et Réne Baert, *La Poésie nouvelle en U.R.S.S.*, Bruxelle:
　　Editions du Canard Sauvage, 1928.

文學發展的介紹，都引起二、三十年代比利時和法國左翼知
識分子的興趣。[9] 他強調《詩人們》憑藉「個人回憶」評述從
1917 年革命爆發至 1932 年蘇共第一個五年計劃結束的詩歌發
展，向西歐讀者展示俄蘇文學尋找與革命結合的曲折道路。
[10] 此書切合當時法國以至整個歐洲對左翼思潮、革命後蘇聯狀
況的關注，出版短短三個月內，已經五度重印。

　　高力里的出身、十月革命的親身經歷以及歐洲流亡的過
程，可說是理解其思想傾向的重要關鍵。[11] 可惜中外學者以至
《詩人們》唯一的中文翻譯者戴望舒，都忽視高力里的多重身

8　Wladimir Maïakovsky, *Le Nuage dans le pantalon*, trad. du russe par B. Goriély et R. Baert et suivi d'autres poèmes traduits par N. Guterman, Paris: Editions Les Revues, 1930. 《穿褲子的雲》法文譯本於 1947 年重刊，書名改為 *Le Nuage en pantalon*，成為現時法文通譯名稱；而馬雅可夫斯基的名字早年拼寫為 Wladimir，後改為法文通用寫法 Vladimir。詳見 Vladimir Maïakovsky, *Le Nuage en pantalon*, trad. du russe et présenté par Benjamin Goriély avec un portrait de l'auteur par Granovsk, Paris: Editions des Portes de France, 1947. 事實上，早於 1926 年，高力里以筆名 Maximov 和阿巴呂（Augustin Habaru, 1898-1944）合作，在比利時共產黨日報《紅旗》（*Le Drapeau Rouge*）發表馬雅可夫斯基〈兩個莫斯科〉（Les deux Moscou）一詩的法文翻譯。參考 Benjamin Goriély, "Quelques souvenirs sur Albert Ayguesparse « Tentatives » et « Prospections »," *Marginals* 100-101（1965）: 7.

9　Benjamin Goriély, "Quelques souvenirs sur Albert Ayguesparse « Tentatives » et « Prospections »," p. 8; Albert Ayguesparse, "De *Tentatives* à *Prospections*," in *Etudes de Littérature française de Belgique offertes à Joseph Hanse pour son 75ᵉ anniversaire*（Bruxelles: Editions Jacques Antoine, 1978）, p. 350.

10　Benjamin Goriély, *Les Poètes dans la révolution russe*（Paris: Librairie Gallimard, 1934）, pp. 7, 201-202.

11　1986 年高力里逝世後，家人將其出生證明書、大學證書、歸化入籍法國的證明書、死亡證等文件，以及私人書信、報刊雜誌的文章剪報、未曾發表的書籍打字文稿、論文手稿、不同語言撰寫的評論和創作等，悉數捐贈法國全球猶太人聯盟圖書館，建立完整的高力里資料庫。本文有關高力里生平資料的考證，得力於這部分的原始材料，下文引用時將特別列出資料編號。另參考

分，因而無法透徹了解他與當時法國和比利時兩地左翼知識分子、左翼報刊雜誌以至整個法語左翼文藝思潮的複雜關係。[12] 現存高力里最為整全的資料，藏於法國巴黎全球猶太人聯盟圖書館（Bibliothèque de l'Alliance israélite universelle）建立的高力里資料庫（Fonds Benjamin Goriély）。據高力里一部接近五百頁篇幅、分為三十章的回憶錄未刊稿《無人能認識他自己的人民》（Nul ne reconnaitra les siens）所述，[13] 他來自猶太裔的傳統俄國家庭，父親早年從莫斯科移居波蘭王國首府。高力里

研究者撰寫高力里詩集前言以及有關其第一任妻子（Hélène Temerson, 1896-1977）的研究：Jacques Eladan, "Préface," in Benjamin Goriély, L'Homme aux outrages, suivi de Mort à Venise et de Conversion à l'amour (Paris: Editions Saint-Germain-des-Prés, 1988), pp. 5-6; Pascake Falek, "Hélène Temerson (1896-1977)：Parcours d'une universitaire juive d'Europe de l'Est," Cahiers de la mémoire contemporaine 9 (2009-2010)：137-167.

12 《詩人們》第一部第一章〈混亂中的作家們〉刊載《文飯小品》時附有 1934 年 4 月譯者和編者分別撰寫的小引，但對高力里的介紹並未提及其出生地；直至 1941 年《詩人們》中譯全文在香港出版，其中〈譯者附記〉才表示作者「一八九八年生於蘇聯」，然而兩種附記也錯誤記述高力里在巴黎完成高等教育。見戴望舒：〈「蘇聯詩壇逸話」小引〉，《文飯小品》第 2 期（1935 年 3 月），頁 45；戴望舒：〈譯者附記〉，載高力里著，戴望舒譯：《蘇聯文學史話》，頁 273。不少研究者，包括第一部戴望舒英文專著的作者利大英以及《戴望舒全集》三卷本（北京：中國青年出版社 1999 年）的主編王文彬，僅指高力里為前蘇聯作家或俄國流亡詩人，並未對其出身及學習經歷作進一步的探討。詳見 Gregory Lee, Dai Wangshu, pp. 43-44；王文彬：〈戴望舒年表〉，頁 99；王文彬：《雨巷中走出的詩人 —— 戴望舒傳論》（北京：商務印書館，2006 年），頁 369。

13 高力里在書中細述自己的家庭背景、從十月革命至六十年代末的人生經歷，甚至他對法國 1968 年「五月風暴」的看法。雖然不少人物事件都與現實生活對應，但也有虛構的成分，最明顯的例子是將第一任妻子的名字海倫娜（Hélène）換成蔓妮亞（Mania）。研究者或將此書視為高力里小說化的自傳（l'autobiographie romancée），從而窺探作者對個別事件的觀點。參考 Benjamin Goriély, Nul ne reconnaitra les siens (tapuscrit), Ch. 9. Réservé à l'AIU, Fonds Benjamin Goriély, boîte 1, AP 21/V; Pascake Falek, "Hélène Temerson (1896-1977)," pp. 137, 141-142.

1898 年 8 月 9 日（儒略曆）生於華沙，[14] 但由於華沙當時受沙皇統治，高力里的母語又是俄語，不論從政治角度還是從文化角度考量，他都被視為原籍俄國。[15] 高力里在青年時期到當時同屬俄羅斯帝國的莫吉廖夫（Mogilev）、哈爾科夫（Kharkov）

14　學者一般認為高力里的出生日期為 1898 年 8 月 22 日，然而各種文件記載卻略有不同，需要進一步釐清。二十年代比利時自由大學頒發高力里的兩份博士候選人證書，其出生日期均記為 1898 年 8 月 22 日；二次大戰期間報刊《戰勝》（*Vaincre*）為他發出的工作證明也標示相同的出生日期。然而 1965 年高力里在法國入籍公民登記中心（Centre d'Etat Civil des Naturalisés）補發的出生證明文件，其出生日期卻記為 1898 年 8 月 21 日。高力里與第三任妻子普魯海（Hélène Prouhet, 1913-1996）的婚姻證明書，在出生日期一欄上寫上兩個日期：1898 年 8 月 9 或 21 日（Le 9/21 août, mil huit cent quatre-vingt dix-huit）；其死亡證所示的出生日期同為 1898 年 8 月 9 或 21 日（Le 9/21 1898）。據文獻資料推斷，由於高力里出生於猶太裔俄國家庭，採用東正教的儒略曆（Julian calendar）記錄出生日期（1898 年 8 月 9 日），但當轉用西歐國家採用的格里高利曆（Gregorian calendar）時，出生日期則表示為 1898 年 8 月 21 日（或推算誤差為 8 月 22 日）。參考 "Diplôme de la candidature en sciences naturelles préparatoire au doctorat en sciences chimiques," délivré par l'Université Libre de Bruxelles, Le 10 octobre, 1923; "Diplôme de la candidature en sciences naturelles préparatoire au doctorat en sciences chimiques," délivré par l'Université Libre de Bruxelles, Le 1 juillet, 1925; "Certificat d'engagement de Benjamin Goriély," délivré par le journal *Vaincre*, Le 19 octobre, 1944; "Extrait de l'Acte de mariage de Benjamin Goriély et de Hélène Prouhet," Le 4 février, 1964; "Extrait de l'Acte de naissance de Benjamin Goriély," certifié par le Centre d'Etat Civil des Naturalisés, Le 26 février, 1965; "Extrait d'acte de décès de Benjamin Goriély," délivrée par le Marie du 15e arrondissement à Paris, Le 1 juillet, 1986.Réservé à l'AIU, Fonds Benjamin Goriély, boîte 1, AP 21/II.

15　高力里的母語是俄語，成年以後才學習波蘭語。連年戰火令波蘭的版圖多次更易，至 1952 年波蘭人民共和國正式成立，六十年代高力里申請歸化入籍法國的文件、補發的出生證明以及婚姻證明書，均標示高力里出生華沙，原籍波蘭。參考 "Décret d'acquisition de la nationalité française de Benjamin Goriély," Le 13 novembre, 1964; "Extrait de l'Acte de mariage de Benjamin Goriély et de Hélène Prouhet," Le 4 février, 1964. Réservé à l'AIU, Fonds Benjamin Goriély, boîte 1, AP 21/II.

以及莫斯科（Moscow）等城市學習。[16]1917 年十月革命期間
參與紅軍及相應的文藝運動，[17] 直至 1920 年才離開俄羅斯，
輾轉在華沙、克拉科夫（Krakow）、但澤（Danzig）等地短暫
生活，最後抵達柏林。[18] 因為種族問題，加上自身嚮往法國的
語言及文化，[19] 兩年後高力里轉赴比利時法語布魯塞爾自由大
學（Université libre de Bruxelles）自然科學學院進修，1929 年
獲化學博士學位，[20]1930 年遷居巴黎。[21] 二十年代中期開始，
這位成長於多國語言及文化背景的知識分子，在布魯塞爾和巴
黎的前衛文藝雜誌上積極發表文章，廣泛結識兩地左翼詩人、
作家和藝術家。他曾參與由法國著名左翼作家巴比塞創辦的
《世界》週報（*Monde*, 1928-1935）的編撰工作，[22] 同時任巴比

16　三地原來同受沙皇統治，隨著 1917 年十月革命俄羅斯帝國瓦解，莫吉廖夫和
　　哈爾科夫分屬白俄羅斯和烏克蘭，兩國先後建立獨立政權，後又歸併入蘇維
　　埃社會主義共和國聯盟。1990 年初蘇聯解體，白俄羅斯、俄羅斯和烏克蘭三
　　國相繼獨立。

17　高力里自言十月革命期間曾報名加入紅軍，詳情見 Maximoff(pseudonyme de
　　Benjamin Goriély), "Souvenirs de la Révolution russe"（V）, *Universitaire*, Le
　　24 mars, 1925。

18　高力里在莫斯科完成中學學習，1920 年首先註冊入讀華沙大學的波蘭語言
　　及文學系，其後轉往克拉科夫大學修讀法律。抵達柏林後，因拒絕經由當時
　　特別的學生組織介紹入讀柏林大學，只在該校旁聽哲學課。參考 Benjamin
　　Goriély, *Nul ne reconnaitra les siens*, Ch. 9 et Ch. 10.

19　Benjamin Goriély, *Nul ne reconnaitra les siens*, p. 168: "J'avais toujours rêvé
　　d'étudier dans un pays de langue française, … la Belgique ou la France c'était
　　la même chose: on y parlait la même langue et c'était la même civilisation."

20　Pascake Falek, "Hélène Temerson（1896-1977）," p. 148.

21　雖然高力里早於 1930 年移居巴黎，但直至 1964 年方入籍法國。參考"Décret
　　d'Acquisition de la nationalité française de Benjamin Goriély," Le 13 novembre,
　　1964. Réservé à l'AIU, Fonds Benjamin Goriély, boîte 1, AP 21/II.

塞、阿拉貢（Louis Aragon, 1897-1982）、羅曼・羅蘭（Romain
Rolland, 1866-1944）和瓦揚－古久列等主編的革命文藝家協會
機關刊物《公社》的撰稿員。[23]

　　關於高力里的個人經歷和歷史背景，有兩方面值得關
注。就思想立場而言，高力里對共產主義思想的嚮往除受到
十月革命的思潮影響外，更是源自個人政治危機。一次大戰
以後，反猶太主義（antisémitisme）在波蘭、俄蘇以至德國
等地蔓延，高力里判斷，只有共產主義思想體系（l'idéologie
communiste）方可與之抗衡，[24] 故此他早於少年時期已參與
青年共產黨員在華沙組織的活動，甚至在一次活動中認識其
妻蒂默生（Hélène Temerson, 1896-1977）。[25] 其次，從歐洲

22　法國左翼週報《世界》由巴比塞於 1928 年 6 月創辦，也隨著他的逝世於
　　1935 年 12 月停刊。《世界》週報有別於 1944 年創刊的《世界》日報（*Le
　　Monde*）。

23　高力里曾在《公社》雜誌發表俄國文學評論、小説創作和書評，參考
　　Benjamin Goriely, "Lenin dans la poésie," *Commune* 5-6（janvier-février,
　　1934）: 500-503; "Visite au Ministre"（Extrait d'un roman à paraitre: "A
　　la recherche du héros"）, *Commune* 10（juin 1934）: 1094-1097; "Livres:
　　Une Femme par Edouard Peisson," *Commune* 16（décembre 1934）: 356-
　　357; "Livres: Vladimir Boutchik - *Bibliographie des œuvres littéraires russes
　　traduites en français*. Librairie régionaliste," *Commune* 17（janvier 1935）:
　　908-909; "Livres: *Dix ans plus tard*（*Une nouvelle lecture de Marcel Proust*）
　　par Léon Pierre-Quint," *Commune* 31（mars 1936）: 893-895。

24　Benjamin Goriély, *Nul ne reconnaitra les siens*, p. 55: "Dès le début de la
　　révolution d'octobre, j'avais cru que le communisme vaincrait l'injustice. . . .
　　Je m'intéressais plus à la question juive car je croyais à sa disposition grâce
　　au communisme." 高力里回憶早年沙皇為轉移革命者視線，在基輔對猶太人
　　進行大屠殺，其父母亦因此離開該地。當時高力里深信共產主義能改變反猶
　　太教的不公平處境。參考 Benjamin Goriély, *Nul ne reconnaitra les siens*, pp.
　　55-68.

法國著名左翼作家巴比塞 (Henri Barbusse, 1873-1935)。(網絡圖片)

左翼思想史的發展考察，高力里對俄、法兩種語言文化深厚
的認知，開啟了他日後政治和文學的寫作專業，也引導他進
入俄、比、法等地左翼知識分子之間的思想對話。高力里定
居巴黎以後撰寫的《詩人們》，不僅向西歐讀者評述革命時
期的俄國文學，更力圖通過意象派、未來派和初期無產階級
作家羣的寫作，探討個人主義（l'individualisme）和個人性
（l'individualité）的矛盾概念、個人主義和革命的微妙關係，

---

25 蒂默生與高力里 1920 年結婚，翌年 1 月 8 日在柏林誕下兒子佐治‧高力里
（George Goriély, 1921-1998），因為經濟問題聽從高力里父母的建議，獨自
帶兒子回到波蘭弗沃茨瓦韋克（Wloclawek）自己父母的家。1922 年二人再
在布魯塞爾重聚，至 1926 年才接兒子到比利時共同生活。其後高力里跟蒂
默生分離，1930 年遷居巴黎，至五十年代才與他們重新聯絡。高力里離婚後
在法國兩度再婚，分別於 1939 年與嘉華斯嘉（Ewa Kowalska, d. 1962）以及
1964 年與普魯海成婚。參考 Pascake Falek, "Hélène Temerson (1896-1977),"
pp. 141-143; Benjamin Goriély, *Nul ne reconnaitra les siens*, Ch. 10; "Extrait
de l'Acte de marriage de Benjamin Goriély et de Hélène Prouhet," Le 4 février,
1964. Réservé à l'AIU, Fonds Benjamin Goriély, boîte 1, AP 21/V.

以及個人主義進入革命後集團主義社會的獨有形態。當中不少論述與蘇共和共產國際（又稱「第三國際」）的觀點相左，但對當時比、法兩國左翼文人的討論卻有所回應。因此，分析《詩人們》，必需配合三十年代整個「法語」和蘇聯左翼政治及文化運動，方能展現其中多維度的思想交鋒。

　　《詩人們》所隱藏左翼政治思潮下不同文藝取向之間的競爭和對話，隨着此書中譯本的出版及傳播，進入另一重複雜的歷史語境：中國三、四十年代的左翼文壇。二十年代末期以來，中國左翼作家受日本無產階級運動的影響，從日文大量轉譯俄蘇文學、蘇共文藝政策及文藝理論。相對而言，現代派作家努力通過歐洲左翼文人的視野，理解蘇聯以至國際左翼文化運動的發展。1934 年戴望舒翻譯《詩人們》之時正留學法國，其時他已發表名作〈雨巷〉，並因為象徵派詩歌的創作而廣為人知。戴望舒秉持先鋒者的姿態，反覆審視詩人加入無產階級革命、進行普羅文學創作的兩難處境。離國以前，戴望舒已經投身俄蘇文學和馬克思主義文藝理論的翻譯工作，他與現代派「作家—譯者—編輯羣」共同主編的文藝雜誌《新文藝》亦曾大量譯介普羅文學的作品及評論。赴法以後，戴望舒藉着與法國左翼文人直接交往，深入瞭解歐洲左翼政治及文化處境，希望借鑑國外經驗，反省中國無產階級運動以及普羅文學的發展。縱然戴望舒一直忽略《詩人們》原著作者複雜的身分背景，但依然意識到高力里評述革命時期俄蘇文學的觀點跟當時中、日左翼評論之間的差異。戴望舒讚揚《詩人們》作出「公正無私」的論述，並肯定它有關文學與政治關係的分析。[26] 他一方面嘗

巴比塞創辦的法語國際左翼週報《世界》(Monde) 第 344 期 (1935 年 7 月 14 日) 封頁。

試通過《詩人們》的翻譯為當時由「左聯」主導的中國文壇打開一扇窗戶，引入歐洲不同傾向的左翼文藝思潮；另一方面，他也力圖呈現俄國象徵派、意象派、未來派等現代主義思潮之下詩人參與革命的多重探索，以此作為中國現代派詩人面對兩難處境的參照。

　　下文首先根據二、三十年代「法語」左翼報刊和雜誌資料，以及近年出版法國左翼作家與蘇共政治及文藝機關聯繫的信函，分析比、法兩地左翼知識分子對無產階級文藝的不同觀點，並深入探討《詩人們》各種有別於蘇共官方意識形態的論述。其次探討戴望舒如何從「法語」左翼知識分子的視野引介俄蘇左翼文學及文藝理論，又如何通過他們的觀點反思中國現代派詩人的個人和歷史處境。最後將探討從 1934 年至 1941 年間，《詩人們》中文翻譯分為五個階段在滬、港兩地的出版過程，以及此書進入抗日戰爭的歷史語境後產生的獨特情態。

26　戴望舒：〈譯者附記〉，載高力里著，戴望舒譯：《蘇聯文學史話》，頁 274-275。

高力里《詩人們》與法語左翼文藝

　　高力里認為二、三十年代歐洲知識分子既為俄國十月革命所帶來的思想和社會變革而着迷，卻同時對共產主義的擴張產生不少疑慮。不同思想體系和歷史發展、各種新生概念和制度之間的辯論爭持不休：馬克思主義和資本主義、歷史唯物主義和歷史辯證法、布爾喬亞（bourgeoisie）和普羅列塔利亞（prolétariat）、俄國內戰時期「紅色恐怖」和「白色恐怖」、民主制度與專制統治、文學和革命。[27] 在思想和社會衝突尖銳的歷史時刻，十月革命固然影響高力里對上述問題的思考，但他日後更從德、比、法等地的生活經驗，獲得語言和文化上的審視距離。高力里早在比利時讀書時期，已經投入左翼文藝的工作，二十年代曾以多種筆名在比利時共產黨日報《紅旗》（*Le Drapeau Rouge*）[28]、社會主義報刊《教育界》（*L'Universitaire*）[29] 以及《最新新聞》（*Les Dernières nouvelles*）[30] 等發表有關俄國革命與文藝的文章。此外，從布魯塞爾的文藝週報《紅與黑》（*Le Rouge et le noir*）[31] 以至各種

27　Benjamin Goriély, "Quelques souvenirs sur Albert Ayguesparse《Tentatives》et 《Prospections》," p. 8.

28　參考 Bengor, "Après la glorieuse épopée du 'Krassine' Samoilovitch et Tchouknovsky furent longuement acclamés jeudi soir, à Bruxelles," *Le Drapeau Rouge*, Le 30 mars, 1929; Bengor, "Art populaire," *ibid.*, Le 19 juin, 1929.

29　參考 Maximoff, "Souvenirs de la Révolution russe"（I-VI）, *Universitaire*, du 20 au 25 mars, 1925.

30　參考 J. B., "Les soixantième anniversaire de Maxime Gorki," *Les Dernières nouvelles*, 1928; *idem*, "Que devient la poésie russe?"（I-IV）, *ibid.*, mars-avril, 1929.

31　參考 Benjamin Goriély, "Vendeuses de fleurs"（La Fuite en carrousel）, *Le Rouge et le noir*, Le 10 juin, 1931.

先鋒雜誌《試驗》（*Tentatives*）、《勘探》（*Prospections*）和《前衛》（*Avant-Poste*）等，高力里得以理解比、法知識分子對共產主義思想及普羅文學非教條式的探討，藉此審視俄國革命文學的發展。

（一）多元分化的法國左翼文壇

　　窺探革命時期俄國詩歌發展的《詩人們》，保留了一則往後有關無產階級文化運動的討論也鮮有提及的文獻資料。1920 年，莫斯科舉行共產國際第二次會議期間，蘇聯無產階級文化運動主要理論家波格達諾夫（Aleksandr Bogdanov, 1873-1928）所領導的無產階級文化協會（Proletkult）中央委員會，邀請法國社會主義者勒弗夫爾（Raymond Lefèvre, 1891-1920）聯同英、德、奧、意、比、美、瑞士、挪威、俄羅斯等十國代表，組成國際無產階級文化協會。[32] 8 月 12 日，他們發出〈全世界無產階級的兄弟〉（"Frères prolétaires du monde entire"）的徵召，其中比較了當時俄羅斯和歐洲無產階級文化的發展情況：

> 藝術 —— 一首無產階級的詩，一部小説，一個歌，一個音樂作品，一篇劇曲 —— 表現着一個非常有力的宣傳方法。藝術組織情感，正如觀念底宣傳組織思想。藝術用着和觀念決定意志同樣的力量決

32　《蘇聯文學史話》誤譯為「六個國家的代表」（頁 129）。另外參考 Benjamin Goriély, *Les Poètes dans la révolution russe*, p. 122.

定着意志。……在教育的觀點看起來，歐洲的無產者
是比他們的俄羅斯的同志們優越。因此，在西歐的
各國中，無產階級的文化會發展得更有成功。但是
這並不是一個競爭的問題，卻是要在一個社會主義
的文化底友誼的建設中互相幫助。[33]

雖然國際無產階級文化協會最終沒有成立，但這篇宣言留
下令人深思的觀點。從國民教育程度推想各國無產階級文
化的發展，可能無法全面比較俄羅斯與西歐國家具體情況
的差異。但自 1920 年以來，法國共產黨（Parti communiste
français）的成立以至國內左翼文化運動的發展，的確深受法
國知識分子、作家和藝術家的個性、文藝觀點和政治判斷所
影響。

　　從政治組織以至文化領導而言，法國共產黨對無產階
級文藝的推行都無法跟蘇聯的情況相提並論。首先，正如學
者指出，蘇聯共產黨手握實質政治權力，執行文藝政策，監
控無產階級文學的寫作。相反，法國共產黨只是布爾喬亞社

33　Benjamin Goriély, *Les Poètes dans la révolution russe*, pp. 122-123: "L'art -
un poème prolétarien, un roman, une chanson, une œuvre musicale, une pièce
de théâtre - présente un moyen de propagande d'une énorme puissance.
L'art organise le sentiment de même que la propagande des idées organise la
pensée. L'art définit la volonté avec la même force que le font les idées. . . . Au
point de vue de l'instruction, les prolétaires d'Europe sont supérieurs à leurs
camarades russes. Aussi, dans les pays d'Occident, la culture prolétarienne
s'épanouira-t-elle avec plus de succès. Mais il ne s'agit pas de rivaliser, mais
de s'entr'aider dans la construction fraternelle d'une culture socialiste." 中譯
見高力里著，戴望舒譯：《蘇聯文學史話》，頁 130。

會中單獨存在的共產主義組織，勢孤力弱，二者面對的政治
處境和當前問題有基本分別。其次，一次大戰以後，法國共
產黨未能掌握有效方法主導法國文壇。二十年代初期，其機
關刊物《人道報》還沒有積極推擴普羅文學的創作或評論，
文學批評甚至依舊着重風格和品味等傳統審美原則。[34] 直至
1932 年，在莫斯科成立的國際革命作家聯盟（Meždunarodnoe
Ob"edinenie revoljucionnyh pisatelej）要求下，瓦揚－古久列、
摩西納克（Léon Moussinac, 1890-1964）、必爾德拉克（Charles
Vildrac, 1882-1971）、茹 爾 丹（Francis Jourdain, 1876-1958）
等左翼文人才合作成立法國的革命文藝家協會，通過組織加
強革命文學家與藝術家之間的聯繫，促進無產階級文化的發
展。[35] 但當德國法西斯主義的威脅日漸逼近，有關組織為了吸
納不同階層的人民參與，放棄嚴格執行蘇共的文藝政策。他
們團結和平主義者、人道主義者以及不同政治傾向人士，共
同反抗法西斯主義以至所有帝國主義的暴行。[36] 正如 1933 年

34　Jean-Pierre Bernard, "Le Parti communiste français et les problèmes littéraires
　　（1920-1939），" *Revue française de science politique* 3（1967）: 520-523.

35　"Manifeste de l'Association des écrivains et artistes révolutionnaires,"
　　L'Humanité, Le 22 mars, 1932, p. 4.

36　事實上，法國革命文藝家協會機關刊物《公社》的編委會本身就包括了不
　　同政治傾向的人士，例如當時屬激進主義的貝哈爾（Emmanuel Berl, 1892-
　　1976）。有關三十年代法國左翼文學和文化多元分化的發展，可參考 Philippe
　　Poirrier, "Culture nationale et antifascisme au sein de la gauche française
　　（1934-1939），" *Antifascisme et nation. Les gauches européennes au temps
　　du Front populaire*, sous la direction de Serge Wolikow et Annie Ruget（Dijon:
　　Editions universitaires de Dijon, 1998），pp. 239-247; Jean-Pierre Bernard, "Le
　　Parti communiste français et les problèmes littéraires（1920-1939），" p. 525.

革命文藝家協會為此召開的一次大會上，[37] 瓦揚－古久列呼
籲各界組成聯合陣線，左翼作家紀德亦主張以國際公共利益
為首要：「事情是在乎和德國被壓迫者聯合起來；事情第一在
乎在我們之間聯合起來。我想一切將發言的人們都感到這點
罷；我希望他們格外關心於那使我們今天聚在一起的公共的
國際的利害，而丟開了一切可以引起內訌的動機。[38]」相對於
受蘇共嚴格控制的文藝環境，三十年代初法國文壇仍普遍接
納非革命路線的社會民主主義（la social-démocratie）、傾向暴
力革命的共產主義，以至各種互相對立的左翼思潮。此時高
力里從布魯塞爾（Bruxelles）移居巴黎，醞釀《詩人們》的寫
作。高力里在比、法期間與兩位左翼知識分子緊密合作：一
生捍衛蘇維埃共和國、備受列寧稱頌的法國小說家巴比塞，

37　1933 年 3 月 21 日，法國革命文藝家協會為反抗德國法西斯主義者的壓
　　迫，在大東方講堂（La Salle du Grand-Orient）召開了一次大會，邀請紀德
　　以及一眾著名左翼文化人士發言，其中包括作家達比（Eugène Dabit, 1898-
　　1936）和馬爾羅（André Malraux, 1901-1976）、超現實主義詩人愛呂亞（Paul
　　Éluard, 1859-1952）、畫家奧占芳（Amédée Ozenfant, 1886-1966）和茹爾
　　丹、《歐羅巴》月刊主編蓋埃諾（Jean Guéhenno, 1890-1978）、國際反猶太
　　主義聯盟（Ligue Internationale Contre l'Antisémitisme）主席勒加希（Bernard
　　Lecache, 1895-1968）。會議由瓦揚－古久列作最後總結。參考 "André Gide
　　parle: La Presse se tait" et "A l'appel de l'Association des écrivains et artistes
　　révolutionnaires," L'Humanité, Le 23 mars, 1933, pp. 1-2.
38　"A l'appel de l'Association des écrivains et artistes révolutionnaires," p. 2: "Il
　　s'agit, par-delà les frontières, de maintenir l'union avec les opprimés d'outre-
　　Rhin; il importe d'abord de la maintenir parmi nous. Je pense que tous ceux
　　qui vont parler le sentent; j'espère qu'ils tiendront à cœur de préférer l'intérêt
　　commun et international qui nous assemble à tout ce qui pourrait être motif de
　　dissension." 中譯參考戴望舒：〈法國通訊 —— 關於文藝界的反法西斯諦運
　　動〉，頁 307-308。

積極參與革命行動、二次大戰為納粹黨迫害致死的比利時詩人兼翻譯家阿巴呂（Augustin Habaru, 1898-1944）。[39] 研究他們三人合作編撰的《世界》週報，將可進一步探討三十年代法語左翼的政治和文化，如何跟蘇共文藝政策保持距離，為法語左翼作家提供不同思考角度，審視共產主義思想的合理性以至普羅文學創作的可能。

（二）比、法左翼與蘇共的矛盾：《世界》事件

　　高力里得到阿巴呂和另一位比利時詩人埃蓋思帕斯（Albert Ayguesparse, 1900-1996）的引薦，加入巴比塞於 1928 年創辦的《世界》週報，負責編輯撰寫工作。[40] 自創刊以來，《世界》旗幟鮮明地表達政治中立（la neutralité politique）和國際主義（l'internationalisme）兩方面的訴求，然而與當時蘇共的文藝政策未能協調。巴比塞曾多次宣稱，《世界》在經濟和意識形態兩方面都不從屬任何團體或政黨，週報主要為工人階級和知識分子報導國內外的文學、藝術、科學、經濟和政治等各方面訊息，推動法國以至國際左翼政治及文化運動，致力成為當時最具影響力的國際左翼刊物。《世界》的指導委員會（Comité directeur）成員來自世界各地，包括蘇聯小

39　1898 年阿巴呂於比利時阿爾隆（Arlon）出生，青年時期加入比利時共產黨，三十年代遷居巴黎。參考 Yves Farge, *Vie et mort d'Augustin Habaru: 1898-1944*, Préface d'Yves Farge et dessins de Franz Masereel, Paris: Editions Prolibros, 1947.

40　Benjamin Goriély, "Quelques souvenirs sur Albert Ayguesparse « Tentatives » et « Prospections »," pp. 8-9.

説家高爾基（Maxim Gorky, 1868-1936）、美國左翼作家辛克萊
（Upton Sinclair, 1878-1968）和西班牙詩人烏納穆諾（Miguel
de Unamuno, 1864-1936）等，創刊號更詳列一百五十多名國
際協作者的名單。創刊後半年週報每期銷量已達五萬份，擁
有固定的讀者羣。[41]追溯巴比塞在1919至1921年間主編的《光
明》（*Clarté*, 1919-1928），其實他早已強調雜誌在國際主義、
和平主義、共產主義三方面的思想取向，從而推動「光明運
動」（Le mouvement *Clarté*）爭取各地進步作家共同參與。可
惜其後週報偏重宣傳共產主義革命，對此巴比塞與其他編委
會成員意見不合，因而離開。[42]由於這次經驗，當巴比塞再次
籌辦左翼週報《世界》，即鋭意加強控制刊物。一方面堅持《世
界》政治中立的立場，不參與任何革命行動；另一方面則成
立「《世界》之友」（Amis de *Monde*），組織各地對社會改革理

41　Guessler Normand, "Henri Barbusse and His *Monde*（1928-35）: Progeny of
the Clarté Movement and the Review *Clarté*," *Journal of Contemporary History*
11, no. 23（July 1976）: 173-179.

42　1921年起巴比塞與《光明》編委會成員意見日益分歧，週報不久便停刊。
同年11月《光明》重組再刊，巴比塞雖保留編輯職稱，但週報由少數法國
共產黨黨員主導。最後，巴比塞於1923年辭退週報所有職務。1927年，
《光明》在納維勒（Pierre Naville, 1903-1993）指導下發展成為托洛斯基派
（Trotskyite）的刊物，並於1928年2月改名為《階級鬥爭》（*La Lutte de
classes*）。納維勒曾發文批評巴比塞主編的《世界》週報不單偏離共產主義
和社會民主主義的路線，更是為小資產階級服務的政治和文學刊物。參考
Pierre Naville, "*Monde* à l'envers," *La Lutte de classes* 20（April, 1934）: 299-
303；Nicole Racine, "The Clarté Movement in France, 1919-21," *Journal of
Contemporary History* 2, no. 2（April 1967）: 205-208；Alain Cuénot, "Clarté
(1919-1928): du refus de la guerre à la révolution," *Cahier histoire* 123 (2014):
115-136.

念相近的讀者，增強雜誌對國際左翼文化運動的影響力。[43]

近年莫斯科公開 1929 至 1930 年間巴比塞和蘇聯共產黨、共產國際就《世界》週報的政治傾向而展開論爭的信函文件——後稱「《世界》事件」（L'Affaire *Monde*），它們清晰透露了二者在宣揚革命思想以及普羅文學寫作的觀點上有明顯分歧。[44] 對巴比塞而言，引領羣眾關注社會主義學說，又或探討社會民主主義者和共產主義者對相關學說的不同觀點，最佳方法莫如將問題置諸互相矛盾的辯論之中。《世界》週報自 1928 年 8 月開始設立專欄，每期以調查形式讓不同階層、不同政治背景的讀者，就指定的社會和文藝議題發表意見，從而引起廣泛討論。《世界》作為非共產黨刊物，更是吸引當時共產主義者以外廣大羣眾的理想平台。[45] 可是，《世界》有關社會主義學說危機（la crise doctrinale du socialisme）和普羅文學兩大議題的討論，引來蘇共的強烈不滿。他們指責《世界》

43 Henri Barbusse, "'Monde' et les partis," *Monde*, Le 1 novembre, 1930, p. 3.

44 2002 年，由俄羅斯科學院世界文學學院、俄羅斯檔案聯邦政府服務中心、國家文藝檔案中心合編的《作家的對話：二十世紀法俄文化關係史 1920-1970》（*Dialog pisatelej: iz istorii russko-francuzskih kul'turnyh svjazej XX veka 1920-1970; Dialogue d'écrivains: pages d'histoire des relations culturelles franco-russes au XX siècle 1920-1970*）一書在莫斯科出版，其中「共產國際檔案」收錄了「《世界》事件」的文檔。部分以法文撰寫及從俄文翻譯的資料，在法國共產黨所設立加布里埃・佩里基金會（Fondation Gabriel Péri）的刊物轉載。參考 Bernard Frederick, "Archive 'L' affaire *Monde*' 1929-1930: Confrontation entre Henri Barbusse et le Komintern," *Nouvelles FondationS*, Trimestriel 2（juillet 2006）: 158-159.

45 巴比塞的信中多次重申《世界》週報開設調查欄目的用心。參考 "Henri Barbusse à B. A. Pessis"（Le 23 février, 1930）et "Henri Barbusse au secrétariat du MBRL"（Le 21 juin, 1930），*Nouvelles FondationS*, Trimestriel 2（juillet 2006）: 164-65, 167-169.

偏向刊載社會民主主義派以及其他異見人士對議題的回應，散布極度危險的混亂思想。[46]1930 年 6 月 19 日，一封由革命作家國際聯盟屬下六位作家聯署發出的公開信，直接向巴比塞表示，《世界》週報「不屬無產階級陣線」，階級鬥爭中「積極的無產階級者與阿諛奉承的社會主義者所擁護的資產階級之間」，也沒有緩衝地帶，企圖迫使巴比塞作出選擇。[47]

　　至於阿巴呂以《世界》週報總編輯的身分協助進行普羅文學的調查，雖亦受到革命作家國際聯盟在哈爾科夫召開第二次會議（1930 年 11 月）的大肆批評，[48]卻為整個法語普羅文學的發展注入法國以外的文學資源。阿巴呂能操多國語言，利用自身在比、法兩地的人際關係網絡及早年編輯報刊的豐

46　"Desphilippon à B. A. Pessis"（Le 22 janvier, 1930），*Nouvelles FondationS*, Trimestriel 2（juillet 2006）: 165-166. 事實上，回應《世界》週報調查的讀者包括社會黨代表、社會主義工人國際（Internationale socialiste ouvrière）的領袖考茨基（Karl Lautsky, 1854-1938）和王德威爾得（Emile Vandervelde, 1866-1938）、共產國際的蔡特金（Clara Zethkin, 1857-1933）和塞馬爾（Pierre Sémard, 1817-1942）、蘇維埃的公眾領導人物斯大林、布哈林（Nikolaï Boukharine, 1888-1938）以及盧那察爾斯基（Anatoly Lunacharsky, 1875-1933），也包括了法國當代著名作家如布勒東（André Breton, 1896-1966）和高克多（Jean Cocteau, 1889-1963）等。參考 Bernard Frederick, "Archive 'L' affaire *Monde*' 1929-1930," p. 161.

47　此信摘要曾在 1930 年 6 月 19 日《早晨》雜誌（*Matin*）刊載，推斷原稿寫於此日期以前。巴比塞回信時亦指責革命作家國際委員會將有關信件公開。參考 "Secrétariat du MBRL à Henri Barbusse"（avant le 19 juin, 1930）et "Henri Barbusse au secrétariat du MBRL"（Le 21 juin, 1930），*Nouvelles FondationS*, Trimestriel 2（juillet 2006）: 166-169.

48　1931 年《人道報》發表弗萊維勒（Jean Fréville, 1895-1971）〈哈爾科夫的決議〉一文，詳述會議對法國民粹主義（populisme）、瓦盧瓦團體（groupe de Valois）、超現實主義（surréalisme）及以《世界》週報為中心的文人團體的批評。見 Jean Fréville, "La Résolution de Kharkov," *L'Humanité*, Le 20 octobre, 1931, p. 4; *ibid.*, Le 3 novembre, 1931, p. 5.

富經驗，以《世界》為中介，將處於邊緣位置的比利時法語左
翼作家和藝術家引入法國讀者的視野。週報引發普羅文學的
熱烈論爭，主要得到比國社會主義和共產主義作家的積極參
與，其中包括安德烈（Francis André, 1897-1976）、皮里尼斯埃
（Charles Plisnier, 1896-1952）、馬爾瓦（Constant Malva, 1903-
1969）、埃蓋思帕斯和予伯望（Pierre Hubermont, 1903-1989）。[49] 此
外，藝術家麥綏萊勒（Frans Masereel, 1889-1972）、工人黨
領袖王德威爾得和社會主義理論家亨利・德・曼（Henri de
Man, 1885-1953）都曾發表評論。[50]《世界》有關普羅文學的
討論，既針對文學藝術作為個人創作還是促進改革社會經濟
發展的思想問題，也探討工人階級意識的藝術表現原則，更
不乏對普羅文學本身狹隘目標的批評。相對法國而言，比利
時知識分子在左翼政治和文學之間更專注文學的討論。又因
為比國大批左翼作家早於 1928 年已跟比利時共產黨（Parti
communiste belge）決裂，蘇共對其文藝發展的控制能力更為
薄弱，是以比國左翼文人藉着《世界》週報，為整個法語無產

49　二、三十年代比利時左翼雜誌及文學團體發展的情況，可參考 Bernard
　　Delcord, "A propos de quelques 'chapelles' politico-littéraires en Belgique
　　（1919-1945）," *Cahiers du Centre de recherches et d'études historique de
　　la deuxième guerre* 10（1986）: 168-176。至於比利時法語作家著作的中譯，
　　可參考王炳東編譯：《比利時文學選集 —— 法語作家卷》（北京：人民文學，
　　2005 年）。

50　亨利・德・曼是著名文藝理論家保羅・德・曼的叔父，二次大戰曾與德
　　國納粹黨合作。高力里憶述自己曾跟埃蓋思帕斯、阿巴呂和予伯望等人討
　　論亨利・德・曼的著作《超越馬克思主義》（*Au-delà du marxisme*）。參考
　　Benjamin Goriély, "Quelques souvenirs sur Albert Ayguesparse « Tentatives »
　　et « Prospections »," p. 9.

階級文化引進龐雜多元的聲音。[51]

　　1931 年 12 月，巴比塞以《世界》週報的名義發表文章〈作家與革命〉，回應莫斯科革命作家國際聯盟的批評，表明拒絕妥協的立場：「我們還是認為不可能專門規定革命文學需有政治宣傳的即時效用。在仍然猶豫未定、仍然未受到足夠引導的羣眾眼中，能以最大比例獲得革命勝利的最佳宣傳方法，往往不是政治煽動和口號式的宣傳，而是那些追求深刻、普遍辯明革命意義的宣傳。[52]」本身是小説家的巴比塞，一直從文學角度反對普羅文學以至廣義的革命文學作為政治「口號式的宣傳」。針對俄羅斯無產階級作家聯盟（Rossiyskaya Assotsiatsiya Proletarskikh Pisateley，簡稱「拉普」）宣稱對古典文學的割裂以至捨棄文學形式的追求，巴比塞將普羅文學的發展重置於十九世紀以來歐洲漫長的工人運動歷史上，試圖將普羅文學納入民間文學的範疇，強調其固有的文學傳

51　Paul Aron, "Littérature prolétarienne: le detour par la Belgique," in Sophie Béroud et Tania Regin（dir.）, *Le roman social: littéraire, histoire et mouvement ouvrier*（Paris: Les Editions de l'Atelier et Editions ouvrières, 2002）, pp. 116-118.

52　"L'Ecrivain et la révolution," *Monde*, Le 5 décembre, 1931, p. 3: "C'est dire encore que nous considérons comme impossible d'assigner exclusivement à la littérature de la Révolution un but immédiat de propagande politique. La meilleure de propagande auprès des masses encore indécises, encore insuffisamment orientées, et qu'il faut nécessairement gagner à la cause révolutionnaire dans la plus grande proportion possible, n'est souvent pas celle de l'agitation politique et des mots d'ordre, mais celle qui va jusqu'aux justifications profondes et universelles de la révolution."

統。[53] 此外，他堅持普羅文學同樣講求形式和風格，配合比、法兩地左翼知識分子對文學與政治關係的反思，尋求蘇共文藝政策規範以外普羅文學的另類道路。[54]

革命時期的文藝復興

縱觀三十年代的法語左翼文化運動，仍普遍接納不同傾向的政治思潮，高力里不僅與比、法兩地左翼文人緊密合作，更於 1930 年從布魯塞爾移居巴黎，兩年後完成《詩人們》的寫作。[55] 此書論述以 1917 年 3 月俄羅斯帝國君主體制的崩解為始點，1932 年 4 月「拉普」解散為終結，橫跨革命、內戰、新經濟政策和第一個五年計劃時期的俄蘇文學發展。《詩人們》結構嚴謹，分成「從個人主義到革命」和「從革命到集團主義」兩大部分。第一部闡述布爾什維克（Bolshevik）發動政變推翻臨時政府以後資產階級文學的潰敗與宣傳文學的產生，剖析神秘派、意象派、未來派以至革命過渡時期不同派

---

53 "Nous disons, si on veut, que la révolution prolétarienne, c'est la forme actuelle et vivante, précise, intensifiée et imposée par l'évolution historique—de ce qu'on appelait la littérature populaire." Herni Barbusse, *Russie*（Paris: Ernest Flammarion, 1930）, pp. 155-156.

54 Herni Barbusse, *Russie*, pp. 160-162. 另參考 Jean-Pierre Bernard, "Le Parti communiste français et les problèmes littéraires（1920-1939）," pp. 525-528.

55 除上文指出從《歐羅巴》主編寄給高力里的書信中得知《詩人們》書稿的完成日期外，此書第一部第二章提及革命時期莫斯科文藝晚會的情景，作者表示「那已是十二年前的事了」。高力里 1920 年離開俄羅斯，此說同樣配合他 1932 年完成《詩人們》的實況。參考 Benjamin Goriély, *Les Poètes dans la révolution russe*, p. 36；高力里著，戴望舒譯：《蘇聯文學史話》，頁 32。

別詩歌追趕革命步伐的嘗試；第二部探討無產階級文學的理論和實踐。[56] 高力里的評論雖配合詳盡的歷史背景資料、蘇共文藝政策文件、文藝理論家的批評、詩人創作的具體分析，但明確表示不對尚在演進中的現代蘇聯文學進行全面研究。作者強調僅從個人的經驗記憶考量「詩人與革命」的命題，並提出獨立判斷：其一，詩人抱持個人主義參與革命而必遭失敗的悲劇結局；其二，無產階級文學需倚靠「同路人」作家以及舊社會資本主義文學的「殘餘」才得以發展。相關論點明顯針對蘇共對革命詩人的官方解讀，亦同時回應法語左翼知識分子對無產階級文學的探討。

　　《詩人們》以「混亂中的作家們」（Les écrivains dans les mêlées）一章為序幕，檢視俄國內戰期間政治黨派和意識形態激烈鬥爭之下繁複多變的文學現象。高力里利用 1917 革命爆發前夕至 1920 年他離開俄羅斯以前，莫斯科的酒場如耶爾（Jar）、黑天鵝別墅（Cygne noir）、迷犬客棧（Auberge des Chiens perdus）、伶人的休息（Le Repos des Commédiens），神馬的馬廄咖啡店（L'Étable de Pégase）和未來派咖啡店（Café des Futuristes），以至所有文藝酒場、詩歌晚會、城市廣場和大學講堂，作為高度象徵性的文學場景，記述十月革命後文學活動的真實面貌。譬如作者最後一次在詩歌晚會（Poésie-Soirée）上遇見「自我—未來派」（Ego-futurisme）的領袖詩人謝維里亞寧（Igor Severianine, 1887-1941）的情景：

---

56 Benjamin Goriély, *Les Poètes dans la révolution russe*, pp. 7-8；戴望舒：〈譯者附記〉，載高力里著，戴望舒譯：《蘇聯文學史話》，頁 274。

　　這次晚會以後不久，這位近代的游吟詩人脫離了俄羅斯住到愛沙尼亞去。

　　我最後一次聽到他唱詩是在左保特。祇要出五個古爾登（幣名），人們就可以在但澤自由市的俱樂部對面的「喀喀都」舞場裏，在一次「狐步舞」和一次「希米舞」之間，聽他吟他的詩。在舞台的中央，並着腳，他在那由到海灘上來娛樂的德國私娼和僑民所組成的羣眾間，讀着在革命之前曾大受人歡迎過的那幾首老詩。在左保特，我覺得這是一個奇觀，竟一直聽到完纔走，可是在莫斯科呢——那已是十二年前的事了——，我們卻沒有這種耐心；我和我的朋友在晚會還祇開了一半的時候就走了出去。[57]

此外，高力里又通過各種文學場景，展示知識分子面對十月革命的不同姿態、取向和質疑。正如《詩人們》開首即描述

57　Benjamin Goriély, *Les Poètes dans la révolution russe*, pp. 35-36："Peu de temps après cette soirée, ce troubadour moderne quitta la Russie pour s'installer en Estonie. La dernière fois que je l'entendis, ce fut à Zoppot. Pour cinq gouldens, on pouvait l'entendre réciter ses vers dans le dancing 'Kakadu', en face du casino de la ville libre de Dantzig, entre un fox-trot et un shimmy. Au milieu de la scène, les pieds joints, il lisait devant un public composé de demi-mondaines allemandes et d'émigres, venus pour s'amuser à la plage, les mêmes poèmes qui avaient eu tant de succès avant la Révolution. A Zoppot, ce spectacle me parut si curieux que je demeurai jusqu'à la fin, mais à Moscou, il y a douze ans de cela, cette patience nous manquait et nous sortîmes, mon ami et moi, au milieu de la soirée." 中譯參考高力里著，戴望舒譯：《蘇聯文學史話》，頁 32。

革命爆發前夕，在莫斯科大學神學院講堂舉行的文藝晚會
上，三位作家朗讀詩歌和小說的「歷史現場」；隨即描述布爾
什維克政變爆發後的文壇，細說三人面對十月革命的徬徨和
極端反應，並將他們加以對比。高力里筆下的三位作家就是
流亡巴黎的巴爾蒙特（Konstantin Balmont, 1867-1942）、離國
後又折返俄國並重新肯定蘇維埃政權的 A. 托爾斯泰（Alexeï
Tolstoï, 1883-1945），以及加入共產黨卻「沒有適應新制度的
能力」而「決意一死了之」的哥魯勃（André Goloub）。[58]

　　高力里從革命以後三種作家命運的勾勒，引伸擴展至整
個象徵派（les symbolistes）從昔日資本主義社會過渡至無產
階級革命的探討。象徵派詩人或去國他鄉逃避共產政權，或
以沉默和死亡作出終極反抗，又或尋求新道路以接納革命，
他們不同的選擇形成多重對照。梅列日科夫斯基（Dimitri
Méréjkovsky, 1866-1941）立即出走華沙，常以批評祖國為
事；索洛古勃（Fiodor Sologoub, 1863-1927）則留駐俄羅斯卻
從此堅守沉默，直至 1927 年去世，報章只是以「自一九一七
年十月起，梭魯古勃（即索洛古勃）未有作品產生」的簡單語
句總結其生命。伊凡諾夫（Venceslas Ivanov, 1866-1949）不沾
革命，遺忘生活「也被生活所遺忘」，選擇繼續浸淫於哲學與
文學的研究；古米廖夫則被布爾什維克秘密警察逮捕，卻堅
定不移拒絕旁人幫忙，更「公然承認是蘇維埃政府的死仇，自
供曾參加白俄軍官的一個陰謀」，最終被判處死刑。至於深受

58　高力里著，戴望舒譯：《蘇聯文學史話》，頁 6-7、9-10。

中國左翼作家關注的象徵派代表詩人勃洛克（Alexandre Blok, 1880-1921），雖然宣稱和革命「聯合」，並撰寫《西諦亞人》(*Les Scythes*) 和《十二個》(*Les Douze*)[59] 兩篇名詩，「表明他對於十月革命的依繫」，但始終拒絕出任蘇維埃政府任何官職，離羣索居，多病厭世。[60]

　　縱使《詩人們》着力呈現十月革命對俄國知識分子的重大打擊，以及對傳統文學所造成的嚴重破壞，但高力里同時指出革命促成詩歌興盛發展的奇特現象：「革命把無數的羣眾投到街路上去」，他們以「集團的生活代替了家庭生活」；革命詩人「被這巨大的羣眾底光景所騷動，被羣眾底熱忱和那互相口傳而擴大了的口號所撼動」；最終在他們的革命詩歌中「反映出一個向前進的革命底熱情，通俗而有實感的韻律」。[61] 這段時期不同階級的羣眾對革命猛然覺醒，詩人通過新的詩歌韻律熱烈地迎向革命以至無產階級革命，高力里稱之為「革命的英雄時期」（L'époque héroïque de la révolution）。[62] 著名俄裔美國史學家史朗寧（Marc Slonim, 1894-1976）在《現代俄國文學史》(*Modern Russian Literature: From Chekhov to the*

59　魯迅曾譯托洛斯基《文學與革命》第三章〈勃洛克論〉，又為胡成才譯勃洛克長詩《十二個》作〈後記〉，稱《十二個》是「俄國十月革命『時代的最重要的作品』」，但「還不是革命的詩」，勃洛克雖然「向革命突進了，然而反顧，於是受傷」。見魯迅：〈《十二個》後記〉，載亞歷山大・勃洛克著，胡斅譯：《十二個》（北京：北新書局，1926 年），頁 71-72。

60　高力里著，戴望舒譯：《蘇聯文學史話》，頁 11-25。

61　同上註，頁 39。

62　同上註，頁 139-141。

Present, 1953）一書剖析俄國知識分子面對革命所產生的激烈
情緒：

> 　　大部分知識分子及布爾喬亞分子都為生存鬥
> 爭所震駭，感覺失望或完全把注意集中在生存上面
> 時，曾積極參加革命或同情革命者則興奮得如痴如
> 狂。革命是精力的狂洩，起初桀驁不馴，極具破壞
> 作用；羣眾運動的怒潮有一種聲勢逼人的偉大與昂
> 然氣概，使得生活即使在瘡痍滿目、遍處斷垣殘
> 壁、危機四佈、情緒有原始性的粗暴激盪與死神陰
> 影籠罩的環境中，也是足夠新奇刺激與興奮的。這
> 是一個充滿悲歡離合與敢作敢為精神的時代，無奇
> 不有，風雲莫測。在這些動盪年月所產生的作品，
> 不管有無藝術價值，多多少少，都是大革命與內戰
> 的寫照。[63]

革命熱情背後，高力里從理論層面探討俄國詩人參與革命所面
對的困境。其一，從「個人主義」進入「集團主義」社會所導
致的問題。高力里認為革命時期俄國詩人從個人主義的角度理
解革命的意義，將革命視為反抗姿態，並因此認同一切破壞
舊有社會的觀念和行動。不論是革命以前的文藝團體如意象

---

63 Marc Slonim, *Modern Russian Literature: From Chekhov to the Present*（Oxford:
　　Oxford University Press, 1953）, p. 245；中譯參考馬克・史朗寧著，湯新楣
　　譯：《現代俄國文學史》（臺北：遠景出版事業公司，1981 年），頁 273。

派（L'imaginisme）和立體—未來派（Le cubo-futurisme），還是
初期無產階級的文學團體如宇宙派（Le comisme）及以《鐵工
場》雜誌（*La Forge*）為中心的作家羣，均從個人主義角度反
抗資產階級社會，解放個人。雖然革命的軍事行動有助於個人
對舊有觀念和制度的破壞，但抗爭只能在羣眾中實現，而抗爭
過程中個人主義必然消亡，「那應該加入到集團中去解放個人
的個人主義底悲劇便是因此而來」。[64] 當原來社會組織完全破
壞以後，詩人進入社會建設階段，在創造集團生活中遭到無
法調解的衝突。其二，高力里嘗試探討詩人抱持個人主義進
行反抗的內核問題，指出「個人主義」和「個人性」兩個本為
互相矛盾的概念。「個人主義的目的是在於個人底發達，但是
個人主義和個人性這兩個互相矛盾的觀念，卻祇有相互損害着
纔能實現」。[65] 個人性指本質上的原創性（originality）、獨特性
（uniqueness）和特殊性（distinctiveness），不一定與社會集體相
對（巴比塞討論普羅文學與作家個性關係時就曾表達相近的觀
點）。但當詩人從個人主義反抗資本主義社會，個體被歸併入
各種社會階級及其標準化的生活，強調差異（difference）的個
人性隨即消失殆盡。[66]

　　《詩人們》的上半部「從個人主義到革命」，重點分析俄
國革命時期象徵派的勃洛克、意象派的葉賽寧，以及在中、

64　高力里著，戴望舒譯：《蘇聯文學史話》，頁 215。

65　同上註。

66　George Morgan JR, "Individualism versus Individuality," *Ethics* 52, no. 4（July 1942）: 434-446. 另參考 Herni Barbusse, *Russie*, pp. 157-158.

蘇兩國均極具爭議性的未來派詩人馬雅可夫斯基。[67]高力里認
為馬雅可夫斯基是俄國革命時期「一位真正的抒情詩人」（le
véritable poète lyrique），[68]1930 年 4 月詩人自殺正是個人主義
進入共產主義集團社會無可避免的悲劇例證。他是「革命的犧
牲者了，因為在一個個人主義詩人底抒情的人格和集團的革
命之間，有一種抵觸性存在着」。[69]與蘇共肯定馬雅可夫斯基
的「革命詩人」身分不同，高力里偏重分析他十多年來面對
的矛盾衝突以及長期的演化過程。《詩人們》追溯馬雅可夫斯
基早年在未來派咖啡店的文藝聚會上，「熱烈地依戀着自己的
黃色短褐的個人主義者」形象，如何發展至完全消滅自己個
性而成為蘇共宣傳的煽動者。[70]在高力里看來，1919 至 1921
年是關鍵時期，當時革命還是個「一體兩面的生物」（un être
à deux visages），詩人的抒情人格（la personnalité lyrique）和
集團革命（la révolution collective）基本上還可以和諧配合；
可是往後進入社會建設時期，兩者之間就出現裂痕。高力里
率先以法文翻譯馬雅可夫斯基在革命前出版的詩集《穿褲子的
雲》，表現的其實是個人主義者憤怒的反抗呼聲，卻從「我」

67　高力里著，戴望舒譯：《蘇聯文學史話》，頁 89-91。現代派作家最先在中國
　　組織悼念馬雅可夫斯基的「Mayakovsky 專輯」，載《新文藝》第 2 卷第 2 期
　　（1930 年 4 月），頁 250-328；戴望舒：〈詩人瑪耶闊夫司基的死〉，《小説月
　　報》第 21 卷第 12 號（1930 年 12 月），頁 1742-1746。此文收入戴望舒譯《蘇
　　聯詩壇逸話》（上海：上海雜誌公司，1936 年）時改題為〈詩人瑪雅可夫斯基
　　之死〉。另參考《現代文學》第 1 卷第 4 期（1930 年 10 月）所載八篇有關馬
　　雅可夫斯基的評論。

68　高力里著，戴望舒譯：《蘇聯文學史話》，頁 81。

69　同上註，頁 89。

70　同上註，頁 67-71、86-87、89。

的個人位置慢慢延伸至與普羅大眾結合。詩人投身革命以後
撰寫了《左翼進行曲》（*La Marche gauche*）和《一億五千萬》
（*Cent cinquante millions*）二詩，《一億五千萬》雖然顯示他對
階級鬥爭的錯誤認識，但蘇維埃的評論家卻從而肯定詩人身
上的「革命者已克服了個人主義者」。[71] 高力里批評馬雅可夫
斯基是「把革命當作一個力學性的抽象讚揚，而沒有看出革命
是由多少低微的犧牲精神造成的」。[72]

　　不可忽略的是，縱使高力里不完全接受托洛斯基《文學與
革命》（*Literature and Revolution*, 1924）的論述，[73] 但仍引用
他的觀點：「革命底動力性是比牠的活動的集團形式更和瑪牙
可夫斯基接近得多。瑪牙可夫斯基是一個從個人主義的路上
走出來想和革命聯合的人。我們祇能對於詩人底企圖表示敬
意，因為他並沒有別的路。我們可以了解，對於向完全新的
創造的路前進的一個自覺的努力，是一件很複雜的事業。[74]」

71　同上註，頁 82-84。

72　同上註，頁 89。

73　事實上，高力里自言並不完全接受托洛斯基的理論觀點。參考 Benjamin Goriély, *Nul ne reconnaitra les siens*, p. 55: "Je n'acceptais pas les théories de Trotski."

74　Benjamin Goriély, *Les Poètes dans la révolution russe*, p. 83: "Le dynamisme de la révolution est bien plus près de Maïakovsky que la forme collective de son action. Maïakovsky est sorti de la route individuelle pour essayer de rejoindre la Révolution. On ne peut que saluer la tentative du poète, car il n'est pas pour lui d'autre chemin. On peut se rendre compte qu'un effort conscient vers une voie créatrice essentiellement nouvelle est une tâche fort compliquée." 中譯參考高力里著、戴望舒譯：《蘇聯文學史話》，頁 85。另參考 Leon Trotsky, *Literature and Revolution*, trans. Rose Strunsky (Ann Arbor: The University of Michigan Press, 1960), pp. 157-159.

不過高力里觀點受到的真正影響，很可能來自友人阿巴呂。馬雅可夫斯基逝世後，阿巴呂在《世界》週報發表文章（此文同被戴望舒翻譯），對未來主義文藝思潮的本質，以及馬雅可夫斯基參與革命的思想傾向，進行整體評價。他指詩人主張的未來主義詩學，其實「不是一個革命的運動」，而是「表現帝國主義時代力學的藝術」。詩人在革命之中只「歌唱這種集團的進行的力學」，卻沒有看到運動之下「集團生活底連結物，運動的靈魂」。[75] 此一觀點不僅影響高力里對「詩人之死」的判斷，也促使戴望舒重新評估馬雅可夫斯基走上革命道路的選擇。

《詩人們》的下半部「從革命到集團主義」，嘗試逆向討論反個人主義的無產階級作家羣舉步維艱的發展。[76] 高力里將蘇俄無產階級文學分為兩個階段，即革命和內戰時期，以及蘇維埃獲得政權後的社會建設和五年計劃時期，此期間文學與政治相互關係的辯論異常糾結。《詩人們》以相當篇幅論述 1924 年 5 月 9 日在蘇共中央委員會會所召開的文藝會議，並特意翻譯據此會議重點撰寫而成的決議案〈關於文藝領域上的黨的政策〉（"Résolution du Parti dans le domaine des belles-

---

75　A. Habaru 著，戴望舒譯：〈瑪耶闊夫司基〉，《現代文學》第 1 卷第 4 期（1930 年 10 月），頁 15-18。

76　基本上，高力里將蘇俄無產階級文學的發展分為二期：（一）革命和內戰時期，這時期的無產階級文學是在蘇維埃獲得政權以後一段時間才慢慢形成的；（二）社會建設和五年計劃時期。參考高力里著，戴望舒譯：《蘇聯文學史話》，頁 139。

lettres"），作為此書唯一的附錄。[77] 這是蘇共直接介入的文藝會議，[78] 高力里認為出席的黨領袖「都是卓越的文人而不忘於藝術的傳統」，[79] 並詳細記錄了弗朗斯基（Alexandre Voronski, 1884-1943）、布哈林（Nikolaï Boukharine, 1888-1938）、托洛斯基和盧那察爾斯基（Anatoly Lunacharsky, 1875-1933）針對「十月」團體代表的發言。在蘇共再次嚴格執行文藝政策的背景下，《詩人們》特別記錄兩項議決的文件必然引起日後的回響：第一，對於接受革命而派別不同的「同路人」，應以寬容的態度加以接納和協調，並利用他們的能力幫助發展無產階級文學；第二，贊成各團體和文藝傾向在文藝領域中進行自由競爭，黨不應以法令准許任何團體或文藝組織壟斷文學市場。[80] 誠然，正如高力里的意見，「同路人祇是英雄時期的遲發的閃電。他們靠了內戰生活着，而在赤裸的年頭以外永遠不存在」。[81] 但短暫的革命英雄時代甚或「文藝復興」時期，[82]

77　1928 年 5 月，魯迅據日譯本轉譯〈關於文藝領域上的黨的政策〉，先於《奔流》月刊發表，後收入上海水沫書店出版的《文藝政策》（1930 年），列為「科學的藝術論叢書之一」。此文並未收入戴望舒《詩人們》上半部的中譯本《蘇聯詩壇逸話》，只見於 1941 年的全文中譯本《蘇聯文學史話》。

78　《詩人們》1934 年出版時，稱這次會議為「一個文壇年代史中唯一的會議」。見高力里著，戴望舒譯：《蘇聯文學史話》，頁 170。

79　同上註，頁 172。

80　參考魯迅譯：〈關於文藝領域上的黨的政策〉第十、十四條，載高力里著，戴望舒譯：《蘇聯文學史話》，頁 269、271。

81　高力里著，戴望舒譯：《蘇聯文學史話》，頁 216。

82　Marc Slonim, *Modern Russian Literature*, pp. 273-278.

讓「同路人」作家得到充分發展，文藝重新獲得獨立位置，代表着蘇聯現代文學史上一個獨特的階段。

從「詩壇逸話」到「文學史話」

《公社》雜誌編輯委員會秘書帕茲納（Vladimir Pozner, 1905-1992）致力於向法國讀者引介新俄文學，曾撰文批評高力里的關注始終囿於自身階級，《詩人們》集中討論的依然屬小資產階級的俄國知識分子。[83] 不過他們在革命中的境遇和選擇，「他們演化的圖像是所有法國作家 —— 尤其是今天法國作家的重要教育」。[84]《詩人們》的中譯者戴望舒也許無法深入理解高力里當時在歐洲的處境，以及該書與比、法兩地左翼文藝思潮千絲萬縷的關係；但對他而言，翻譯此書一方面回應了二十年代末以來中國譯介俄蘇文學的「紅色浪潮」，另一方面它所展現歐洲法語左翼政治文化的觀點及對蘇共文藝政策的回應，足以成為中國現代派詩人反思國內左翼文藝發展的據點。

---

83 Vladimir Pozner, "Livre: *Les Poétes dans la révolution russe* - Benjamin Goriély（Gallimard）," *Commune* 10（juin 1934）: 1133-1136. 帕茲納生於巴黎的一個俄國家庭，身兼作家和翻譯家，在高力里發表《詩人們》以前曾出版《俄國文學全景》（*Panorama de la littérature russe*, 1929）和《俄國當代散文選》（*Anthologie de la prose russe contemporaine*, 1929）。

84 Pozner, "Livre:*Les Poétes dans la révolution russe*—Benjamin Goriély（Gallimard），" p. 1133: "Le graphique de leur évolution est d'un grand enseignement pour tout écrivain français, et plus particulièrement aujourd'hui."

　　戴望舒翻譯《詩人們》的決定，其實具體針對了當時中國文壇引介俄蘇文學及文藝理論的情況。其一，他曾多次批評中國評論家大量從日文轉譯俄蘇文學以及馬克思主義唯物史觀的文藝研究，認為誤譯之處不勝枚舉；[85] 又指以日人著作為根據的俄蘇文學概論著述大多「簡略膚淺」，而專門理論則集中於俄蘇某一文學派別，「〔偏〕敧不公」；相關書籍均未能配合「突進不已的蘇俄的文學研究」，且討論範疇狹窄，「專門研究蘇俄詩歌的作品，至今還沒有一本」。[86] 其二，針對日益工具性和規範化發展的中國無產階級文化運動，詩人刻意選譯蘇聯和日本以外法語左翼文人的理論著述，企圖借助他們包容性強的討論，引入歐洲不同傾向的左翼文藝觀點。戴氏不僅通過《詩人們》「抒情而客觀」的論述為讀者介紹「俄羅斯文學的最新的形勢」，還借助俄國意象派和未來派詩人走向革命的嘗試，讓「我們看到了那些個人主義者們的混亂，和他們轉變的不可能」。[87] 由此可見，戴望舒藉着翻譯深化理解俄國革命詩人在文學道路上的艱難進程，其中包含了中國當時的歷史語境和他個人處境的考量。

85　樊仲雲曾根據石村湧翻譯以法文撰寫的馬克思主義文藝理論著作《唯物史觀的文學論》的日譯本，轉譯為中文（伊科維茲著，樊仲雲譯：《唯物史觀的文學論》，上海：新生命書局，1930 年），但日譯本曾被戴望舒從翻譯角度加以批評：「日譯本很糟，錯誤和誤解幾乎每頁都有，如 Cercle vicieux（矛盾論法）之譯為『惡的輪』，les plantes froides des pieds divins（神聖的腳的寒冷的腳心）之譯為『具有聖足的冷的樹木』等，不勝枚舉。」見戴望舒：〈譯者附記〉，載伊可維支著，戴望舒譯：《唯物史觀的文學論》（上海：水沫書店，1930 年），頁 333。

86　戴望舒：〈「蘇聯詩壇逸話」小引〉，頁 45。

87　同上註。

（一）法語左翼知識分子視野下的俄蘇文學

　　探討《詩人們》的翻譯在滬、港兩地的出版與傳播以前，我們嘗試理解戴望舒及其他現代派作家引介俄蘇左翼文學及文藝理論至中國所選取的獨特途徑。戴望舒譯介俄蘇文學，並非始於革命文學或無產階級文學，但自 1930 年（同年「左聯」成立）起，詩人開始有系統地介紹俄國革命詩人馬雅可夫斯基[88]、同受「左聯」作家推崇的無產階級文學代表作家里別進思基（Yury Libedinsky, 1898-1959）[89]、「同路人」作家伊凡諾

88　1930 年首次介紹革命詩人馬雅可夫斯基，乃從他自殺一事開始，包括從法文翻譯〈瑪耶闊夫司基〉，以及自撰〈詩人瑪耶闊夫司基的死〉等文章探討詩人的藝術傾向和無產階級革命運動無法協調等問題。參考 A. Habaru 著，戴望舒譯：〈瑪耶闊夫司基〉，頁 15-18；戴望舒：〈詩人瑪耶闊夫司基的死〉，頁 1742-1746。

89　戴望舒翻譯十月革命以後俄國文學而較受學者注意的兩部著作，其一是里別進思基的《一週間》，其一是伊凡諾夫的《鐵甲車》。李今認為，二十年代末中國開始大量翻譯蘇聯文學作品，其中以國內戰爭和衛國戰爭為題材的著作，因為適合當時中國的國情，受到廣泛的歡迎，小說《一週間》正是代表例子。1930 年 1 月蔣光慈出版此作的翻譯，同年戴望舒和杜衡進行重譯。蔣光慈在〈譯者後記〉裏指出，《一週間》是「新俄文學的第一朵花，也就是說從這一部書出世之後，所謂普洛文學得了一個確實的肯定。……李別金斯基將我們引到革命的試驗室裏，在這裏我們看見一些所謂先鋒隊規定革命的行動，研究革命的過程。革命並不是自然的波浪，而是一種很複雜的，很艱難的藝術，或者可以說是一種科學。俄國革命，牠的勝利的條件，在很大的範圍內，是因為這次革命有很好的先鋒隊 —— 知道革命科學的人們。」參考蔣光慈：〈譯者後記〉，載 U. Libedinsky 著，蔣光慈譯：《一週間》（上海：北新書局，1930 年），頁 209-211；里別進思基著，江思、蘇汶譯：《一週間》（上海：水沫書店，1930 年）；李今：《二十世紀中國翻譯文學史・三四十年代・俄蘇卷》（天津：百花文藝，2009 年），頁 180-181。

夫（Vsevolod Ivanov, 1895-1963）[90] 和盧那察爾斯基 [91] 的馬克思主義文學批評。這些翻譯都回應了二十年代末期以來中國文壇對俄蘇文學及理論的關懷。不過現代派作家的譯介工作有兩個特點：第一，他們以蘇聯無產階級文學為當代世界文藝思潮之一，且與其他不同政治傾向的文藝思潮並行不悖。九十年代，施蟄存回顧當時對蘇聯左翼文學的理解，指出「在二十年代初期到三十年代中期，全世界研究蘇聯文學的人，都把它當作 Modernist 中間的一個 Left Wing（左翼）」。[92] 其時現代派作家對於俄蘇左翼文學和文藝理論的理解，也不純然從政治觀點切入，而將它視為文學上「一種新的流派」。[93]

　　第二，面對中國左翼作家及評論者引介世界左翼文學的

90　蘇聯「同路人」作家伊凡諾夫的《鐵甲車》，1932 年首先由韓侍桁據日譯本翻譯出版，同年戴望舒則從法譯本轉譯。二十年代末期大量的蘇聯文學被介紹到中國，就以「同路人」的作品居多。魯迅在俄蘇小說翻譯集《豎琴》的〈前記〉解說「同路人」作家：「『同路人』者，謂因革命中所含有的英雄主義而接受革命，一同前行，但無徹底為革命而鬥爭，雖死不惜的信念，僅是一時同道的伴侶罷了。」他更進一步指出「同路人」作品被大量譯介的原因：「一者，此種文學的興起較為在先，頗為西歐及日本所賞讚和介紹，給中國也得了不少轉譯的機緣；二者，恐怕也是這種沒有立場的立場，反而易得介紹者的賞識之故了。」《豎琴》收錄的小說亦以「同路人」的作品為主。參考 V. V. 伊凡諾夫著，韓侍桁譯：《鐵甲列車》（上海：神州國光社，1932 年）；伊凡諾夫著，戴望舒譯：《鐵甲車》（上海：現代書局，1932 年）；魯迅：《《豎琴》前記》，載魯迅編譯：《豎琴》（上海：上海良友圖書印刷公司，1933 年），頁 4-5。

91　盧那察爾斯基認為普希金仍然是俄國最偉大的作家之一，但「鑑賞他的態度隨著年月而變更了」，其文章正是以馬克思主義文學批評理論重新評價普希金的詩歌。參考盧那卡爾斯基著，江思譯：〈普希金論〉，《新文藝》第 2 卷第 2 期（1930 年 4 月），頁 393-398。

92　施蟄存、劉慧娟：〈為中國文壇擦亮現代的火花〉，載施蟄存：《沙上的腳跡》（瀋陽：遼寧教育，1995 年），頁 190。

93　同上註，頁 191。

特定取向，現代派作家嘗試走出日本的影響，轉向歐洲左翼文學更為寬廣的視野和範疇，戴氏亦在相關背景下譯介法語左翼文人有關蘇聯無產階級文學及理論的著作。自 1929 起，詩人除了撰文報導蘇共對「同路人」作家政策的改變，以及莫斯科「國際勞動者演劇會」蒐集、翻譯和上演各國無產階級戲劇的工作，[94] 還積極介紹匈牙利新進普羅作家和英國無產階級文學運動。[95] 整個三十年代，戴氏和其他現代派作家努力翻譯法國左翼著作，包括瓦揚–古久列的〈下宿處〉(*Asile de nuit*) [96]，紀德的《從蘇聯回來》(*Retour de l'U.R.S.S.*) [97]、〈奧斯特洛夫斯

94　江思：〈蘇聯文壇的風波〉、〈國際勞動者演劇會〉，《新文藝》第 2 卷第 1 期（1930 年 3 月），頁 215-217、219-220。

95　參考舒：〈匈牙利的「普洛派」作家〉，《新文藝》第 1 卷第 1 期（1929 年 9 月），頁 195-196；江思：〈英國無產階級文學運動〉，《新文藝》第 2 卷第 1 期（1930 年 3 月），頁 217-219。此外，《新文藝》也介紹了匈牙利普洛作家馬可維思（Rodion Markovits, 1888-1948），以及美國無產階級作家賈克・倫敦和辛克萊。參考懷惜：〈一部劃時代的傑作：《西伯利亞的成地》〉，《新文藝》第 2 卷第 1 期（1930 年 3 月），頁 222-224；賈克・倫敦著，林疑今譯：〈叛逆者〉，《新文藝》第 1 卷第 5 期（1930 年 1 月），頁 957-982；辛克萊著，林疑今譯：〈賣淫的銅牌與詩人〉，《新文藝》第 1 卷第 3 期（1929 年 11 月），頁 535-545；蘇：〈辛克萊的新著震撼全世界〉，《新文藝》第 2 卷第 1 期（1930 年 3 月），頁 224-225。

96　瓦揚–古久列著，戴望舒譯：〈下宿處〉，《現代》第 1 卷第 3 期（1932 年 7 月），頁 440-459。

97　1937 年 4 月至 7 月間，《從蘇聯回來》的譯文在《宇宙風》上連載。首先刊載的是〈從蘇聯回來・前記〉，載第 39 期（1937 年 4 月 16 日），頁 119-21；接著正文分五期發表：第 40 期（1937 年 5 月 1 日），頁 179-183；第 41 期（1937 年 5 月 16 日），頁 242-246；第 42 期（1937 年 6 月 1 日），頁 289-294；第 43 期（1937 年 6 月 16 日），頁 353-355；第 44 期（1937 年 7 月 1 日），頁 405-408。至於 1937 年引玉書屋出版《從蘇聯歸來》的譯者問題，仍有待進一步的考證，詳見北塔：〈引玉書屋版《從蘇聯歸來》譯者考〉，《中國現代文學研究叢刊》2013 年第 12 期，頁 81-89；嚴靖：〈《從蘇聯歸來》譯本問題再補充〉，《中國現代文學研究叢刊》2014 年第 5 期，頁 214-218。

基〉（*Ostrovsky*）[98] 和〈紀德日記抄〉（*Journal, 1889-1939*）[99]，
馬爾羅的《希望》（*L'Espoir*）[100] 和《鄙棄的日子》（*Le Temps du
mépris*）[101]。至於傳播多元化左翼思想的歐洲報刊和雜誌，他
們同樣不遺餘力：法國普羅文學作家普拉耶（Henry Poulaille,
1896-1980）主編的《新時代》（*Nouvel Age*），阿拉貢、布勒
東、愛呂亞（Paul Éluard, 1895-1952）、查拉（Tristan Tzara, 1896-
1963）等為主筆的《為革命服務的超現實主義》（*Le Surréalisme
au service de Révolution*），另刊載俄蘇專號的《雜纂》（*Variété*）、
《所見》（*Vu*）和《普及》（*Je suis partout*），甚至包括上文提及
引進比、法兩地法語左翼知識分子的《世界》週報。[102]《新文
藝》曾發文稱譽《世界》為「歐洲最大的左翼文藝雜誌」，對其
印刷、用紙、版面編輯、欄目設計的改革作出詳盡介紹，[103] 並

---

98 昂德萊・紀德著，戴望舒譯：〈奧斯特洛夫斯基〉，《純文藝》第 1 卷第 2 期
（1938 年 3 月），頁 37-38。

99 紀德著，徐霞村譯：〈紀德日記抄〉，《文藝月刊》第 9 卷第 6 期（1936 年 12
月），頁 131-142。四十年代，戴望舒也發表紀德〈和羅曼羅蘭兩次的邂逅〉
和〈紀德日記抄〉，施蟄存則翻譯《擬客座談錄》（*Interviews imaginaires*）的
選節。參考昂德萊・紀德著，戴望舒譯：〈和羅曼羅蘭的兩次邂逅〉，《華僑
日報・文藝週刊》第 3 期，1944 年 2 月 13 日；紀德著，戴望舒譯：〈紀德
日記抄〉，《華僑日報・文藝週刊》第 31 期，1944 年 8 月 27 日；紀德著，
施蟄存譯：〈擬客座談錄〉（第一），《益世報・文學周刊》第 21 期，1946 年
12 月 28 日，第 3 版；紀德著，施蟄存譯：〈擬客座談錄〉（第二），《益世報
・文學周刊》第 29 期，1947 年 2 月 22 日，第 3 版。

100 1938 至 1941 年間，戴望舒和施蟄存均曾翻譯《希望》的不同篇章，詳見鄺
可怡編校：《戰火下的詩情——抗日戰爭時期戴望舒在港的文學翻譯》（香
港：商務印書館，2014 年），頁 31-260、345-387。

101 〈鄙棄的日子〉今譯〈輕蔑的時代〉，詳見鄺可怡編校：《戰火下的詩情》，頁
388-424。

102 高明：〈一九三二年的歐美文學雜誌〉，《現代》第 1 卷第 4 期（1932 年 8 月），
頁 495-516。

選譯不少原載《世界》週報的文章，其中包括徐霞村翻譯比利時詩人曷耐士（Armand Henneuse, 1901-1976）對藝術家麥綏萊勒一次大戰期間木刻作品及其反戰意識的評介，[104] 以及孫春霆據法國社會主義作家妥代靄思（Alexandre Zévaès, 1873-1953）〈革命歌曲：國際歌的作者及其歷史〉（Chants révolutionnaires: L'internationale, ses auteurs, son histoire）一文撮寫而成的文章，[105] 論述〈國際歌〉（L'Internationale）作為十九世紀國際社會主義運動「戰鬥之歌」的產生背景及詩歌表現無產階級社會主義運動的基本概念。戴望舒也翻譯阿巴呂在《世界》所發表有關馬雅可夫斯基自殺原因的分析文章，[106] 並參考其獨立於蘇共官方的觀點撰寫〈詩人瑪耶闊夫司基的死〉一文，質疑當時蘇聯以至國內左翼評論家以情感問題、健康問題甚或詩劇實驗失敗等原因解釋馬氏自殺的說法，轉而對詩人的未來主義藝術傾向和

103「該刊〔Monde 週刊〕向係用報紙印刷，版式約四開，每期約十六面。今年他們一方面應讀者的要求，一方〔因應〕報紙對於銅版頗不適宜，已於九月十五日起改用瑞士特造有光紙印制，並將文字擴充為『一週大事』，『法國文學』，『外國文學』，『書評』，『藝術』，『戲劇』，『影戲』，『小說』，『政治研究』，『科學』，『教育』等欄。」見保：〈Monde 週刊新裝乍式〉，《新文藝》第 1 卷第 4 期（1929 年 10 月），頁 794。

104 曷耐士（A. Henneuse）著，徐霞村譯：〈馬賽萊爾──「善終旅店」的插圖作者〉，《新文藝》第 1 卷第 3 期（1929 年 11 月），頁 435-438。曷耐士二十年代定居法國，文章篇名提及的短篇小說集《善終旅店》（A la bonne mort），作者是比利時法語詩人凡爾哈侖（Emile Verhaeren, 1855-1916）。

105 參考 Alexandre Zévaès, "Chants révolutionnaires: L'internationale, ses auteurs, son histoire," Monde, Le 27 avril, 1929, pp. 10-11, 16；孫春霆：〈國際歌的作者及其歷史〉，《新文藝》第 2 卷第 1 期（1930 年 3 月），頁 184-208。孫春霆文章前言說明文中引用的法文詩歌由戴望舒翻譯。

106 A. Habaru 著，戴望舒譯：〈瑪耶闊夫司基〉，頁 15-18。

無產階級革命在本質上的矛盾提出詰難。[107]

　　無可置疑，戴望舒在翻譯《詩人們》以前，對比、法兩地法語左翼知識分子有關無產階級文學、馬克思主義文學批評、左翼國際主義等觀點，都已有不同層面的體認和思考，不過這裏面有他所不知的部分。二十年代末赴法前，戴氏翻譯借鑑唯物史觀進行「藝術的科學研究」的法文著作《唯物史觀的文學論》（*La Littérature à la lumière du matérialisme historique,* 1929），[108]坦言對伊可維支（Marc Ickowicz）的生平背景資料掌握有限，除了在書中〈原序〉得悉作者於日內瓦大學任教外，只能憑其姓氏推斷他原籍波蘭，能以法文寫作。[109] 此書代表了歐洲文藝評論家嘗試應用唯物史觀的方法，可是當時仍受到各方面的批評。伊可維支以為「單是這部小小的論著的標題，已經能夠引起許多的疑懼，許多的加罪，許多的批評了」。[110] 面對反對者

107 戴望舒：〈詩人瑪耶闊夫司基的死〉，頁 1742-1746。

108 Marc Ickowicz, *La Littérature à la lumière du matérialisme historique,* Paris: Edition Marcel Rivière, 1929. 三十年代此書出版了三種中譯本：1930 年樊仲雲據日本石川湧譯本的轉譯，同年戴望舒從法文直譯，翌年沈起予再次翻譯，書名譯作《藝術科學論》（上海：現代書局，1931 年）。早於 1929 年，戴望舒已著手翻譯《唯物史觀的文學論》第二部分「唯物史觀在文學上的應用」的四個章節，並以單篇論文形式發表於《小說月刊》、《現代小說》和《新文藝》等雜誌。參考 Marc Ickowicz 著，戴望舒譯：〈小說與唯物史觀〉，《小說月報》第 20 卷 12 號（1929 年 10 月），頁 1873-1896；易可維茨著，江思譯：〈文藝創作的機構〉，《現代小說》第 3 卷第 4 期（1930 年 1 月），頁 30-43；伊可維支著，戴望舒譯：〈唯物史觀的詩歌〉，《新文藝》第 1 卷第 6 期（1930 年 2 月），頁 1040-1068；伊可維支著，戴望舒譯：〈唯物史觀〔的〕戲劇〉，《新文藝》第 2 卷第 1 期（1930 年 3 月），頁 142-169。

109 戴望舒：〈譯者附記〉，載伊可維支著，戴望舒譯：《唯物史觀的文學論》，頁 331。

110 伊可維支著，戴望舒譯：《唯物史觀的文學論》，頁 1。

質疑唯物史觀法則應用分析文學、藝術等上層建築領域的合法性，作者從理論和作品分析兩方面探求它「應取的道路」。這部馬克思主義文學批評著作，在法語世界自有其開創意義，猶如伊可維支所強調：「我們簡直是深入到一片幾乎人跡未到的地上去，我們簡直在一片 terra incognita（未知之土地）上試行我們的探求。[111]」

　　從《唯物史觀的文學論》產生的背景以及伊可維支所屬的文人團體而言，作者與歐洲法語左翼知識分子的淵源不淺。其一，此書的撰寫緣自伊可維支在日內瓦一個知識分子團體裏的演講，論文經熱烈討論後修訂成書，故作者認為此書可說是「一本集團的著作」。[112] 其二，伊可維支是左翼週報《世界》的撰稿者，戴望舒着手翻譯《唯物史觀的文學論》以前就已在該報閱讀他的文章。[113] 伊可維支與週報的法語左翼知識分子交往從密，在書中序言即提及有關研究得到《世界》編輯阿巴呂的教益和鼓勵，並特別讚揚阿巴呂是「一個深刻敏銳的人物，他在文學批評中找着新的路，凡對這一方面一切的努力，他總熱烈地援助的」。[114] 其三，戴望舒不曾預想的是，他日後翻譯《詩人們》的作者高力里也曾閱讀《唯物史觀的文學論》並加以批評。高力里憶述布魯塞爾一次以比利時詩人埃蓋思帕斯為中心的知識分子聚會裏，遇上一同任教於日內

---

111 同上註，頁 4。
112 同上註，頁 6。
113 此文為〈文學天才與經濟條件〉，後收入《唯物史觀的文學論》一書作為附錄。
　　見伊可維支著，戴望舒譯：《唯物史觀的文學論》，頁 317-330。
114 伊可維支著，戴望舒譯：〈原序〉，《唯物史觀的文學論》，頁 7。

瓦大學的波蘭青年拉比諾維茲（Léon Rabinowicz），[115] 並為他們帶來剛在巴黎出版的《唯物史觀的文學論》。高力里等人認為當時罕有以法文撰寫馬克思主義文藝理論的概述書籍，但批評當中內容不過是對普列漢諾夫論題的普及化和通俗化論述，未見深入。[116] 戴望舒不約而同批評伊可維支的著作分析「不深切」，並有「幾處意見的不正確」，[117] 但仍有其可讀之處，較同期相類著作更為出色。[118] 戴望舒坦言翻譯《唯物史觀的文學論》，目的是針對中國文壇，因為伊可維支「嚴正批判」簡化應用唯物史觀的文學研究，並且「戒人誇張」，足以警省當時的中國評論家，不要過分運用相關方法。[119]

從馬克思主義的文學批評到無產階級文學的創作，戴望舒都力圖通過法語左翼知識分子的經驗和著述，協助修正和推進中國當時左翼文化運動的發展。在這基礎上，我們方能進一步理解戴望舒離滬往法以後，為何對法國革命文藝家協

---

115 伊可維支將《唯物史觀的文學論》一書題贈予拉比諾維茲（Léon Rabinozicz）:「本書獻與我勇敢的朋友和戰侶萊洪・拉比諾維茲」(à mon vaillant amie et compagnon d'armes léon rabinozicz je dédie ce travail)。

116 Benjamin Goriély, "Quelques souvenirs sur Albert Ayguesparse « Tentatives » et « Prospections »," p. 11.

117 戴望舒：〈譯者附記〉，載伊可維支：《唯物史觀的文學論》，頁 332。此外，《唯物史觀的文學論》同樣受到左翼評論家的批評，施蟄存還憶述此書因而沒編入由馮雪峰和魯迅擬定、水沫書店出版的「科學的藝術論叢書」。然而據《唯物史觀的文學論》1930 年版本內頁所示，此書的確屬「科學的藝術論叢書」之一，施氏憶述疑有錯誤。參考施蟄存：〈我們經營過三個書店〉，《新文學史料》1985 年第 1 期，頁 188。

118 戴望舒針對的是 1928 年巴黎出版的《藝術與唯物論》。參考 Paul Le Pape, *Art et matérialisme*, Paris: Chimère, 1928.

119 戴望舒：〈譯者附記〉，載伊可維支：《唯物史觀的文學論》，頁 332。

會集會上紀德的發言感到如此震撼，又為何積極於一個月內
翻譯高力里《詩人們》的全稿，並為爭取譯本早日出版而不
惜代價。1933 年，戴望舒目睹法國左翼文人如何面對歐洲的
歷史危機：一次大戰後，美、英、法等協約國在巴黎和會簽
訂《凡爾賽和約》，對德國實施苛刻條款。二十年代初，法國
和比利時軍隊更佔領德國魯爾（Ruhr）地區，導致高舉民族主
義的納粹黨得到德國人民支持。1933 年 1 月，希特勒出任德
國總理，確立法西斯政權，對國內知識分子嚴加迫害。同年
3 月，法國革命文藝家協會刊物《紅頁》（*La Feuille rouge*）
創刊，首二期即刊載羅曼・羅蘭、巴比塞、瓦揚 – 古久列、
紀德等知識分子的反法西斯主義宣言。[120] 3 月 21 日，法國革
命文藝家協會成立一週年之日，在巴黎召開大會，商討反抗
德國法西斯殘暴行為的決議案，同時批判法國的帝國主義擴
張。[121] 戴望舒應瓦揚 – 古久列之邀參加集會，會後撰寫日後

---

120 *La Feuille rouge*, n°1（mars 1933）, pp. 1-2; *La Feuille rouge*, n°2（mars
　　1933）, pp. 1-2. 除正文提及的著名左翼作家外，還有布洛克（Jean-Richard
　　Bloch, 1884-1947）、席涅克（Paul Signac, 1863-1935）、杜爾丹（Luc
　　Durtain, 1881-1959）、必爾德拉克、達比等文藝家，他們的宣言部分轉載至
　　《人道報》。參考 "La Protestation des intellectuels," *L'Humanité*, Le 6 mars,
　　1933, p. 2; Le 9 mars, 1933, p. 1; Le 13 mars, 1933, p. 3.
121 參考瓦揚 – 古久列會上的總結發言撮要。"A l'appel de l'Association des
　　écrivains et artistes révolutionnaires," p. 2: [Vaillant-Couturier,] "Hitler est le fils
　　du traité de Versailles et de l'occupation de la Ruhr, le résultat de la politique
　　de l'impérialisme français." 另參考集會召開前《紅頁》和《人道報》所載
　　相關事件的討論。Vaillant-Couturier, "Au Feu!" *La Feuille rouge*, n°1（mars
　　1933）, p. 1; Vaillant-Couturier, "Rot Front!" *ibid*. n°2（mars 1933）, p. 1;
　　"Manifestations ouvrières, protestations d'écrivains," *L'Humanité*, Le 6 mars,
　　1933, p. 2; "Unité d'action! Les communistes sonnent le rassemblement:
　　8000 prolétaires enthousiastes hier à Bullier," *ibid*., Le 8 mars, 1933, p. 1.

備受爭議的〈法國通訊──關於文藝界的反法西斯諦運動〉，詳述了紀德演講的內容。其實不僅是戴望舒個人，整個法國文壇都極度關心紀德與無產階級作家合力反抗法西斯暴行。[122]

　　也許正如學者指出，紀德參加集會，「實際上暗藏着戴望舒所不知道的玄機」。[123] 戴望舒無從得知紀德對於出席集會感到遲疑和憂慮，[124] 但演講中紀德多次強調超越國界和民族利益的信念：「這信念便是祇有一種高出於國家的利害的利害，一種不同的民族所共有着的，使這些民族聯合起來而不是使他們對立起來的利害（un intérêt supérieur à celui des patries, un intérêt commun aux différents peuples et qui les unisse au lieu de les oppose）。」他贊成瓦揚 – 古久列主張組成聯合陣線（Front unique），強調連結全部勞動階級的力量：「我們必需有一個最大的聯合：一個在你們之間的密切的聯合和各國的全部勞動階級的聯合（la plus grande union est nécessaire, une étroite union entre vous tous, et une union de la classe ouvrière à travers

---

122 3 月 21 日瓦揚 – 古久列在《人道報》撰文號召讀者出席同日晚上法國革命文藝家協會的大會，文章即標示紀德將於當晚發言；3 月 23 日《人道報》對這次集會作出詳盡報導，重點同樣在於紀德的演講，至於其他與會者如達比、馬爾羅、愛呂亞、茹爾丹和瓦揚 – 古久列等的發言，都只報導內容撮要。參考 "Un an d'activité de l'association des écrivains et artistes révolutionnaires. André Gide parlera, ce soir, salle Cadet," *L'Humanité*, Le 21 mars, 1933, p. 2; "A l'appel de l'Association des écrivains et artistes révolutionnaires," p. 2.

123 Gregory Lee, *Dai Wangshu*, p. 33；中譯參考利大英著，寇小葉譯：〈遠行與發現──1932-1935 年的戴望舒〉，《現代中文學刊》2009 年第 3 期，頁 48。（此文主要為利大英 *Dai Wangshu* 一書第二章的翻譯。）

124 詳見 Gregory Lee, *Dai Wangshu*, pp. 31-36；利大英：〈遠行與發現──1932-1935 年的戴望舒〉，頁 47-49。

les frontiers）。[125]」上述主張由「忠實於自己的藝術」的作家
以非共產黨員的身分在集會上提出，他願意和革命作家及藝
術家們「攜手」合作，亦受到他們「熱烈的歡迎」。這幅共產
主義者和非正統左翼作家和諧並列的圖像，的確為戴望舒所
嚮往。儘管不少學者已就〈法國通訊〉的內容深入探討戴望舒
與紀德、戴望舒與「第三種人」的論爭等重要課題，[126] 但此文
在不同的語境下別具意義，它突顯了戴望舒如何從法語左翼
知識分子的身上得到啟示：瓦揚–古久列和紀德支持的聯合
陣線、巴比塞對國際主義的追求，以至日後翻譯《詩人們》所
體認革命詩人的困境並強調「同路人」作家的文學活力。他們
都能夠接納非革命路線的左翼作家，並且積極反思蘇共文藝
政策指導下的無產階級文學。法語左翼知識分子在政治和文
學兩方面的探討，都為當時的中國作家提供參照。[127]

---

125 戴望舒：〈法國通訊 —— 關於文藝界的反法西斯諦運動〉，頁 307；"A l'appel
de l'Association des écrivains et artistes révolutionnaires," p. 2。

126 參考 Gregory Lee, *Dai Wangshu*, pp. 31-40；王文彬：〈戴望舒與紀德的文學
因緣〉，《新文學史料》2002 年第 2 期，頁 146-155；李洪華：〈從「同路人」
到「第三種人」—— 論 1930 年代左翼文化對現代派羣體的影響〉，《南昌大學
學報》（人文社會科學版）2009 年第 3 期，122-125；北塔：〈戴望舒與「左聯」
關係始末〉，頁 48-49。

127 1935 年初戴望舒回國以後的夏天，巴比塞在訪問莫斯科的行程中逝世。1938
年 10 月，戴望舒發表〈巴比塞逝世三週年紀念〉的翻譯文章，悼念這位「屢
次克服了許多文化人病根所在的藝術和行動的二重性」的左翼作家，並強調
他對不同傾向左翼知識分子的關注和接納。參考亞尼西莫夫著，苗秀譯：〈巴
比塞逝世三週年紀念〉，《星島日報・星座》，1938 年 10 月 3 日，第 10 版。（文
章譯自《真理報》。）

(二)《詩人們》的中文翻譯與傳播

　　1934 年 3 月高力里的《詩人們》在巴黎出版，戴望舒僅僅於一個月內完成全文翻譯。[128] 縱然戴望舒翻譯此作的動機清晰，對它進入中國讀者視野所能引起的迴響亦充滿期待，可是 1934 年中國文壇各種政治與文藝思想上的鬥爭，導致《詩人們》譯本的出版困難重重。1934 至 1941 年間，《詩人們》的翻譯被迫以不同形式分作五個階段發表，整個出版過程經歷以「左聯」為主導的中國無產階級文學發展時期（1930-1936）以及抗日戰爭時期（1937-1945）。

　　《詩人們》中譯本第一階段的出版集中在 1934 年 7 月，主要以章節節錄形式發表。施蟄存首先替戴望舒選取了兩個篇章，分別刊載在上海兩種現代派文學雜誌──均由施氏主編的《文藝風景》和《現代》。所選篇章的內容，既避免涉及原著中俄國革命詩人面對個人和政治困境的核心議題，亦配合了兩種雜誌因應當時中國文壇的政治形勢在文藝層面上保持的「中間路線」，強調「不預備造成任何一種文學上的思潮，主義，或黨派」，[129] 着重「崇高的文藝趣味」的編輯方向。[130]

---

128 三十年代同於法國里昂中法大學學習的沈寶基回憶道：「〔望舒〕翻譯的速度驚人，記得我買來一本書，他見了對我說：『借一借』，借去半個月還我時說：『我譯完了！』我驚呼一聲：『好傢伙！』……這本書就是本約明‧高力里的《蘇聯詩壇逸話》。」1990 年 11 月 19 日沈寶基致陳丙瑩函，見陳丙瑩：《戴望舒評傳》（重慶：重慶出版社，1993 年），頁 68-69。

129 施蟄存：〈創刊宣言〉，《現代》創刊號（1932 年 5 月），頁 2。另參考施蟄存：〈《現代》雜憶（一）〉，《新文學史料》1981 年第 1 期，頁 214。

130〈編輯室偶記〉，《文藝風景》第 1 卷第 2 期（1934 年 7 月），頁 118。

首篇〈革命期俄國詩人逸聞〉本為《詩人們》第一部的第三章
〈在革命中的詩歌〉（"La poésie dans la révolution"），發表時
刻意改換篇名，標示文章以記述「逸聞」為主。[131] 此文與意大
利未來主義作家帕皮尼（Giovanni Papini, 1881-1956）的〈鬼
才〉，[132] 以及介紹日本詩人與謝蕪村（Yosa Buson, 1716-1783）
及其俳句的文章一同刊載。[133] 在譯介世界文學方面，《文藝
風景》其實並非完全不涉政治議題的作品，但通過翻譯嘗試
換取相對較少干預的議論空間。此期雜誌首篇文章正是施蟄
存翻譯德國猶太裔著名左翼劇作家托勒爾（Ernst Toller, 1893-
1939）的〈現代作家與將來之歐洲〉（"The Modern Writer and
the Future of Europe"）。[134] 1933 年作者在法西斯政權迫害之下
流亡英國，文章剖析當代知識分子的歷史責任，向歐洲知識
分子「大聲疾呼，希圖以他的微弱的力量來挽回一個危險的時
代」。[135] 至於《現代》第 5 卷第 3 期發表高力里〈葉賽寧與俄
國意象詩派〉（"Les imaginistes. Serguëi Essenine"）的翻譯，

---

131 高力里著，戴望舒譯：〈革命期俄國詩人逸聞〉，《文藝風景》第 1 卷第 2 期
　　（1934 年 7 月），頁 87-92。
132 巴比尼著，徐霞村譯：〈鬼才〉，《文藝風景》第 1 卷第 2 期（1934 年 7 月），
　　頁 75-83。巴比尼是二十世紀意大利最具爭議性的作家之一，徐霞村在譯文
　　後所撰的附記中，也提及一次大戰後巴比尼信奉天主教及相關著作。
133 高明：〈蕪村及其俳句〉，《文藝風景》第 1 卷第 2 期（1934 年 7 月），頁 93-
　　100。
134 此文原以英文在英國《讀書人》月刊上發表。參考托萊爾著，施蟄存譯：〈現
　　代作家與將來之歐洲〉，《文藝風景》第 1 卷第 2 期（1934 年 7 月），頁 2-9；
　　Ernst Toller, "The Modern Writer and the Future of Europe," *The Bookman*
　　(U.K.) (Jan 1934): 380-382.
135 譯文後施蟄存作附記介紹作家生平。見托萊爾：〈現代作家與將來之歐洲〉，
　　頁 9。

同樣配合該期雜誌對意大利未來主義詩歌及西班牙小說最新發展的評論翻譯一併刊載。[136] 編者不僅強調此文所述是革命時期俄國詩壇各種「遺聞逸事」，[137] 也通過該期雜誌的文章編排將它歸類為二十世紀歐洲文藝思潮的譯介。

　　1935 年 3 月至 10 月期間，《詩人們》前半部「從個人主義到革命」中的第一、三、四、五章的翻譯分為六個篇章，首次以連載形式較完整地在兩種純文學雜誌《文飯小品》和《現代詩風》刊載，是為《詩人們》翻譯發表的第二階段。[138] 同樣由於敏感的政治環境，施蟄存發行、康嗣羣主編的《文飯小品》刪掉《詩人們》前半部的第二章〈布爾塞維克詩人〉（"Le poète

---

136〈葉賽寧與俄國意象詩派〉本為《詩人們》第一部的第四章。參考高列里著，戴望舒譯：〈葉賽寧與俄國意象詩派〉，《現代》第 5 卷第 3 期（1934 年 7 月），頁 411-421。另參考高明：〈未來派的詩〉，《現代》第 5 卷第 3 期（1934 年 7 月），頁 473-483；V. S. Pritchett 著，趙家璧譯：〈近代西班牙小說之趨勢〉，《現代》第 5 卷第 3 期（1934 年 7 月），頁 506-513（文章譯自 1934 年 2 月號英國雜誌 Fortnightly Review）。

137〈葉賽寧與俄國意象詩派〉的「編者附註」說明文章節錄自《詩人們》，並強調此書上卷敘述革命期俄國詩壇各種「遺聞逸事」，下卷則論述革命期以來的俄國作家及批評家，將高力里的著作定位為當時「研究新俄詩歌之唯一佳著」（頁 421）。

138 參考高力里著，戴望舒譯：〈蘇聯詩壇逸話〉（一　混亂中的作家們），《文飯小品》第 2 期（1935 年 3 月），頁 45-51；〈蘇聯詩壇逸話（續）〉（二　神秘派），《文飯小品》第 3 期（1935 年 4 月），頁 81-90；〈蘇聯詩壇逸話（續）〉（三　在革命中的詩歌），《文飯小品》第 4 期（1935 年 5 月），頁 67-72；〈蘇聯詩壇逸話（續）〉（四詩人的動員令、人們不再發表意像派的作品了、耶穌受難寺、「時代底忠實的孩子」），《文飯小品》第 5 期（1935 年 6 月），頁 86-98；〈蘇聯詩壇逸話（續）〉（五俄羅斯的未來主義），《文飯小品》第 6 期（1935 年 7 月），頁 43-51；本約明·高力里著，戴望舒譯：〈蘇聯詩壇逸話〉（佛拉齊米爾·瑪牙可夫斯基），《現代詩風》第 1 期（1935 年 10 月），頁 73-82。

bolchevique"），並委婉地解釋「因特殊關係未能登刊」。[139] 系列文章雖配合戴望舒的導論文字說明翻譯緣起，包括當時中國國內俄蘇文學研究不足的批評、《詩人們》探討個人主義者參與革命的經驗借鑑等，但施蟄存仍在文章前言努力淡化其政治內容，強調文章讓人「感到非常有興味」的部分，其實是「那記述革命期許多激動的詩人們的遺聞逸話」。[140] 文學雜誌針對文壇日益政治化的發展，宣稱刊載「一切並不『偉大』的文藝『作品』」的取向，[141] 選載《詩人們》的系列文章亦換上「蘇聯詩壇逸話」作為總題。隨着《文飯小品》停刊，「蘇聯詩壇逸話」的續篇，在施蟄存發行、戴望舒主編的《現代詩風》創刊號上續刊。[142]《現代詩風》是現代派詩人的雜誌，也是戴望舒回國後首次主編的詩刊。除發表自己四首新作（〈古意答客問〉、〈霜花〉、〈秋夜思〉、

---

139 高力里著，戴望舒譯：〈蘇聯詩壇逸話（續）〉（三　在革命中的詩歌），頁67，編者案。

140 施蟄存：〈「蘇聯詩壇逸話」小引〉，《文飯小品》第 2 期（1935 年 3 月），頁46。

141 康嗣羣在《文飯小品》創刊號上說明雜誌的編輯取向並批評當時的文壇：「當『偉大』狂盛之年，而有人來抬出『小品文』這個名稱，又從而提倡之，這當然幽默得要使一些偉大的人物感到不自然了。……〔小品〕也許是清談，但負亡國之責；也許是擺設，但你如果因此喪志，與我無涉；『小品』云何哉，乾脆的說，一切並不『偉大』的文藝『作品』而已。」見康嗣羣：〈創刊釋名〉，《文飯小品》第 1 期（1935 年 2 月），頁 1-2。

142《文飯小品》1935 年 2 月創刊，同年 7 月停刊，共出版六期。施蟄存自言，「我這個發行人是與普通的雜誌發行人不同的。既無本錢，亦不想賺錢，更沒有甚麼背景」。只是遇上康嗣羣堅持自己出版文藝雜誌，「可以任性」，「舒舒服服的任意」且得到上海雜誌公司的張靜廬支持，便決定參與其中。見施蟄存：〈發行人言〉，《文飯小品》第 1 期（1935 年 2 月），頁 3-4。另參考施蟄存：〈文飯小品廢刊及其他〉，《現代詩風》第 1 期（1935 年 10 月），頁 2。

〈燈〉）以外，[143] 詩刊的創刊號還收錄了玲君、金克木、施蟄存、徐霞村、林庚、徐遲、南星、侯汝華、路易士等人的詩作，以及劉吶鷗翻譯日本現代詩人西條八十（Saijō Yaso, 1892-1970）的作品。[144] 至於《詩人們》有關高力里評論馬雅可夫斯基章節的翻譯（即《詩人們》第五章「俄羅斯的未來主義」的下半部），則以譯介俄國現代詩人為重點，與英國詩人艾略特（T. S. Eliot, 1888-1965）《詩的用處與批評》（*The Use of Poetry and the Use of Criticism*）一書的序、英國詩人拜倫（George Gordon Byron, 1788-1824）的書信、美國現代女詩人羅蕙兒（Amy Lowell, 1874-1925）〈我們為甚麼要讀詩〉（"Why We Should Read Poetry"）等文章的翻譯，以及美國「桂冠詩人」桑德堡（Carl Sandburg, 1878-1967）的引介一同刊載。[145]

從《文藝風景》、《現代》、《文飯小品》至《現代詩風》，高力里《詩人們》章節翻譯的發表，一直受限於三十年代中國文壇複雜的政治處境，以及上海現代派文藝雜誌因應社會變化所選取的編輯方向，以致原著本身關注的議題未能全面展示。直至戴望舒回國後翌年（1936 年），《詩人們》的前半部方由上海雜誌公司出版，題名《蘇聯詩壇逸話》，是為譯書發

---

143 戴望舒：〈新作四章〉（〈古意答客問〉、〈霜花〉、〈秋夜思〉、〈燈〉），《現代詩風》第 1 期（1935 年 10 月），頁 15-18。

144 西條八十著，劉吶鷗譯：〈西條八十詩抄〉（七首），《現代詩風》第 1 期（1935 年 10 月），頁 38-44。

145 愛略特著，周煦良譯：〈「詩的用處與批評」序說〉，頁 45-58；拜倫著，杜衡譯：〈英國詩人拜倫書信抄〉（三封），頁 64-82；羅蕙兒女士著，李萬鶴（施蟄存）譯：〈我們為甚麼要讀詩〉，頁 59-63；嚴文莊：〈卡爾桑德堡的一幅肖像〉，頁 83-86。

表的第三階段。[146] 高力里原著的整體結構，第一次較完整地呈現。書中所載的〈譯者附記〉（1936 年 4 月 3 日），雖然刪除了戴望舒最初對翻譯動機的說明，[147] 但《詩人們》對俄國革命詩人從個人主義進入集團主義革命困境的探討，還是配合增設的附錄被一再強調。戴望舒原意為《詩人們》加入三篇附錄文章，回應高力里分析三位俄國革命詩人勃洛克、葉賽寧、馬雅可夫斯基面

戴望舒翻譯《詩人們》的上半部，首先由上海雜誌公司於 1936 年出版，名為《蘇聯詩壇逸話》。

對十月革命的不同取態與命運：（一） 胡斅（胡成才）翻譯勃洛克為「表明他對於十月革命的依繫」所撰寫反映十月革命的長詩《十二個》；（二） 日本馬克思主義文藝理論家藏原惟人（Kurahara Korehito, 1902-1991） 原著、馮雪峰翻譯的〈詩人葉

146《蘇聯詩壇逸話》出版前一個月，《詩人們》上半部第三章〈革命中的詩人們〉的節錄，曾以單篇形式與即將出版的《蘇聯詩壇逸話》的〈後記〉一同在上海雜誌公司旗下的《書報展望》刊載，此部分不作獨立討論。至於《蘇聯詩壇逸話》的書名，據日後戴望舒回憶，原書書題《俄羅斯革命中的詩人們》對 1937 年當時「危在旦夕的出版家」造成極大威脅，因而只能採用一個較為「輕鬆」的書名《蘇聯詩壇逸話》。參考本約明‧高力里著，戴望舒譯：〈革命中的詩人們〉，《書報展望》第 1 卷第 7 期（1936 年 5 月），頁 3；望舒：《蘇聯詩壇逸話》後記〉，《書報展望》第 1 卷第 7 期（1936 年 5 月），頁 4；戴望舒：〈譯者附記〉，載高力里著，戴望舒譯：《蘇聯文學史話》，頁 274-275。《蘇聯詩壇逸話》並無收入《詩人們》原著引言和結論的翻譯。
147 1934 年戴望舒翻譯《詩人們》時撰寫附記文字，並註明寫作日期為 1934 年 4 月。附記隨《詩人們》部分篇章於 1935 年《文飯小品》首次發表時刊載。參考戴望舒：〈「蘇聯詩壇逸話」小引〉，頁 45-46。

戴望舒翻譯《詩人們》的全稿於二次大戰期間香港淪陷前夕出版，改名為《蘇聯文學史話》(林泉居版，1941)。

賽寧之死〉；(三) 戴望舒撰寫的〈詩人瑪耶闊夫司基的死〉。勃洛克《十二個》的翻譯最終因技術問題未能收入；[148] 有關葉賽寧和馬雅可夫斯基兩篇「詩人之死」的文章，其論述與高力里強調抱持個人主義的意象派和未來派詩人無法真正「轉變」而走向革命的觀點基本一致。藏原惟人認為葉賽寧其實愛「革命英雄性」，但「單單將革命當作旋風和音樂迎着的葉賽寧，一到革命過去了牠的華美的英雄的時代而移到現實的建設的持久戰的時候，就至於感到幻境也是當然的事。……這是贊同着革命的理想的舊知識階級的多在一九二〇至二一年時代裏所經驗過來的情形」。[149] 至於戴望舒對馬雅可夫斯基的評論，正如上文所述，他和高力里同受阿巴呂觀點的影響。在〈詩人瑪牙可夫斯基之死〉一文裏，戴望舒甚至認為這位被蘇共譽為最偉大的革命詩人所致力的未來主義詩學，本屬資產階級的產物，詩人只是憑藉未

---

148 戴望舒：〈譯者附記〉，載高力里：《蘇聯詩壇逸話》，頁 193。

149 藏原惟人著，馮雪峰譯：〈詩人葉賽寧之死〉，載高力里著，戴望舒譯：《蘇聯文學史話》，頁 225–226。

來主義破壞過去的精神歌頌無產階級革命，其實早就意識到「個人主義的我鎔解在集團的我之中而不可能」。[150]

　　《詩人們》的中譯隨着戴望舒避戰南下在香港繼續發表，也同時進入抗日戰爭的歷史語境。1938 年 5 月戴氏與家人從滬往港，8 月起擔任《星島日報》文藝副刊〈星座〉編輯，先以單篇形式不定期刊載《詩人們》第二部「從革命到集團主義」的章節。至 1939 年 4 月，《星島日報》刊載了《詩人們》從未發表的譯文共十八篇，是為中譯本發表的第四階段。由於報刊文章沒有注明譯者名稱，原著作者名字亦改譯為「高列里」，因此過往學界一直沒有留意相關的原始材料。[151] 報刊連載的譯文經重新整合，章節之間原來次序略有改動，內容

---

150 戴望舒：〈詩人瑪牙可夫斯基之死〉，載高力里著，戴望舒譯：《蘇聯文學史話》，頁 247。

151《星島日報・星座》所載《詩人們》第二部的翻譯文章，除首篇〈詩歌中的列寧〉列明譯者為戴望舒並沿用作者中譯名高力里以外，1938 年 12 月開始發表的十七個篇章，均未列出譯者名字，亦將《詩人們》作者姓名改譯為高列里。茲將各篇篇目及發表日期臚列如下：〈詩歌中的列寧〉，1938 年 8 月 24 日；〈蘇聯詩壇的活歷史：別賽勉斯基〉，1938 年 12 月 19 日〔文末註明「蘇聯文學史話之一」〕；〈蘇聯文學創造期 —— 高爾基所演的角色〉，1938 年 12 月 20 日〔文末註明「蘇聯文學史話之一」〕；〈布格達諾夫的理論 —— 蘇聯文學史話之一〉，1938 年 12 月 23 日；〈蘇聯文學的源流〉，1938 年 12 月 27 日〔文末註明「蘇聯文學史話之一」〕；〈無產階級文化協會的始末 —— 蘇聯文學史話之一〉，1939 年 2 月 7、9 日；〈蘇聯無產階級文學底第一個時期（蘇聯文學史話）〉，1939 年 2 月 10-14、23-24 日；〈亞力山大・耶洛夫（蘇聯文學史話）〉，1939 年 4 月 1 日；〈無產階級文學底突進（蘇聯文學史話）〉，1939 年 4 月 7 日；〈文藝政策的改變（蘇聯文學史話）〉，1939 年 4 月 19 日；〈作家的突擊隊（蘇聯文學史話）〉，1939 年 4 月 20 日。

亦有所刪減。[152] 部分章節更以「蘇聯文學史話」為總題，預示了戴望舒出版中譯本全文的計劃（1941 年全文譯本即以此為書名）。《星島日報》選載《詩人們》第二部的譯文，基本上配合了當時〈星座〉副刊的關注：既於抗日戰爭時期繼續評論蘇聯文學的發展，也呼應當時中國和世界的抗戰文學。自 1938 年 12 月開始，〈星座〉刊載高力里〈蘇聯文學創造期〉、〈蘇聯文學的源流〉和〈蘇聯無產階級文學底第一個時期〉（一至七）等譯文，配合其他圖像與文字，廣泛介紹蘇聯文學的新進程，其中包括以俄國革命為主題的系列版畫作品、[153] 葉靈鳳譯〈作家在蘇聯〉（一至五）的連載文章、[154] 著名美國左翼作家辛克萊和蘇聯作家巴甫連科（Petr Andreevich Pavlenko,

---

152 據筆者仔細校對，十八篇譯文與 1941 年發表的《詩人們》全書翻譯基本相同，但因應實際情況在報刊發表時章節次序略有改動，例如《詩人們》第二部第一、二章重新組織為四篇文章〈蘇聯文學創造期 —— 高爾基所演的角色〉、〈布格達諾夫的理論〉、〈蘇聯文學的源流〉和〈無產階級文化協會始末〉刊載，其中〈布格達諾夫的理論〉一節被提前刊載，至最後一篇〈無產階級文化協會始末〉下半部發表時，即就該篇內容在文末以附註形式提示讀者「請參看星座十二月二十三日刊出的『布格達諾夫的理論』」；《詩人們》第二部第五章以下的小節「新的課題」以及第六章以下的小節「巴斯戴爾拿克」，則從未發表。再者，個別篇章因報刊篇幅所限而有刪改，例如 1939 年 2 月 14 日載〈蘇聯無產階級文學底第一個時期〉七篇之中的第五篇，內引基里洛年（Vladimir Kirillov, 1889-1937）的詩《我們》（Nous）被刪略。參考高力里著，戴望舒譯：《蘇聯文學史話》，頁 149-150。

153 哥耶：〈多麼勇敢〉，《星島日報・星座》，1938 年 12 月 19 日；《轟炸下》，《星島日報・星座》，1938 年 12 月 20 日；〈文明之宣揚〉（同名四種作品），《星島日報・星座》，1938 年 12 月 21-22、27-28 日；〈流亡〉，《星島日報・星座》，1938 年 12 月 29 日。

154 亞力山大・德契著，靈鳳譯：〈作家在蘇聯〉，《星島日報・星座》，1938 年 12 月 24-25、27、29、31 日。

1889-1951）的通信翻譯，[155] 以及唐錫如〈蘇俄新譯外國名著〉
的介紹。[156] 另一方面，報刊同期發表樓適夷（1905-2001）、馬
國亮（1908-2001）、路易士（1913-2013）等人的抗戰文章和詩
歌，[157] 以及描述西班牙革命戰爭的文學著作，例如杜衡翻譯
美國作家紐加斯（James Neugass, 1905-1949）本其西班牙革命
戰爭親身經驗撰寫的長詩〈給我們這一天〉，[158] 施蟄存翻譯法
國著名作家兼革命家馬爾羅以西班牙革命戰爭為主題的小說
《希望》選段，還有講述 1925 年省港大罷工的小說《征服者》
（*Les Conquérants*）的書評。論者甚至將中國當時的處境與西
班牙反法西斯戰爭加以比較，以為「假使我們回顧一下中國十
餘年來發展的經過，那不得不佩服這位年青的法國朋友是有
先見之明的」。[159]

---

155 U・辛克萊：〈我願和蘇聯作家合作 —— 致「國際文學」編者書〉，《星島日報
　　・星座》，1938 年 12 月 21 日；巴甫連科著，唐錫如譯：〈我願和辛克萊合作
　　「紅色的黃金」—— 答辛克萊書〉，《星島日報・星座》，1938 年 12 月 22 日。

156 唐錫如：〈蘇俄新譯外國名著〉，《星島日報・星座》，1938 年 12 月 31 日。

157 馬國亮：〈我們要勝利〉，《星島日報・星座》，1938 年 12 月 20 日；路易士：
　　〈為你復仇〉，《星島日報・星座》，1938 年 12 月 26 日；適夷：〈迎新的戰鬥
　　之年〉，《星島日報・星座》，1939 年 1 月 5 日。

158 J・紐加斯著，杜衡譯：〈給我們這一天〉（一至五），《星島日報・星座》，
　　1938 年 12 月 25-29 日。原著參考 James Neugass, "Give Us this Day," *Story*
　　13（Nov-Dec, 1938）; reprinted in Cary Nelson（ed.）, *The Wound and the
　　Dream: Sixty Years of American Poems about the Spanish Civil War*（Urbana,
　　IL: University of Illinois Press, 2002）, pp. 124-134.

159 樓佐：〈書評：「中國大革命序曲」（原名：征服者）〉，《星島日報・星座》，
　　1939 年 1 月 10 日。此文為馬爾洛著，王凡西譯《中國大革命序曲》（上海：
　　金星書店，1939 年）的書評。

　　《詩人們》中譯全稿最終在戴望舒完成翻譯後七年（1941
年），[160] 以自資方式在香港出版，詩人更根據他當時在港居住
的地方林泉居（Woodbrook Villa）作為此書出版者的名稱。[161]
其時已是戴望舒從上海南下避戰的第三年，正值香港淪陷前
夕。戴望舒最後將高力里著作中譯本的書名由「詩壇逸話」改
為「文學史話」。《蘇聯文學史話》作為譯書第五階段的發表固
然最為完整，還在《蘇聯詩壇逸話》（《詩人們》第一部）以及
《星島日報》發表《詩人們》第二部的基礎上增補了三種附錄，
即馮雪峰譯〈無產階級文化協會宣言〉、[162] 魯迅譯〈觀念形態戰
線和文學〉[163] 和高力里原著附設的蘇共中央委員會〈關於文藝
領域上的黨的政策〉決議案的翻譯，全面補充 1917 至 1932 年
俄蘇文學發展論述的資料。

　　《蘇聯文學史話》的〈譯者附記〉寫於 1941 年 10 月 17 日，

160 戴望舒誤記此書出版時為翻譯完成後第八年，見戴望舒：〈譯者附記〉，載高
　　力里著，戴望舒譯：《蘇聯文學史話》，頁 275。
161 1941 年出版的《蘇聯文學史話》版權頁註明出版者為「林泉居」，封面即印
　　上「林泉居版」，而印刷者為星島日報印刷部，總經售處耕耘書店，初版印數
　　1,500。1938 年戴望舒攜妻女避戰南下，其後租住薄扶林道一所花園洋房。
　　由於該處鄰近樹林小溪，環境清幽，故定名為林泉居，戴望舒亦以林泉居士
　　為筆名。
162 畫室譯：〈無產階級文化協會宣言〉，原題〈「無產者文化」宣言〉，載波格達
　　諾夫著，蘇汶譯：《新藝術論》（上海：水沫書店，1929 年），頁 111-119。
163 魯迅所譯〈觀念形態戰線和文學〉（1925 年 1 月第一次無產階級作家大會的
　　決議案）和兩個文件〈關於文藝領域上的黨的政策〉（1925 年 6 月俄共（布）
　　中央的決議案）與〈關於對文藝的黨的政策〉（1924 年 5 月俄共（布）中央召
　　開文藝政策討論會的記錄），乃據藏原惟人和外村史郎《蘇俄的文藝政策》的
　　日譯本重譯。1928 至 1929 年間三篇文章曾於《奔流》月刊發表，後收入《文
　　藝政策》一書。參考魯迅：《《文藝政策》後記》，《譯文序跋集》，載《魯迅全
　　集》第十卷（北京：人民文學，2005 年），頁 339-346。

由此可知此書出版正值香港淪陷（1941 年 12 月 25 日）前後的兩個多月內。[164] 從 1934 年至 1941 年，從上海到香港，《詩人們》譯本的出版已經歷多次歷史語境的變化，有需要重新審視戴望舒在抗日戰爭期間撰寫的〈譯者附記〉。《蘇聯文學史話》雖然刪除了《詩人們》原著的引言，但〈譯者附記〉基本複述了高力里在原著引言中闡明的寫作目的、方法、全書結構安排以及作家的觀點和立場。換言之，〈譯者附記〉不少內容與《詩人們》原著引言相合，對當中說明寫作目的的原文只作技術性的修改，可視之為它的譯文。[165] 對讀比較，〈譯者附記〉刻意

---

164 太平洋戰爭爆發，1941 年 12 月 8 日日軍進攻香港，開始了為期十八日的香港保衛戰。戴望舒編輯的《星島日報》副刊〈星座〉即改為戰時特刊，而《星島日報》亦於香港淪陷前三天停刊。參考戴望舒：〈十年前的星島和星座〉，《星島日報・星座》，增刊第 10 版，1948 年 8 月 1 日。

165 例如對讀《詩人們》引言原文："Il n'est pas question dans ce qui va suivre de présenter au public français les écrivains et les poètes de l'U.R.S.S. . . . Il ne s'agit pas non plus, pour moi, de présenter une étude complète de la poésie russe moderne qui est actuellement en plein développement. J'ai simplement essayé de montrer de quelle façon la littérature russe cherche à rejoindre la Révolution et par quelle voie." 以及〈譯者附記〉論述此書寫作的目的：「在這部小書之中，作者的意思並不是在於介紹幾個蘇聯的作家，亦不在於對蘇聯的文學作一種全盤的研究；他的目的祇是要指示出，俄國的文學是怎樣地去和革命結合，又從那一條路去和牠結合。」〈譯者附記〉從原作家第一人稱「我」（Je）有關寫作目的的陳述，轉換成第三人稱（包括主語「作者」以及人稱代詞「他」）的敘述；又因應《詩人們》中譯本閱讀對象的改變，刪除原文提及法語大眾讀者的字句（au public français）。此外，為能在中文語境裏清楚說明《詩人們》探討的對象，〈譯者附記〉將原文「俄羅斯現代詩歌」（la poésie russe moderne）的說法，改寫為 1922 年蘇共政權成立以後的專稱「蘇聯的文學」，與下文強調十月革命前後的「俄國的文學」相對。總括而言，《蘇聯文學史話》的〈譯者附記〉內容，部分直接翻譯了高力里原著的引言。參考 Benjamin Goriély, *Les Poètes dans la révolution russe*, p. 7；戴望舒：〈譯者附記〉，載高力里著，戴望舒譯：《蘇聯文學史話》，頁 274。

忽略《詩人們》原著引言中兩個重點的申述。其一，戴望舒據
原著引言在〈譯者附記〉裏說明《詩人們》旨在展示俄國詩人
參與革命的道路，但刪除文中提及詩人參與革命所面對的困境
以及不接納革命者的取態：「憑藉個人記憶，我希望展示不接
納革命的作家所採取的姿態，以及尋求與革命重新結合的詩人
的探索過程。[166]」其二，譯者迴避原著引言中論述革命時期各
種文學流派與整個俄國「民族覺醒」的緊密關係：「這個轉折時
期文學流派高度發展的時代，密切地聯繫着整個民族的覺醒，
從而開始發現新的世界。[167]」香港淪陷前夕，儘管戴望舒盡最
後努力出版《詩人們》中譯本，延續詩人參與革命的思考，但
在特殊的歷史語境下，他只能強調此書作為文學「史話」的定
位，審慎而有限地肯定書中「公允的眼光，簡明的敘述，活潑的
筆調，嚴緊的結構」等價值。[168]

---

166 戴望舒：〈譯者附記〉，載高力里：《蘇聯文學史話》，頁 274；原文參考 Benjamin Goriély, *Les Poètes dans la révolution russe*, p. 7: "Me bassant sur mes propres souvenirs, je crois avoir illustré l'attitude des écrivains qui n'acceptèrent pas la Révolution, ainsi que le tâtonnement des poètes qui cherchèrent à se rallier à elle."

167 戴望舒：〈譯者附記〉，載高力里：《蘇聯文學史話》，頁 274；原文參考 Benjamin Goriély, *Les Poètes dans la révolution russe*, p. 7: "Cette époque, qui marque le plus haut degré du développement des écoles littéraires de transition, est intimement liée avec le réveil d'un peuple entier qui part à la découverte d'un monde nouveau."

168 戴望舒：〈譯者附記〉，載高力里著，戴望舒譯：《蘇聯文學史話》，頁 274。

我為甚麼，為誰而寫作？

　　1934 年《詩人們》原著出版時，法國革命文藝家協會機關刊物《公社》以「我為甚麼，為誰而寫作？」（Pourquoi écrivez-vous? Pour qui écrivez-vous?）為題，邀請作家撰文回應，結果羅曼・羅蘭給以堅定懇切的回覆：建立「無國界無產階級的人類大同」（la communauté humaine sans frontières et sans classes）的理想下，以寫作支持蘇聯無產階級革命運動。抗日戰爭結束後，戴望舒對此文念念不忘，全文翻譯也一度重刊：

> 　　我永遠「為行進的人們」而寫作。⋯⋯為了那些做着行進的大軍的前衞的人們，為了那些作着國際大戰的人們——這大戰的勝利，將確保無國界無產階級的人類大同的建立。在今日，共產黨是社會的，宇宙的行動的唯一的黨，牠既不瞻前顧後，也不妥協，持着旗幟向前走，帶着一種英勇而熟思過的論理，去征服那些高原。⋯⋯我們，作家們，我們向那些落伍者們吹起集合的號角。但是我們卻不必等待他們。讓他們趕上我們來吧！行進的縱隊是永遠也不停止的。[169]

---

169 "Pour qui écrivez-vous?" (3ème série de réponses),*Commune* 7-8（mars-arvil, 1934）: 778-780: "J'ai toujours écri[t] *pour ceux qui marchent.* [...] Pour ceux qui sont l'avant-garde de l'armée en marche, pour ceux qui livrent la grande bataille internationale, dont la victoire doit assurer l'établissement de la

戴望舒雖然無從得知此文發表後一年，羅曼‧羅蘭應高爾基之邀訪問蘇聯，並寫下五十年內不許發表的日記《莫斯科之旅》（*Voyage à Moscou, juin-juillet 1935*），透露當時他對蘇聯制度的批評。[170] 但由此可見戴望舒深切關注三十年代法國左翼知識分子如何思考作家身分、寫作活動和現實政治的關係，尤其在時代轉折之際羅曼‧羅蘭對無產階級革命的充分肯定。《詩人們》中譯本的出版，並非單純回應三十年代中國文壇掀起赤色出版的浪潮，戴望舒對文學與革命的關係以至歐洲左翼文藝思潮發展的思考，也因為其人生經歷和歷史遭遇而越見深刻。同樣是文化中介者，戴望舒將高力里在極為複雜的文化背景（俄國、波蘭、德國、比國、法國）下醞釀完成的《詩人們》引入中國特殊的歷史語境，不僅展現出不同地域文化脈絡之下左翼文藝思潮之間的矛盾和競爭，更嘗試在中國以至全球激進的左翼革命運動中尋求現代派詩人的道路。

---

communauté humaine sans frontières et sans classes. Le communisme est, aujourd'hui, le seul parti d'action sociale, universel, qui sans arrière-pensée et sans compris, porte ce drapeau et s'achemine, avec une logique intrépide et réfléchie, vers la conquête de ces hauts plateaux. [...] Nous, écrivains, nous lançons aux retardataires la sonnerie de ralliement. Mais nous n'avons pas à les attendre. Qu'ils nous rejoignent! La colonne en marche ne s'arrête jamais." 中譯參考羅曼‧羅蘭著，文生譯：〈我為甚麼，為誰而寫作？〉，《新生日報‧生趣》，1946 年 1 月 20 日。此文後於《華僑日報》重刊，見羅曼‧羅蘭著，戴望舒譯：〈我為甚麼，為誰而寫作？〉，《華僑日報‧文藝》，1949 年 1 月 16 日。

170 Romain Rolland, *Voyage à Moscou, juin-juillet 1935,* Paris: Éditions Albin Michel, 1992；中譯本參考羅曼‧羅蘭著，夏伯銘譯：《莫斯科日記》，臺北：臺灣商務印書館，1998 年。

第三章

「轉譯」中的法語左翼文藝

　　我們在冰冷的房間以小燈芯的微光、凍僵的手、空
的肚子進行寫作。我們熱情地生活着。我們思考。我們有
頑強的慾望去學習和理解。在迅速瞥視俄羅斯的精神生活
以前，應該回顧這些事情：對這國家所作的罪行、這國家
巨大的痛苦、它百戰不敗的堅持。此等事情塑造了這國家
智力勞動者的獨特輪廓。

　　　　　　　　　—— 維克多・謝爾蓋〈俄羅斯精神生活紀事〉[1]

謝爾蓋 (Victor Serge)（左一）與超現
實主義詩人佩雷 (Benjamin Péret) 及
其妻 (Remedios Varo)（左二、三）、
布勒東 (André Breton)（右一）於
1940 年法國馬賽的合照。

1　Victor Serge, "La vie intellectuelle en Russie des Soviets," *Clarté*, n° 25（15 novembre, 1922）, p. 6.

《鐵甲車》轉譯中的盲點與洞見

　　1930 年 3 月，戴望舒參加了「左聯」在上海中華藝術大學舉行的成立大會，並加入成為第一批會員。[2] 隨後二年，他從法文轉譯了新俄時期「同路人」作家伊凡諾夫（Vsevolod Ivanov, 1895-1963）的重要著作《鐵甲車》（*Bronepoyezd 14-69*, 1922），並對作者及其小說作出了嚴謹的批評：

> 　　　他對於革命，對於一切，都祇有根據本能的認識，因此來描寫多元的，在本質上是非組織的農民暴亂，固見其適當，然而他不能真正地把握到革命的真諦，並且他也沒有想去把握。[3]

除翻譯《鐵甲車》以外，同年戴望舒還與杜衡合譯出版新俄時期無產階級文學代表作家里別進思基（Yury Libedinsky, 1898-1959）的《一週間》（*Nedelya*, 1922）。由於兩部小說均以俄國十月革命結束後的國內戰爭為主題，配合當時中國國情而受到讀者的廣泛歡迎。[4] 相對於同期左翼作家以革命為目的積極譯介俄蘇文學以推廣無產階級文化運動，論者或將中國現代派作家參與俄蘇文學翻譯的現象，理解為「持自由主義立場的第三種人」，因為「思想的和認識的需要，商業上的需要而把

2　參考施蟄存：〈最後一個老朋友 —— 馮雪峰〉，《新文學史料》1983 年 2 期，頁 203；北塔：〈戴望舒與「左聯」關係始末〉，頁 42-50。

3　戴望舒：〈譯序〉，載伊凡諾夫著，戴望舒譯：《鐵甲車》，頁 3-4。

4　二書均有不同譯本，詳見李今：《二十世紀中國翻譯文學史・三四十年代・俄蘇卷》，頁 180-181。

注意力投向蘇聯文學」。[5] 又在戴望舒與俄蘇文學關係的課題缺乏全面研究的情況下，以《一週間》和《鐵甲車》兩部著作翻譯說明戴望舒加入「左聯」後發表「赤化」的著譯，並視之為詩人對俄蘇文學「短暫而集中的熱愛」。[6]

　　從二、三十年代中國翻譯俄蘇文學的歷史語境而言，戴望舒為何向當時的中國讀者引介一位被他指為「沒有想去把握」革命的「同路人」作家？他又如何看待一部描寫十月革命以後國內戰爭卻「不能真正地把握到革命的真諦」的作品？是否如魯迅所言，「恐怕也是『同路人』這種沒有立場的立場，反而易得介紹者的賞識之故」？[7] 從國際左翼文藝發展的角度而言，二十年代法國出版十月革命後俄蘇文學的翻譯，以至三十年代中國出版據法文譯本轉譯的《鐵甲車》，當中牽涉的法國左翼文藝思潮又能否為我們提供新的契機，重新思考箇中問題？

　　過往學界對戴望舒有關俄蘇文學翻譯的研究，仍有不少尚待補充的地方。例如利大英嘗試從文學與政治關係的角度討論戴望舒對《一週間》、《鐵甲車》以及俄國詩歌的翻譯和評介，《戴望舒全集》的主編王文彬側重探討詩人對紀德《從蘇聯回來》（*Retour de l'U.R.S.S.*, 1936）一書的翻譯，但他們都忽略了戴望舒早於 1929 年根據第一部英譯俄國短篇小說選《飛行的奧西普》（*Flying Osip*, 1925）譯介十九、二十世紀俄蘇作

5　同上註，頁 83。

6　北塔：〈戴望舒與「左聯」關係始末〉，頁 46。

7　魯迅：〈《豎琴》前記〉，載魯迅編譯：《豎琴》，頁 4-5。

家的情況。[8] 至於近年學者加穆薩（Mark Gamsa, 1970-　）試為
相關課題作出了詳細的論述，《雨巷詩人——戴望舒傳》的作
者北塔亦撰專文討論戴望舒與俄蘇文學的關係，[9] 可惜因為缺
乏原始材料，研究者或未能得見水沫社編譯《俄羅斯短篇傑作
集》第二冊所收錄戴望舒翻譯迦爾洵（Vsevolod Garshin, 1855-
1888）和希式柯夫（Vyacheslav Shishkov, 1873-1945）的篇章，
又或戴望舒在抗日戰爭時期香港報刊發表的蘇聯文學翻譯。

重新審視《鐵甲車》的翻譯在中國現代派作家譯介俄蘇
文學版圖上所佔的獨特位置，我們需要首先指出：其一，戴
望舒對俄蘇文學的翻譯並非始於無產階級革命文學。詩人乃
從世界文學的視野，持續關注十九、二十世紀的俄蘇文學。
戴望舒首先據《飛行的奧西普》譯介了萊蒙托夫（Mikhail
Lermontov, 1814-1841）、迦爾洵、阿爾志跋綏夫（Mikhail
Artsybashev, 1878-1927）和希式柯夫等人的作品。[10] 及後他從

8　*Flying Osip: Stories of New Russia*, ed. and intro. Alexander Chramoff, trans. L.
　　S. Friedland and J. R. Piroshnikoff, New York: International Publishers, 1925.
　　當時與戴望舒一起合譯《飛行的奧西普》的，還有施蟄存、杜衡、施絳年、孫
　　仲嶽、孫昆泉和羅霈特。據施蟄存回憶：「當時，蘇聯短篇小說的第一個英譯
　　本《飛行的奧西普》出現在上海中美圖書公司，我們立即去買了來，各人譯了
　　幾篇，後來都編在水沫書店出版的《俄羅斯短篇傑作集》第一集和第二集。這
　　個有系統地介紹新舊俄羅斯短篇小說的計劃，原想一本一本地繼續下去，
　　和我們同時選譯的《法國短篇小說集》（現代書局出版）成為姊妹書，可是都
　　只出了兩集便中止了。」參考施蟄存：〈最後一個老朋友——馮雪峰〉，頁
　　201。

9　Mark Gamsa, *The Chinese Translation of Russian Literature: Three Studies*
　　（Leiden: Brill, 2008），pp. 216-218；北塔：〈短暫而集中的熱愛——論戴望
　　舒與俄蘇文學的關係〉，《社會科學研究》2012 年第 4 期，頁 186-192。

10　萊爾蒙托夫著，戴望舒譯：〈達芒〉，《俄羅斯短篇傑作集》第一冊（上海：水
　　沫書店，1929 年 5 月），頁 1-28；柯爾志巴綏夫著，戴望舒譯：〈夜〉，《俄

法國回到上海再學習俄語，並於 1937 年在《新詩》雜誌發表俄國兩大詩人普希金（Alexander Pushkin, 1799-1837）和葉賽寧（Sergei Yesenin, 1895-1925）的詩歌翻譯。[11] 至四十年代，戴望舒主編香港《星島日報》文藝副刊〈星座〉之時，更籌劃「萊蒙托夫逝世百年祭特刊」並重刊了萊蒙托夫的〈達芒〉（*Taman*, in *Geroy nashego vremeni*, 1840）；及後主編香港淪陷時期《香島日報》的副刊〈綜合〉，也重刊了迦爾洵的〈旗號〉（*Rasskaz*, 1887）。[12] 在這期間還譯載了蘇聯當代作家索諾維約夫（Leonid Solovyov, 1906-1962）的短篇作品。[13] 由是觀之，戴望舒關注俄蘇文學從十九世紀的經典著作至十月革命以後當代文學承先啟後的發展，伊凡諾夫《鐵甲車》更被視為轉折時刻俄羅斯新文學的代表作。

羅斯短篇傑作集》第一冊，頁 1-30；迦爾洵著，戴望舒譯：〈旗號〉，《俄羅斯短篇傑作集》第二冊（上海：水沫書店，1929 年 6 月），頁 1-21；希式柯夫著，戴望舒譯：〈奧格利若伏村底戲劇公演〉，《俄羅斯短篇傑作集》第二冊，頁 3-39。Mark Gamsa 提出〈夜〉的真正譯者可能是劉吶鷗，相關問題參考 Mark Gamsa, *The Chinese Translation of Russian Literature*, pp. 216-218.

11 普式金著，艾昂甫譯：「普式金詩鈔一」〈三姊妹〉(沙爾旦王之一節)、〈先知〉、〈毒樹〉，《新詩》第 1 卷第 5 期（1937 年 2 月），頁 574-579；葉賽寧著，艾昂甫譯：「葉賽寧詩鈔」〈啟程〉、〈安息祈禱〉、〈我離開了家園〉、〈母牛〉、〈如果你飢餓〉，《新詩》第 2 卷第 1 期（1937 年 4 月），頁 59-65。

12 萊蒙托夫著，戴望舒譯：〈達滿〉（連載），《星島日報‧星座》第 987-988 期「萊蒙托夫逝世百年祭特刊」，1941 年 7 月 16-17 日；迦爾洵著，戴望舒譯：〈旗號〉（一至九），《香島日報‧綜合》「新譯世界短篇傑作選」，1945 年 5 月 13、15-23 日。

13 梭羅維也夫著，張白衙：〈第九十六箇女人〉（一至十一），《星島日報‧星座》第 830-841 期，1941 年 1 月 20 日至 2 月 5 日。此文後重刊於上海《濤聲》雜誌，見梭羅維也夫著，戴望舒譯：〈第九十六個女人〉，《濤聲》復刊號第 1 卷第 1 期（1946 年 12 月 5 日），頁 6-9；〈第九十六個女人〉（續），《濤聲》復刊號第 1 卷第 2 期（1947 年 1 月 15 日），頁 73-75。

其二，有別於當時大部分中國左翼作家，戴望舒積極引入蘇聯、日本以外歐洲法語左翼作家更為寬廣的視野及其充滿思辯性和異質性的觀點。是以左翼評論家對詩人選譯有關方面的兩部法文著述《唯物史觀的文學論》和《蘇聯文學史話》（*Les Poètes dans la révolution russe*, 1934），亦有所批評。[14] 自 1929年起，戴望舒着手翻譯原籍波蘭、來自日內瓦知識分子團體的伊可維支所進行「藝術的科學研究」的評論文章，其中除借鑑唯物史觀分析莎士比亞（William Shakespeare, 1564-1616）、巴爾札克（Honoré de Balzac, 1799-1850）、左拉（Emile Zola, 1840-1902）、韓波（Arthur Rimbaud, 1854-1891）等資產階級作家與其時代社會的關係，還細辨美國左翼作家辛克萊和蘇聯馬克思主義理論家布哈林在文學藝術分析上，對相關理論的簡化和錯誤應用。[15] 及至 1934 年，戴望舒翻譯華沙出生、活躍於比利時和法國兩地左翼文人團體的俄裔翻譯家兼評論家高力里有關「俄羅斯革命中的詩人們」的論述，當中從理論層面分析意象派（L'imaginisme）、立體─未來派（Le cubo-

14　施蟄存回憶 1929 年水沫書店計劃出版「科學的藝術論叢書」，指出由於劉吶鷗譯弗里采（Vladimir Friche, 1870-1928）的《藝術社會學》（*Sotsiologüa Iskusstva*, 1926）和戴望舒譯伊可維支的《唯物史觀的文學論》，在「左翼理論界頗有意見，認為它們還有資產階級觀點，因此沒有把這兩個譯本編入叢書」。《新文藝》創刊號（1929 年 9 月 15 日）所載「叢書」擬定印行書目，也不包括《唯物史觀的文學論》。但據 1930 年出版《唯物史觀的文學論》內頁所示，此書乃屬「科學的藝術論叢書」之一。參考施蟄存：〈我們經營過三個書店〉，頁 187-188。

15　伊可維支主要批評辛克萊的《拜金藝術》（*Mammonart: An Essay in Economic Interpretation*, 1925）以及布哈林的《唯物史觀的理論》（*La Théorie du matérialisme historique*, 1927）。參考伊可維支著，戴望舒譯：《唯物史觀的文學論》，頁 106-112。

futurisme）以至初期無產階級文學團體宇宙派（Le comisme）
抱持個人主義進行革命的內核問題，又主張寬容接納不同派
別的「同路人」，借助他們的能力幫助發展無產階級文學（詳
見第二章）。事實上，戴望舒也曾參考法國左翼週報《世界》
總編輯、比利時詩人及翻譯家阿巴呂的觀點，撰文質疑蘇共
及中國左翼評論家對「革命詩人」馬雅可夫斯基自殺原因的辯
解，更詳論詩人未來主義藝術傾向和無產階級革命本質上的
矛盾（詳見第六章）。正是戴望舒身處當時由「左聯」主導的
中國文壇的邊緣位置，為他對蘇共文藝理論以至當時中國左
翼的文藝觀點提供了反思的空間。

　　基於戴望舒對於歐洲左翼文藝的關注，下文嘗試另闢蹊
徑，以俄國小說的法文「轉譯」（Relay-translation）為切入
點，探討戴譯《鐵甲車》背後可能牽涉二十年代法國左翼文藝
思潮的政治和文化意涵。「轉譯」在文學影響的建構以至知識
和文化傳播之中均擔當着重要的角色，三十年代《鐵甲車》
的兩種中文譯本同是以轉譯的方法翻譯：韓侍桁先據日本黑
田辰男《鐵甲車》的翻譯進行轉譯，再由魯迅據希曼（Eduard
Schiemann, 1885-1942）的德譯本校對，後收入他主編的「現
代文藝叢書」於 1932 年出版；[16] 同年，戴望舒從西德爾斯基

16　魯迅：〈《鐵甲列車 Nr.14-69》譯本後記〉，《集外集拾遺補編》，載《魯迅全
　　集》第八卷（北京：人民文學，2005 年），頁 346；V. V. 伊凡諾夫著，韓侍桁
　　譯：《鐵甲列車 Nr. 14-69》，上海：神洲國光社，1932 年。另參考 Vsevolod
　　Ivanov, *Panzerzug, Issues 14-69*, Übers. von Eduard Schiemann, Hamburg:
　　Carl Hoym Nachf, 1923.

（Olga Sidersky, 生卒年不詳）的法文譯本轉譯《鐵甲車》。[17] 從文學翻譯的角度而言，戴望舒當時因為不諳俄文，面對伊凡諾夫的《鐵甲車》以為是「除了忠於法譯本之外便沒有其牠的辦法」，[18] 故此通過第二語言轉譯小說原著被譯者自身視為翻譯工作的「盲點」。[19] 然而，正由於戴望舒據法文譯本轉譯俄文著作，《鐵甲車》的法文翻譯、出版以至伊凡諾夫作為「同路人」作家被接受和譯介至法國的過程，均可視為理解戴望舒在三十年代初選譯《鐵甲車》的關鍵。有別於文學和文化翻譯理論針對轉譯文本從原文（俄文）到第二語言（法文）及第三語言（中文）的語彙翻譯以及文化相容等問題，本文更關注轉譯文本產生的歷史、政治和文化語境。下文嘗試通過兩位不同程度活躍於法國文壇的俄裔知識分子——《鐵甲車》法文譯本所屬系列叢書的主編席洛茲（Boris de Schlözer, 1881-1969）以及首位向法語讀者引介伊凡諾夫的革命家兼作家謝爾蓋（Victor Serge, 1890-1947），管窺二十年代俄蘇文學如何進入法國讀者的視野。

---

17 Vsévolod Ivanov, *Le Train blindé numéro 1469*, trad. du russe par Olga Sidersky, Paris: Librairie Gallimard, 1927; 伊凡諾夫著，戴望舒譯：《鐵甲車》，上海：現代書局，1932 年。

18 戴望舒：〈譯序〉，載伊凡諾夫著，戴望舒譯：《鐵甲車》，頁 4。

19 戴望舒更由於自己據《鐵甲車》法譯本的轉譯本與韓侍桁據日譯本的轉譯本「在許多地方都不無出入之處」，表示「誠意地希望著能夠快有根據原文的更完備的譯本出現。」同上註，頁 4。

謝爾蓋評介的「俄羅斯精神生活紀事」

　　1926 年，法國最具影響力之一的伽利瑪出版社（Librairie Gallimard）籌劃出版「俄羅斯青年」（Les Jeunes Russes）系列叢書，介紹十月革命以後新一代作家的著作。[20] 縱然系列叢書選譯作品的代表性猶可斟酌，但當中還是包括了扎米亞京（Evgueni Zamiatine, 1884-1937）在二十年代初被蘇共禁止出版的《我們》（*Nous autres*, 1929）、皮利尼亞克（Boris Pilniak, 1894-1937）於 1921 年出版的《荒年》（*L'Année nue*, 1926），以及「謝拉皮翁兄弟社」（Les frères de Sérapion）三位代表成員伊凡諾夫、斐定（Constantin Fédine, 1892-1977）和左琴科（Mikhaïl Zochtchenko, 1895-1958）等人的重要著作。1922 年伊凡諾夫《鐵甲車》的首次法文翻譯（*Le Train blindé numéro 1469*, 1927），即由此系列叢書出版。「俄羅斯青年」主編席洛茲曾為叢書的選譯對象作出扼要的評述：

　　　　無論我們對俄國革命的評價如何，它已誘發新一代作家的誕生。他們的藝術確實連繫着上一世紀的文學巨匠：果戈里、托爾斯泰、杜斯妥也夫斯基，但也表現出固有個性、原創思想以及革新的形

20　1926 至 1938 年間，「俄羅斯青年」（Les Jeunes Russes）系列叢書共譯介了十五部著作。詳見伽利瑪出版社的文檔 "Les lettres russes à la NRF"。URL: http://www.gallimard.fr/Footer/Ressources/Entretiens-et-documents/Document-Les-lettres-russes-a-la-NRF/(sourcedoc)/210195（瀏覽日期：2016 年 10 月 11 日）。

式。本系列叢書排除所有政治偏見，向法國讀者揭
示當代俄羅斯不為人知的一面。[21]（筆者自譯）

席洛茲雖指出後革命時期新一代作家著作表現出「固有個
性」、「原創思想」和「革新形式」等特點，但強調他們與
十九世紀俄國小說藝術上的連繫。相關論點在其日後的評論
文章〈蘇聯文學一瞥〉（"Coup d'œil sur la littérature au pays
des Soviets," 1929）之中得到充份的闡述。席洛茲認為革命
後新文學延續了前人對寫實主義的追求，主張文學肩負社會
角色，積極介入生命。誠然新文學參與社會現實的方式有所
改變，因為現實已經截然不同，只是關注現實的態度沒有
本質上的變化。至於那種內在悲劇（le drame intérieur），托
爾斯泰（Léon Tolstoï, 1828-1910）和杜斯妥也夫斯基（Fédor
Dostoïevski, 1821-1881）的小說主人公展示如何為宗教、道
德、形而上的哲學問題所受的痛苦，再也無法成為新一代作
家的寫作重點。在共產主義學說以及革命後大眾讀者的要求
下，他們必需回應現實生活的各種問題：革命抗爭、饑荒、
掙扎求存。席洛茲以為，俄國小說最終從上一世紀的心理小

21　Vsévolod Ivanov, *Le Train blindé numéro 1469*, p. 4 : "La révolution russe, quel
que soit le jugement qu'on porte sur elle, a provoqué l'éclosion d'une nouvelle
génération d'écrivains. Leur art se rattache assurément aux maîtres du siècle
précédent : Gogol, Tolstoï, Dostoïevski, mais il présente un caractère propre,
une pensée originale, une forme renouvelée. C'est donc un aspect inconnu de
la Russie contemporaine que cette collection, conçue en dehors de tout parti-
pris politique, va révéler au public français."

説轉向發展為革命後高舉行動、鬥爭的小説寫作。[22]

　　席洛茲強調撤除政治觀點，從文學角度論述新一代作家對傳統俄國文學的承傳發展，這與《新法蘭西評論》（*La Nouvelle revue française*, N.R.F, 1908- ）重視文學經典的觀點不無關係。[23] 席洛茲本為文評家和音樂學者，十月革命以後流亡法國並開始在紀德及其友人創辦的《新法蘭西評論》發表文章。早年他向法國讀者介紹俄國文學和文化，除評論著名詩人勃洛克和小説家契訶夫（Anton Tchekhov, 1860-1904）的文章外，[24] 還介紹了俄國芭蕾舞和莫斯科的劇場表現。[25]《新法蘭西評論》一直保持對國外文學的關注，在一次大戰以前已開始引介十九世紀俄國古典文學，[26] 及至十月革命以後雜誌對於由新生代作家發展的蘇聯文學（la littérature soviétique）以及業已離開故土的俄國作家所撰寫的流亡文學（la littérature émigrée），亦加以譯介。不

22　B. de Schloezer, "Coup d'œil sur la littérature au pays des Soviets," *Revue hebdomadaire*, n°30（27 juillet 1929）, pp. 419-420.

23　參考 Jean Schlumberger, "Considérations," *La Nouvelle Revue Française,* n°1（février 1909）: 5-11 ; Maaike Koffeman, *Entre classicisme et modernité. La nouvelle revue françaisedans le champ littéraire de la Belle Époque*（Amsterdam, New York : Rodopi, 2003）: 67-70.

24　參 考 Boris de Schlœzer, "Alexander Block," *La Nouvelle Revue Française,* n°97（octobre 1921）: 496-498 ; Boris de Schlœzer, "Anton Tchekhov," *La Nouvelle Revue Française,* n°110（novembre 1922）: 528-536.

25　參考 Boris de Schlœzer, "Les Ballets russes," *La Nouvelle Revue Française,* n°106（juillet 1922）: 115-120; Boris de Schlœzer, "Le Théâtre artistique de Moscou," *La Nouvelle Revue Française,* n°123（décembre 1923）: 763-767.

26　參 考 Jacques Copeau, "M. Baring et Dostoïevsky," *La Nouvelle Revue Française,* n°18（juin 1910）: 799-801; Jacques Copeau, "Sur le Dostoïevsky de Suarès," *La Nouvelle Revue Française,* n°38（février 1912）: 226-241.

謝爾蓋在《光明》第 56 期 (1924 年 4 月 1 日) 發表「俄羅斯精神生活紀事」系列文章之中有關同路人作家伊凡諾夫 (Vsevolod Ivanov) 的討論。

文章配圖為俄國藝術家霍廷斯基 (Serge Fotinsky) 的木刻版畫作品。

過二十年代初（1920-1924 年），雜誌仍偏重革命以前俄國文學的介紹，[27] 更由於紀德是杜斯妥也夫斯基的忠實讀者，在其推動之下席洛茲為雜誌翻譯了不少杜氏的著作和評論，包括小說《羣魔》未曾出版的片斷〈斯塔羅夫金的懺悔〉（La Confession

---

27　Liesbeth Koetsier, *Nous autres, Russes - traces littéraires de l'émigration russe dans la Nouvelle Revue Française de 1920 à 1940*, PhD Thesis, Faculteit der Letteren, Universiteit Utrecht 2006, pp. 37-39.

28　參　考　Fédor Dostoïevski, trad. Boris de Schlœzer, "La Confession de Stavroguine"（fragment inédit des *Possédés*），*La Nouvelle Revue Française*, n°105（juin 1922）: 647-665 ; Fédor Dostoïevski, trad. Boris de Schlœzer, "La Confession de Stavroguine(fin) ," *La Nouvelle Revue Française,* n°106（juillet 1922）: 30-57.

de Stavroguine: Fragment inédit des *Possédés*），[28] 以及由流亡巴黎的俄裔思想家舍斯托夫（Léon Chestov, 1866-1938）撰寫的哲學性文章〈杜斯妥也夫斯基與顯著性的抗爭〉（Dostoïevski et la lutte contre les évidences）。[29]

不過《鐵甲車》法文翻譯出版以前四年，謝爾蓋已透過由法國著名左翼作家巴比塞主編的左翼週報《光明》，率先向法語讀者評介伊凡諾夫及其作品。[30] 謝爾蓋出生於布魯塞爾，少年時曾加入比利時工黨（Parti Ouvrier Belge, POB）轄下的社會主義青年組織（Jeunes gardes socialistes），後移居法國，並因參與無政府主義抗爭入獄，幾經波折終於在 1919 年的內戰期間首度抵達俄羅斯，隨即加入布爾什維克協助革命工作。[31] 相對席洛茲而言，謝爾蓋乃以革命者的親身經驗以及鮮明的政治立場對俄國十月革命以後文學的發展，進行分析及評價。1922 至 1926 年間，他以協作者（collaborateur）的身分在《光明》週報發表「俄羅斯精神生活紀事」（Chronique de la vie intellectuelle

---

29 Léon Chestov, trad. Boris de Schlœzer, "Dostoïevski et la lutte contre les évidences," *La Nouvelle Revue Française*, nᵒ 101（février 1922）: 134-158.

30 1923 年 2 月謝爾蓋在《光明》發表俄羅斯文學的評論首次介紹伊凡諾夫的著作，1924 年 4 月再發表專文評介伊凡諾夫。參考 Victor Serge, "Chronique de la vie intellectuelle en Russie. Le nouvel écrivain et la nouvelle littérature," *Clarté*, nᵒ 31（15 février, 1923）, pp. 158-160；"La vie intellectuelle en Russie. Vsevolod Ivanov," *Clarté*, nᵒ 56（1ᵉʳ avril, 1924）, pp. 151-154.

31 謝爾蓋的早年生活，特別是 1919 年抵達俄羅斯以後的經歷，參考 Victor Serge, *Mémoires d'un révolutionnaire, 1901-1941*（Paris: Seuil, 1951）, Ch. 3-5.

en Russie）系列文章。[32] 配合週報對法國和歐洲各國知識分子文藝活動的評介，謝爾蓋從內部向世界揭示革命後俄羅斯當代文學的發展。

（一）革命成就的新文學

對謝爾蓋而言，革命是唯一把握俄羅斯當下處境的鑰匙。他引介二十年代初俄蘇文學突飛猛進的發展，同樣強調其產生、構成與革命的緊密關係，亦指出只有通過革命時期知識分子的獨特處境方可理解新一代文學的精神價值。謝爾蓋勾勒了 1918 至 1921 年間俄國知識分子自外於世界的封閉時期：國外報章、歐美書籍及評論無法進入，海外郵遞服務中斷，學校、出版社、圖書館均缺乏基本物資。革命以後俄國的精神生活一度變得虛空，但卻突顯了知識分子頑強的堅持：

> 1919 及 1920 年是貧苦致命的年度。但是，無論環繞着它是如何黑暗，革命人民的智慧沒有一刻減退。內戰最不穩定之時，縱然兩個中心城市鬧荒

---

32 《光明》刊載文章主要從屬四個範疇：「精神生活」（La vie intellectuelle）、「政治生活」（La vie politique）、「經濟生活」（La vie économique）和「社會生活」（La vie sociale）。1922 至 1926 年間「精神生活」欄目以下所載「俄羅斯精神生活紀事」（Chronique de la vie intellectuelle en Russie）系列文章共十二篇，詳見參考書目。此外，謝爾蓋在這段期間還翻譯了當代俄國詩人的作品，見 André Biely, trad. du russe par Victor Serge, "Christ est ressuscité," *Clarté*, n° 27（20 décembre, 1922）, p. 77.

肆虐，我們仍在大學工作，我們在工人會社討論，
我們向無產階級文化運動朗讀熱情的詩句，我們寫
作。我們在冰冷的房間以小燈芯的微光、凍僵的
手、空的肚子進行寫作。我們熱情地生活着。我們
思考。我們有頑強的慾望去學習和理解。在迅速瞥
視俄羅斯的精神生活以前，應該回顧這些事情：對
這國家所作的罪行、這國家巨大的痛苦、它百戰不
敗的堅持。此等事情塑造了這國家智力勞動者的獨
特輪廓。[33]（筆者自譯）

隨着內戰結束，俄國的知識分子又重新活躍起來。謝爾蓋運
用一手材料，羅列大量新辦的報刊雜誌資料、國家出版社書
籍出版數據、外國文學翻譯和新書主題的分析，說明俄國知
識界在經歷十月革命以後的第五年（1922 年）所呈現百廢俱

33　Victor Serge, "La vie intellectuelle en Russie des Soviets," p. 6 : "1919 et 1920
furent des années de privations mortelles. Mais, quelles que fussent autour
d'elle les ténèbres, à aucun moment l'intelligence du peuple révolutionnaire ne
défaillit. Aux heures les plus incertaines de la guerre civile, alors que la disette
sévissait dans les deux capitales, on travaillait dans les universités, on discutait
dans les clubs ouvriers, on déclamait au Proletcult des strophes enthousiastes,
on écrivait. On écrivait dans des chambres glaciales, à la lueur d'une veilleuse,
les mains gourdes, le ventre creux. On vivait ardemment. On pensait. On avait
le désir obstiné d'apprendre et de comprendre. Avant que de jeter un rapide
coup d'œil sur la vie intellectuelle en Russie, il convient de se remémorer ces
choses : le crime commis envers le pays, l'immense souffrance de ce pays, sa
résistance invaincue. Elles donnent un relief singulier à son labeur intellectuel."

興的景象，文學亦由此重生。謝爾蓋強調作家們都「經過戰
火、嚴寒、飢荒、白色恐怖、紅色恐怖，他們曉得革命的苦
難——以及它的偉大。」無論革命對俄國人民留下怎樣的
烙印，「因為革命我們才擁有強而有力真實存在的文學（des
lettres puissamment *actuelles*）。[34]」

　　謝爾蓋對二十年代初俄國文學的新發展給予全面的肯
定，認為「它的活力、深度、多樣性、創新程度都令人驚
訝」，甚至指出「這些年來沒有一個國家湧現如此大量年青
兼備才華的作家、如此大量值得關注的新作品。[35]」通過法
國左翼週報評介俄國文學的新發展，他自覺地以同期歐洲
文學（法國文學為主）作為參照進行比較，為後革命時期的
文學加以定位。[36] 相對於一次大戰後法國作家穆杭、季洛度
（Jean Giraudoux, 1882-1944）、蘇波（Philippe Soupault, 1897-
1990）、拉羅歇爾（Pierre Drieu La Rochelle, 1893-1945）、蒙泰
朗（Henry de Montherlant, 1895-1972）等對文明歿落的歐洲
以及頹廢人生的描繪，謝爾蓋認為俄國新文學卻充滿着生命
和活力。它屬於正在前行的國家（pays en marche），那裏「過

34　Victor Serge, "La vie intellectuelle en Russie des Soviets," p. 8.

35　Victor Serge, "Chroniques. Les jeunes écrivains russes de la Révolution entre le passé et l'avenir," *Clarté*, nouvelle série, n° 2（juillet 1926）, p. 50.

36　謝爾蓋分析個別俄國作家的著作時，同樣有意識地以法國作家作為比較對象，例如將皮利尼亞克描寫革命的方法，跟巴爾札克《人間喜劇》（La Comédie humaine）之中的《歐也妮・葛朗台》（*Eugénie Grandet*, 1833）以及法朗士（Anatole France, 1844-1924）《諸神渴了》（*Les Dieux ont soif*, 1921）加以對比分析。參考 Victor Serge, "La vie intellectuelle en Russie. Boris Pilniak," *Clarté*, n° 36（20 mai, 1923）, p. 272.

百萬的人民為最深刻、最本質性的人文價值所感動，他們正着手重建世界。[37]」縱然它略為粗糙，但蘊含着沉重的生命和思想。謝爾蓋描述之下，革命後過渡時期新文學主要由兩組作家羣組成：「同路人」（compagnons de route）作家與無產階級作家。他們的作品主題矛盾而多變，但仍有一定的共通點構成有別於歐洲文學的特質：「關注社會遭遇的重大問題、守舊力量與自覺意識之間的衝突、蔑視純心理分析 —— 即脫離行動的思想和情感、蔑視純綷唯美主義 —— 即脫離生活的藝術、對於民眾生活的意識、對於集體行動的意識、對於一個世界衰敗和一個世界誕生的意識。[38]」

（二）無產階級文學的可能性

縱然謝爾蓋推崇「同路人」作家著作的文學價值，他卻沒有完全否定無產階級作家的位置。他甚至認為里別進思基的《一週間》是過渡時期俄國年青作家之中最優秀的小説，並以專文分析。[39]不過謝爾蓋在 1925 年發表〈無產階級文學是否可能存在？〉（Une littérature prolétarienne est-elle possible?）一文，成為左翼評論家首次向法國左翼文壇提出無產階級文學全面檢討的問題。謝氏對無產階級文學的思考和質疑，醞釀於 1923 至 1924

37　Victor Serge, "Chroniques. Les jeunes écrivains russes de la Révolution entre le passé et l'avenir," p. 50.

38　Ibid., p. 50.

39　Victor Serge, "Chronique de la vie intellectuelle en Russie. *La Semaine* de I. Lebedinski," *Clarté*, n° 43（15 septembre, 1923）, pp. 388-389.

法國左翼雜誌《光明》(Clarté) 第 38 期
(1923 年 6 月 20 日) 封頁。(圖片來自
巴黎第四國際建立的「革命者檔案」電
子資料庫)

法國左翼雜誌《光明》(Clarté) 第 38 期(1923
年 6 月 20 日) 封頁。

年間蘇聯無產階級文化協會（Proletcult）以及「十月」團體對非
革命路線——特別是「同路人」作家的抨擊。此段時期，正值
《光明》週報轉向共產主義發展的關鍵時期，相關的討論也造成
週報內部微妙的矛盾競爭。[40]

40 1919 年巴比塞創辦《光明》雜誌，強調國際主義、和平主義、共產主義三方
面的思想取向，從而推動歐洲的「光明運動」爭取各地進步作家共同參與。但
至 1921 年，巴比塞因反對雜誌偏重共產主義革命的宣傳與《光明》週報編委
會成員意見不合，週報不久便停刊。同年 11 月同名週報《光明》重組再刊，
巴比塞雖保留編輯職稱，但雜誌由少數法國共產黨黨員主導。最後，巴比塞
於 1923 年 5 月正式退出雜誌所有職務。1927 年，《光明》在納維勒（Pierre
Naville, 1903-1993）指導下發展成為托洛斯基派（Trotskyite）的刊物，並於
1928 年 2 月改名為《階級鬥爭》(*La Lutte de classes*)。參考 Nicole Racine,

　　謝爾蓋為法語讀者整理了 1923 至 1924 年間有關無產
階級文學的確立及對「同路人」作家批評的文獻資料，其中
包括《在崗位上》（*Na Postou*）、《十月》（*Octobre*）、《真理
報》（*Pravda*）、《青年衛隊》（*La Jeune Garde*）、《探照燈》
（*Le Projecteur*）等蘇聯文學雜誌的評論文章，以及托洛斯基
的理論著作《文學與革命》和沃隆斯基（Alexandre Voronski,
1884-1943 在 1924 年俄羅斯共產黨中央委員會（Comité central
du Parti communiste russe）上的報告〈關於文學〉（Sur la
littérature）。[41] 基於上述的文獻材料，謝爾蓋重塑以《在崗位
上》為首的一場「包含各種錯誤」的論爭，並逐一反駁共產
主義立場批評者對同路人作家的誹謗和指責。藉着布哈林的
文章，宣稱文藝創作需要自由空間和思潮傾向的多樣性，指
出現時無產階級作家根據黨和軍隊的模式建立作家組織的危
機，其文學創作被強行受制於純理論的規範之下。[42]

　　謝爾蓋評論無產階級文學（文化）的建構，雖然援引托洛
斯基在《文學與革命》的論述，但二人對相關問題的觀點卻不
盡相同，藉着法國左翼報刊提供的空間形成內部對話。[43] 托洛

"The Clarté Movement in France, 1919-21," pp. 205-208; Nicole Racine-Furland, "Une revue d'intellectuels communistes dans les années vingt : *Clarté*（1921-1928）," *Revue française de science politique*, 17ᵉ année, n°3（1967）：488-489.

41　Victor Serge, "La vie intellectuelle en Russie. Une littérature prolétarienne est-elle possible?" *Clarté*, n° 72（1ᵉʳ mars, 1925）, p. 121.

42　*Ibid*., pp. 122-123.

43　Nicole Racine, "Victor Serge: chroniques de la revue 'Clarté'（1922-26），" in *Mélanges d'histoire sociale offerts à Jean Maitron*（Paris : Les éditions ouvrières, 1976）, p. 195.

斯基一直對無產階級文化的建構存懷疑態度:「無產階級將自己的專政設想成為一個**短暫的過渡時代**。[⋯⋯] 即社會革命的年代將是殘酷的階級鬥爭的年代,在鬥爭中,破壞所佔的地位要超過新的建設。[44]」一種新文化圍繞統治階級而成需要很長時間,因此專政時代談不上新文化的創造,無產階級根本沒有足夠時間建構「無產階級的」文化。再者,對托洛斯基而言,無產階級文化不過是「過渡時期」的產物,不應與社會主義的最終階段——沒有階級的社會藝術混為一談。「新制度防止政治和軍事動亂的把握愈充份,進行文化創造的條件愈便利,無產階級就愈會消溶在社會主義的共同生活中,擺脫自己的階級特點,也就是說,無產階級將不再是無產階級。[45]」由此而言,「無產階級文化不僅現在沒有,而且將來也不會有;[⋯⋯] 因為,無產階級奪取政權正是為了永遠結束階級的文化,並為人類的文化鋪平道路。[46]」謝爾蓋對於無產階級文學及文化的探討,基本上沒有超越托洛斯基的論述框架:

> 無產階級文學(或文化)的術語回應了過渡時期的需要以及顯著程度上的新價值。[⋯⋯] 如古時的軍隊,[好幾個世代的工人] 將擁有屬於他們的抒情詩人、他們的敘事者、他們的音樂家、他們的哲學

44　Leon Trotsky, *Literature and Revolution*, p. 185. 中譯參考托洛斯基著,劉文飛、王景生、季耶譯:《文學與革命》(北京:外國文學,1992 年),頁 172。

45　同上註。

46　Leon Trotsky, *Literature and Revolution*, pp. 185-186. 中譯參考托洛斯基著,劉文飛、王景生、季耶譯:《文學與革命》,頁 173。

家。無產者為要戰勝，確實必需由真正的領袖、思
想家、戰略家所領導，他們按照馬克思和列寧的例
子，將吸收現代文化的本質 [……]。無產者完成的作
品同樣具備文化的、內在的價值。在這狹義的歷史
意義而言，這裏將會出現 —— 已經出現 —— 一種戰
鬥的無產階級文化。[47]（筆者自譯）

不過有別於托洛斯基，謝爾蓋認為討論無產階級文化 —— 縱
使它只存在於革命以後和無階級社會（société sans classes）建
立以前的過渡時期，仍有其合法性和時代意義。1928 年謝爾
蓋接受巴比塞創辦的另一左翼週報《世界》調查訪問時表示，
他相信無產階級文學的產生是可能的，可是當下的法國社會
並未出現真正的無產階級文學。[48] 至 1932 年謝爾蓋出版同名
著作《文學與革命》（Littérature et révolution），再次提出能

---

[47] Victor Serge, "La vie intellectuelle en Russie. Une littérature prolétarienne est-elle possible?" p. 124 : "Les termes de littérature (ou de culture) prolétarienne correspondent à un besoin de l'époque de transition et correspondent dans une mesure appréciable à des valeurs nouvelles. [⋯] [C]omme les armées antiques, [plusieurs générations de travailleurs] auront leurs bardes, leurs conteurs, leurs musiciens, leurs philosophes. Cela est d'autant plus vrai que le prolétariat doit, pour vaincre, être conduit par des vrais chefs, penseurs et stratèges, qui, selon l'exemple de Marx et de Lénine se seront assimilé l'essentiel de la culture moderne [⋯]. L'œuvre qu'il accomplit a ainsi une valeur culturelle, intrinsèque. En ce sens historiquement restreint, il y aura, il y a déjà, une culture du prolétariat militant."

[48] 1928 年謝爾蓋接受《世界》編輯阿巴呂調查訪問的文章，後收入 Victor Serge, Littérature et révolution (Paris : Librairie François Maspero, 1976), pp. 99-103.

否真正建立無產階級文化的疑問。不過在眾多疑惑之中，這時的謝爾蓋指出在蘇聯文學以外法國左翼作家如剛培（Pierre Hamp, 1876-1962）等人的作品，已具備無產階級文學的要素。[49]

（三）「同路人」作家的時代回應

相對於無產階級文學，謝爾蓋認為俄國新文學具備才華的作家多屬「同路人」作家羣體，且特別關注被高爾基所獎掖的文學團體「謝拉皮翁兄弟社」。1923 至 1924 年間，謝爾蓋曾分別撰文討論皮利尼亞克和伊凡諾夫的小說，高度讚揚二人展現的生命實感，但同時指出他們所代表的「同路人」作家與革命關係，及其思想傾向的複雜性：「革命所成就的這些作家，事實上並不是革命者，又或他們只是本能的、不完整地成為革命者。[50]」他們或許支持革命，但並非真正的革命家，「他們沒有被同化為革命階級，也沒有學習其思考方法，他們只是受到逆向的影響。」他們本身「不是無產者，也不是被無產階級同化的知識分子：後者沒有閒情撰寫故事。」其世界觀與無產階級作家截然不同，也無視階級鬥爭的理念：「階級觀念對這些作家而言顯得非常陌生：他們仿如社會主義革命者，更願意談及抽象的『人民』概念，適合從前進步的自由主

---

49 *Ibid*., pp. 87-89.

50 Victor Serge, "Chronique de la vie intellectuelle en Russie. Le nouvel écrivain et la nouvelle littérature," p. 160.

義。」至於他們的文學，既「不是無產階級革命勝利的文學，也不是革命失敗的文學。」總括而言，它只是「準確地回應着過渡時期。[51]」

　　1923 年謝爾蓋通過《光明》週報向法語讀者評述「同路人」作家的觀點，其實與托洛斯基在《文學與革命》對皮利尼亞克、伊凡諾夫、吉洪諾夫（Nikolaï Tikhonov, 1896-1979）、「謝拉皮翁兄弟社」、葉賽寧和意象派等的論述，互相呼應。不過此書完成於 1922、1923 年的夏天，全書於 1923 年整理出版，1924 年修訂再版，其法文翻譯卻要待 1964 年才付梓。[52] 從這角度而言，謝爾蓋還是較早向法國讀者引入相關的評論觀點：

　　　　[……] 失去作用的資產階級藝術與暫時還沒有
　　　的新藝術之間，出現一種過渡的藝術，它與革命或
　　　多或少的有機聯繫，但同時又不是革命的藝術。
　　　[……] 他們的文學形象和整個精神面貌都是在革命

51　*Ibid.*, p. 160 : "[…] [C]es hommes ne sont pas des prolétaires, ni des intellectuels assimilés par le prolétariat : ces derniers n'ont pas le loisir d'écrire des contes. L'idée de classe leur est assez étrangère : comme les socialistes-révolutionnaires, ils parlent plus volontiers du 'peuple', notion vague, propre à l'ancien libéralisme avancé. Ne étant pas assimilés à la classe révolutionnaire, n'ayant pas appris à penser avec elle, ils restent soumis à des influences contraires. […] Leur littérature n'est pas celle d'une révolution prolétarienne victorieuse, ni celle d'une révolution vaincue. Elle correspond exactement à la période de transition."

52　Léon Trotsky, *Littérature et Révolution*, trad. Pierre Frank, Claude Ligny, Maurice Nadeau, Paris: Union générale d'Edition, coll. 10-18, 1964.

中形成的，由他們所傾心的那個革命的角度所確定
的；他們都接受革命，每個人以自己的方式來接
受。但是，在這些人的接受中，有一個他們所有人
都具有的共同特點，這一特點將他們與共產主義嚴
格區分開來，並使他們隨時有與共產主義相對立的
危險。他們沒有從整體上把握革命，對革命的共產
主義目標也感到陌生。[……] 他們不是無產階級革命
的藝術家，而是無產階級革命的藝術同路人。[53]

「同路人」作家著作反映過渡時期俄蘇文學發展的多種取
向，並將其對於革命思想的猶疑和混亂的想法，轉化到自身
作品之中，自有其時代意義。謝爾蓋評論皮利尼亞克、伊凡
諾夫等深植於俄國農民和鄉村荒野的著作，基本從文學語言
的更新、話語形式變革、抒情敘事文體的應用等角度加以分
析，堅持文學本質是任何時代文學作品評價的唯一標準。[54]

國際主義和「中國式」的異國情調

相對於法國左翼週報對十月革命以後「同路人」作家的討
論，相關概念及著作在中國的傳播也可追溯至二十年代初，

53　Leon Trotsky, *Literature and Revolution*, pp. 56-58. 中譯參考托洛斯基著，劉
　　文飛、王景生、李耶譯：《文學與革命》，頁 41-42。

54　Victor Serge, "Chronique de la vie intellectuelle en Russie. Le nouvel écrivain
　　et la nouvelle littérature," pp. 159-160.

蔣光慈、魯迅等更是主要的引介者。[55] 然而，當時的中國讀者
一般只將「同路人」視為資產階級和無產階級之間，小資產階
級的「中間派」，沒有對「同路人」的界定及評價在俄國所引
起的問題進行深入探討。至三十年代「文藝自由論辯」之中，
「同路人」的問題伴隨着「第三種人」的論爭再次受到關注，
魯迅在 1933 年編譯出版的蘇聯短篇小説集《豎琴》亦以過半
的篇幅介紹「同路人」作家的著作，並曾多次提及伊凡諾夫的
《鐵甲車》。魯迅認為《鐵甲車》是伊凡諾夫描寫游擊隊（魯迅
當時稱為「巴爾底山」的小説，即法文 "partisan" 的音譯）眾
多小説中的「傑出」之作，「文筆又頗特別」，[56] 但他還是從小
説主題配合中國國情的需要肯定其重要性：「《鐵甲列車》，《毀
滅》，《鐵流》 ── 於我有趣，並且有益。我看蘇維埃文學，
是大半因為想紹介給中國，而對於中國，現在也還是戰鬥的
作品更為重要。[57]」

---

55 「同路人」的問題在中國現代文學史上一直受到關注，研究者亦多以魯迅對托
　洛斯基《文學與革命》一書章節〈亞歷山大・勃洛克〉的翻譯（1926 年 7 月），
　作為最早向中國輸入「同路人」概念及相關問題的文獻。齊曉紅根據文學史
　料，論證蔣光慈早於 1926 年 4 月《創造月刊》開始發表一系列有關俄羅斯文
　學的文章，其實已具體談及托洛斯基對「同路人」的觀點（其時蔣光慈譯作「同
　伴者」），從這角度而言可説較魯迅的譯介為早。此外，「同路人」概念及相關
　文學作品的譯介，均可上溯至二十年代初更早的時期。詳見齊曉紅：〈蔣光慈
　與「同路人」問題在中國的輸入〉，《中國現代文學研究叢刊》2006 年第 6 期，
　頁 56-60。

56 魯迅：《《鐵甲列車 Nr.14-69》譯本後記〉，《集外集拾遺補編》，載《魯迅全
　集》第八卷，頁 346。有關伊凡諾夫的生平及作品評論，文中魯迅建議參考
　蘇聯文學史家柯根（Petr Kogan, 1872-1932）的著作。見柯根教授著，沈端
　先譯：《偉大的十年間文學》（上海：南強書局，1930 年），頁 365-376。

57 魯迅：〈答國際文學社問〉，《且介亭雜文》，載《魯迅全集》第六卷（北京：人
　民文學，2005 年），頁 19-20。

　　《鐵甲車》除作為「戰鬥的作品」極受當時中國作家和翻譯者注意外，法國左翼文壇對伊凡諾夫著作的評論也引起現代派詩人戴望舒對蘇共以及「左聯」主張無產階級文學的反思。二十年代初謝爾蓋已指出小說的抒情詩體裁（lyrisme）、語言的創新形式、俄羅斯農民原始精神以及思想混雜性的特點。伊凡諾夫在《鐵甲車》出版三十多年以後發表〈小說《鐵甲車》是怎樣寫成的？〉（1957）一文自我評價這部作品，[58] 縱然作者不無用心地說明因為受到「無產階級文化派的朋友的影響」而「把小說寫成了在政治上很有現實意義」，但顯然他更着重小說的想像和形式。伊凡諾夫表示當時同樣受到「熱愛文學中的幻想和突出形式的『謝拉皮翁兄弟』的影響，使我把書中的軍事行動轉移到遠東，並且運用了大筆觸，把它寫得很神速，壯烈。」正由於作者從未到過遠東地區，《鐵甲車》因而「缺少因為親身觀察而得到的準確性」，但虛構的故事反而讓它「有了廣闊的規模」，包括小說裏大量描寫的「海，侵略者的軍艦，白軍徹底崩潰的場面」。[59] 不過當《鐵甲車》的故事背景設置在靠近中國、日本、韓國和美國的俄羅斯遠東地區（西伯利亞東部）及其最重要的沿海城市海參崴（Vladivostok，又譯符拉迪沃斯托克），小說中略帶「中國式」異國情調的人

58　1958 年北京人民文學出版社出版戴望舒譯《鐵甲車》的修訂本，刪去 1932 年譯者所著的序言，補充了伊凡諾夫〈小說《鐵甲車》是怎樣寫成的？〉一文的翻譯（原載 1957 年蘇聯雜誌《我們的同時代人》第 3 期）。伊凡諾夫著，孫建平譯：〈小說《鐵甲車》是怎樣寫成的？〉，載伏‧伊萬諾夫著，戴望舒譯，高存五校訂：《鐵甲車》（北京：人民文學，1958 年），頁 126-135。

59　伊萬諾夫著，孫建平譯：〈小說《鐵甲車》是怎樣寫成的？〉，頁 133。

情風物、游擊隊中甘願為俄國革命自我犧牲的中國人民所展現的國際主義思想，均成為伊凡諾夫同類作品中最為觸目的特點，更可能是小說《鐵甲車》重新引起戴望舒關注的主要原因。

《鐵甲車》與伊凡諾夫其他描寫游擊隊的小說《游擊隊》（*Partizany*, 1921）、《各色的風》（*Tsvetnye vetra*, 1922）和《藍色的沙》（*Golubye peski*, 1923）等，同樣擅於描述西伯利亞草原、曠野、羣山、岩石、樹林的顏色氣味和自然氣候變化。如《鐵甲車》描寫俄羅斯大地的典型例子：

> 土地上滿溢着溫暖的水流。一場暴風雨爆烈出來了。樹林發着聲音。煙消隱了；可是在驟雨之後，在虹昇起來的時候，微香的煙縷又現了出來，於是空氣也重複變為薰熱，沉重，難於呼吸的了。黏濕的泥濘把腳黏在地上。一般糞土的氣味，和在小屋後面的稻田的細微的響聲。[60]

又或小說描述白軍連夜趕赴城市，晚間田野的景致：

> 夜間，空氣變成幾乎不能呼吸的了。一陣陣的酷烈的暑氣，從像森林一樣黝黑的暗暗的田野間昇起來；嘴唇感到這暑氣好像是溫水一樣，你竟可

60　伊凡諾夫著，戴望舒譯：《鐵甲車》，頁 18。

以說每一口呼吸都充滿了濕的黏土。黃昏是像瘋人的思想一樣地短促。突然地，夜來了。天上滿是火花。火花跟隨着機關車，機關車拔着鐵軌，又哀啼着。從山後面，樹林襲擊過來了。牠們似乎想壓倒你，像羊壓到一個甲蟲一樣。[61]

伊凡諾夫描寫的，「不是患病的鄉土，而是頑強的俄國。[62]」他不僅要歌頌俄羅斯古老的大地，更着力描述土地和強悍人民密不可分的關係。小說記述反抗白軍的農民游擊隊帶着二百名婦孺漫山逃走，農民疲倦的身軀被喻為山野自然的部分：

六天以來，肉體忍受着岩石的酷熱，樹林的窒息的暑氣和使人頹喪的風。

而他們的肉體卻像山丘的花崗石，卻像枯乾的草；牠炙熱而枯乾地在羣山的狹窄的山徑間滾動着。

在那緊壓在肩頭的槍的重量之下，腰酸痛着。腳好像是浸在冰冷的水裏。而頭顱，卻像是一枝枯死了的蘆草，裏面是空了。[63]

游擊隊的首領凡爾斯希寧（Nikita Verschinine）即被喻為

61　同上註，頁104。

62　柯根教授著，沈端先譯：《偉大的十年間文學》，頁366。

63　伊凡諾夫著，戴望舒譯：《鐵甲車》，頁27；Vsévolod Ivanov, Le Train blindé numéro 1469, p. 26.

隨風而起的雲，帶着強大的自然力量保護着農民：「凡爾斯希寧，他是雲。在起風的地方，他便帶着雨去了。農民們所到的地方，凡爾斯希寧總也在那兒。[64]」相對《鐵甲車》描寫農民游擊隊屬於的俄羅斯古老大地，小說同時描述即將發生工人起義、充滿異國風情的遠東港口城市海參崴，其中點出了協助白軍的加拿大和日本等外國勢力：「穿得很整潔的加拿大兵微笑着走過。日本人默默地走着，像用蕪菁刻出來的傀儡一樣。穿着銀飾的衣服的白黨們，響着他們的刺馬輪。[65]」

　　至於海參崴當地中國漁民和中國販子的活動、俄國軍人走在海參崴「北京路」（rue de Pékin）上的情景，頓然為這片古老土地引入不協調的異國情調：

> 　　那些無感覺的中國人，望着那一堆魚肉，好像分娩一樣地，用一種尖銳的聲音喊着：「買呀！盧斯加上尉（Captaine Louska），買呀！嚕！」[⋯⋯]
>
> 　　海水沉重地撲在花崗岩上。那濕着浪沫，吐着魚腥的風，梳起了馬的鬃毛。在港口裏，灰百合色的船隻，白頭的中國帆船，和漁夫的小船，都閃着光，像織在棉織物上的花紋一樣。[⋯⋯]
>
> 　　[盧斯加上尉和時諾波夫（Znobov）] 走上北京路去。

64　伊凡諾夫著，戴望舒譯：《鐵甲車》，頁 63；Vsévolod Ivanov, *Le Train blindé numéro 1469*, p. 57.

65　伊凡諾夫著，戴望舒譯：《鐵甲車》，頁 59；Vsévolod Ivanov, *Le Train blindé numéro 1469*, p. 54.

> 家屋的門戶中傳出了烤肉，大蒜和脂油的臭氣
> 來。兩個中國販子，用皮帶把布匹縛着背在肩上，
> 望着這兩個俄國人蠻不講理地笑着。[66]

在俄羅斯遠東的地理位置上，小說描寫了非組織的游擊隊在
參與革命過程中無意識的、思想混雜地追求的國際主義。其
中的顯例包括了游擊隊隊員嘗試利用東正教教義書籍內「一
張畫着阿伯剌罕在犧牲自己的兒子伊薩克，和上帝俯身在雲
端的圖畫」，向被俘虜的美國士兵進行無產階級革命思想的宣
傳：

> [時諾波夫]：「那個拿着[刀]子的傢伙，是資產
> 階級者。你瞧，他的肚子是甚麼肚子。只差沒有掛
> 金鏈和表而在下面，在那些大圓木上，是躺着無產
> 階級，你懂了嗎？無產階級。」
> 那美國人拍着胸膛，一個字一個字地，快樂得
> 口吃地，驕傲地說：
> 「無產階級……We（我們）！」
> 農民們把他擁在自己的懷裏，摸索着他的衣
> 服，又用盡全力握着他的手。[……]

---

66 伊凡諾夫著，戴望舒譯：《鐵甲車》，頁 56、59-61；*Vsévolod Ivanov, Le Train blindé numéro 1469*, pp. 51, 54.

時諾波夫繼續說下去：

「那無產階級，他躺着，在圓木上面。資產階級謀殺他。而在雲端裏，整排的日本人，美國人，英國人，帝國主義！」

那美國兵除去了帽子，喊着：

「帝國主義，away（滾開！）！」

沈方吾向那美國人跳過去，提起了自己的落下去的褲子，很快地說：

「俄羅斯共和國。中國共和國。美利堅共和國，糟。日本人，糟。一定要赤色的共和國。」[67]

上文所引從聖經故事改造詮釋的無產階級思想宣傳裏，俄羅斯和中國以「赤色的共和國」之名相提並論，跟美、英、日等協助白軍的帝國主義代表對峙。整個向被俘虜的美國士兵進行思想「改造」的過程，最終卻由來自中國的游擊隊隊員提出口號式的語句，加以總結。這個小情節的安排，正導向《鐵甲車》在伊凡諾夫同類小說中最為特別之處——中國人甘願犧牲自我成就俄國革命的故事。

《鐵甲車》取材自俄國內戰時期西伯利亞的游擊隊戰爭，故事情節十分簡單，講述本為漁民的凡爾斯希寧為擁護布爾

67　伊凡諾夫著，戴望舒譯：《鐵甲車》，頁 50-52；Vsévolod Ivanov, *Le Train blindé numéro 1469*, pp. 51, 54.

什維克的革命，帶領一支只有步槍的農民游擊隊參加跟白軍和日、美等干預國聯軍的鬥爭，嘗試阻截由奈賽拉索夫上尉（Captaine Nezelassov）指揮白軍一列載有多枚大炮的鐵甲車進城，配合海參崴的工人起義。[68] 由於意外游擊隊沒能破壞鐵路的橋樑，為要使鐵甲車停下便需要一個人自願讓列車輾過身體，促使車上士兵根據現存規則停車報告。至於自願為俄國革命犧牲性命的，是游擊隊裏的中國人沈方吾（Sin-Fin-Ou）。

《鐵甲車》詳述了沈方吾的背景以及他對日本人的仇恨：「他有一個妻子，一個家庭，一所堅固的屋子，而在屋子後面，還有一片高粱和玉蜀黍的田。當北雁南遷的時候，在一天之內，一切都消失了」，[69] 留下的只是手掌上給刺刀刺傷的疤痕。正是受到遠東地區日本軍的逼害，沈方吾「在叛變的紅色的路上追隨着俄羅斯人」。[70] 當他隨着游擊隊埋伏白軍的鐵甲車，游擊

68　伊凡諾夫回憶《鐵甲車》的寫作經歷，指小説源自西伯利亞紅軍師團一份報紙有關「鐵甲車 14-69」的記述，其中有「一小段壯麗感人的東西」後成為《鐵甲車》故事情節的原始材料：「西伯利亞有一支游擊隊，他們只有獨彈步槍和普通步槍。但他們捉住了一列白軍的鐵甲車，鐵甲車上裝着許多大炮，機槍，炮彈，還有個很有經驗的指揮官！為了讓鐵甲車停一下，游擊隊員中國人沈彬吾——沙皇政府僱來挖戰壕的許多勞工之一，便卧在鐵軌上讓鐵甲車從身上軋過去。司機剛從機車裏探出身來，想看看軋死的中國人，但馬上便叫游擊隊打死了！鐵甲車孤零零地被困在荒林裏。游擊隊扒掉了它周圍的鐵軌，並用煙來『熏』鐵甲車上的軍隊。」參考伊凡諾夫著，孫建平譯：〈小説《鐵甲車》是怎樣寫成的？〉，頁 132。

69　伏·伊萬諾夫著，戴望舒譯，高存五校訂：《鐵甲車》，頁 78。

70　同上註。

隊炸橋計劃失敗鐵甲車即將進入海參崴城市協助鎮壓，凡爾斯希寧在別無他法之下徵求「為死而死」的志願者。沈方吾「頭也不回」爬到路堤上，替代自我犧牲以前失卻了勇氣的俄國人：

　　　　沈方吾頭也不抬，拿起了他的手槍，好像要把牠擲到樹林裏去似地舉起了手，突然向自己的後腦上開了一槍。

　　　　那中國人的身體重重地攤在鐵軌上。松林吐出了鐵甲車。牠是灰色的，方形的，而機關車的眼睛，是耀着一種紅色的暴怒。天空是遮着一片灰色的黴，樹林好像是一匹青色的布。

　　　　而那中國人沈方吾的屍身，是使勁地貼在地上，傾聽着鐵軌的隆隆的歌聲。[71]

比較上述的故事情節，不論是三十年代韓侍桁據日譯本轉譯的《鐵甲列車 Nr. 14-69》，還是羅稷南據伊凡諾夫在 1927 年按小說原著改編戲劇的英譯本轉譯的《鐵甲列車》，基本一致。[72] 至五十年代，高存五據伊凡諾夫 1952 年《鐵甲車》的俄文修訂

71　伊凡諾夫著，戴望舒譯：《鐵甲車》，頁 150；Vsévolod Ivanov, *Le Train blindé numéro 1469*, pp. 126-127.

72　韓侍桁譯本裏，中國人的名字被譯為吳新賓；羅稷南的譯本中則被譯為吳新。參考 V. V. 伊凡諾夫著，韓侍桁譯：《鐵甲列車 Nr. 14-69》，頁 112-114；伊凡諾夫著，羅稷南譯：《鐵甲列車》（上海：讀書生活，1937 年），頁 63-66。羅稷南譯《鐵甲列車》劇本所據的英譯本，參考 Vsevolod Ivanov, *Armoured Train 14-69: A Play in Eight Scenes*, trans. Gibson-Cowan and A. T. K. Grant, London: Martin Lawrence, 1933.

本，補充校訂了戴望舒的翻譯。[73] 其中有關沈方吾為俄國革命犧牲的情節，不僅刪除對俄羅斯游擊隊隊員失去赴死勇氣的描述，還增補了一段沈方吾和凡爾斯希寧之間的對話，清晰表達「中國民族向俄羅斯民族致敬」，為革命犧牲的「偉大精神」，進一步展現革命中對跨越國家民族的國際主義的追求：

> 沈彬吾（案：即沈方吾）稍微抬起身子。他原地不動，對維爾希寧（案：即凡爾斯希寧）懇切、急躁、熱情地說：
>
> 「啊，你…… 你是一個真正的人 …… 我要讓你的民族看看！…… 看看我的民族的心！……」
>
> 維爾希寧受了感動，一心想了解這個中國人話裏的意思，便趕緊問：
>
> 「我向你致敬，你想表示甚麼呢？」
>
> 那中國人因為維爾希寧了解他了，感到高興，便迅速地說：
>
> 「是，是！中國民族向俄羅斯民族致敬！」
>
> 於是維爾希寧便對伐斯加說：

73　雖然北京人民文學出版社編輯部在 1958 年出版戴望舒《鐵甲車》中譯修訂本的〈前記〉裏，說明「由於法譯本刪節較多，加之原作後來又經過作者重新修改」，高存五據 1952 年蘇聯作家出版社的版本對「譯文作了一些補充和校訂」，但比較 1932 年和 1958 年兩個小說中譯本，可見高存五對戴望舒原來的翻譯上做了大量的文句修訂。參考人民文學出版社編輯部：〈前記〉，伏・伊萬諾夫著，戴望舒譯，高存五校訂：《鐵甲車》，頁 4。

「這位中國人想向俄羅斯表示敬意。你懂得嗎？伐
斯加？不要阻撓他。他想表示自己的偉大精神！」[74]

由於沈方吾的犧牲游擊隊成功搶奪白軍的「鐵甲車 14-69」。
《鐵甲車》最後以高度象徵性的場景，描述這場由中國人犧
牲所成就的俄羅斯人民起義。鐵甲車被喻為在憂暗的田野和
飽滿的高粱之間，以「中國龍」的姿態駛向海邊的城鎮海參
崴：「一條中國的龍在樹林中展開了牠的黃色的，響鳴的環。
[……] 那條龍的黃色的鱗是蔽滿了煙，灰，火花。」鐵甲車
「巨大而儼然自若地在風中馳行」，仿如「一塊活的染血的紅色
的破布在吼着」。最後在紅旗之下，它成為從沙丘裏出來「赭
色的龍」，見證着布爾什維克領導工人起義的成功以及白軍的
潰敗。[75]

　　《鐵甲車》為伊凡諾夫帶來不少名聲，但隨着「謝拉皮翁
兄弟社」文學團體受到批判，伊凡諾夫與團體的其他作家同
被指為資產階級新文學的代表，他甚至被蘇聯無產階級文化
協會開除。多年以後，伊凡諾夫回憶此事仍感到心情沉重。
他不願與無產階級文化派決裂，但仍免不了要説「良心話」：
「我所以能充分顯示自己的才能 —— 如果我真有這種才能的
話，正是因為有這種友誼，以及跟『謝拉皮翁兄弟』的合作。[76]」

74　伏・伊萬諾夫著，戴望舒譯、高存五校訂：《鐵甲車》，頁 90-91。

75　伊凡諾夫著，戴望舒譯：《鐵甲車》，頁 182、184、186；Vsévolod Ivanov,
　　Le Train blindé numéro 1469, 155, 157-158.

76　伊凡諾夫著，孫建平譯：〈小説《鐵甲車》是怎樣寫成的？〉，頁 134-135。

由此而言，二十年代初謝爾蓋通過《光明》週報利用法語左翼文壇相對開放的空間，從革命思想的混雜性和文學形式的蛻變更新，肯定伊凡諾夫作為「同路人」及其作品的時代價值。其中針對十月革命以後有關「同路人」與無產階級文學論爭的觀點，也是由他首次引入當時的法語左翼文壇。《鐵甲車》內部洋溢中國情調的異國風貌、為俄羅斯革命自我犧牲的中國人民所展現的國際主義思想，皆配合了中國當時的歷史情境並引起戴望舒的關注。誠然詩人翻譯之時，無法預見伊凡諾夫作為「同路人」作家的遭遇，但自二十年代末以來他努力引介、翻譯以至參與創作無產階級文學，時刻面對左翼文藝和個人審美趣味之間所構成的矛盾衝突。

II 歐亞戰爭語境下的中國現代派

第四章
現代派與「新世界主義」

這是一個犧牲了的時代，太太，男的都當了兵，女的都發了狂。命運還在這裏面加上了許許多多的災難。

—— 保爾・穆杭〈羅馬之夜〉[1]

在那被大戰所擾亂的法國正在設法支配並利用那戰後的沉默 [⋯⋯]，[青年人] 輪流地獻出他們所有在世界最溫柔和最辛酸，在人心中最燦爛和最幽暗的東西來，又把那最大膽的體裁，像攤開華麗的布一樣地在牠面前攤了開來。

—— 倍爾拿・法意〈世界大戰以後的法國文學〉[2]

1　保爾・穆杭著，戴望舒譯：〈羅馬之夜〉，《法蘭西現代短篇集》（上海：天馬書店，1934 年），頁 59。
2　倍爾拿・法意著，戴望舒譯：〈世界大戰以後的法國文學〉，《現代》一卷四期（1932 年 8 月），頁 493-494。

穆杭與歐洲戰後思潮

　　1928 年 10 月，劉吶鷗在其自資創辦的文藝雜誌《無軌列車》半月刊（1928-1929）裏譯載了法國評論家班雅明・克雷彌爾（Benjamin Crémieux, 1888-1944）撰寫的〈保爾・穆杭論〉，成為二十世紀中國最早評介法國外交家兼現代主義作家保爾・穆杭（Paul Morand, 1888-1976）的文章。[3] 此文取自克雷彌爾於 1924 年出版的文學評論集《二十世紀》（XXe siècle），為原文的刪節本，[4] 集中分析穆杭在一次大戰結束後發表的三部短篇小説集《溫柔貨》（Tendres Stocks, 1921）、《夜開》（Ouvert la nuit, 1922）和《夜閉》（Fermé la nuit, 1923）。[5] 克雷彌爾作為穆杭的同代人，着力闡釋穆杭短篇小説在二十世紀二十年代法國文學的獨特位置及時代意義。文章主要從兩個方向進行論述：其一，強調穆杭在戰後歐洲寫作的特殊歷史語境，指出小説探討「大都會裏的歐洲的破體（les morceaux épars de l'Europe）」，描寫「為要忘了自己的窮困走入酒和麻藥的戰後的新階級」，並

3　Benjamin Crémieux 著，吶吶鷗譯：〈保爾・穆杭論〉，《無軌列車》第 4 期（1928 年 10 月 25 日），頁 147-160；後收入康來新、許秦蓁合編：《劉吶鷗全集・文學集》（新營：台南縣文化局，2001 年），頁 437-452。

4　劉吶鷗〈保爾・穆杭論〉一文的翻譯，刻意刪除了文章最後四個段落對《夜閉》的討論及批評。參考 Benjamin Crémieux, "Paul Morand," XXe siècle, textes établis, préfaces et annotés par Catherine Helbert, éd. aug.,（Paris: Gallimard, 2010 [1924]）, pp. 222-223.

5　〈保爾・穆杭論〉開首提及穆杭在戰後出版的兩部詩集《弧燈》和《溫度表》，描述戰後的歐洲城市，不過克雷彌爾的文章集中小説的討論。參考 Benjamin Crémieux 著，吶吶鷗譯：〈保爾・穆杭論〉，頁 147、155；Paul Morand, Lampes à Arc, Paris: Au Sans Pareil, 1919; Feuilles de Température, Paris: Au Sans Pareil, 1920.

二十年代末穆杭 (Paul Morand) 在家
中一幅法國先鋒派畫家羅蘭珊 (Marie
Laurencin, 1883-1956) 的油畫作品前留
影。(圖片來自法國《費加羅日報》Le
Figaro。)

從旅館、酒館、跳舞場展現戰後歐洲大都會「臨死的」現代文
明及其精神狀態。[6] 其二，嘗試重構法國現代文學史的版圖，
將穆杭的作品與同輩及前代作家加以對比，其中包括藉着季洛
度和拉爾步（Valery Larbaud, 1881-1957）的比對，探討穆杭短
篇裏「超國境主義」（cosmopolitisme）在同代作家之中的不同特
質；[7] 透過與陸蒂（Pierre Loti, 1850-1923）和蒲爾葉（Paul Bourget,
1852-1935）的比較展示穆杭作品的異國情調（exotisme）與
十九世紀後期法國文學的不同處理；並置比對莫泊桑（Guy de
Maupassant, 1850-1893）、吉伯林（Rudyard Kipling, 1865-1936）

6　Benjamin Crémieux 著，吶吶鷗譯：〈保爾‧穆杭論〉，頁 149-150。
7　克雷彌爾在《二十世紀》一書中，曾以專文討論季洛度和拉爾步兩位作家，
　　參考 Benjamin Crémieux, "Jean Giraudoux" et "Valery Larbaud," *XXe siècle*,
　　pp. 103-115、139-157.

和勃須華（Marcel Schwob, 1867-1905），説明穆杭在當時的法國文壇開創第四種故事敘述的新方法。[8]

克雷彌爾的分析無疑為穆杭短篇小説的研究提供了基本方向，然而異域文學（littérature exotique）、都市現代文明與摩登女郎形象等議題亦同時掩蓋了文章隱晦提及穆杭作品有關政治意識形態的論述。克雷彌爾針對《夜開》的六個短篇，指出穆杭描述戰後「赤化思想的國際主義」（l'internationale rouge）和「假造的國際主義」（l'internationale fardée）：

> 六個夜裏——那是令人眩暈，令人陶醉的六個煙火。狂亂的戰後的歡樂之夜的燈光的煙火中出現的大旅館，酒館，跳舞場，臥車。看的人都忘了人家，[忘]了自己的在一個影戲院的暗黑的底裏閃爍的銀幕。在暗黑的間斷中的昏然的混亂，無故自流熱血的點滴，惑於赤化思想的國際主義，假造的國際主義，隨着錯亂的 Jazzband 的靡聲沉入虛無的底下去的一個時代的文明，酒精和鴉片的香味，狂亂的古柯精熱，各色各樣的感覺和神經和腦髓的狂暴。被捲入由大戰生起來的大港渦中去的六個女人，

8　所謂講述故事的新方法（façon de conter），克雷彌爾具體指出穆杭作品中影戲流的閃亮法（papillotement cinématographique）、感情分析上的綜合秩序法（procédés synthétiques）、略辭法（ellipses）、諷刺法（allusions）、分離法（désarticulations）和列舉法（énumérations）等。參考 Benjamin Crémieux 著，吶吶鷗譯：〈保爾·穆杭論〉，頁 152-153；Benjamin Crémieux, "Paul Morand," pp. 219-220.

[……] 為要忘了自己的窮困走入酒和麻藥的戰後的新
階級，像貧乏的今後的世界現勢一樣的六個女人。[9]

　　進一步考察穆杭在戰後出版的短篇，[10] 均刻意採用重點偏
離的方式，回應歐戰的歷史現實及戰後的政治意識形態。《夜
開》所收的〈匈牙利之夜〉（*La Nuit hongroise*）即描述一次大
戰結束、奧匈帝國解體後布達（Buda）和佩斯（Pest）的城市
景觀，指出維也納「在那些失業之羣中央，還像一個在不幸中
的未亡人一樣地鞠躬着。[……] 戰後整個國家還是一小塊一
小塊地繼續着降伏。[11]」小說藉着猶太裔的匈牙利女子從維也
納越境進入佩斯猶太教堂探望患病祖父的過程，[12] 道出歐戰以
來反猶太主義（anti-semitisme）之下的犧牲者，並輕輕引入猶

9　Benjamin Crémieux 著，吶吶鷗譯：〈保爾・穆杭論〉，頁 150；Benjamin
　　Crémieux, "Paul Morand," p. 215. 克雷彌爾評論《夜閉》的四個短篇，同樣
　　指出小説描述戰後失卻秩序的世界裏各種久被遺忘又重新燃起的「愛國主義」
　　（nationalismes）。

10　本文論述穆杭戰後著作，主要指 1919 至 1925 年間發表的作品。一般學者認
　　為 1925 年對穆杭的生活以及寫作而言是明顯的轉折點。從一次大戰結束至
　　1925 年，穆杭出版的著作包括兩部詩集《弧燈》(1919) 和《溫度表》(1920)，
　　以及四部短篇小説集《溫柔貨》（1921)、《夜開》（1922)、《夜閉》（1923)
　　和《優雅的歐洲》（1925)。參考 Georges Lemaitre, *Four French Novelists:
　　Marcel Proust, Andre Gide, Jean Giraudoux, Paul Morand*（London, New York
　　and Toronto: Oxford University Press, 1938), pp. 318-320.

11　保爾・穆杭著，戴望舒譯：〈匈牙利之夜〉，《天女玉麗》（上海：尚志書屋，
　　1929 年)，頁 104。

12　〈匈牙利之夜〉原文中的「猶太教堂」(la synagogue) 在中譯本裏誤譯為「回
　　教寺院」。參考保爾・穆杭著，戴望舒譯：〈匈牙利之夜〉，頁 101-102、
　　107-108；Paul Morand, "La Nuit hongroise," *Nouvelles complètes*, tome I,
　　éd. présentée, établie et annotée par Michel Collomb（Paris: Gallimard, coll.
　　Bibliothèque de la Pléiade,1992), pp.153, 155-156.

太復國主義（sionisme）的課題。[13] 其中小說通過女主人公對
猶太裔的匈牙利革命領導者貝拉（Kun Béla, 1886-1939）的頌
揚，則故意忽略他作為匈牙利共產黨始創人、匈牙利蘇維埃
共和國（Hungarian Soviet Republic）領導者的身份及與戰後國
際共產主義思潮的緊密關係，僅從他對猶太族裔的貢獻加以
肯定。[14] 縱然作者未曾於小說中直接表達他對反猶太主義的批
評，但其自傳性散文集《1900》對十九世紀以降歐洲猶太族裔
的問題有深刻的反思。[15] 至於〈羅馬之夜〉（La Nuit romaine）
道出一次大戰後歐洲社會的精神狀態：「這是一個犧牲了的時
代，太太，男的都當了兵，女的都發了狂。命運還在這裏面
加上了許許多多的災難。[16]」小說一方面追溯作為性慾機器
（fonctionnaires sexuels）的法國現代女子伊薩培爾（Isabelle），
拒絕回國在羅馬失蹤自殺以前，糾纏於敘事者「我」、希臘和
愛爾蘭混血兒伊戈爾（Igor）以及「黑白雜種人」傑克（Jack）

13 穆杭在小說中並沒直接引用「反猶太主義」一詞，只通過故事女主人公說明
　　猶太人在各地的反猶太主義之下被殺害的情況：「老年人是永遠不出門的，因
　　為恐怕被人所害死。[……] 一年之前，我的一個哥哥在賽吉丹（Szegedin）被
　　人用棍棒打死；另一個哥哥，剎馬利（Samarie）是在紐約被打死的。因為他
　　寫文字幫我們的種族。」此外，小說記述人們在街上派發宣傳張宣揚「猶
　　太復國主義」的訊息，再次觸碰猶太人的議題。又原文中「猶太復國主義」
　　（le sionisme）一詞戴望舒翻譯為「民族自治邦建設主義」。見保爾・穆杭著，
　　戴望舒譯：〈匈牙利之夜〉，頁 103、108；Paul Morand, "La Nuit hongroise,"
　　pp. 153-154, 156.
14 貝拉為匈牙利共產黨始創人，及後領導匈牙利革命建立匈牙利蘇維埃共和國
　　（Hungarian Soviet Republic）。小說有關貝拉的討論見保爾・穆杭著，戴望舒
　　譯：〈匈牙利之夜〉，頁 100。
15 Paul Morand, 1900, Paris: Les Éditions de France, 1931.
16 保爾・穆杭著，戴望舒譯：〈羅馬之夜〉，頁 59。

之間一段「跨國性」的複雜關係；另一方面則通過這位曾在「三十六個月的戰事期中」參與戰爭後援工作的女主人公，[17]檢視戰後一代秉持反趨時主義（contre-snobisme）和遁世主義（ascétisme，又譯禁慾主義）生活的絕望態度。[18]

《夜開》以外，穆杭兩篇與〈保爾·穆杭論〉被同時譯載、取自同系列著作《優雅的歐洲》（*L'Europe galante*, 1925）[19]的短篇小說〈新朋友們〉（*Les Amis nouveaux*）和〈懶惰病〉（*Vague de paresses*），[20]同樣從不同路徑曲線進入歐戰的歷史語境。〈新朋友們〉講述共同愛上阿湼思（Agnès）的男女保爾（Paul）和保勒（Paule），在阿湼思精心安排下兩個不相識又互相猜忌、仇恨的人一同赴會，並在談論阿湼思的過程裏產生新的友誼。三人關係變化微妙，小說運用大量的戰爭比喻加以闡述。譬如保爾第一次遇上保勒隨即產生熱情，他以「一場大戰」比喻保勒，並引用法國作家司湯達（Stendhal, 1783-1842）小說《帕爾馬修道院》（*La Chartreuse de Parme*, 1839）的故事主人公法布里斯·戴爾·東果（Fabrice del

---

17　小說記述伊薩培爾於一次大戰期間曾在法國北部的諾瓦雍（Noyon）開傷兵車。見保爾·穆杭著，戴望舒譯：〈羅馬之夜〉，頁65。

18　保爾·穆杭著，戴望舒譯：〈羅馬之夜〉，頁59、64。

19　基於「二十世紀的編年史」（Chronique du XXe siècle）小說系列的考慮，穆杭將《優雅的歐洲》納入描寫亞洲的《活佛》（*Bouddha Vivant*, 1927）、非洲的《黑魔術》（*Magie Noire*, 1928）以及美國的《世界冠軍》（*Champions du Monde*, 1930）的同一小說系列。但就小說對戰後歐洲的關注重點而言，《優雅的歐洲》應屬《溫柔貨》、《夜開》和《夜閉》的同期短篇小說。參考 Georges Lemaitre, *Four French Novelists*, p. 323.

20　二文經修訂後收入戴望舒編譯的《天女玉麗》，〈懶惰病〉改名為〈懶惰底波浪〉。參考保爾·穆杭著，戴望舒譯：《天女玉麗》，頁18-34、81-84。

Dongo），具體說明他應付二人關係的方法及評價：「她好像一場大戰地使我起了熱情，對於這場大戰，一個近代的法勃易思（Fabrice），我是不會出陣的，但從那些從戰場回來的人們底眼中，我卻猜出那場大戰底軍事的猛烈（violence militaire）或政治的意識（importance politique）來。[21]」小說將兩人如何對刻意爽約的阿湼思加以「判罪」並進行「私刑」的討論，巧妙轉換為對民主制度和羣眾運動的意見和批評。保爾首先說明：「我是一個狂熱的民主主義者（démocrate fanatique）」，而保勒則表示「被一個羣眾的手所撕碎」、瓜分阿湼思肉體的刑罰對她而言「是個無上的結果」。至於他們最終能得到阿湼思身體的哪個部分卻無法控制，因為「在民眾的叛亂中，人們是攫着甚麼就是甚麼的。[22]」其中小說對民主制度和羣眾運動的批評十分顯明。

〈懶惰病〉敘述「我」在一次大戰期間於倫敦邂逅女間諜——出生於印度尼西亞爪哇（Java）的荷蘭女子，她使「我」聯想到大都會充滿異國情調的廣告招牌「原產的女子」

---

21 小說同樣以戰爭為比喻說明阿湼思失約之下「兩個犧牲者」如何檢視自身處境和心情：「我們步行向 Point du Jour [日的盡頭] 走下去。沉靜地，我們味着一個或許明天就沒有了的幸福的休戰；我們曾經不帶包頭布互相牽着到戰場上去過，可以視察一切又可以用我們底手摸着那昨天還傷我們最深的武器。」正文及此處引文均據 1929 年收入戴望舒編譯《天女玉麗》的修訂版本。參考保爾・穆杭著，戴望舒譯：〈新朋友們〉，《天女玉麗》，頁 20、34；Paul Morand, "Les Amis nouveaux," *Nouvelles complètes*, tome I, pp. 354, 360.

22 保爾・穆杭著，江思譯：〈新朋友們〉，《無軌列車》第 4 期（1928 年 10 月 25 日），頁 170-172；Paul Morand, "Les Amis nouveaux," pp. 357-358.

（Femmes d'origine）、「東方的尤物」（Oriental attraction）。[23]
歷來評論者以此為例，集中討論穆杭對摩登女郎、尤物形象
的描繪，卻從而忽略了小說中最重要情節 —— 敘事者「我」
主動要求進入她旅館的房間，並在二人親熱以後發現：

> 　　以為是走到浴室裏去了，我開了一扇門。但是
> 那卻是壁廚的廚門。在那些灑着香水的掛着的衣衫之
> 間，我相信已看出一個聽樂傳聲器（théâtrophone）。我
> 聽着：那卻是一個微音放大器。隔着牆壁，我清清楚
> 楚地聽見阿爾培爾‧多馬在用最近交戰的統計解釋着
> 我們有靠七十五哩的砲彈的必要。
> 　　我的伴侶看見我重新回到她那兒去，她是已經
> 一半睡着了：
> 　　—— 是的，我很知道，她說，這些我都應該聽
> 聽，可是那些數目，那真使我討厭；我聽了他們的
> 軍需品的話，頭就要發漲了。況且現在我豹皮外套
> 的錢也已經付了……我想睡……[24]

小說刻意引入當時戰事中擔任法國軍需大臣的社會主義者多
馬（Albert Thomas, 1878-1932）作為故事轉折的關鍵，卻停止
進一步的討論。戰火陰霾之下女間諜失去革命理想，只沉迷

23　保爾‧穆杭著，戴望舒譯：〈懶惰病〉，《無軌列車》第 4 期（1928 年 10
　　月 25 日 ），　頁 160-161；Paul Morand, "Vague de paresses," *Nouvelles
　　complètes*, tome I, p. 351.

24　保爾‧穆杭著，戴望舒譯：〈懶惰病〉，頁 162；Paul Morand, "Vague de
　　paresses," p. 352.

大都會的消費品，而軍事機密的唯一價值便是替她付賬滿足物慾。兩個月後荷蘭女子最終在瑞士邊境被捕。

上文引例中，穆杭戰後短篇小說對共產主義、社會主義、民主主義、反猶太主義等，皆「不從正面直攻而取遠攻」，[25] 以非直線非聚焦的方法間接呈現、論述歐戰本身及戰後思潮，當中作家的政治取向並不鮮明。然而，不能忽視的是穆杭作為戰時外交官員，曾直接參與極為複雜的國際政治，面對巨大危機的歷史時刻。早於 1913 年，他已出任法國駐英國倫敦大使館的專員（Attaché），歐戰期間更前往法國駐意大利羅馬和西班牙馬德里的大使館工作。[26] 外交家（diplomate）和作家（écrivain）兩種事業，在穆杭的生命裏幾乎是同步開展並且平衡發展。到底兼具象徵「政治」與「文學」雙重身份的穆杭，在一次大戰的背景下如何思考二者關係？不同國度的大都會及其現代性的發展，如何引導作家反思戰後出現各種政治思潮？相對二十年代初法國知識分子提倡國際主義、和平主義、社會主義、共產主義各種思想傾向，[27] 穆杭面對戰後民族主義興起，又如何從文學文化層面的世界主義思考戰後歐洲不同國族之間，既保存自身的獨特性

25　Benjamin Crémieux 著，吶吶鷗譯：〈保爾・穆杭論〉，頁 153。

26　穆杭在大戰結束前出任外交官員的情況，詳見 Georges Lemaitre, *Four French Novelists*, pp. 311-314.

27　其中最突出的例子，包括法國左翼文人巴比塞在二十年代初主編《光明》雜誌（*Clarté*, 1919-1928），為爭取各地進步作家共同參與左翼政治及文化運動，即主張國際主義、和平主義、共產主義三種思想取向並行。參考 Nicole Racine, "The Clarté Movement in France, 1919-21," pp. 205-208.

又能在相異文化之中互相吸納而進步？這種世界主義在特殊
語境下又能否成為另一種政治策略？

戰爭語境下的跨國性和異國情調

　　穆杭討論世界主義的理念時曾憶述 1919 年戰後回國，
在巴黎結識的第一個文人團體——以法國作家紀德及其友人
創辦的文藝評論雜誌《新法蘭西評論》為中心的作家羣。[28] 上
文提及〈保爾・穆杭論〉的作者克雷彌爾本身便是《新法蘭
西評論》的著名評論家，該文前身為兩篇發表在該雜誌的書
評，後加以合併整理而成。[29] 至於穆杭的〈新朋友們〉也是
先於《新法蘭西評論》刊載，後收入作品集。[30] 從穆杭在《新
法蘭西評論》發表文章的具體情況及對雜誌的評價，可窺探

28　"Interview donné à Frédéric Leffèvre," in Paul Morand, *Papiers d'identité*
　　(Paris: Editions Bernard Grasset, 1931)，p. 25.《新法蘭西評論》創刊號於
　　1908 年 11 月出版，卻因事未能向外分發。及至 1909 年 2 月出版新一期，
　　才被視為雜誌正式的誕生。箇中原因詳見 Maaike Koffeman, *Entre classicisme*
　　et modernité. La nouvelle revue françaisedans le champ littéraire de la Belle
　　Époque, pp. 36-40.

29　克雷彌爾分別於 1921 年 4 月及 1922 年 5 月在《新法蘭西評論》發表穆杭《溫
　　柔貨》和《夜開》二書的評論。至於拉爾步撰寫穆杭《夜閉》(1923) 的書評，
　　也在《新法蘭西評論》刊載。參考 Benjamin Crémieux, "Notes sur *Tendres*
　　Stocks par Paul Morand," *La Nouvelle Revue Française*, n° 91 (avril 1921):
　　487-488; Benjamin Crémieux, "Notes sur *Ouvert la nuit* par Paul Morand," *La*
　　Nouvelle Revue Française, n° 104 (mai 1922): 607-610; Valery Larbaud, "Notes
　　sur *Fermé la nuit* par Paul Morand," *La Nouvelle Revue Française*, n° 116 (mai
　　1923): 829-831.

30　Paul Morand, "Les amis nouveaux," *La Nouvelle Revue Française*, n° 130
　　(juillet 1924): 5-13.

其文學和政治觀點。首先，《新法蘭西評論》對於穆杭而言乃是多元開放的文藝雜誌。它雖強調文學創作及批評，但同樣關注法國音樂、美術，以至國外文藝的新發展，[31] 這讓穆杭對不同藝術形式的廣泛興趣得以發揮，並能充份展現他對不同地域文學的學養。自 1919 年始，作家便在《新法蘭西評論》發表各種類型的文章，包括文學創作如散文〈晨曦或離羣索居者〉（Aurore ou la sauvage, 1919）和詩歌〈溫度表〉（*Feuilles de temperature*, 1920）、[32] 藝術評論如法國導演高克多（Jean Cocteau, 1889-1963）首個在巴黎演出的〈戲劇－演奏〉（Spectacle-Concert, 1920）以及比利時劇作家克羅莫林克（Fernand Crommelynck, 1886-1970）的戲劇《綠帽子》（*Le Cocu magnifique*,1921）的評論文章、[33] 書評如對英國作家康拉德（Joseph Conrad, 1857-1924）《西方眼界下》（*Under Western*

31　早於 1908 年 11 月準備出版的《新法蘭西評論》創刊號，已說明雜誌對文學以及其他藝術形式的關注。"Avertissement," *La Nouvelle Revue Française*, n° 1（nov. 1908）: 1："On trouvera dans chaque numéro des articles d'actualité littéraire et des études, des poèmes et des nouvelles. En outre, la nouvelle production française en littérature, en musique, en art, y sera analysée avec soin, et des correspondants au dehors se chargeront de suivre pour la revue les plus intéressantes tentatives étrangères nouvelles. "《新法蘭西評論》在一次大戰期間停刊，並於 1920 年復刊。復刊後雜誌維持對音樂、戲劇和視覺藝術等不同藝術形式的關注，刊載相關評論。

32　Paul Morand, "Aurore ou la sauvage," *La Nouvelle Revue Française*, n° 75（déc. 1919）: 977-1000；"Feuilles de température," *La Nouvelle Revue Française*, n° 82（juillet 1920）: 56-60.

33　Paul Morand, "Notes sur *Spectacle-Concert* organisé par Jean Cocteau（Comédie des Champs-Élysées），" *La Nouvelle Revue Française*, n° 79（avril 1920）: 609-610；"Notes sur *Le Cocu magnifique* de Crommelynck（Théâtre de l'Œuvre），" *La Nouvelle Revue Française*, n° 90（mars 1921）: 373-374.

Eyes, 1911）和法國作家司湯達《意大利遺事》（*Chroniques italiennes*, 1855）的小説批評等。[34]

　　其次，穆杭特別指出戰後復刊的《新法蘭西評論》，不奉行任何學説（doctrine），對撰稿者亦無任何限制，是以雜誌能兼容並蓄不同思想。經過穆杭刻意取捨，雜誌作家羣被描述為求同（文學熱誠）存異（個人身份、政治傾向和宗教信仰）的羣體：國際主義者布洛克（Jean-Richard Bloch, 1884-1947）、民族主義報章《法國行動》（*L'Action française*, 1908-1944）的理論家紀昂（Henri Ghéon, 1875-1944）、天主教徒克洛岱爾（Paul Claudel, 1868-1955）、無神論者普魯斯特（Marcel Proust, 1871-1922）、異教徒拉爾步、詩人梵樂希（Paul Valéry, 1871-1945）和必爾德拉克、任教大學的蒂博代（Albert Thibaudet, 1874-1936）、羅曼（Jules Romains, 1885-1972）和波朗（Jean Paulhan, 1884-1968），以及與穆杭同任外交官的克雷彌爾。[35]

　　縱使穆杭對《新法蘭西評論》寄予政治和文化的世界主義理想，[36] 但事實上戰後復刊、改由李威爾（Jacques Rivière, 1886-1925）主編的雜誌在追求自由開放的姿態下，正經歷嚴

34　Paul Morand, "Notes sur *Sous les yeux d'Occident* par Joseph Conrad," *La Nouvelle Revue Française*, n° 91（avril 1921）: 495-497；"Notes sur *Chroniques italiennes* par Stendhal," *La Nouvelle Revue Française*, n° 101（fév. 1922）: 228-229.

35　"Interview donné à Frédéric Leffèvre," pp. 25-26.

36　穆杭在一次訪問中從個人經驗談及世界主義的理念時，特別提到《新法蘭西評論》。*Ibid*., p. 25.

重的內部政治意識衝突。正如李威爾所示，希望重辦一份公
正無私的雜誌（une revue désintéressée），繼續進行自由創作和
批評，但戰事的影響無法抹掉。[37] 1919 年 6 月，他在《新法蘭
西評論》復刊首期以自身名義發表文章，一方面重申雜誌秉
承創刊以來的宗旨，追求純文學的目標：「戰爭可以改變許多
事情，但不能改變此事：文學是文學，藝術是藝術」（la guerre
a pu changer bien des choses, mais pas celle-ci, que la littérature
est la littérature, que l'art est l'art）；但另一方面卻指出雜誌不
能只固守美學範疇，「我們有野心同時增強相關但截然不同的
文學意見和明確的政治信念（Nous avons l'ambition de nourrir
à la fois, conjointes mais séparées, des opinions littéraires et des
croyances politiques parfaitement définies）。[38]」此文隨即引起
雜誌編輯委員會分裂的危機。在紀德堅持純文學的立場以及
雜誌不參與政治運動的原則下，《新法蘭西評論》的編輯－
作家羣不僅就知識分子（intellectuel）的角色展開討論，李威
爾和雜誌創辦人紀昂、斯倫貝謝（Jean Schlumberger, 1877-
1968）等更表示傾向民族主義思潮。[39]

---

37 Jacques Rivière, "La Nouvelle Revue Française," *La Nouvelle Revue Française*,
    n° 69（juin 1919）: 2.

38 *Ibid.*, pp. 3, 10.

39 Michael Einfalt, "'penser et créer avec désintéressement' - *La nouvelle revue
    française* sous la direction de Jacques Rivière," Études littéraires, vol. 40, n° 1
    （hiver 2009）: 38-41; Jean Lacouture, *Une Adolescence du siècle : Jacques
    Rivière et la NRF*, Paris: Seuil, 1994.

　　面對歐戰後不同意識形態，特別是法國國內重新興起的
民族主義，穆杭嘗試提出一種思辨性的、不再與民族主義對
抗的新世界主義（cosmopolitisme nouveau），並重新審視異域
文學及異國情調（exotisme）的書寫：

　　　　假若有一種新的世界主義，那不是由我們説
　　出，卻應由讀者或評論家發現。其中新的地方正是
　　我們還未懂得觀察，或還未能夠實踐的地方。對我
　　而言，若我能幫助致使異國情調——這張彩色照不
　　再流行，我將非常高興。從語源學角度而言，異國
　　情調乃指外在（en dehors）的事物。異國情調是通過
　　排除和犧牲內在（en dedans）的事物，對遙遠的、遠
　　離我們國境事物的文學應用。可是，我們希望做的
　　卻是恰恰相反的事情：我們希望在我們國家和世界
　　其他國家之間，為自己以至他人建立一種準確、穩
　　定的新關係。[40]（筆者自譯）

40　"Interview donné à Frédéric Leffèvre," pp. 19-20: "S'il y a un cosmopolitisme
　　nouveau, ce n'est pas à nous de le dire, mais aux lecteurs ou aux critiques
　　de le découvrir. Le nouveau n'est que nous n'avons pas encore su voir, ou pu
　　faire. Pour ma part, je serais très heureux si j'avais pur contribuer à démoder
　　l'exotisme, cette photographie en couleurs. Etymologiquement, *exotique* veut
　　dire : *ce qui est en dehors*. L'exotisme, c'est l'utilisation littéraire de ce qui se
　　trouve au loin, hors de nos frontière, par exclusion et aux dépens de ce qui est
　　au dedans. Or, ce que nous voulons faire, c'est justement le contraire : établir
　　pour nous même et pour autrui des rapports nouveaux, exacts et constants
　　entre notre pays et le reste de l'univers." 訪問紀錄原載 Frédéric Leffèvre et Paul
　　Morand, "Une heure avec... (Deuxième série)," *La Nouvelle Revue Française*,
　　n°137 (fév. 1925): 232-233.

　　穆杭提出的新世界主義，乃針對過往利用異地陌生事物的距離編造的異國情調，力求將異國的外在事物轉化成為內在的，並努力保留自身的民族特點及文化傳統，從而建立不同國族之間的新關係。作家遂從兩方面進一步闡述有關理念：其一，從文學史而言，穆杭認為在國際性的規劃下人們無需「排除和犧牲內在的事物」、摒棄自身民族文化傳統；相反，異國生活經驗迫使人向自己全面揭示自我，然後再面向自己國家。穆杭重整法國近百年的文學發展史，指出異國的生活經驗──不論是流亡者或旅者，如何造就文學史上的重要作家，這些「崇高的背棄者」（nobles déserteurs）包括之於十九世紀的夏多布里昂（François-René de Chateaubriand, 1768-1884）、司湯達、克洛岱爾，還有同屬穆杭年代的高比諾（Joseph-Arthur de Gobineau, 1816-1882）、洛特雷阿蒙（Comte de Lautréamont, 1846-1870）和韓波。[41] 其二，從個人家庭、學養、遊歷等現實生活經驗，說明二十世紀的世界主義者（cosmopolite）不再從冒險家的目光認識和探究異國文化。穆杭來自曾移居俄國的傳統法國家庭，父親於聖彼得堡出生，結婚時才遷回巴黎。穆杭自幼通過父親的社交圈子結識法國象徵主義詩人馬拉美（Stéphane Mallarmé, 1842-1898）和勃須華、美國作家湯姆森（Vance Thompson, 1863-1925）、英國作家王爾德（Oscar Wilde, 1854-1900）、道格拉斯（Lord Alfred Douglas, 1870-1954）和記者哈里斯（Frank Harris, 1856-1931）等等。少年時穆杭到英國倫敦和牛津學習，後肄業於巴

41　"Interview donné à Frédéric Leffèvre," pp. 20-22.

黎自由政治學校（L'École libre des sciences politiques）並從事外交工作，戰事結束以前八年均在國外生活。[42]

　　縱然穆杭的著作被視為充滿異國風情，但他對新世界主義的構想及其文學作品中各種跨國性元素，皆針對一次大戰後的歐洲，具有高度指向性。特定的歷史語境促成了穆杭短篇小說的獨特框架——強調戰後氛圍的歐洲大都會為背景、以國與國之間流離遷徙者為主要人物：羅馬的法國女子（〈羅馬之夜〉）、維也納和布達佩斯的猶太裔匈牙利女子（〈匈牙利之夜〉）、生於爪哇的荷蘭女子在倫敦（〈懶惰病〉）、巴黎的俄國女子（〈天女玉麗〉）、洛桑和巴黎的加泰羅尼亞女子（〈加泰羅尼亞之夜〉）、君士坦丁堡的俄國女子（〈土耳其之夜〉）、巴黎的荷蘭女子（〈莆萊達夫人〉），當然還包括戰後巴黎的法國女子（〈新朋友們〉）。在這「跨國性」的故事框架內，作品不斷對世界主義的理念以至文學中異國情調的運用進行反思，構成小說內部的複雜性。頗具後設小說況味的〈天女玉麗〉（*Céleste Julie!*），借助流落巴黎的俄國女子，以讀者身份與指涉真實作者的敘事者「我」討論穆杭的創作。其中特別提及異國形象的問題，敘事者甚至詳列一份記述世界各國民族特性的「世界名物清單」（une inventaire naïf des merveilles du monde）：

42　"Interview donné à Frédéric Leffèvre," pp. 23-25; Paul Morand, *Mes débuts*, Paris: Denöel et Steele, 1933.

　　—— 此外你還愛甚麼呢？從你的大著上看來，
我們可以說你是甚麼也不愛的。

　　—— 在我呢，我從前以為將世界的名物開了一
張清單！

　　—— 論到名物，你竭力指示給我們看那俄羅
斯人的癲癇，英吉利人的愚蠢，法蘭西人吝嗇，西
班牙人的嬾惰，意大利人的虛榮心，比利時人的粗
野，瑞士人的狹量，德意志人的出產律，保加利亞
人的野蠻，荷蘭人的遲鈍，捷克斯拉夫人的學者
風，羅馬尼亞人的卑行，希臘人的殘酷，南斯拉夫
人的忘恩，奧大利人的輕薄，匈牙利人的習惡，波
蘭人的迷信……[43]

然而，敘事者「我」向「讀者」指出「文章只是一個夢」
(l'écriture n'est qu'une rêve)，文學作品所顯示的異國形象其實
並不真實，作家還可以隨意修改，這一切無助讀者認識各國
民族特性：

　　—— ……或者正相反，太太。夢，別人說，是
服從反對法則的。文章只是一個夢；去找一找看，你
就得到了。你會忽然地看見，在我的筆下，顯露出
那俄羅斯人的寬容，英吉利人的堅忍，法蘭西人的
[jansénisme] 精神，比利時人的善意識，瑞士人的高

43　保爾・穆杭著，戴望舒譯：〈天女玉麗〉，《天女玉麗》，頁 36-37。

度，德意志人的精力，捷克斯拉夫人的學識，保加利
亞人的勇敢，希臘人的儉約，羅馬尼亞人的巴黎人習
慣，奧大利人的遺忘的稟賦，葡萄牙人的法國友誼，
意大利人的自負心，以及其他等等 [……]。[44]

從穆杭有關新世界主義的論述，重新閱讀他在另一短篇〈茀
萊達夫人〉（*Madame Fredda*）對戰後巴黎的批判，有助揭
示當中引發的矛盾情緒。一次大戰後的巴黎仍不失為國際大
都會，戰爭造成不同種族的人口移動，大量難民從中歐、
東歐、俄羅斯、巴爾幹半島諸國湧入花都。[45] 作為世界主義
者，穆杭視當時巴黎的社會狀況為「法蘭西的冒險奇談」，[46]
並發生「一種很奇怪而且可驚異的生活」。[47] 雖然穆杭多次宣
稱自己既是「世界人」（Cosmopolite）又是法國人，[48] 處處表
現對其他民族文化的興趣和接受能力，但面對充斥着陌生人
（étrangers）的戰後巴黎，其小說主人公仍不免感到壓力：「他
覺得自己是一個營養不良的法蘭西的兒子，患着外來的病：
俄羅斯難民（exiles）的禿頭病；英吉利人的尿酸病；意大利
移民（émigration）的間歇的濕疹；羅馬尼亞性怪斑點（taches

44　保爾・穆杭著，戴望舒譯：〈天女玉麗〉，頁 37。引文中 "jansénisme"
　　（冉林派）一詞中譯本誤植為 "Jansénius"，現據法文原著修訂。參考 Paul
　　Morand, "Céleste Julie!" *Nouvelles complètes*, tome I, p. 349.

45　Georges Lemaitre, *Four French Novelists*, pp. 314-315.

46　保爾・穆杭著，戴望舒譯：〈茀萊達夫人〉，《天女玉麗》，頁 87。

47　趙景深：〈穆杭最近的言論〉，《小說月報》第 22 卷第 10 號（1931 年 10 月），
　　頁 1366-1367。

48　Paul Morand, "Ma Légende," *Papiers d'identité*, p. 16.

suspectes）；美利堅人的疗瘡的居留民（colonies）；土耳其人化膿；和其他各國民的皮和肉間蘊着的病根。[49]」

〈弗萊達夫人〉小說開首即通過故事主人公——新聞記者但尼爾（Daniel）的視角比較現代的和兒時的巴黎，感慨昔日城市內部優美的消失；然後再檢視他眼前這個將要埋沒在世界各國陌生人之中的巴黎：

> 其實他只恨他們變亂了他國語，喝空了他最後的好酒，帶着一種熱烈的好奇心，他觀察着這種法蘭西的冒險奇談，這種在歷史上是絕對新鮮的，做着自己能創製出來的愉快，全世界的美望底犧牲品的國家的活的逸事。那兒從前有過許多人種的移動，民族的政治上的併合，軍事的征服，可是這一種國民的想像陷入陷阱一樣地突然消失在自己的領土內的景狀，卻是從來沒有過的。「封‧克拉克成功了，但尼爾自言自語着，巴黎已被包圍，而且被佔領了。」［……］他明天的社論的前面將寫着：[*Væ Victoribus*] [50]（拉丁文，意為：勝利者之不幸。——譯者註。）[51]

---

49 保爾‧穆杭著，戴望舒譯：〈弗萊達夫人〉，《天女玉麗》，頁87。

50 引文中 "Væ Victoribus" 一詞中譯本誤植為 "Vae Victoribns"，現據法文原著修訂。參考保爾‧穆杭著，戴望舒譯：〈弗萊達夫人〉，頁88；Paul Morand, "Madame Fredda," *Nouvelles complètes*, tomel, p. 420.

51 保爾‧穆杭著，戴望舒譯：〈弗萊達夫人〉，頁87-88。

小說主人公設想德國將軍克拉克（Alexander von Kluck, 1846-1934）的話，藉以說明當下巴黎的處境，可說是雙重反諷的做法。首先，克拉克將軍曾參與普法戰爭（Franco-Prussian War, 1870-1871），1914年於一次大戰期間指揮德國第一軍隊進攻巴黎，可惜因其錯誤判斷，進佔失敗。但尼爾卻假想侵略者的「成功」，道出目下巴黎的陷落：「巴黎已被包圍，而且被佔領了。（Paris est bien cerné, et pris.）」，從而突顯由戰爭造成城市「國際化」的險境。其次，法國在一次大戰中屬戰勝國，戰後卻被異國流亡者和移民所「佔領」，作家對於他們的種族血緣還有批評：「為甚麼，在一個患貧血症的法蘭西國裏，不選用那充滿了勇氣和榮譽的德國或安格羅‧薩克遜（Anglo-saxons）的血球注射呢？為甚麼糊塗的當局盲目地開放了國境，在祖國的血管裏灌進那拉丁的，近東的或是黑人的可憎的混血呢？[52]」雖然穆杭及後撰文強調他對法國境內陌生人乃持開放態度，[53] 但小說仍通過故事主人公不無反諷地以拉丁文道出「勝利者之不幸」（*Væ Victoribus*）。

〈六日之夜〉與戰後現代主義

　　從二十世紀穆杭戰後的短篇上溯至十九世紀法國詩人波特萊爾（Charles Baudelaire, 1821-1867）《惡之華》（*Les Fleurs*

52　保爾‧穆杭著，戴望舒譯：〈茀萊達夫人〉，頁88。

53　Paul Morand, "Droit d'aubaine," *Les Nouvelles littéraires*, Le 20 juin, 1925. Repris dans Paul Morand, *Papiers d'identité*, pp. 200-203.

穆杭〈六日之夜〉以二十世紀初國際享負盛名的巴黎冬季自由車競賽場 (Vélodrome d'Hiver) 作為小說的主要場景。

1942 年 7 月 16 至 17 日親納粹的法國政府搜捕超過一萬三千名猶太人,將之收押在冬季自由車競賽場然後再轉往集中營。(圖片來自 2012 年巴黎第三區市政府展出警察局資料庫所藏有關事件的檔案)

du mal, 1857) 以及有關現代性的論述，不難發現穆杭並未能完全走出詩人描述兩種矛盾現代性的困局：詩人寄居於現代都市的發展（資產階級現代性），卻同時主張反傳統、反平庸、反資本主義價值的美學取向（文化現代性）。[54] 不過，一次大戰帶來歷史語境的轉變，卻為現代性困局提供重新反思的機會。穆杭賴以生存的現代都市，不僅是資本主義高度發展的結果，更是歐洲戰後特殊氛圍之下異常發展的娛樂、消費和物慾，展示的是大都會「臨死的」現代文明。穆杭筆下的小說主人公非常自覺自身處境，但依然沉迷這種轉瞬即逝的繁榮。他們無法自拔，甘願與現代都市一同滅亡。

〈六日之夜〉作為一次大戰後發表的現代主義作品，[55] 同樣以「文章的新法」（un poncif nouveau de style）、「話述的新形式」（l'art de conter），描繪戰後巴黎的繁榮街景、夜間的酒場跳舞場和競賽場、充滿壓抑和狂熱的人羣、現代都市男女的愛情。小說以二十年代戰後法國流行的自由車競賽為故事背景，在巴黎市內冬季自由車競賽場（Vélodrome d'Hiver）六天不眠不休的競賽中，敘事者「我」邂逅了競賽選手伯諦馬底曷（Petitmathieu）

54　參　考　Charles Baudelaire, "Salon de 1846," pp. 493-496;Charles Baudelaire, "Le Peintre de la vie modern," pp. 683-697; Matei Calinescu, *Five Faces of Modernity*, pp. 41-42, 46-58.

55　〈六日之夜〉法文原著首先刊載於 1922 年 1 月的《新法蘭西評論》，後收入短篇小説集《夜開》（*Ouvert la nuit*, 1922）。Paul Morand, "La Nuit des six jours," *La Nouvelle Revue Française*, nº 100（janv. 1922）, pp. 56-69. 下文討論據全集版本 Paul Morand, "La Nuit des six jours," *Nouvelles complètes*, tome I, pp. 137-149.

的女友萊阿（Léa）── 穆杭筆下典型的摩登女郎。[56] 小説描述
三人之間隨着六天賽事發展而來的糾結關係，卻同時依循不同
路徑曲線進入歐洲戰爭的歷史語境。當敘事者「我」和萊阿一
起乘坐計程車前往自由車競賽場，「我」一邊欣賞「現在已不為
工廠所傷害」的塞納河風景，[57] 一邊訴説着自己對舊式四輪馬
車（fiacre）的熱愛，旋即提及剛結束的一次大戰：「當巴黎在烟
霧後 [蠢動] 着的時候，以及人們在做着使世界減少人口的事
的時候，而碰到一匹不興奮的小牛似的馬是有味兒的。[58]」敘

56　小説曾分別從「我」和伯諦馬底昻的角度描繪萊阿的形象：「我來並不是為她的
　　乳白的背，她的黑玉（jais）衫子 [──] 戰顫着的黑雨，無數的縞瑪瑙的珍飾，
　　從這些珍飾間可以辨出細長的，和耳邊鬆髮相接的眼睛來；卻可以説是為她的
　　扁平的鼻子，她的突起的胸膛，她的灑過硫酸鹽的葡萄葉的美麗的猶太風的顏
　　色，她那個有些蹂躇的孤獨癖而來的」；「她真可愛！而且還是一個好女孩子。
　　[⋯⋯] 她富於教育和談話，使社會上的人都歡笑。在我們自己之間呢，那有像
　　地圖上的河流一樣的的脈絡的肌膚，一頭一直長到腳根邊的頭髮（不是那現在
　　婦女們所有的 [短] 髮，而那頭髮又不使梳子喫力的），那樣的乳房啊，一塊真
　　正的冷藏肉；還有那春宮秘戲的色香；喫過東西後洗着牙齒，用一特別鉗子鉗
　　着龍鬚菜，而且從來不圍胸襪（corset）。」穆杭著，郎芳譯：〈六日之夜〉，載
　　水沫社編譯《法蘭西短篇傑作集》第一冊（上海：現代書局，1928年），頁 1-2、
　　21。另參考〈六日之夜〉收入《天女玉麗》時的修訂版本，保爾·穆杭著，戴
　　望舒：〈六日競走之夜〉，《天女玉麗》，頁 53-54、75-76。

57　1945 年戴望舒重譯修訂〈六日之夜〉，將 "non plus malmenés par les usines"
　　改譯為「現在已不為工廠所蹂躪」。參考穆朗著，戴望舒譯：〈六日競賽之夜〉
　　（一），《香島日報・綜合》，1945 年 6 月 28 日；Paul Morand, "La Nuit des
　　six jours," p. 139.

58　"Paris se meut derrière la buée" 一句在〈六日之夜〉1928 年和 1929 年的翻譯
　　版本裏均被譯為「當巴黎在烟霧後緘默着的時候」，其中譯者或誤認動詞 "se
　　meut" 為形容詞 "muet"（緘默）。至 1945 年的翻譯版本裏 "se meut" 一詞
　　才改作「蠢動」，句子修訂為「而當巴黎在烟霧後面蠢動着的時候」。參考穆杭
　　著，郎芳譯：〈六日之夜〉，頁 5；保爾・穆杭著，戴望舒譯：〈六日競走之
　　夜〉，頁 58；穆朗著，戴望舒譯：〈六日競賽之夜〉（二），《香島日報・綜合》，
　　1945 年 6 月 29 日；Paul Morand, "La Nuit des six jours," p. 139.

事者自我反省以第三者的身分走進二人之間，認為事情是「整個的不合理的，然而亦是自然的戲」。[59] 當在三人關係裏「自己覺得不得不承認戰敗」的時候，「我」又以特別的個人經驗和收藏品把萊阿吸引過來：

> 　　可巧相反，聽了我熟識意大利的湖水，Tipperary 的作者，和我有霞飛將軍的手跡，她是驚感了。我甚至誇說在我的畫室裏我有一個阿拉伯酋長的天幕的原樣的複製，和能為她在提琴上奏出達爾諦尼（意大利的提琴家和音樂理論家。——譯者。）的「魔鬼曲」。[60]

引文中提及「我」其中一項使萊阿動容的收藏品，正是一次大戰時法國將軍霞飛（Maréchal Joffre, 1852-1931）的手跡。1914 年一次大戰爆發，霞飛被委任為法國軍隊總司令，並重組聯軍在馬恩河戰役（Bataille de la Marne, 1914）大敗德軍，穩定了北面的戰線，亦由此聲名大噪。戰爭記憶的收藏品成為摩登女郎對敘事者「我」產生不一樣情感的小道具。然而，整篇小說真正銘刻着一次大戰回憶的人物，卻是自由車競賽選手伯諦馬底葛：

59　穆杭著，郎芳譯：〈六日之夜〉，頁 14。

60　穆杭著，郎芳譯：〈六日之夜〉，頁 17；Paul Morand, "La Nuit des six jours," p. 146. 塔替尼（Giuseppe Tartini, 1692-1770）為意大利音樂家，引文中提及的「魔鬼曲」即塔替尼著名《G 小調小提琴奏鳴曲》（Violin Sonata in G minor）的別名《魔鬼的顫音》（Trilles du diable）。

　　　　伯諦馬底曷還是在生氣。

　　　── 肚子，你決意要幾時來弄我的肚子呀？

　　　那按摩人解了短褲的橡皮帶；在肚臍下面寫

着：「亞爾西利步兵第四聯隊第一戰隊」和那標銘「盡

力為之」；他用他的手掌平平地在腸上按摩着。[61]

戰爭過去，昔日衝鋒陷陣的軍人只能成為今天的自由車競賽
選手，有關「盡力為之」（Tant que ça peut）的勉勵所針對的客
觀環境亦已完全改變。「亞爾西利步兵第四聯隊第一戰隊」（4e
régiment de zouaves, 1re compagnie）其實是一次大戰期間小說
真實作者穆杭於 1918 年參加的步兵團隊，[62] 作家刻意將自身
的戰爭記憶移植至筆下的虛構人物，留下的標記不能磨滅，
卻只有埋藏在不為人知的地方。

　　曾參與一次大戰的伯諦馬底曷，在封閉的自由車競賽
場內所面對的壓力來自兩種既屬現代都市，又與革命戰爭相
關的事物：羣眾和速度。人羣大眾作為現代大都會的獨特景
觀，早為文學評論家所關注。[63] 上文亦曾提及穆杭在〈新朋

61　穆杭著，郎芳譯：〈六日之夜〉，頁 11。Paul Morand, "La Nuit des six jours,"
　　p. 143.

62　Paul Morand, "La Nuit des six jours: notes et variantes," *Nouvelles complètes*,
　　tome I, p. 923.

63　例如本雅明討論波特萊爾的詩歌，便曾指出大都市的羣眾如何成為十九世
　　紀作家最關注的主題。對於波特萊爾而言，「大眾對於他是一切，不是外在
　　於他。[⋯⋯] 他筆下的人羣永遠是大城市的人羣，他筆下的巴黎永遠是人滿
　　為患。」參考 Walter Benjamin, *Charles Baudelaire: A Lyric Poet in the Era of
　　High Capitalism*, trans. Harry Zohn（London and New York: Verso, 1997）, pp.
　　120-125；瓦爾特・本雅明著，劉北成譯：《巴黎，19 世紀的首都》（上海：
　　上海人民，2006 年），頁 196-211。

友們〉直接討論羣眾在叛亂戰事、民主制度和羣眾運動中所
代表的深遠意義。〈六日之夜〉描述當自由車比賽進行着，
「十六個競爭者每隔二十秒經過一次，一個也不落後，成着一
個密厚的羣」，觀眾席上瘋狂吶喊的羣眾正以「熱烈的眼睛」
注視着他們：「細長的口笛聲切斷了長天，隨後有四千個吶喊
聲，那些從喉嚨深處發出來的巴黎人的吶喊。」羣眾時時刻
刻以呼喊聲指令着競賽選手，其「呼喊聲是非人性的」，形成
兩者之間的緊張關係。[64]

　　至於速度，被穆杭視為近百年來現代世界的新秩序（un
ordre nouveau），更是力量的現代形式，它象徵着進步、抗爭
和革命。[65] 穆杭曾於〈關於速度〉（"De la vitesse," 1929）一文
特別指出速度和革命的微妙關係：

> 人們常說我是個速度的崇拜者。事實上，我曾
> 經非常喜歡速度。然後，喜歡的程度又減退了。當
> 我尋求更清楚理解速度的時候，我發覺它並不常常
> 是一種使人興奮的刺激物；它同時是一種使人沮喪
> 消沉之物、一種具腐蝕性的酸性物質、一種難以控

64　穆杭著，郎芳譯：〈六日之夜〉，頁 6-8。小說多次描述競賽選手與羣眾之間
　　的緊張關係，如賽車場為他們「每個人安排着一間木造的小屋，外邊遮着一
　　張幕，裏面是一張行軍床。[……] 一張探照燈一直照到小屋的底裏，使得羣
　　眾可以把選手的一舉一動都看得出來，甚至在休息的時候。」又如小說描述
　　伯諦馬底曷休息的情況：「——伯諦馬底曷，快起來！羣眾從伯姚羣獅（lions
　　Peugeot）的上面嚴酷地喊着。他做著手勢，表示夠了的意思。」見穆杭著，
　　郎芳譯：〈六日之夜〉，頁 9、11。

65　Paul Morand, "De la vitesse," _La Nouvelle Revue Française_, n° 189（juin
　　1929）; repris in Paul Morand, _Papiers d'identité_, pp. 271-272.

制的危險爆炸物。假若我們不學習認識速度以及保
護自身，它不僅能夠炸毀我們，甚至將整個宇宙和
我們一起炸毀。[……] 人們常說汽車賽已經取代了人
羣中的政治革命。[……] 華爾德克－盧梭曾說：取消
賽馬場，巴黎將再次革命。[……] 速度，它是力量最
新的、最現代的形式。[66]（筆者自譯）

穆杭深切理解速度既是「使人興奮的刺激物」，卻同時是「難
以控制的危險爆炸物」。現代社會新興的汽車賽所宣泄的速
度，正好消解人羣政治革命的力量。其實〈六日之夜〉也
論及自由車競賽對敍事者「我」和萊阿的強大支配力量。
故事主要描述賽事最後三天的情境，基本上以四種時間
（heure）和賽程量度單位（kilometre）的數目累積，具體表
示速度的主題：「第四夜。第八十 [五] 小時。二千三百基羅
六百五十米突（2300,650km）」，[67] 第五夜「那些競爭者，被

---

66 Paul Morand, "De la vitesse," *Papiers d'identité*, pp. 271-272, 276-277: "On
a souvent dit que j'étais un adorateur de la vitesse. Je l'ai en effet beaucoup
aimée. Ensuite, moins. En cherchant à la mieux comprendre, je me suis aperçu
qu'elle est loin d'être toujours un stimulant ; elle est aussi un déprimant, un
acide corrosif, un explosif dangereux à manier, capable de faire sauter non
seulement nous-mêmes, mais l'univers entier avec nous, si nous n'apprenons
à le connaître et à nous défendre. [···] On a souvent dit que les courses d'autos
avaient remplacé dans le peuple les révolutions politiques. [···] Waldeck-
Rousseau disait: supprimez les hippodromes et Paris refera la révolution. [···]
La vitesse c'est la forme dernière et la plus moderne, de la force."

67 「第八十五小時」，中譯文誤植為「第八十小時」。參考穆杭著，郎芳譯：〈六
日之夜〉，頁 7；Paul Morand, "La Nuit des six jours," p. 140.

那一百零五小時的勞動和二千八百七十二基羅五百八十米突（2872,580km）所壓潰了」，[68] 至第六夜「在第一百三十一小時，近三千四百二十一基羅米突（vers le kilometer 3421）的時候 [伯諦馬底曷] 是有一個衝到頭上去的蓄意」，[69]「第六夜，第一百 [五] 十八小時，三千 [九] 百六十二基羅五百七十米突（3962,570km）。同樣的單調的光景。[70]」當競賽的時間不斷增加，賽程的總距離日以累積，自由車競走維持高速，「我」突然醒悟自己和萊阿的思想早已受賽事所控制，無法置身事外：「我屈服在單單一個思想下，就是伯諦馬底曷的勝利。我不屬於我自己；你也和我一樣。我們已變成自由車競賽場的一部分，競爭的一瞬間，勝利的等待。[71]」

亞洲歷史脈絡下的翻譯與重譯

二十年代歐洲戰後穆杭短篇小説隨着它在滬港兩地的翻譯，進入另一重歷史語境。相對日本新感覺派作家主要從英文翻譯理解穆杭小説寫作而言，中國的新感覺派以至廣義的

68　穆杭著，郎芳譯：〈六日之夜〉，頁 13；Paul Morand, "La Nuit des six jours," p. 143.

69　穆杭著，郎芳譯：〈六日之夜〉，頁 18；Paul Morand, "La Nuit des six jours," p. 146.

70　「第一百五十八小時」，中譯本誤植為「第一百二十八小時」；「三千九百六十二基羅五百七十米突」，中譯本誤植為「三千三百六十二基羅五百七十米突」。參考穆杭著，郎芳譯：〈六日之夜〉，頁 22；Paul Morand, "La Nuit des six jours," p. 148.

71　穆杭著，郎芳譯：〈六日之夜〉，頁 24。

現代派作家包括劉吶鷗、戴望舒、徐霞村（1907-1986）、葉靈鳳（1905-1975），均能直接閱讀穆杭著作的法文原著並進行翻譯。[72] 穆杭短篇小說的首次中文翻譯由戴望舒執筆，其作品在二、三十年代繼續由現代派作家翻譯並於上海文藝雜誌刊載，當中包括徐霞村譯〈北歐之夜〉（La Nuit nordique）、[73] 葉靈鳳譯〈余先生〉（MR. U）、[74] 戴望舒譯〈新朋友們〉、〈懶惰病〉、〈洛加特金博物館〉（Le Musée Rogatkine）、〈六日之夜〉（La Nuit des six-jours）、〈羅馬之夜〉（La Nuit romaine）、〈天女玉麗〉、〈匈牙利之夜〉和〈弗萊達夫人〉等。直至 1937 年中日戰爭爆發以前，戴望舒一直是穆杭作品的主要翻譯者，[75] 也編譯

72　據彭小妍的考證，至目前為止未有證據顯示「日本的新感覺派作家可以閱讀法文，或是曾對穆杭的作品做過全面的研究」。首度將穆杭作品翻譯為日文的是堀口大學（Horiguchi Daigaku, 1892-1981）。至於千葉龜雄在〈新感覺派の誕生〉中提及穆杭《夜開》的英譯本，應混合收錄了《溫柔貨》和《夜開》二書的小說篇章，並將普魯斯特為《溫柔貨》撰寫的前言一併收入。參考彭小妍：〈浪蕩子美學與越界 —— 新感覺派作品中的性別、語言與漫遊〉，《中國文哲研究集刊》第二十八期（2006 年 3 月），頁 138-139；Peng Hsiao-yen, Dandyism and Transcultural Modernity, pp. 92-93.

73　保爾・穆杭著，徐霞村譯：〈北歐之夜〉，《東方雜誌》第 27 卷第 13 號（1930 年 7 月 10 日），頁 109-114；〈北歐之夜〉（續），《東方雜誌》第 27 卷第 14 號（1930 年 7 月 25 日），頁 109-114。後收入徐霞村譯：《現代法國小說選》（上海：中華書店，1931 年），頁 57-90。

74　保爾・穆杭著，葉靈鳳譯：〈余先生〉，《論語》第 92 期（1936 年 7 月），頁 993-995。

75　二、三十年代除文中提及的現代派作家外，李青崖、張崇文、張若谷也曾翻譯穆杭的著作。參考穆杭著，李青崖譯：〈俞先生〉，《北新》第 3 卷第 2 號（1929 年 1 月），頁 99-115；保爾・穆杭著，張崇文譯：〈死的藝術〉，《萬象》第一期（1934 年 5 月），頁 50-52；保爾・莫郎著，張若谷譯：〈迴聲，請你答應〉，《萬象》第三期（1935 年 6 月），頁 30。

了穆杭至今在中國唯一一部短篇小說選集《天女玉麗》。[76] 穆杭
戰後的小說創作以至它們在華文世界的翻譯與傳播，都經歷了
二十世紀初歐、亞兩洲極為複雜的歷史和政治環境。其中，
〈六日之夜〉一篇曾於滬港兩地被四度翻譯及重譯：作品首先
於 1928 和 1929 年譯載於大革命失敗以後的上海，1945 被譯
介至當時業已淪陷的香港，至 1956 年相同篇章再被提倡現代
主義思潮的香港文藝雜誌《文藝新潮》（1956-1959）重新翻
譯。1928、1929 和 1945 年〈六日之夜〉的中譯本均屬戴望舒
的翻譯和重譯，換言之，譯者對同一文本進行了三次翻譯及
修訂，意味深長。至於 1956 年〈六日之夜〉的中文翻譯則由
齊桓（孫述憲）執筆。有別於文學和文化翻譯研究針對兩種語
言的詞彙翻譯及文化相容等問題，下文着重剖析〈六日之夜〉
與歐亞戰爭語境的緊密關係，進而探討二十年代至五十年代
小說四種中文翻譯與重譯的生成及其歷史語境。

（一）二十年代：一次大戰後世界新興藝術的先驅

　　二十年代末穆杭〈六日之夜〉及其他著作被譯介至上海，
適值中國文壇急遽轉變的時刻。由左翼文學興起至 1930 年 3
月「左聯」正式成立以前，多種不同傾向的文藝思潮在仍然相
對寬鬆的政治氛圍下彼此互相競逐，造成文學創作及翻譯的

---

76 隨着八十年代中國新感覺派的研究發展，穆杭小説與中國現代文學的關係
重新得到重視，但其著作翻譯仍不多見。2010 年台北出版穆杭 *L'Allure de
Chanel*（1976）的中文翻譯，但不屬文學創作。參考保羅・莫朗著，段慧敏
譯：《我沒時間討厭你：香奈兒的孤傲與顛世》，台北：麥田，2010 年。

穆杭首篇被引介至中國的短篇〈六日
之夜〉，載《法蘭西短篇傑作集》
(1928)。(圖片經數碼修復)

小說的重譯修訂〈六日競走之夜〉，
收入穆杭至今在華語世界唯一一
部小說翻譯選集《天女玉麗》
(1929)。

非常時期。[77] 穆杭的著作從 1928 至 1929 年被逐步譯介至中
國，而他所代表歐洲戰後的現代主義寫作的特質，也從模糊
到清晰地展現在中國讀者眼前。

　　戴望舒以筆名郎芳翻譯了穆杭第一篇被引介至中國的短
篇〈六日之夜〉，收入水沫社編譯的《法蘭西短篇傑作集》，
1928 年 1 月由上海現代書局出版。此書主要收錄戴望舒、杜
衡、施蟄存等現代派作家對十九世紀法國短篇小說的翻譯。

77　例如 1928 至 1930 年間，劉吶鷗、戴望舒、施蟄存、杜衡等現代派「作家－
　　譯者－編輯羣」均曾在創作和翻譯兩方面，同時探討無產階級文藝以及現代
　　主義不同的文藝傾向。他們編輯的文藝雜誌《無軌列車》(1928-1929) 和《新
　　文藝》(1929-1930)，均能體現這方面的特點。參考 Shu-mei Shih, The Lure
　　of the Modern, pp. 241-246. 另參考本書第六章。

除〈六日之夜〉，戴望舒還翻譯了科貝（François Coppée, 1842-1908）的〈代替人〉（*Le Remplaçant*, 1834）和莫泊桑的〈細繩〉（*La Ficelle*, 1883）。此外，作品集收入杜衡翻譯戈蒂耶（Théophile Gautier, 1811-1872）的〈格萊奧巴特爾底一夜〉（*Une Nuit de Cléopatre*, 1839）和巴爾札克的〈徵發兵〉（*Le Réquisitionnaire*, 1831），還有施蟄存譯法朗士（Anatole France, 1844-1924）的〈預台太守〉（*Le Procurateur de Judée*, 1892）以及施絳年譯梅里美（Prosper Mérimée, 1803-1870）的〈礮台之襲取〉（*L'Enlèvement de la redoute*, 1829）。[78] 相對而言，穆杭的〈六日之夜〉是《法蘭西短篇傑作集》收錄唯一屬於二十世紀的作品，可是由於小說集選取篇章所屬年代差異甚大，從 1829 至 1922 年不同作品發表的時距接近一百年，其中文藝傾向各異，〈六日之夜〉最後只能作為十九世紀以來法國現代短篇傑作之一，加以譯介。

直至 1928 年 10 月《無軌列車》第四期以「小專號」的形式積極引介穆杭的短篇著作，穆杭在法國現代文學以及當代世界文學版圖中的具體位置才得到較清晰的說明。雜誌編輯指穆杭為「法國現在站在第一線的作家」，[79] 甚至以他為「法國文壇的寵兒」、「世界新興藝術的先驅者」。[80] 通過劉吶鷗翻譯法國評論家克雷彌爾的〈保爾・穆杭論〉，以及戴望舒翻譯穆

78　杜衡以筆名白冷發表〈徵發兵〉的翻譯，戴望舒則以郎芳之名發表〈細繩〉的翻譯。參考巴爾若克著，白冷譯：〈徵發兵〉、莫巴桑著，郎 芳譯：〈細繩〉，載水沫社編譯《法蘭西短篇傑作集》第一冊，頁 1-28、1-14。

79　〈列車餐室〉，《無軌列車》第 3 期（1928 年 10 月 10 日），頁 146。

80　〈列車餐室〉，《無軌列車》第 4 期（1928 年 10 月 25 日），頁 210。

杭另外兩個短篇的代表作〈新朋友們〉和〈懶惰病〉,《無軌列車》致力展示穆杭所代表歐洲戰後法國現代主義寫作的獨有特質 —— 既有別於立體主義,又不同於達達主義的作品,他們尋找着「世界上最個人的和最強度的東西,而用那大膽的術語的方法把牠表達出來。[⋯⋯] 他們甚至猜度到而且探試過明日的作品所應該具有的」特點,[81] 同樣擁有先鋒藝術的色彩。

1929 年,戴望舒編譯穆杭短篇小說選集《天女玉麗》出版,全面譯介作家在一次大戰後的創作。《天女玉麗》分別選譯了穆杭《夜開》和《優雅的歐洲》內的七個短篇,包括〈洛加特金博物館〉、〈天女玉麗〉、〈匈牙利之夜〉、〈弗萊達夫人〉、〈新朋友們〉和〈懶惰底波浪〉。選集所收的〈六日之夜〉也被重新翻譯,並改篇名為〈六日競走之夜〉。一年以內戴望舒從發表〈六日之夜〉初譯以至〈六日競走之夜〉的重譯修訂,不僅着力修正原文誤譯以及譯文錯字誤植之處。[82] 面對穆杭在語言和風格上的創新,譯者顯然更關注如何通過翻譯過程引入文章寫作的新風格,並試驗中文句型創新的可能性:

> 半身倚在露台的欄上眺望過去,人們可以看見
> 那些穿着海邊的衣服的黑人在空空的咀嚼着,在帶着

---

81 倍爾拿・法意著,戴望舒譯:〈世界大戰以後的法國文學 —— 從凱旋門到達達(一九一八至一九二三)〉,頁 493。

82 〈六日之夜〉中文翻譯第一次發表時,出現不少錯字誤植的情況,例如「桌」誤植為「棹」,「掉」誤植為「棹」,譯者在 1929 年的翻譯版本中加以修訂。見穆杭著,郎芳譯:〈六日之夜〉,頁 16、19;保爾・穆杭著,戴望舒譯:〈六日競走之夜〉,頁 70、73。

一種神聖的瘧疾戰慄着。扭曲的銅澤蘭，鐵路的支
線，燦照出賽納河的風景，那風景現在已不為工廠所
傷害，但是溢氾着詩；而在那裏又有畏寒的裸體在洗
浴。身體和身體緊擠在旋迴跳舞場裏，那些舞人接踵
着跳。廳中有肉汁的氣味，孵退蛋的氣味，腋下的氣
味，和香水「有一天要來了」的氣味。[83]

Du balcon, à mi-corps au-dessus des archets
dressés, on voyait les nègres en costume de plage
mastiquer à vide, trembler d'un paludisme sacré. Des
iris de cuivre tordu, boutures du métro, éclairaient des
paysages de Seine non plus malmenés par les usines,
mais inondés de poésie et où des nus frileux se rinçaient.
Pressés corps à corps dans la cuve des valses les
danseurs talonnaient. La salle sentait le bouillon-minute,
l'œuf couvi, l'aisselle et *Un jour viendra*. [84]

上述引文中以瘧疾患者的病體作為黑人演奏姿態的奇特比
喻，描述鐵路燈光影照塞納河所構成詩意的現代都市景觀，
取消句子主語單以肉汁、孵退蛋、腋嗅和香水氣味並置的疊
句表現跳舞場內擠擁接踵身軀的用法，都具體說明了克雷彌
爾有關穆杭創新風格和表述形式的評語。1929 年戴望舒重譯
修訂〈六日之夜〉，其中為使描寫黑人吹奏樂器的動作（「黑人
在空空的咀嚼着」）更易理解，〈六日競走之夜〉補充說明為

83　穆杭著，郎芳譯：〈六日之夜〉，頁 3。

84　Paul Morand, "La Nuit des six jours," p. 138.

「黑人樂隊在空空的咀嚼着」；又為使黑人演奏姿態的比喻更能被讀者掌握，1929 年的翻譯版本改為黑人樂隊「帶着一種瘧疾的患者一樣地戰慄着」。另外，為突顯小說描述現代都市的物質生活並保留異國情調，1929 年的翻譯版本在中文語境中直接引入香水的法文原名 "Un jour viendra"。[85] 值得注意的是，上述引文在 1928 年〈六日之夜〉的翻譯版本裏出現了誤譯問題，首句 "Du balcon, à mi-corps au-dessus des archets dressés, on voyait les nègres en costume de plage"，誤譯為「半身倚在露台的欄上眺望過去，人們可以看見那些穿着海邊的衣服的黑人」，錯誤在 1929 年的翻譯版本裏並未修改。至 1945 年戴望舒在香港淪陷時期重譯修訂〈六日之夜〉，遂將之修正為「從陽台上，在那些直豎着的提琴的弓上面，人們可以看見穿着浴衣的黑人的半身」。[86]

　　戴望舒翻譯和重譯〈六日之夜〉的三個版本除了文字誤植又或誤譯問題的修訂外，已有學者指出譯者通過字詞的次序換位，從事中文句型的實驗。[87] 例如 1928 年〈六日之夜〉

85　保爾・穆杭著，戴望舒譯：〈六日競走之夜〉，頁 55-56。

86　穆朗著，戴望舒譯：〈六日競賽之夜〉（一），《香島日報・綜合》，1945 年 6 月 28。彭小妍提及這類修訂另一個典型例子：「落日。柘榴水。時間是像地瀝青一樣地平滑。縱使有那苦酒的烈味，一個和平總降下來。我在『保爾特 —— 馬役麥酒店』裏等待着阿萊。她僱了馬車從蒙馬爾特爾，穿着一件水獺皮外套，向酒店前來。」1928 和 1929 年的翻譯版本均將引文中最後一句 "les apéritifs à l'eau" 誤譯為「向酒店前來」，至 1945 年的版本才修改為「來喝幾杯淡酒」。Peng Hsiao-yen, *Dandyism and Transcultural Modernity*, p. 94.

87　彭小妍曾比較分析〈六日之夜〉小說原文第二句三個譯本，說明戴望舒在翻譯過程中如何從事中文句型的實驗。Peng Hsiao-yen, *Dandyism and Transcultural Modernity*, pp. 94-95.

版本基本依據法文原著句子的次序，翻譯小說描寫自由車競賽的場景：「還伸長成一個螺旋形，聲音是愈來愈短了，出發鐘一打，便像一個投出來的球一樣，而那十六個男子便過去了，被彎曲的轉彎處拋擲到直線上去。」(Allongé encore en un fuseau, le bruit se faisait à chaque tour plus bref. A la cloche, ce fut comme une bille lancée et les seize coureurs passèrent, projetés sur les lignes droites par les virages tordus.)1929 年的譯本將句子的主語「聲音」前置句子開首：「那聲音，還伸長成一個螺旋形，是愈來愈短的了。」至 1945 年，戴望舒重譯修訂為「那還成些螺旋形拉長着的聲音，是愈轉愈短了。」十六位自由車競賽的選手隨着鐘聲像「投出來的球」的衝刺形態，也修改為「像一個打出去的彈子」，「被彎曲的轉彎處又拋擲到直線上」。[88]

（二）四十年代：香港淪陷時期世界文學的譯介

〈六日之夜〉作為一次大戰後歐洲社會特殊氛圍下的創作，隨着中文翻譯進入四十年代另一場亞洲戰爭的歷史語境。二次大戰香港淪陷期間（1941 年 12 月 25 日至 1945 年 8 月 15 日），避戰南下至香港的戴望舒對穆杭〈六日之夜〉的翻

88　參考穆杭著，郎芳譯：〈六日之夜〉，頁 8；保爾・穆杭著，戴望舒譯：〈六日競走之夜〉，頁 61；穆朗著，戴望舒譯：〈六日競賽之夜〉（三），《香島日報・綜合》，1945 年 6 月 30；Paul Morand, "La Nuit des six jours," p. 140.

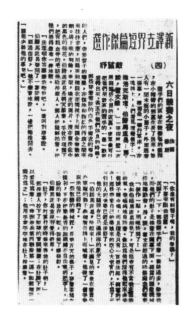

小說第三次重譯修訂〈六日競賽之夜〉
在香港淪陷期間的《香島日報》連載
(1945 年 6 至 7 月)。
（藏香港大學圖書館）

譯進行第二次的重譯修訂（篇名改為〈六日競賽之夜〉），[89] 並
於 1945 年六、七月間分十二期連載於《香島日報》的新設專
欄。[90] 我們可從兩方面理解戰爭歷史語境下如何閱讀〈六日之
夜〉的翻譯。第一，淪陷期間被迫停刊的《星島日報》易名
為《香島日報》繼續出版，它作為香港淪陷時期少數的中文報
刊，在受日本官方嚴格審查的情況下，戴望舒利用戰時報刊

89　1938 年 5 月戴望舒攜同家人避戰南下至香港，8 月開始主編《星島日報》副
　　刊〈星座〉，直至 1941 年 12 月 7 日太平洋戰爭爆發，〈星座〉改為戰時特刊。
　　參考戴望舒：〈十年前的星島和星座〉，《星島日報・星座》，增刊第 10 版，
　　1948 年 8 月 1 日；重刊於《香港文學》總 2 期（1985 年 2 月），頁 43-44。
90　穆朗著，戴望舒譯：〈六日競賽之夜〉（一至十二），《香島日報・綜合》，
　　1945 年 6 月 28-30 日、7 月 2-7、10-12 日；收入鄺可怡編校：《戰火下的詩
　　情》，頁 274-292。

僅有的文藝空間，表面上不談抗日戰事，而設「新譯世界短篇傑作選」專欄，將穆杭〈六日之夜〉視為世界文學短篇小說的代表作，與其他十九、二十世紀英、法、俄、意、西班牙等國的著名篇章一同譯介。其中，包括曾因反對獨裁統治被流放和囚禁的西班牙詩人烏納穆諾的短篇〈龍勃里亞侯爵〉（*El Marqués de Lumbría*, 1920）、俄國迦爾洵〈旗號〉（*Rasskaz*, 1887）、意大利朋丹貝里（Massimo Bontempelli, 1878-1960）〈我在非洲〉（*Io in Africa*）、意大利岡巴尼萊（Achille Campanile, 1899-1977）〈賊臉的人〉（*L'uomo dalla faccia di ladro*）、法國都德（Alphonse Daudet, 1840-1897）〈賣國的孩子〉（*L'Enfant espion*, 1847）、法國蘇佩維埃爾（Jules Supervielle, 1884-1960）〈賽納河的無名女〉（*L'Inconnue de la Seine*, 1931）以及英國加奈特（David Garnett, 1892-1981）〈淑女化狐記〉（*Lady into Fox*, 1922）。

第二，《香島日報》副刊〈綜合〉版頁的編排，促使未脫離一次大戰戰後社會氛圍的〈六日之夜〉小說連載與探討二次大戰世界各地軍事勢力的文章，形成同一版頁上可對讀的「互文」，例如〈美軍的日本土進攻〉講述美國入侵沖繩島的策略，[91]〈日本土的決戰態勢〉分析日軍決戰的能力和決心，[92]〈英國調整對印度謀略攻勢〉（一至三）報導二次大戰期間英國對殖民地印度種種不公平政策，[93]〈重慶與延安〉（上、下）探討

91　〈美軍的日本土進攻〉，《香島日報・綜合》，1945 年 6 月 29 日。

92　〈日本土的決戰態勢〉，《香島日報・綜合》，1945 年 6 月 30 日。

93　〈英國調整對印度謀略攻勢〉（一至三），《香島日報・綜合》，1945 年 7 月 2-4 日。

國際政治變化下國共鬥爭的新形勢等等。[94] 也由於二次大戰的歷史處境，戴望舒對〈六日之夜〉的翻譯修訂首次涉及意識形態的問題。小說描寫自由車競賽選手賽後情景：「伯諦馬底曷所最使我驚異的是他的平靜，在追逐以後幾分鐘，資產階級式地安然地進食 [……]。[95]」當中強調故事主人公「資產階級式」（en bourgeois）的進食姿態，在日佔時期《香島日報》內戴望舒刻意改寫為「平民似地進食」。[96]

直至目前為止，未有證據顯示戴望舒二十多年後重譯修訂〈六日之夜〉之時，已得悉穆杭在二次大戰中的政治取向，以及小說主要場景冬季自由車競賽場在二次大戰歷史以及法國近代史上的特殊意義，相關資料只可留待日後作進一步的分析。自戴望舒避戰來港以後，積極參與抗日活動，但他鍾愛的小說家穆杭卻在二次大戰中「可以確切斷為附敵 [作家]」。1945 年 12 月 31 日戴望舒以江思之名在《新生日報》的〈文協〉（中華全國文藝協會）發表〈淪陷期法國文壇總清賬〉一文，列出「協助德國的作家們的作品」，便包括了穆杭的《莫泊桑的一生》（Vie de Maupassant, 1942）。[97] 至於小說的主要場景，則成為二次大戰期間「巴黎自行車冬賽場大獵捕」

---

94 〈重慶與延安〉（上、下），《香島日報・綜合》，1945 年 7 月 5-6 日。

95 穆杭著，郎芳譯：〈六日之夜〉，頁 20。

96 Paul Morand, "La Nuit des six jours," p. 146；穆朗著，戴望舒譯：〈六日競賽之夜〉（九），《香島日報・綜合》，1945 年 7 月 7 日。

97 江思：〈淪陷期法國文壇總清賬〉，《新生日報・文協》第三期「香港會員通訊處」，1945 年 12 月 31 日。

事件（Rafle du Vélodrome d'Hiver）的發生場地。1942 年 7 月 16 至 17 日親納粹的法國政府獵捕超過萬名猶太人，並將之收押在冬季自由車競賽場，然後再轉往集中營，事件成為法國近代史上黑暗的一頁。

（三）五十年代：從左翼文藝思潮到現代主義的引介

　　假若四十年代穆杭〈六日之夜〉在香港的譯介需要重置於二次大戰的歷史語境加以審視，五十年代齊桓新翻譯穆杭的〈六天晚上〉，[98] 必需重置於馬朗（馬博良）在港創辦、提倡現代主義的《文藝新潮》（1956-1959）及其「前身」——上海淪陷時期《文潮》（1944-1945）的發展脈絡，方能有更深刻的認識。《文潮》雖然偏向左翼文藝，[99] 但馬朗認為它與提倡現代主義的《文藝新潮》有着共同的工作目標。[100] 比較兩本雜誌的發刊詞，當《文潮》編輯説明心跡，表示「劃時代的五四運動以後產生的一點文化成績，給抹殺了，玷污了。[……] 我們不甘坐視，我們都站了起來，希望能夠挽回這中國文化逐漸低

98　保爾・穆杭著，齊桓譯：〈六天晚上〉，《文藝新潮》一卷四期（1956 年 8 月），頁 34-40。

99　學者認為《文潮》乃屬於上海淪陷時期愛國進步作家輩主持的《萬象》同一類型的文學期刊。參考徐迺翔、黃萬華：《中國抗戰時期淪陷區文學史》（福州：福建教育出版社，1995 年），頁 465、468-469。

100「《文 [潮]》可以説是我後來回到香港創立《文藝新潮》的前身，當中所説的內容，轉了詞句、口吻、風格，但目標差不多。[……]《文潮》和《文藝新潮》用的口吻、表現不同，但所講所做的其實一樣，工作目標也一樣。」馬朗、鄭政恒：〈上海・香港・天涯——馬朗、鄭政恒對談〉，《香港文學》總 322 期（2011 年 10 月），頁 85。

落的厄運」，雜誌又同時向不同文藝思潮展示開放的姿態：「我
們不提倡甚麼主義，也不反對甚麼派別。[101]」相對而言，當
《文藝新潮》針對左翼文藝狹窄的政治美學取向，宣稱「真正
的美麗不是矯飾，而是沒有界限」，希望採摘「一切美好的禁
果」，「扯下一切遮眼屏障」，「建立新的樂園」，它卻同時強調
建構人類靈魂的責任：「理性和良知是我們的旌旗和主流，緬
懷、追尋、創造是我們新的使命，人類靈魂的工程師，是鬥
士的，請站起來，到我們的旗下來！[102]」可以說，《文潮》和
《文藝新潮》均在意識形態和文藝美學改革兩方面互相爭持，
努力取得平衡發展。

　　基於兩本雜誌承傳發展的關係，馬朗自述早年編輯《文
潮》之時「已經接觸過現代主義，但當時我覺得自己應像俄
國的馬雅可夫斯基一樣，要走到時代的前線，叫口號。所以
我不要選擇現代主義，但當時我已對現代主義很有興趣了。
[103]」日後他回憶來港創辦《文藝新潮》，不僅提及現代主義，
還特別提到新感覺派：「我自己很喜歡 [《現代》] 這本雜誌的
作風，也很喜歡新感覺派。[……] 我對穆時英、施蟄存還有好
幾個人的作品都很欣賞。但後來當我偏左之後就不能再講他
們，一直到《文藝新潮》，我出來時重新提及新感覺派。[104]」

101〈創刊詞〉，《文潮》創刊號（1944 年 1 月），頁 2。
102 新潮社：〈發刊詞：人類靈魂的工程師，到我們的旗下來！〉，《文藝新潮》一
　　卷一期（1956 年 2 月），頁 2。
103 杜家祁、馬朗：〈為甚麼是現代主義？——杜家祁、馬朗對談〉，《香港文學》
　　總 224 期（2003 年 8 月），頁 22。
104 馬朗、鄭政恒：〈上海・香港・天涯——馬朗、鄭政恒對談〉，頁 87。

由此可知，《文藝新潮》對於一次大戰後法國新感覺主義的寫作以及穆杭小說的譯介，並非偶然。

《文藝新潮》一卷四期（1956 年 8 月）籌劃「法國文學專號」，介紹二十世紀法國的先鋒文藝，〈六天晚上〉的翻譯隨着「專號」發表。編者認為二次大戰以後，「領導着世界文藝主流的不是英美，更不是蘇聯，而是法蘭西。這才是我們應該依循的方向。[105]」他更在編輯後記〈向法蘭西致敬！〉一文裏引用身兼詩人、戲劇家、小説家、畫家、電影導演的法國「現代主義先鋒」高克多在 1955 年的話，説明法國文藝的價值：「法蘭西是一個矛盾的地方，牠充滿互相對立的事物，這往往使我們在外人看來甚為費解。由這種混亂產生了一個豪華優美的境界，一種生氣，一種電力，抗拒了常規的分析。同時協助你們瞭解這些平和的武器，是使生命有生存價值的東西。[106]」「法國文學專號」以詩歌譯介為主，但也重視小説的翻譯，並藉此重構法國上半世紀的文學版圖：「查理・路易・菲立（Charles-Louis Philippe, 1874-1909）代表二十世紀初期和寫實派方面，高列脱（Sidonie-Gabrielle Colette, 1873-1954）代表二十年代和標準的羅曼蒂克，用穆杭來代表第一次大戰和新感覺派，薩特（Jean-Paul Sartre, 1905-1980）來代表三十年代至第二次大戰以及存在主義派，然後再以紀德的最後遺作代表四十年代和戰後」。[107] 不能忽視的是，《文藝新

---

105 新潮社：〈向法蘭西致敬！〉（編輯後記），《文藝新潮》一卷四期（1956 年 8 月），頁 80。

106 同上註。

107 同上註。

潮》關注二十世紀法國文學的重點，一直在其文學和戰爭、政治的複雜關係。除一次大戰與新感覺派的寫作，雜誌創刊號發表的首篇文章〈法蘭西文學者的思想鬥爭〉，即推崇「革命飄泊者」安德烈・馬爾羅，以為他「才是法蘭西唯知主義（intellectualisme）的理想人物，一個有思想而實際行動的人」，[108] 展示着當下法蘭西文學家「追求超乎血腥政治的美學境界」。[109]

華文文學研究中的穆杭

近三十年來，穆杭在現代華文文學的研究裏均緊密連繫着「新感覺派」的論述，一直被視為中、日兩國新感覺派的重要精神來源。歷來學者多從比較文學的影響研究、接受研究以至平行研究的方法，配合文本分析以及作家自述、時人評論等材料，說明穆杭跟中國新感覺主義的生成和發展過程之間的緊密關係——中國作家一方面通過日本新感覺派間接受到穆杭的影響，另一方面則直接閱讀和翻譯穆杭作品。這種強大的「關係」研究之中，論者又各自沿着浪蕩子（dandy）、[110] 摩登女郎

---

108 翼文：〈法蘭西文學者的思想鬥爭〉，《文藝新潮》一卷一期（1956 年 2 月），頁 5、7。

109 同上註，頁 9。

110 Peng Hsiao-yen, "The Dandy and the Woman: Liu Na'ou and Neo-Sensationism," *Tamkang Review* 35.2（Winter 2004）: 11-27；彭小妍：〈浪蕩子美學與越界——新感覺派作品中的性別、語言與漫遊〉，頁 137-144；Peng Hsiao-yen, *Dandyism and Transcultural Modernity*.

（modern girl）、[111] 異國情調（exoticism）[112] 等不同主題建構了「穆杭與中國新感覺派」在二十世紀華文文學裏的基本研究框架。這種研究框架的高度穩定性，既促進相關的研究，亦同時使研究容易達至瓶頸位置而難有新的突破。上文正試圖突破目前穆杭與中國現代文學的研究情況，重新強調穆杭小說及其中文翻譯生成的不同歷史語境：一、論證二十年代穆杭短篇與歐洲戰後思潮的緊密關係，探討他對世界主義的理念以及異國情調在文學應用上的反思，揭示戰後現代主義寫作的內在複雜性；二、重塑二十年代至五十年代港滬兩地刊載〈六日之夜〉四種中文翻譯及重譯的歷史脈絡，探討小說文本如何從歐洲戰爭進入亞洲歷史的政治鬥爭（大革命失敗以後的上海）、戰爭現實（二戰時期業已淪陷的香港）以及不同美學傾向的競爭（港滬兩地的左翼與現代主義思潮）。最後必需指出，戴望舒作為跨文化場域中自我意識極強的文學及文化翻譯者，其歷史命運與個人經歷也深遠影響了穆杭戰後著作在華文文學世界所呈現的面貌。

---

111 參考彭小妍：〈「新女性」與上海都市文化 —— 新感覺派研究〉，《中國文哲研究集刊》第十期（1997 年 3 月），頁 317-355；Shu-mei Shih, *The Lure of the Modern*, pp. 292-301; 姚玳玫：《想像女性：海派小說 (1892-1949) 的敘事》（北京：中國社會科學，2004 年），頁 163-206。

112 Shu-mei Shih, *The Lure of the Modern*, pp. 292-299.

第五章

抗日戰爭時期的詩情世界

　　一個冒險家是要冒風險的。馬爾羅與世界革命結下了不解之緣，足足有十五年之久，但他不曾加入共產黨。[⋯⋯]「正如演員扮演他的角色一樣」，作為「極力扮演其自傳角色」的人，而且他既是本人生平劇作的作者，又是扮演者，他為自己寫下一篇美好的文字。

—— 安德烈・莫洛亞〈論安德烈・馬爾羅〉[1]

　　如果我死在這裏，朋友啊，不要悲傷，我會永遠地生存，在你們的心上。

—— 戴望舒《獄中題壁》[2]

1　安德烈・莫洛亞著，袁樹仁譯：〈論安德烈・馬爾羅〉，載柳鳴九、羅新璋編選：《馬爾羅研究》（南寧：灕江，1984 年），頁 263。法文原文參考 André Maurois, "André Malraux," *De Proust à Camus*,（Paris: Librairie académique Perrin, 1963）, pp. 297-320.

2　戴望舒：〈獄中題壁〉，《新生日報・新語》，1946 年 1 月 5 日。

翻譯作為內在抵抗的形式

　　1937 年中日戰爭爆發，兩年後二次世界大戰亦全面展開，不少中國國內文人避戰南下，同時利用香港特殊的政治環境及文化空間，繼續抗日宣傳的工作。1938 年 5 月，戴望舒與家人離開上海孤島抵達香港，成為戰時的「留港文藝工作者」並積極參與抗戰文藝活動。[3] 是時香港殖民政府對報刊實施嚴格的政治審查，可是相對內地業已淪陷的地區而言，香港至 1941 年 12 月淪陷以前仍是抗戰宣傳的主要據點。[4] 幾種來港復刊的報章高調聘請知名作家主編副刊，以期支援抗日文藝，其中包括了先後由茅盾（1896-1981）、葉靈鳳主編的《立報》副刊〈言林〉（1938-1941），也包括了由戴望舒主編的《星島日報》副刊〈星座〉（1938-1941）。詩人正利用〈星座〉尚能保存的言論空間，在抗日戰爭複雜的歷史語境與多元政治角力之下，以文學翻譯作為「內在抵抗」的形式，展示戰火陰霾中不同的思考路徑。

3　戴望舒於 1938 年 5 月避戰南下，1949 年 3 月回到北京，並於 1950 年 2 月 28 日北京病逝。1938 至 1949 年間，詩人曾於 1946 年 3 月回到上海，1948 年 5 月再度來港。參考王文彬：〈戴望舒年表〉，頁 104-105。有關戴望舒在港參與抗戰文藝活動的詳情，參考盧瑋鑾：〈災難的里程碑——戴望舒在香港的日子〉，《香港文縱——內地作家南來及其文化活動》（香港：華漢文化，1987 年），頁 176-211。

4　陳智德：〈文學史料的本質與香港早期文學的源流——《文學史料卷》導言〉，載陳國球、陳智德等著：《香港文學大系・導言集》（香港：商務印書館，2014 年），頁 390-396。

　　戴望舒雖以「雨巷詩人」之名享譽文壇，[5] 但終其一生從未停止文學翻譯的工作，當中包括法文、西班牙文、英文、俄文等不同語言的歌謠、童話、詩歌、散文、小說、文學批評以及文學史等各種文類的翻譯，可是其翻譯著作所得到的關注相對較少。從翻譯文類的角度而言，論者專注探討戴望舒的詩歌翻譯，如杜衡〈《望舒草》序〉所指出，法國象徵主義對戴望舒的詩歌影響至深，[6] 又施蟄存在〈《戴望舒譯詩集》序〉裏詳細說明：「戴望舒的譯外國詩，和他的創作新詩，幾乎是同時開始。[⋯⋯] 望舒譯詩的過程，正是他創作詩的過程。譯道生、魏爾倫詩的時候，正是寫《雨巷》的時候；譯果爾蒙、耶麥的時候，正是他放棄韻律，轉向自由詩的時候。後來，在四〇年代譯《惡之花》的時候，他的創作詩也用起腳韻來了。[7]」正由於戴望舒的詩歌翻譯與其自身創作關係密切，相關議題遂成為研究重心，討論範圍甚至局限於法國的象徵主義詩派。不論從整個象徵主義思潮，還是從思潮中個別詩人出發，論者均嘗試比較分析中、法兩種語言和文學傳

5　戴望舒：〈雨巷〉，《小說月報》第十九卷八號（1928 年 8 月），頁 979-982。

6　杜衡：〈《望舒草》序〉，《望舒草》（上海：現代書局，1933 年），序頁 6-8。

7　施蟄存：〈《戴望舒譯詩集》序〉，《戴望舒譯詩集》（長沙：湖南人民，1983 年），頁 1、3-4。

統在戴望舒的詩歌創作上所體現的承傳關係。[8] 事實上，除詩歌翻譯以外，戴望舒早於二十年代末便開始了小說的翻譯工作，特別是法文小說的翻譯。從 1928 至 1934 年間，他分別在《無軌列車》(1927-1928)、《新文藝》(1929-1930) 和《現代》(施蟄存主編，1932-1935) 等現代派雜誌發表大量的法文小說翻譯，並出版了《法蘭西現代短篇集》。[9] 縱然在抗日戰爭時期戴望舒的詩歌創作僅有十餘首，翻譯著作卻超過二百篇，其中包括不少的小說翻譯，但歷來學者對詩人小說翻譯研究的態度始終甚為冷淡。

8　八十年代以後戴望舒與國外文藝思潮關係的研究重新受到中國學者的關注，參考關國煊：〈試論戴望舒詩歌的外來影響與獨創性〉，《文學評論》，1983 年第 4 期，頁 31-41；胡紹華：〈戴望舒的詩歌與法國象徵派〉，《外國文學研究》，1993 年第 3 期，頁 104-107。其中關國煊的文章除論及法國浪漫主義、象徵主義和戴望舒詩歌的關係以外，還討論了蘇聯革命文學對詩人的影響。另外，關於戴望舒和象徵主義思潮中個別詩人作品關係的研究，可參考姚萬生：〈現代鄉愁及其藝術的表現——試論耶麥對戴望舒的影響〉，《宜賓學院學報》，1988 年第 1 期，頁 36-43；葛雷：〈魏爾倫與戴望舒〉，《國外文學》，1988 年第 3 期，頁 62-75。又王文彬細論戴望舒和紀德的關聯，見〈戴望舒和紀德的文學因緣〉，《新文學史料》，2003 年第 2 期，頁 146-155。此外，西方學者有關戴望舒詩歌與外國文藝思潮關係的研究，亦集中於象徵主義和現代主義的論述，參考 Michelle Loi, *Roseaux sur le mur: Les Poètes occidentalistes chinois 1919-1941*（Paris: Gallimard, 1971）, Ch. XI Du symbolisme（Li Jinfa）au modernisme（Dai Wangshu）. Les "Metaphysiciens", pp. 142-162；Gregory Lee, *Dai Wangshu*, Ch. 4 Modernism, pp. 99-120; Ingrid Krüssmann-Ren, mit einem einleitenden Essay von Rolf Trauzettel, *Literarischer Symbolismus in China: theoretische Rezeptionen und lyrische Gestaltung bei Dai Wangshu, 1905-1950*, Bochum: N. Brockmeyer, 1991.

9　戴望舒最早翻譯的法文小說是十八世紀作家夏多布里昂的作品《少女之誓》，1928 年由上海開明書店出版。1928-1934 年間，戴望舒在文學雜誌上發表的法文小說翻譯主要包括：《無軌列車》第 4 期（1928 年 10 月 25 日）所載保爾・穆杭（Paul Morand, 1888-1976）的〈懶惰病〉和〈新朋友們〉；《新文藝》第 1 卷第 1 號（1929 年 9 月）至第 1 卷第 4 號（1929 年 12 月）連載高萊特

此外，論者探討戴望舒的翻譯多集中於詩人來港以前在
上海的譯作。[10] 施蟄存曾解說：「從 1938 年到 1948 年，望
舒的著作幾乎都發表在香港的報刊上，加以當時曾用各種筆
名，朋友們都不很知道。[11]」香港淪陷導致資料散佚，固然阻
礙戴望舒在港期間的著述研究，但詩人頻繁更換筆名，甚至
借用別人名字發表譯文，同樣造成資料整理的困難。[12] 直至

（Sidonie Gabrielle Colette, 1873-1954）的〈紫戀〉；《現代》第 1 卷第 1 期
（1932 年 5 月）載阿保里奈爾〈詩人的食巾〉、第 1 卷第 3 期（1932 年 7 月）
載伐揚－古久列（Paul Vaillant-Couturier, 1892-1937）的〈下宿處〉、第 1 卷第
5 期（1932 年 9 月）載格林（Julien Green, 1900-1998）的〈克麗絲玎〉、第 4
卷第 4 期（1934 年 2 月）載拉爾波（Valery Larbaud, 1881-1957）的〈廚刀〉、
第 3 卷第 1 期（1933 年 5 月）至第 4 卷第 4 期（1934 年 1 月）連載拉第該
（Raymond Radiguet, 1903-1923）的〈陶爾逸伯爵的舞會〉。

10　王文彬曾詳細討論戴望舒在香港時期的翻譯，不過只集中於詩歌及詩論的翻
譯上。參考王文彬：《雨巷中走出的詩人 —— 戴望舒傳論》，頁 221-285。

11　施蟄存：《戴望舒譯詩集》序〉，頁 3。

12　戴望舒在香港報章發表著作及譯作時曾用的筆名繁多，包括：苗秀、江思、
方仁、莊重、蔣甘、望舒、陳御月、御月、陳藝圃、藝圃、張白衙、白衙、
文生、方思、達士、林泉居士、林泉居、冼適、史方域、江湖和江文生等
等。此外，戴望舒在 1940 至 1941 年間《星島日報・星座》上，曾以施蟄存
之名發表 [西班牙] 費襄代斯〈死刑判決〉（1940 年 12 月 23 日）、斐里伯〈相
逢〉（1940 年 12 月 27 日）、紀奧諾〈憐憫的寂寞〉（1941 年 3 月 24-29 日）
和阿爾蘭〈薔薇〉（1941 年 6 月 11、13 日）等作品的翻譯。據施蟄存自定
稿，四篇作品的譯者均為戴望舒。參考盧瑋鑾：〈戴望舒在香港的著作譯作目
錄〉，《香港文學》第 2 期（1985 年 2 月），頁 26-29。此外，比對閱讀戴望舒
在 1936 年 5 月《國際周報》（第十三卷第 17 期）上發表斐里伯短篇小說〈邂逅〉
的譯文和 1940 年 12 月 27 日《星島日報・星座》所載斐里伯〈相逢〉的譯文，
得見後者其實是前者的重刊，只是更改了小說篇名的翻譯，譯者無疑是戴望
舒。同樣，比對閱讀 1941 年 6 月 11、13 日《星島日報・星座》所載〈薔薇〉
的翻譯以及戴望舒在 1946 年 1 月 19 日《新生日報・新語》以江思之名發表
的翻譯〈薔薇〉，兩篇譯筆完全相同，從而可進一步肯定《星島日報・星座》
所載〈薔薇〉一文的譯者同為戴望舒。

八十年代，香港學者盧瑋鑾全面蒐集、整理戴望舒在港時期發表的著作譯作，補充了詩人 1938 年離滬以後在創作、俗文學研究和翻譯活動各方面的資料。[13] 然而，不論研究者能否接觸詩人在港發表著作譯作的原始材料，他們討論戴望舒此段時期的翻譯，焦點均轉向西班牙詩歌，呈現戴望舒翻譯研究的第三種傾向：強調詩人在港期間翻譯《西班牙抗戰謠曲》（Romancero General de la Guerra de España）的價值，[14] 並從而肯定其「愛國詩人」的地位。

13　葉孝慎、姚明強於 1980 年發表〈戴望舒著譯目錄〉，其中只收出版書籍資料，單篇發表的著作一概不錄。關國虹於 1982 年發表〈戴望舒著譯年表〉，詳列著作譯作的發表時間及期刊資料，可惜戴望舒在港的著述資料依然從缺。直至盧瑋鑾在 1985 年發表的〈戴望舒在香港的著作譯作目錄〉，才全面蒐集、整理戴望舒在香港時期的創作、翻譯和俗文學研究等各方面的資料。2005 年，王文彬發表的〈戴望舒年表〉對詩人在港發表著作譯作的資料加以補充。2013 年，盧瑋鑾與鄭樹森、熊志琴重新修訂戴望舒在香港淪陷時期（1941 年 12 月 1 日至 1945 年 8 月 30 日）的著作及翻譯資料。參考葉孝慎、姚明強：〈戴望舒著譯目錄〉，《新文學史料》1980 年 4 期，頁 172-173；關國虹：〈戴望舒著譯年表〉，《福建師大學報》（哲學社會科學版），1982 年第 2 期，頁 95-104；盧瑋鑾：〈戴望舒在香港的著作譯作目錄〉，《香港文學》第 2 期（1985 年 2 月），頁 26-29；王文彬：〈戴望舒年表〉，頁 95-105。另參考〈戴望舒淪陷時期著作目錄〉、〈戴望舒淪陷時期翻譯目錄〉，載盧瑋鑾、鄭樹森主編，熊志琴編校：《淪陷時期香港文學作品選：葉靈鳳、戴望舒合集》（香港：天地圖書，2013 年），頁 334-347。

14　從戴望舒〈跋《西班牙抗戰謠曲選》〉一文可知詩人計劃從 1937 年馬德里西班牙出版社刊行的《西班牙戰爭謠曲集》，選譯抗戰謠曲二十首，並出版單行本。而今已無法確定該書曾否出版，但參考《頂點》創刊號（1939 年 7 月）以及《星島日報‧星座》第 237 期（1939 年 4 月 2 日）、第 257 期（1939 年 4 月 22 日）、第 277 期（1939 年 5 月 12 日）、第 297 期（1939 年 6 月 2 日），除卻重刊的部份，共得謠曲翻譯十首，可說是選集作品總數的一半。參考戴望舒：〈跋《西班牙抗戰謠曲選》〉，《華僑日報‧文藝周刊》，第 87 號，1948 年 12 月 12 日。

　　八十年代首部全面討論中國近代、現代和當代翻譯文學
發展的著作——陳玉剛主編的《中國翻譯文學史稿》，曾以
精簡的篇幅介紹戴望舒的翻譯活動。當中雖然提及詩人在法
國、西班牙和俄蘇文學翻譯多方面的成就，但評論強調詩人
如何「反抗黑暗，反抗壓迫」的抗戰文學翻譯：

　　　　戴望舒是一位有淵博知識和豐富才能的翻譯
　　文學家。他的翻譯活動和他的創作活動一樣，表現
　　了中國一位正直的有很高文化教養的知識分子的道
　　路。這種知識分子，反抗黑暗，反抗壓迫，有一顆
　　愛國之心。這一點，不僅從他全部的翻譯活動中得
　　到証明，單就他在抗戰時期與詩人艾青合作創辦的
　　詩刊《頂點》，並在《頂點》第一期翻譯「西班牙抗
　　戰謠曲鈔」這個例子中也可以得到說明。戴望舒為
　　了愛國和抗日，翻譯了西班牙阿爾培諦的《保衛馬德
　　里，保衛加達魯涅》；阿萊桑德雷的《無名的軍民》、
　　《就義者》；貝德雷的《山間的寒冷》；維牙的《當代
　　的男子》；伯拉哈的《流亡之輩》；洛格羅紐的《橄欖
　　樹林》；魯格的《摩爾逃兵》等等。譯詩出版以後，
　　引起各方面的重視。作家林煥平很快撰文加以評論
　　說：「在這一期裏，值得向讀者推薦的，是艾青的《縱
　　火》、《死難者的畫像》；戴望舒的譯詩《西班牙抗戰

謠曲鈔》和馬耳的《一個記憶》。」[15]

翻譯史家以戴望舒譯西班牙的抗戰謠曲為據，肯定其愛國知識分子的身分，相關的論述方向其實源自艾青於 1956 年為《戴望舒詩集》撰寫的序言〈望舒的詩〉。文章指出「每個詩人走向真理和走向革命的道路是不同的。望舒所走的道路，是中國的一個正直的、有很高文化教養的知識分子的道路。[16]」艾青針對的是戴望舒在抗戰時期的新詩創作，包括《元旦祝福》、《獄中題壁》、《等待（二）》和《偶成》等作品，強調「他從純粹屬於個人的低聲的哀嘆開始，幾經變革，終於發出戰鬥的呼號。[17]」從文學創作引伸至文學翻譯政治立場的評論，論者不免重塑詩人在文學工作上直線、進步的「革命道路」，而最能配合這種論述方向的正是戴望舒抗日時期翻譯的《西班牙抗戰謠曲》。[18]

本章就上述研究的三種偏向，配合戴望舒在港期間的小說翻譯，探討以下問題。第一，比較戴望舒避戰南來前後在滬、港兩地的法文小說翻譯，在翻譯對象的選取和譯介上

15 陳玉剛主編：《中國翻譯文學史稿》（北京：中國對外翻譯出版公司，1989 年），頁 266-267。《頂點》是戴望舒和艾青合編的詩歌月刊，創刊號於 1939 年 7 月 10 日香港出版。《頂點》第 2 期雖有暫擬內容，卻一直無法出版。引文中提及林煥平的評論，是文發表於 1939 年 8 月 27 日香港《大公報·文藝》第 690 期。參考周紅興、葛榮：〈艾青與戴望舒〉，《新文學史料》，1983 年 4 期，頁 144-148。

16 艾青：〈望舒的詩──《戴望舒詩集》序〉，《戴望舒詩集》（成都：四川人民，1981 年），頁 9。

17 同上註，頁 9。

18 同上註，頁 5。

表現怎樣不同的思想和文藝傾向？在港期間的小說翻譯又如
何具體呈現詩人複雜的思緒？由於戴望舒去港初期曾一度停
止創作，此時的翻譯活動遂成為理解詩人心路歷程的重要部
分。第二，戴望舒在「災難歲月」裏堅持進行的小說翻譯，如
何表現詩人對抗戰文學的看法？又如何幫助我們進一步理解
戴望舒的詩學理念？第三，配合香港時期小說翻譯的研究，
我們嘗試對論者從文學層面指出戴望舒走上「革命道路」的論
點加以補充。

抗戰時期文學翻譯與政治

　　法文作為戴望舒的第一外語，他早期的文學翻譯即以法
國文學為起點。相關工作從未間斷，甚至貫穿詩人在香港度
過的最後十年。戴望舒一生翻譯的法文小說凡三十九種，分
屬二十九位作家的著作。[19] 比對分析上海和香港兩段時期戴望
舒的法文小說翻譯，其選取的作者重複的比率不高，可清楚
辨識詩人來港以後選擇翻譯對象取向的轉變。[20] 來港以前，戴
望舒翻譯的法文小說除少量十八、十九世紀的浪漫主義作品
之外，如夏多布里昂的《少女之誓》、梅里美的〈高龍芭〉和

19　重刊或經修訂刊載的譯作，均計算為同一翻譯篇章。

20　在翻譯對象選取方面，戴望舒香港時期跟上海時期的法文小說翻譯有所重複
　　的作家只有穆杭、季奧諾（Jean Giono, 1895-1970）和斐里泊（Charles-Louis
　　Philipe, 1874-1909）。其中，1940 年戴望舒在香港《星島日報・星座》發表
　　斐里泊〈相逢〉的翻譯，其實是他在 1936 年上海《國聞周報》發表〈邂逅〉
　　一文的重刊。

馬爾羅 (André Malraux),攝於 1934 年。(圖片來自 Archive Philippe Halsman)

馬爾羅《希望》的中文翻譯,於 1941 年 6 月 16 日開始在《星島日報》副刊〈星座〉連載。(藏中文大學圖書館)

〈嘉爾曼〉，還着重選取第一次世界大戰以後法國年輕一輩作家，譬如茹昂陀（Marcel Jouhandeau, 1888-1979）和穆杭，強調他們作品的創造性，並着力擺脱物質世界羈絆、否定社會價值，展現人物微妙的心理。又由於詩人身份的關係，戴望舒特別關注戰後法國詩人的創作，傾向選譯大戰結束前後藝術先鋒派的立體主義和達達主義詩人創作的小説，其中包括阿保里奈爾（Guillaume Apollinaire, 1880-1918）、蘇波和拉爾波（Valery Larbaud, 1881-1957）等人的短篇作品。[21]

　　相對於上海時期（1926-1937）翻譯的法文小説，戴望舒香港時期（1938-1949）所選取的翻譯對象，可從兩方面加以論述：一、選取以抗戰為主題或故事背景的作品，甚或強調小説重現作者的戰爭經歷。這部分的翻譯配合了詩人身處的戰爭語境，所選取作品的主題都是上海時期未曾出現，卻最能配合一般論者以《西班牙抗戰謠曲》總結戴望舒抗戰時期走上文人「革命道路」的批評方向；二、選譯兩次世界大戰期間強調「詩情」、以真實虛幻互相觀照的短篇小説。

21　三十年代，戴望舒曾通過翻譯法國評論者倍爾拿・法意〈世界大戰以後的法國文學〉一文，介紹第一次世界大戰以後的五年間（1918-1923）法國文學發展的各種新方向。另外，戴望舒選譯的《法蘭西現代短篇集》分別譯介了十二位法國當代作家的作品，各篇章的〈譯者附記〉説明了他們的特點，其中強調作者長於「現代人心理的解釋」或「兒童心理的分析」（如拉克勒代爾 Jacques de Lacretelle, 1888-1985、拉爾波、格林），指出篇章裏獨有的想像、譬喻和精妙的措辭（如季奧諾、穆杭）以及小説的新形式（如茹昂陀、拉爾波）。分別參考倍爾拿・法意著，戴望舒譯：〈世界大戰以後的法國文學 —— 從凱旋門到達達（一九一八至一九二三）〉，頁 488-494；戴望舒譯：《法蘭西現代短篇集》，頁 20、33、54-55、78、162-163、172、178、190-191、235-236、249-250、264-265、276-277。

（一）西班牙人民抗戰的啟示

　　戰爭主題的小說翻譯主要包括了馬爾羅、薩特（Jean-Paul Sartre, 1905-1980）和都德的著作。1938 年戴望舒抵港後不久，便開始翻譯馬爾羅描述西班牙內戰期間人民反抗法西斯政權的長篇小說《希望》（*L'Espoir*, 1937）。[22] 8 至 10 月期間，戴望舒先後發表了《希望》選段的翻譯，包括〈《火的戰士 ── 希望》片斷之一〉、〈反攻 ──「希望」片斷之一〉、〈死刑判決〉、〈烏拿木諾的悲劇〉（上、下）和〈克西美奈思上校〉（上、下）。[23] 1939 年 1 月，他又特意邀請施蟄存發表翻譯，施氏以為「偶讀馬爾洛新作『希望』（ESPOIR），為之擊節，因擇其感人最深之插曲一篇」，[24] 並題名為〈青空的戰士 ──「希望」的插曲〉，分十五期於《星島日報》副刊〈星座〉連載。[25] 直至香港淪陷前半年，戴望舒才着手《希望》的全文翻譯，並於 1941 年 6 月 16 日開始連載，但因太平洋戰爭爆發，〈星座〉

22　André Malraux, *L'Espoir*, in *Œuvres Complètes*, tome II, éd. de Marius-François Guyard, Maurice Larès et François Trécourt avec la collaboration de Noël Burch, intro. de Michel Autrand, Paris: Gallimard, coll. Bibliothèque de la Pléiade, 1996.

23　參考馬爾洛著，戴望舒譯：〈《火的戰士 ── 希望》片斷之一〉，《星島日報・星座》，1938 年 8 月 3 日；〈反攻 ──「希望」片斷之一〉，《星島日報・星座》，1938 年 8 月 14 日；〈死刑判決〉，《大風》第 17 期（1938 年 8 月 15 日），頁 533-535；〈烏拿木諾的悲劇〉（上、下），《星島日報・星座》，1938 年 10 月 7-8 日；〈克西美奈思上校〉（上、下），《星島日報・星座》，1938 年 10 月 13-14 日。上述篇章收入鄺可怡編校：《戰火下的詩情》，頁 228-260。

24　施蟄存：〈譯者附記〉，《星島日報・星座》，1939 年 1 月 1。

25　馬爾洛著，施蟄存譯：〈青空的戰士 ──「希望」的插曲〉（一至十五），《星島日報・星座》，1939 年 1 月 1、3-16 日；收入鄺可怡編校：《戰火下的詩情》，頁 347-387。

副刊於 1941 年 12 月 8 日改為戰時特刊，而《星島日報》亦於香港淪陷前三天（1941 年 12 月 22 日）正式停刊。[26] 小説連載被迫終止，譯文發表合共一百四十七期，[27] 集中於《希望》第一部「詩情的幻覺」（L'Illusion lyrique）的部分，接近全書二分之一的篇幅。

　　抗戰開始後戴望舒隨即選譯《希望》，可從以下幾方面加以理解。首先是馬爾羅和中國的深厚淵源，綜觀二十世紀馬氏的文學創作、個人經歷還是政治生命，都與中國緊密關聯。馬爾羅撰寫《希望》以前出版的《征服者》（*Les Conquérants*, 1927）和《人的狀況》（*La Condition humaine*, 1934），均以中國革命為主題。前者涉及 1925 年廣州的工人運動，後者則以 1927 年上海的工人運動、蔣介石和共產黨的衝突為背景。[28] 二書的描述成為不少西方讀者對「革命中國」的共同想像，更重要的是長久以來馬爾羅被視為 1927 年中國大革命的直接參與者。[29] 馬爾羅以革命者兼文學家的身分，

26　戴望舒：〈十年前的星島和星座〉，《星島日報・星座》，增刊第 10 版，1948 年 8 月 1 日。

27　《希望》（一至一四八）的翻譯自 1941 年 6 月 16 日至 12 月 8 日於《星島日報》副刊〈星座〉連載，其中 1941 年 11 月 17 日刊載〈希望〉所標示的期數「一三〇」誤植為「一三一」，由此略去了一期，故《希望》連載實際只有一百四十七期。此外，又由於抗戰時期報刊散佚不全，現存資料整理包括缺期的情況，詳見鄺可怡編校：《戰火下的詩情》，頁 32-227。

28　André Malraux, *Les Conquérants*, Paris: Grasset, 1928; *La Condition humaine*, Paris: Gallimard, 1933.

29　關於馬爾羅曾參與中國 1927 年革命的説法，柳鳴九在《馬爾羅研究》一書的序言中也曾提及。然而，此説一直有疑。法國近年出版有關馬爾羅生平研究的著作，也對此事提出不少質疑。參考 Olivier Todd, *André Malraux: une vie*（Paris: Gallimard, 2001），pp. 96-97, 102-103.

利用自身參與革命的實質經驗進行文學創作，故此「他本人的生命為他的作品提供了保證」，更能「將年青一代拋入血泊之中，沉浸在英雄氣慨之中。[30]」作家自身的英勇行為，透過作品表現的抗戰精神、寫作風格和題材，都配合了中國當時抗日戰事的背景。

其次，將西班牙抗戰為題的小說引入中國抗戰時期的歷史語境，亦符合〈星座〉從政治到文藝探討抗戰主題的基本方向。1938 年 8 月〈星座〉創刊發表的〈創刊小言〉，便以「沉悶的陰霾」為喻論述抗戰開始至香港淪陷以前這段獨特的歷史時期：「晴朗固好，風暴也不壞，總覺得比目下痛快些。」但「若果不幸還得在這陰霾氣候中再掙扎下去」，新創刊的〈星座〉便要「忠實地代替了天上的星星，與港岸周遭的燈光同盡一點照明之責。[31]」針對當下抗日戰爭的情況，〈星座〉創刊號隨即刊載郁達夫從武漢寄來〈抗戰週年〉的文章，既貶斥日本的法西斯軍閥，也批評「我國恐日病患者」對抗戰勝利缺乏信心，寄望「黎明近了，東亞的安定勢力，[⋯⋯] 殘留在每一個民族，每一個國家最下層民眾心裏的人道與正義這兩個無形的集團軍。[32]」〈星座〉主要從兩個方向「盡一點照明之責」：第一，刊載直接討論抗日戰爭的文章，如〈轟炸婦孺的國際制裁〉批評侵略中國的日本法西斯軍閥，[33]〈試論抗戰〉和〈日軍

30　安德烈・莫洛亞著，袁樹仁譯：〈論安德烈・馬爾羅〉，頁 262。

31　〈創刊小言〉，《星島日報・星座》，1938 年 8 月 1 日。

32　郁達夫：〈抗戰週年〉，《星島日報・星座》，1938 年 8 月 1 日。

33　郁達夫：〈轟炸婦孺的國際制裁〉，《星島日報・星座》，1938 年 8 月 5 日。

所慣用的戰略〉討論抗戰應備策略，[34] 以及施蟄存以抗日戰爭爆發為背景的短篇小說〈進城〉。[35] 第二，積極吸取歐洲反法西斯戰事的經驗，尤其關注同受法西斯政權迫害的西班牙人民，如〈馬德里是怎樣防守的〉強調「全民抗戰」的人民戰鬥精神的重要性，[36] 又或法國社會主義寫實主義作家紀佑（Louis Guilloux, 1899-1980）日記所述〈西班牙難民在法國〉的翻譯，控訴西班牙難民的苦況並批評收容難民的法國小城官僚腐敗、缺乏同情。[37] 事實上，馬爾羅寫作《希望》以至戴望舒着手翻譯之時，小說描述的西班牙內戰（1936-1939 年）其實尚未結束。

據 1934 年 8 月 9 日戴望舒致艾田伯的信件，[38] 我們得以進一步理解詩人捨棄馬爾羅兩部以中國革命為主題的小說《征服者》和《人的狀況》，而選譯《希望》的原因。戴望舒認為馬爾羅無法真正理解中國革命精神，卻擁有「傑出的寫作才華」，因此選譯由他撰寫、屬同時代不同地域的抗戰文學著作，藉此獲得歷史和革命藝術兩方面的審視距離，為中國讀者提供另一角度思考戰爭議題及相應的藝術形式。

34　止默：〈試論抗戰〉，《星島日報‧星座》，1938 年 8 月 6 日；黎錦明：〈日軍所慣用的戰略〉，《星島日報‧星座》，1938 年 8 月 6 日。

35　施蟄存：〈進城〉（一至六）（完於 1937 年 8 月 7 日），《星島日報‧星座》，1938 年 8 月 1 至 6 日。

36　千里：〈馬德里是怎樣防守的〉，《星島日報‧星座》，1938 年 8 月 2 日。

37　基郁著，杜衡譯：〈西班牙難民在法國〉，《星島日報‧星座》，1938 年 8 月 15 日。

38　Correspondence inédite de Dai Wangshu, Le 20 juin 1934, in Muriel Détrie（dir.），*France-Chine: Quand deux mondes se rencontrent*, pp. 114-115. 詳見本書第一章。

　　小説主要呈現 1936 年 7 月至 1937 年 3 月期間，西班牙人民奮力抵抗法西斯主義者佛朗哥將軍（General Francisco Franco, 1892-1975）發起的政治叛變。從 1938 年《希望》的節錄翻譯可見，戴望舒有意利用抗戰下香港僅有的言論空間，通過小説翻譯表現西班牙人民抗戰的決心，從而鼓勵同樣陷於戰火之中的中國人民奮勇抗敵，其中包括記述農民與民兵合作反抗法西斯軍隊，表現視死如歸的勇氣（〈青空的戰士〉），人民無力還擊仍捨命抗敵的犧牲精神（〈火的戰士〉），針對法西斯統治訴説知識分子的遭遇（〈烏拿木諾的悲劇〉），同時寄予抗戰勝利的希望（〈反攻〉）。斷片式的場面與人物對話交替的小説結構，不僅有助表現敵軍入城、民兵武裝竭力反抗、兩方空軍戰機對峙等各種源自實戰經驗的場景描繪，也為作者在小説裏開拓議論空間，引入有關革命本質的論題。戴望舒同樣注意到《希望》曾多次靜止地詳述戰爭中個人面對死亡議題的思考：

　　　　兩個警備隊已經發言過。固然，他們曾經行過羅馬式的敬禮；但是那是因為他們以為這村子是在法西斯蒂手裏，而他們卻想通過這村子投到政府軍的陣線裏。聽起來和説起來都是同樣難堪的謊話，像一切顯然的謊話一樣；這兩個警備隊似乎在那兒掙扎着，在他們的僵硬的衣服裏面喘氣，像是穿着軍服的受絞刑的人一樣。[……]這個受了傷的人 [申] 辯着，氣越喘越急，帶着一種出水的魚的瘂 [攣] 的

動作。[……] 這警備隊説着他對於政府的忠心。漸
漸地，他旁邊那個人的割得乾乾淨淨的頰兒上流出
汗來；一滴滴的汗水從他兩邊上過蠟的鬍子上流下
來，而這種在寂定之下凝成珠子的生命，似乎就是
恐懼底自主的生命。[39]

引文片段描述了軍法會議中警備隊的軍官面對「死刑判決」的
思緒和反應。死亡前夕人們所流下的汗水「凝成珠子的生命」
的意象，以至人們面對死亡從而思考、參透生命底蘊的相關主
題，在馬爾羅的小説中反覆出現，而且在戴望舒翻譯 1938 年
薩特的短篇小説〈牆〉（*Le Mur*）之中亦得到回應。[40] 同樣以西
班牙內戰為背景，〈牆〉講述西班牙共和黨黨員（巴勃羅・伊
別達）、國際縱隊的隊員（托姆・斯丹波克）和無政府黨員的
弟弟（胡昂・米也爾），三人被佛朗哥將軍的軍隊俘虜並判決
死刑前的一夜。小説集中表現了牢房內三個「活活地受着臨終
的痛苦的軀體」[41] 的生理反應和思想變化：

　　我（案：指伊別達）從來也沒有想過死，為的是
機會沒有來，可是現在機會來了，且除了想到牠以

39　馬爾洛著，戴望舒譯：〈死刑判決〉，《大風》，第 17 期（1938 年 8 月 15 日），
　　頁 534；收入鄺可怡編校：《戰火下的詩情》，頁 242-243。
40　薩特爾著，陳御月譯：〈牆〉（一至十一），《星島日報・星座》，第 521-531
　　期，1940 年 3 月 6-16 日。文章為「現代歐美名作精選」系列的作品，原著
　　參考 Jean-Paul Sartre, "Le Mur," in *Le Mur*, Paris: Gallimard, 1939.
41　薩特爾著，陳御月譯：〈牆〉（五），《星島日報・星座》，第 525 期，1940 年
　　3 月 10 日。

外，又沒有別的事可想。[……] 我還沒有十分明白，我自問那是不是很苦痛，我想到子彈，我想像着子彈的炙熱的電子穿過我的身體。這些全是在真正的問題以外的；可是我很審靜：我們有一整夜的時間去了解。[42]

　　在這地窖裏，在嚴冬之中，在風裏，我流着汗。我用手指梳着我的被汗水黏住的頭髮；同時，我發覺我襯衫是濕透了黏在我的皮膚上：我至少已流了一小時的汗水，可是我卻一點也沒有覺得。[……] 我憎惡自己的軀體，因為牠又發灰色又出汗 [……] 我的軀體，我用牠的眼睛看，我用牠的耳朵聽，可是這已經不是我自己了；牠獨自流汗發抖，而我卻已不再認識牠了。我不得不碰碰牠，看看牠，為的是要曉得牠變成怎樣了，好像這是別一個人的軀體一樣。[43]

面對死亡時刻，人開始重新認識自己，並從我的「軀體」（le corps）出發重新認識自我與他人、自我和世界的關係。對於相關的議題，薩特都在往後出版的《存在與虛無》（*L'Être et*

---

[42] 薩特爾著，陳御月譯：〈牆〉（三），《星島日報・星座》，第 523 期，1940 年 3 月 8 日。

[43] 薩特爾著，陳御月譯：〈牆〉（四），《星島日報・星座》，第 524 期，1940 年 3 月 9 日；〈牆〉（八），《星島日報・星座》，第 528 期，1940 年 3 月 13 日。

le néant, 1943）一書中從哲學層面作詳細討論。[44] 面對死亡的威脅、一連串關於死亡的想像，小說人物「我」（伊別達）最先意識到的是「我的軀體」與「我」的分離，「臨終的人」與「活人」的差異：「我們三個人都瞅着他，因為他是活人。他有一個活人的舉動，一個活人的心眼兒；他在這地窖裏冷得發抖，正如活人所應發抖一樣；他有一個聽話而養得好好的軀體。我們這些人呢，我們已不再感到我們的軀體了 —— 總之，不是同樣地感覺到的了。[……] 他彎彎地站着，能統制自己的筋肉 —— 而他是能夠想明天的。我們祇是三個沒有血的影子；我們瞅着他，像吸血鬼一樣地在吸他的生命。[45]」繼而思索的是「我」與所愛的人（龔查）、與捨命相救的人（拉蒙・格里思），以至我甘願犧牲自己爭取西班牙解放的民族大業，這一切在生命將要消逝的一刻所留給「我」的價值。[46] 生命將要消

44　參考 Jean-Paul Sartre, *L'Être et le néant: essai d'ontologie phénoménologique*, éd. corrigée avec index par Arlette Elkaïm-Sartre（Paris: Gallimard, coll. "Tel", 2003 [1943]）, Troisième partie, Ch. II: Le corps et Ch. III: Les relations concrète avec autrui, pp. 342-470.

45　薩特爾著，陳御月譯：〈牆〉（六），《星島日報・星座》，第 526 期，1940 年 3 月 11 日。

46　「我很想知道我的行為的理由。我寧可死而不願意出賣格里思。為了甚麼？我已不再愛拉蒙・格里思了。我對於他的友誼，已在天快亮的時候，和我對於龔查的戀愛以及我要活的願望同時死去了。當然我還是尊重他；他是一個硬漢。可是我並不是為了這個理由而願意代他去死；他的生命並不比我的生命更有價值了，任何生命都沒有價值了。[……] 我很知道對於西班牙他是比我更有用的，可是現在我也不管他甚麼媽的西班牙和無政府了；甚麼已沒有重要性了。然而，我在這兒，我可以出賣格里思來保全我的性命，然而我卻不願意這樣做。我覺得這是有點：這是固執。我想：『應該固執！……』於是一種奇妙的快樂侵佔了我。」薩特爾著，陳御月譯：〈牆〉（十），《星島日報・星座》，第 530 期，1940 年 3 月 15 日。

逝,「我」和「世界」的關係也終要斷裂:「我(斯丹波克)看見我的屍體:這並不是難事,可是看見牠的是『我自己』『我的』親眼。我想該能夠想到…… 想到我甚麼也不再看見了,甚麼也不再聽到了,世界是別人的了。[47]」

小說以「牆」為名,正是對人們直接面對死亡(受刑之際)卻又無處可逃的處境的喻意象徵:「別人對他們喊『瞄準』,於是我就會看見八枝槍對準了我。我想那時我想躲進牆裏去,我會用背脊使盡全力推着牆,可是牆卻會抵抗,像在惡夢裏那樣地。[48]」戴望舒通過文學翻譯所認識、感受和表現人在抗戰之下被敵軍囚禁、處於死亡邊緣的生存狀況,將要在不久的將來,在日軍佔領地「那暗黑潮濕的土牢」裏,以詩人生命的真實經歷加以驗證。[49] 不過,這段「災難的歲月」引發詩人寫下的依然是視死如歸、不屈的抗戰精神:「你們之中的一個死了,在日佔領地的牢裏,他懷着深深的仇恨,你們

---

47 薩特爾著,陳御月譯:〈牆〉(六),《星島日報‧星座》,第 526 期,1940 年 3 月 11 日。

48 薩特爾著,陳御月譯:〈牆〉(五),《星島日報‧星座》,第 525 期,1940 年 3 月 10 日。

49 1942 年春,戴望舒因宣傳抗日罪被日軍逮捕入獄,受嚴刑,後經葉靈鳳營救保釋。但戴望舒被捕及出獄的準確日子則缺乏可靠的資料記載,應在 1942 年 3 月至 5 月期間。分別參考端木蕻良:〈五四懷舊詞〉,《文滙報》,1979 年 4 月 29 日,版十二;孫源:〈回憶詩人戴望舒〉,《海洋文學》第 7 卷第 6 期 (1980 年 6 月 10 日),頁 38-41;盧瑋鑾:〈災難的里程碑 —— 戴望舒在香港的日子〉,《香港文縱 —— 內地作家南來及其文化活動》,頁 176-211。

應該永遠地記憶。[50]」(《獄中題壁》)

(二)抗戰文學的詩學理念

　　相較於激勵羣眾愛國禦敵的《希望》、戰爭中發掘深邃人性的〈牆〉,戴望舒同期選譯十九世紀法國小說家都德《月耀小説集》(*Les Conte du lundi*, 1873)所收三個短篇〈柏林之圍〉(Le Siège de Berlin)、〈賣國童子〉(L'Enfant espion)和〈最後一課〉(La Dernière classe)則呈現完全不同的情態。[51]三篇小説並不直接介入抗戰主題,也沒有着力描繪奮勇抗敵的人民英雄,卻被詩人視為「我國抗戰小説鑒範」的作品。[52]對戴望

50　《獄中題壁》(1942 年 4 月 27 日)全詩:「如果我死在這裏,/ 朋友啊,不要悲傷。/ 我會永遠生存/ 在你們的心上。/ 你們之中的一個死了,/ 在日佔領地的牢裏,/ 他懷着深深的仇恨,/ 你們應該永遠地記憶。/ 當你們回來,從泥土:/ 掘起他傷損的肢體,/ 用你們勝利的歡呼,/ 把他的靈魂高高揚起。/ 然後把他的白骨放在山峰,/ 曝着太陽,沐著飄風:/ 在那暗黑潮濕的土牢,/ 這曾是他惟一的美夢。」戴望舒:〈獄中題壁〉,《新生日報・新語》,1946 年 1 月 5 日。

51　〈柏林之圍〉、〈賣國童子〉和〈最後一課 —— 一個阿爾薩斯孩子的故事〉均屬「都德誕生百年紀念短篇」系列的作品,以陳藝圃之名發表,分別連載於《星島日報・星座》,第 621-625 期,1940 年 6 月 19-23 日;第 626-630 期,1940 年 6 月 24-28 日;第 630-632 期,1940 年 6 月 28-31 日。此外,戴望舒於 1945 年再修訂重刊〈賣國童子〉的翻譯,改名為〈賣國的孩子〉。參考都德著,戴望舒譯:〈賣國的孩子〉,《香島日報・綜合》,第一版,1945 年 5 月 7-12 日。三篇作品同選譯自都德 1874 年出版的《月耀小説集》,又譯《星期一故事集》或《月耀日故事集》(《月耀小説集》乃按戴望舒的譯法)。原著參考 Alphonse Daudet, *Les Contes du lundi*(Paris: Nelson Editeurs, 1955 [1874]), pp. 11-19, 36-48, 58-69.

52　「今年是他的誕生百年紀念,又值此法國首都陷落之時,因請藝圃先生自都德 1870 年普法戰爭為題材《月耀小説集》,擇其精粹,選譯數篇,作為都德誕生百年紀念,以之作我國抗戰小説鑒範,亦無不可,其已經前人翻譯者,以譯

舒而言，抗戰小説以至廣義的抗戰文學不僅能夠刺激讀者的愛國情緒，更重要的是小説本身的文學價值，即「從內心的深處發出」的「民族的意識情緒」，以及相應的藝術形式。[53]

戴望舒通過翻譯都德的著作，從虛、實兩個層次寫戰爭慘敗的法國，並與正在進行抗日戰爭的中國遙遙相應，可説是詩人對抗戰寄予無限希望的同時所暗藏的隱憂。三篇小説譯文均發表於 1940 年 6 月的《星島日報・星座》，所選取的故事同以普法戰爭(1870-1871) 為背景。在特定的歷史情景下，小説一方面「實寫」普魯士軍入侵法國，另一方面，它們隔着七十年的時距「虛寫」了戴望舒翻譯當下巴黎陷落的實況——〈柏林之圍〉的譯文正好發表於二次大戰德軍進佔巴黎 （1940年 6 月 16 日） 以後的第三天。

從敍述對象而言，〈柏林之圍〉、〈最後一課〉和〈賣國童子〉描述的都是戰爭下喪失家園的小人物 （退役將軍、小學生、小學教師、街頭頑童）。都德細寫法國戰敗，首都淪陷，

文錯誤屢見不鮮，仍請藝圃先生重譯，作為定本。」見戴望舒：〈「都德誕生百年紀念短篇」編者按語〉，《星島日報・星座》，第 621 期，1940 年 6 月 19日。〈編者按語〉中提及部分篇章已經前人翻譯，其中包括胡適翻譯的〈最後一課〉和〈柏林之圍〉，以及李青崖翻譯的〈最後一課〉、〈柏林之圍〉和〈小奸細〉（即戴望舒所譯的〈賣國童子〉）等篇章。分別參考胡適譯：《短篇小説集》（上海：亞東圖書館，1919 年），頁 1-15；都德、莫泊桑、左拉原著，李青崖選譯：《俘虜：法國短篇敵愾小説》（上海：開明書店，1936 年），頁 3-11、21-47。

53 戴望舒對國防文學的整體意見，主要參考戴望舒：〈談國防詩歌〉，《新中華》，第 5 卷第 7 期 （1937 年 4 月 10 日），頁 84-86；〈致艾青〉，王文彬、金石主編：《戴望舒全集・散文卷》（北京：中國青年，1999 年），頁 252-253。〈致艾青〉是戴望舒於 1939 年初寫給艾青的信的節錄片斷，原載《廣西日報・南方》第 49 期，1939 年 3 月 26 日。

阿爾薩斯（Alsace）和洛林（Lorraine）兩省割讓對他們生活的
影響，其中語調不免感傷。但在委婉的聲音裏，小說仍然記
敘穿上軍服的茹甫上校，在目睹普魯士軍從巴黎凱旋門進城
並從陽台上「直挺挺倒了下去」以前發出的巨大呼聲：「武力
起來！……武力起來！……普魯士人」（"Aux armes ! ... aux
armes ! ... les Prussiens."）；[54] 刻意記下小學生習字範本上寫
着「法蘭西，阿爾薩斯，法蘭西，阿爾薩斯」（France, Alsace,
France, Alsace.）作為教室中隨處飄揚的旗幟；[55] 以及阿爾薩
斯鄉村小學的老師無法直言，卻用盡全力在黑板上以大寫字體
寫着「法蘭西萬歲！」（"VIVE LA FRANCE !"）的口號。[56] 小
說甚至鼓勵淪陷地區的人民堅持學習祖國的語言，作為最後
的抗戰工具：「當一個民族墮為奴隸的時候，只要不放鬆他的
語言，那麼就像把他的囚牢的鎖匙拿在手裏一樣。[57]」在藝術
形式上，〈最後一課〉借用第一人稱敘事者「我」── 鄉村小

---

54 都德著，陳藝圃譯：〈柏林之圍〉（五），《星島日報·星座》，第 625 期，
　　1940 年 6 月 23 日。

55 都德著，陳藝圃譯：〈最後一課〉（三），《星島日報·星座》，第 632 期，
　　1940 年 6 月 30 日。譯者原註：「阿爾薩斯 Alsace，法國西北部省名。1871
　　年普法之戰法國戰敗，阿爾薩斯省及洛蘭省（案：Lorraine，今譯洛林）遂割
　　讓與普魯士，及至 1918 年歐洲大戰結束，始歸還法國。」

56 都德著，戴望舒譯：〈最後一課〉，王文彬、金石主編：《戴望舒全集·小説
　　卷》（北京：中國青年，1999 年），頁 451。

57 Alphonse Daudet, "La Dernière classe," *Les Contes du Lundi*, *op.cit.*, p.
　　16："'S'il tient sa langue, - il tient la clé qui de ses chaînes le délivre.'"
　　-F. Mistral"；都德著，藝圃譯：〈最後一課〉（一），《星島日報·星座》，第
　　630 期，1940 年 6 月 28 日。

學生的天真無知的視角，展現法國戰敗後阿爾薩斯省人民生活深切的改變。〈柏林之圍〉則擅用兩種逆向發展的行動在故事中製造衝突，從而深刻地表現主題。故事透過醫生對「我」的講述，回憶醫治茹甫上校的過程。由於上校身體的健康狀況完全跟隨普法戰爭戰況發展而變化，醫生及上校家人就只得向他撒謊，將法軍屢戰屢敗的過程編造成法軍進攻德國的地理路線，把「巴黎之圍」的危機說成是「柏林之圍」的勝利。最後，衝突爆發於上校目睹德軍入城的一刻。

　　通過分析戴望舒香港時期所選譯與抗戰相關的法文小說，再配合詩人對三十年代「國防詩歌」的批評，我們嘗試理解詩人對抗戰文學的基本看法。第一，雖然戴望舒曾批評「國防詩歌」口號的提倡者為功利主義者，指斥「他們本身就是一個盲目的工具」，「以為新詩必然具有一個功利主義之目的」，但這並不表示詩人忽略抗戰文學的實際效用。[58] 相反，戴望舒認同詩歌（以至廣義的文學）可以包含「國防或民族的意識情緒」，甚至成為「抗戰的一種力量」，具備「激勵前線戰士們的勇氣」、「鼓勵羣眾的愛國 [禦] 敵」的宣傳作用。[59] 在抗戰背景下堅持文學的翻譯工作，詩人不僅指出「赤手空拳的西班牙人民之能夠抵抗法西斯惡黨那麼長久」乃受到《西班牙抗戰

58　戴望舒：〈談國防詩歌〉，頁 84。

59　〈編後雜記〉，《頂點》，第 1 卷第 1 期（1939 年 7 月 10 日）。轉引自周紅興、葛榮：〈艾青與戴望舒〉，頁 145-146；戴望舒：〈談國防詩歌〉，頁 85。

1938年《希望》由新法蘭西雜誌出版社 (NRF) 出版時載《人民》報刊 (Le Populaire) 的廣告。(藏法國國家圖書館)

1939年馬爾羅據自己撰寫的小說《希望》拍成同名的黑白電影。(圖片來自 Les documents cinématographiques)

謠曲》宣傳力量的影響，[60]更透過翻譯馬爾羅的長篇小說《希望》着力表現西班牙人民奮勇禦敵、以死殉國的抗爭精神，從而引起中國人民的共鳴。

60　分別參考戴望舒：〈談國防詩歌〉，頁 85-86；〈跋《西班牙抗戰謠曲選》〉，《華僑日報・文藝周刊》，第 87 號，1948 年 12 月 12 日。

　　第二，戴望舒論述抗戰小說和詩歌，均從文學本質的角度入手，批評觀點與詩人自身的詩學理念關係密切。戴望舒批評「國防詩歌」主要針對當中的「排他性」和「非文學性」，即國防詩歌口號化的傾向以及主張只能包含國防意識情緒而不容其他意識情緒的偏狹取向。他以為「一首有國防意識的詩歌可能是一首好詩，唯一的條件是它本身是詩。」這裏表現的詩學理念，其實與十九世紀法國詩人梵樂希強調詩的「純綷性」（qualité de pureté）、主張「排除非詩情成份」（être pure d'éléments non poétiques）等觀念十分接近。相近的論點在戴望舒的詩論中亦可得見，例如〈詩論零札〉：「把不是『詩』的成份從詩裏放逐出去」、「有『詩』的詩，雖以佶屈聱牙的文字寫來也是詩；沒有『詩』的詩，雖韻律齊整音節鏗鏘，仍然不是詩」。[61] 戴望舒對國防詩歌的批評重點跟同代詩人梁宗岱的論述不盡相同，但後者同樣據梵樂希有關「純詩」（poésie pure）的觀點立論，在《星島日報‧星座》發表文章批評國防詩歌。[62] 正如戴望舒早年詩論

61　參考戴望舒：〈談國防詩歌〉，頁 84；〈詩論零札〉，《華僑日報‧文藝周刊》，第 2 期，1944 年 2 月 6 日，第三頁。至於梵樂希有關「純詩」（poésie pure）的討論，主要參考 Paul Valéry, "Propos sur la poésie" et "Poésie pure: notes pour une conference," Variétés, in Œuvres, tome I, éd. établie et annotée par Jean Hytier（Paris: Gallimard, coll. Bibliothèque de la Pléiade,1957）, pp. 1361-1378, 1456-1463. 另外，中文翻譯參考保爾‧瓦萊里著，王忠琪等譯：〈純詩〉，《法國作家論文學》（北京：生活‧讀書‧新知三聯書店，1984 年），頁 114-122。

62　梁宗岱對「國防詩歌」的批評主要參考〈論詩之應用〉，《星島日報‧星座》，第 45 期，1938 年 9 月 14 日；〈談抗戰詩歌〉，《星島日報‧星座》，第 52 期，1938 年 9 月 21 日。有關梁宗岱詩論的研究可參考許霆：〈梁宗岱：純詩理論的探求者〉，《詩網絡》，2003 第 11 期（2003 年 10 月 31 日），頁 26-39；陳智德：〈純詩的探求〉，《文學研究》，2006 年第 3 期，頁 62-77。

所強調，詩的重心不在主題內容，而在於「詩的情緒」，[63] 故此他反對文學在「國防或民族的意識情緒」以外排除一切其他的主題和意識情緒。[64] 詩乃以文字來表現「情緒的和諧」，但縱然是「從內心的深處發出來的和諧」，也需要經過「洗煉」，其中不僅牽涉藝術語言的問題，還涉及「觀察和感覺的深度的問題，表現手法的問題，各人的素養和氣質的問題」。[65] 是以詩人一直強調，文學作品必須體現「藝術之崇高」和「人性的深邃」兩方面。[66] 反觀戴望舒在港選譯與抗戰相關的法文小說，若詩人最先通過馬爾羅《希望》的翻譯「鼓勵羣眾的愛國 [禦] 敵之心」，那麼他其後翻譯薩特的〈牆〉和都德的三個短篇，就可被視為戴望舒心目中抗戰小說對「人性的深邃」和「藝術之崇高」兩方面的具體表現。

63　戴望舒的詩論文章不多，然而以「詩情」、「詩的情緒」為詩歌核心的觀點卻被不斷重複討論和深化。參考戴望舒：〈望舒詩論〉，《現代》，第 2 卷第 1 期（1932 年 11 月），頁 92-94；後收入《望舒草》，改篇名為〈詩論零札〉，見戴望舒：《望舒草》（上海：現代書局，1933 年），頁 111-115。另外參考戴望舒：〈詩論零札〉，《華僑日報・文藝週刊》，第 2 期，1944 年 2 月 6 日。

64　戴望舒：〈談國防詩歌〉，頁 84。

65　戴望舒：〈致艾青〉，王文彬、金石主編：《戴望舒全集・散文卷》，頁 252-253。

66　戴望舒：〈談國防詩歌〉，頁 84。早於三十年代初，戴望舒曾針對當時的文壇表示：「中國的文藝創作如果要踏入正常的軌道，必須經過兩條路：生活，技術的修養。」其中有關「生活的缺乏」和「技術上的幼稚」等批評，跟詩人日後論及「國防詩歌」的文藝要求時，觀點基本一致。戴望舒：〈創作不振之原因及其出路：一點意見〉，《北斗》第 2 卷第 1 期（1932 年 1 月 20 日），頁 148。

小説翻譯展現的「詩情」概念

當戴望舒「幾經變革，終於發出戰鬥的呼號」，[67] 在抗戰期間大量翻譯與抗戰主題相關的小説、謠曲，甚至主編一份聲明「不離開抗戰」的詩刊《頂點》，[68] 同一時期戴望舒卻翻譯了不少與國防意識情緒無關而充滿「詩情」的短篇作品。透過上文分析戴望舒選譯抗戰文學作品所表現的詩學理念，我們可進一步探討詩人在港時期翻譯法文小説所呈現的第二個面向：詩情小説。

「詩情」作為戴望舒詩論的核心概念，第一次被詩人應用到其他文類範疇，乃是在翻譯小説上。「詩情」概念的形成不僅與詩人的內在秉性和中國古典文學修養相關，我們甚或可將詩情小説的論述重置於「五四」時期以來「抒情詩的小説」的發展脈絡上加以討論。[69] 不過，戴望舒詩論中「詩情」概念的提出及其具體意涵的形成，還是主要受到法國象徵主義思

67　艾青：〈望舒的詩──《戴望舒詩集》序〉，頁 9。

68　1939 年 7 月，戴望舒和艾青合編的《頂點》創刊號上發表不署明的〈編後雜記〉，當中説明「《頂點》是一個抗戰時期的刊物。它不能離開抗戰，而應該成為抗戰的一種力量。為此之故，我們不擬發表和我們所生活著的向前邁進的時代違離的作品。但同時我們也得聲明，我們所説不離開抗戰的作品並不是狹義的戰爭詩。」〈編後雜記〉，《頂點》，第 1 卷第 1 期（1939 年 7 月 10 日）；轉引自周紅興、葛榮：〈艾青與戴望舒〉，頁 145。

69　周作人於 1920 年翻譯俄國作家庫普林（A. Kuprin）的小説《晚間的來客》時，便有意識引介「抒情詩的小説」：「小説不僅是敘事寫景，還可以抒情；因為文學的特質，是在『感情的傳染』，便是那純自然派所描寫，如 Zola 説，也仍是『通過了著者的性情的自然』，所以這抒情詩的小説，雖然形式有點特別，但如果具備了文學的特質，也就是真實的小説。」A. Kuprin 著，周作人譯：〈晚間的來客〉，《新青年》，第 7 卷第 5 號（1920 年 4 月），頁 6。

潮尤其是梵樂希的詩論影響。究竟「詩情」一詞是法語中哪個概念的翻譯？歷來研究戴望舒「詩情」概念的專論文章不多，關於此詞的來源也未有定論。[70] 檢視戴望舒曾經翻譯梵樂希的詩論文章（包括〈文學（一）〉、〈文學（二）〉、〈藝文語錄〉、〈文學的迷信〉、〈梵樂希詩論抄〉和〈波特萊爾的位置〉），當中並無涉及「詩情」一詞的翻譯。[71] 相反，戴望舒早年譯介蘇佩維埃爾的詩作並翻譯雷蒙（Marcel Raymond）的評論文章，則多次用上「詩情」一詞，例如「飄渺的詩情」（poésie aérée）、「宇宙的詩情」（poésie cosmogonique）以及蘇佩維埃爾詩集「《引力》中的詩情」（poésie des *Gravitations*）等等。[72] 文中所述

70　歷來關於戴望舒「詩情」概念的專論文章不多，朱源曾據馬拉美界定象徵主義的用語，推斷此詞可能是法語 "état d'âme" 一詞的翻譯。雖然朱源的推論未必全不合理，但始終未能提出實質理據。相關專論參考鍾軍紅：〈試論郭沫若「內在律說」與戴望舒「詩情說」之同異〉，《華南師範大學學報》（社會科學版），1993 年第 4 期，頁 29-38；朱源：〈「詩情」論與「純詩」論之比較〉，《遼寧師範大學學報》（社會科學版），第 30 卷第 2 期（2007 年 5 月），頁 83-87。

71　參考保爾・梵樂希著，戴望舒譯：〈文學（一）〉，《新詩》，第 2 卷第 1 期（1937 年 4 月），頁 86-92；保爾・梵樂希著，戴望舒譯：〈文學（二）〉，《新詩》，第 2 卷第 2 期（1937 年 5 月），頁 197-202；梵樂希著，戴望舒譯：〈藝文語錄〉，《華僑日報・文藝周刊》，第 4 期，1944 年 2 月 20 日（此文收入《戴望舒全集・散文卷》時，缺漏了譯文最後二段及〈譯者附記〉，刊載日期亦誤記為 1945 年 2 月 20 日）；梵樂希著，戴望舒譯：〈文學的迷信〉，《香港日報・香港藝文》，1945 年 2 月 1 日；梵樂希著，戴望舒譯：〈梵樂希詩論抄〉，《香島日報・日曜文藝》，第 5 期，1945 年 7 月 29 日；梵樂希著，戴望舒譯：〈波特萊爾的位置〉，載波特萊爾著，戴望舒編譯：《〈惡之華〉掇英》（上海：懷正文化出版社，1947 年 3 月），頁 1-27。

72　馬賽爾・雷蒙著，戴望舒譯：〈許拜維艾爾論〉，《新詩》，第 1 卷第 1 期（1936 年 10 月），頁 104。法文原文為馬賽爾・雷蒙關於法國詩歌評論專著《從波特萊爾到超現實主義》第十六章「超現實主義詩人」的節錄，參考 Marcel Raymond, *De Baudelaire au Surréalisme*（éd. nouvelle revue et remaniée, Paris: Libraire José Corti, 1947）, pp. 327-334.

的「詩情」概念在梵樂希關於「純詩」的論述中得到充分的闡
釋。以「詩情」(poétique) 作為自身特質的「詩」(poésie)，
牽涉兩個不同範疇的概念，既指與外在環境和諧呼應而引起
的內在情緒，也指引起、促進這種情緒、感受的語言手段，
即是詩的藝術 (l'art poétique)。戴望舒的詩論則循這兩個方
向，運用比喻、正反立論、引導誘發的方式論述「詩情」的具
體內容及與詩外在形式的相應關係。[73]

　　藉着戴望舒詩論中「詩情」意涵的掌握，我們嘗試窺探詩
人在香港淪陷時期(1941 年 12 月 25 日至 1945 年 8 月 15 日)
透過文學翻譯而進入的「詩情世界」(le monde poétique)。
香港淪陷以前戴望舒除翻譯抗戰背景的法文小說外，也同
時翻譯了航空小說家聖艾修伯里 (Antoine de Saint-Exupéry,
1900-1944) 的〈綠洲〉、莫洛亞 (André Maurois, 1885-1967)
的〈綠腰帶〉，筆調清平秀麗、善寫鄉間小人物的小說家阿爾
蘭 (Marcel Arland, 1899-1986) 的〈薔薇〉，並修訂重譯民眾小
說家季奧諾 (Jean Giono, 1895-1970) 的〈憐憫的寂寞〉。[74] 及

73　戴望舒兩篇詩歌專論〈望舒詩論〉(1932) 及〈詩論零札〉(1944) 所運用的
　　點悟式評論模式，均學效梵樂希的詩論文章，例如〈藝術概念〉、〈美學的創
　　造〉等。參考 Paul Valéry, "Notion général de l'art," *Variétés*, in *Œuvres*, tome
　　I,*op.cit.*, pp.1404-1415.

74　分別參考聖代克茹貝里著，望舒譯：〈綠洲〉，《時代文學》，創刊號 (1941 年
　　6 月 1 日)，頁 76-80；莫洛阿著，戴望舒譯：〈綠腰帶〉，《星島日報‧星座》，
　　第 32 期，1938 年 9 月 1 日；阿爾蘭著，施蟄存譯：〈薔薇〉(上、下)，《星
　　島日報‧星座》，第 958 期 (1941 年 6 月 11 日)、960 期 (1941 年 6 月 13
　　日)。原刊署名施蟄存，據施先生自定稿，譯者該是戴望舒。此文後以江思之
　　名發表，重刊於《新生日報‧新語》，第四版,1946 年 1 月 19 日；紀奧諾著，
　　施蟄存譯：〈憐憫的寂寞〉(一至五)，《星島日報‧星座》，第 883 至 887 期，

至香港淪陷以後，戴望舒詩歌創作減少（與抗戰相關的《獄中題壁》、《等待（二）》和《偶成》於此時期完成），抗戰詩歌和戰爭小説的翻譯也完全停止，卻在《香島日報》副刊〈綜合〉開設新專欄「新譯世界短篇傑作選」譯介國外著名短篇作品。除譯介俄國迦爾洵、西班牙烏納穆諾、意大利朋丹貝里、瑞士作家拉繆士（Charles-Ferdrique Ramuz, 1878-1947）、[75] 英國作家加奈特等人著作外，[76] 戴望舒繼續翻譯了法國詩人蘇佩維埃爾的短篇小説〈賽納河的無名女〉（*L'Inconnue de la Seine*, 1929），[77] 並重新修訂穆杭的〈六日競賽之夜〉（*La Nuit des six-jours*, 1924）。[78] 戰後詩人曾一度回到上海，但其法文小説

1941 年 3 月 24 日至 28 日。原刊署名施蟄存，據施先生自定稿，譯者該是戴望舒。此文乃按 1934 年發表的翻譯加以修訂，參考戴望舒選譯：《法蘭西現代短篇集》，頁 1-20。此處所引的作者評介，源自戴望舒翻譯其作品時同時發表的〈譯者附記〉。

75　王文彬〈戴望舒年表〉在 1945 年 5 月 27 日至 6 月 10 日的條目下誤記戴望舒翻譯《農民的敬禮》的作家拉繆士為法國作家。見王文彬：〈戴望舒年表〉，頁 103。

76　王文彬〈戴望舒年表〉在 1945 年 7 月 13 日至 8 月 31 日的條目下誤記戴望舒翻譯《淑女化狐記》的作者加奈特為法國作家。同上註。

77　許拜維艾爾著，戴望舒譯：〈賽納河的無名女〉（一至七），《香島日報・綜合》，第二版，1945 年 6 月 10、12-17 日。後重新修訂刊載於《文潮月刊》，另het〈譯者附記〉。參考許拜維艾爾著，戴望舒譯：〈賽納河的無名女〉，《文潮月刊》，3 卷 1 期，1947 年 5 月 1 日，頁 941-946。

78　穆朗著，戴望舒譯：〈六日競賽之夜〉（一至十二），《香島日報・綜合》，第二版，1945 年 6 月 28-30 日、7 月 2-12 日；收入鄺可怡編校：《戰火下的詩情》，頁 275-292。此文乃據 1928 年及 1929 年的翻譯重新修訂，參考穆朗著，郎芳譯：〈六日之夜〉，頁 1-25；保爾・穆杭著，戴望舒譯：〈六日競走之夜〉，頁 53-80。

的翻譯工作並未中斷，直至 1949 年他永遠離開這個南國小島以前。[79]

　　戴望舒選譯部分的短篇作品，特別強調它們蘊含的「詩情」。正如詩人介紹聖艾修伯里的著作，以為它總給讀者「一種新的感覺，生活在星光、雲氣和長空之間人的感覺」；[80] 而季奧諾的小說更是「充滿了極深切的詩情」，其偉大之處正是「把深切的詩情和粗俗的民眾生活在一起，而使人感到一種難以言傳的美麗」。[81] 至於蘇佩維埃爾，更是戴望舒早年喜歡的法國當代詩人，他的詩作被評論者指為「散發出一種南美洲和海洋的大自然的未開拓的情感，一種逐波而進，漂連着海草海花，而終於成為一縷縷細長的水，來到沙灘上靜止了的飄渺的詩情」。[82] 戴望舒本人則認為詩人「用那南美洲大草原的青色所賦予他，大西洋海底珊瑚所賦予他，喧囂的『沉默』，微語的星和 [純] 熟的夜所賦予他的遼遠，沉着而熟稔的音調，向生者，死者，

79　戴望舒於 1946 年初回到上海，1948 年 5 月再次南下香港。這段期間，他曾翻譯達比（Eugène Dabit, 1898-1936）的〈老婦人〉以及阿拉貢（Louis Aragon, 1897-1982）的〈好鄰舍〉。及後，戴望舒重回香港，繼續在香港報章上發表了阿爾蘭〈村中的異鄉人〉和蘇佩維埃爾〈陀皮父子〉的翻譯。分別參考達比著，戴望舒譯：〈老婦人〉，《東方雜誌》，第 43 卷第 10 號（1947 年 5 月），頁 77-82；阿拉貢著，戴望舒譯：〈好鄰舍〉，《人世間》，第 2 卷第 1 期（1947 年 10 月），頁 81-92；馬塞爾·阿朗著，戴望舒譯：〈村中的異鄉人〉，《星島日報·文藝》，第 48 期，1948 年 11 月 15 日；許拜維艾爾著，江文生譯：〈陀皮父子〉，《華橋日報·文藝周刊》，第 71 期，1948 年 8 月 22 日。

80　聖代克茹貝里著，望舒譯：〈綠洲〉，頁 80。

81　戴望舒：〈憐憫的寂寞·譯者附記〉，《法蘭西現代短篇集》，頁 19。

82　馬塞爾·雷蒙著，戴望舒譯：〈許拜維艾爾論〉，頁 104。

大地，宇宙，生物，無生物吟哦」。[83] 許氏的短篇小說在戴望舒的眼中，「其實也還是詩」。[84]

梵樂希對這種「純詩情的感受」（l'émotion poétique）有更深刻的描繪：「這種感受總是力圖激起我們的某種幻覺或者對某種世界的幻想，——在這個幻想世界裏，事件、形象、有生命的和無生命的東西都仍然像我們在日常生活的世界裏所見的一樣，但同時它們與我們的整個感覺領域存在着一種不可思議的內在聯繫。[⋯⋯] 詩情的世界顯得同夢境或者至少同有時候的夢境極其相似。[85]」「詩情」在小說中的具體表現並不靠文辭修飾。反之，它依靠想像，依靠人對宇宙自然的領悟。戴望舒通過聖艾修伯里的〈綠洲〉描寫在少女身上所展現宇宙「神秘底中心」。小說開首便提醒讀者：「估計遠近的並不是距離。你家裏花園的牆所封藏的秘密，可能比萬里長城所封藏的還多，而一個女孩子的靈魂之由靜默護持着，

83　戴望舒：〈記詩人許拜維艾爾〉，《新詩》，第 1 卷第 1 期（1936 年 10 月），頁 112。1935 年春，戴望舒在巴黎訪問了蘇佩維埃爾，並表示要譯介許氏的詩到中國，於是詩人選出自己八首喜歡的作品，後由戴望舒翻譯刊載於《新詩》。此文寫於二人會面之後，並與詩作翻譯一併發表。戴望舒在〈譯後附記〉中表示：「這幾首詩只是我們這位詩人所特別愛好的，未必就能代表他全部的作品，至多是他的一種傾向，或他最近的傾向而已。以後我們還想根據我們自己的選擇，從許拜維艾爾全部詩作中翻譯一些能代表他的種種面目的詩」。可惜此後戴望舒一直未有機會再譯許氏其他詩歌，直至 1945 年他選譯了詩人的短篇小說〈賽納河的無名女〉。參考戴望舒：〈許拜維艾爾自選詩‧譯後附記〉，《新詩》，第 1 卷第 1 期（1936 年 10 月），頁 101。

84　戴望舒：〈賽納河的無名女‧譯者附記〉，《文潮月刊》，3 卷 1 期（1947 年 5 月 1 日），頁 946。

85　保爾‧瓦萊里著，王忠琪等譯：〈純詩〉，《法國作家論文學》，頁 115、117-118。

也比沙哈拉的綠洲之由重重的沙護持着更嚴密。[86]」敘事者回憶一次飛行的短暫降落，曾在一座傳說的城堡裏遇見兩個女孩，她們「神秘而靜默地」在屋子裏消失又重現，迷戀各種秘密、玩藝兒，跟野草、蛇和貓鼬交往，「和一些宇宙性的東西混在一起」。不過，小說的重心卻在神秘、虛幻觀照之下的現實：「有一天，婦人在少女的心中覺醒了。[……] 她們把自己的心給了他 [一個傻瓜] ── 這心是一個荒野的花園，而他卻只喜歡那些人工修飾的公園。於是這傻瓜就把公主帶了去做奴隸。[87]」少女成長、出嫁成為婦人的現實過程中，內心藏有的神秘宇宙世界便隨之而永遠地失落。

　　相近地，戴望舒在香港淪陷時期選譯蘇佩維埃爾的短篇〈賽納河的無名女〉，同樣描繪了海底「極大的審靜」，一個沒有不幸也沒有恐懼的世界。小說講述淹死的少女發現死後的水底世界，那兒的居民無需言語，只靠軀體的燐光表達思想；他們不用呼吸也不用飲食，只跟海藻、貝殼和魚兒為伴，體會「最美麗的死亡之中 [的] 自由自在」。[88] 不過，小說的重心仍在非人世之中本屬人間的妒忌重現，淹死的少女為要離開「生活可憎的面目」，甘願重回水面讓自己永遠地死去。三十年代，杜衡認為〈望舒詩論〉的一句話確切指出了戴望舒本人對詩的見解：「由真實經過想像而出來的，不單是真

86　聖代克茹貝里著，望舒譯：〈綠洲〉，頁 76-77。

87　同上註，頁 80。

88　許拜維埃爾著，戴望舒譯：〈賽納河的無名女〉（一至七），《香島日報・綜合》，第二版，1945 年 6 月 10、12-17 日；收入鄺可怡編校：《戰火下的詩情》，頁 263-273。

實，亦不單是想像。[89]」其實，這話也道出了戴望舒一生對文學的期許。

「雨巷詩人」與「愛國詩人」

通過上文的分析，我們嘗試歸納以下的重點。首先，關於戴望舒在抗日戰爭時期選取強調「詩情」的法文小說作為翻譯對象，我們可作如下的理解：第一，由於香港淪陷，政治環境急劇變化，戴望舒選譯的文學作品需要避免與抗戰主題有直接關係。第二，從戴望舒論述抗戰文學所表現的詩學理念看來，詩人乃從純詩的角度、文學的本質去評價抗戰文學，也從相同的角度去欣賞和接納一切與國防意識情緒無關的作品。強調「詩情」的法國短篇小說，其實十分符合詩人的審美要求。第三，不論戴望舒通過翻譯去想像那「神秘而靜默」的綠洲，還是去經驗和感受海底世界「極大的甯靜」，都是文人在戰爭困苦生活之下一種內在抵抗、平衡調整的方式。猶如詩人翻譯蘇佩維埃爾短篇作品的寄意：「讀倦了那些人生的真實的或貌似真實的片斷的人們，這小小的 fantaisie[幻想] 也許會給予一點清新的，遼遠的感覺罷。[90]」

其次，從「雨巷詩人」到「愛國詩人」，論者認為戴望舒表現的是從個人哀歎到發出戰鬥呼號的歷程，走過的正是知

89　杜衡：《望舒草》序〉，《望舒草》，序頁 3。另外參考戴望舒：〈望舒詩論〉
　　第十四條，頁 93。
90　戴望舒：〈賽納河的無名女・譯者附記〉，頁 946。

識分子的革命道路。這種評論框架和觀點源自五十年代艾青的〈《戴望舒詩集》序〉，為八十年代學者所沿用。其實主編《戴望舒全集》的學者王文彬，在其專論《雨巷出走的詩人》已經注意到戴望舒在抗戰時期創作、翻譯和研究活動的複雜性。他以 1943 年末為限，將詩人在香港淪陷期間的文學活動分割為前後二期，並據戴望舒重新展開詩歌和詩論翻譯工作的情況，指出詩人在 1944 年以後對西歐象徵派和現代派詩歌興趣的回復。[91] 不過配合上文對戴望舒香港時期法文小說翻譯的分析，我們還可以對相關論點加以補充。第一，戴望舒在文學上的「革命道路」並非直線發展，「雨巷詩人」和「愛國詩人」分別代表的藝術和政治取向，在詩人身上其實不能截然二分。第二，戴望舒不僅在抗戰後期回復對西歐象徵派和現代派詩歌的固有興趣，縱然是抗戰初期，翻譯《西班牙抗戰謠曲》以及與抗戰主題相關的法文小說的同時，詩人也從未停止翻譯二十世紀法國當代強調「詩情」的短篇作品的工作。當我們接受戴望舒是「愛國詩人」的說法，不僅要注意抗戰時期他在文學工作上「愛國」的表現，更需要關注作為「詩人」，戴望舒怎樣通過文學寫作和翻譯在抗戰時期尋求存活的方式、精神的支持，從而展現戰爭歷史語境下中國現代派詩人在政治和藝術糾結關係之間的探索。

91　王文彬：《雨巷中走出的詩人 —— 戴望舒傳論》，頁 282-283。

III　先鋒性與現代性

第六章

中國現代派的先鋒性探索

　　為社會帶來正面的力量，真實而神聖的功能，讓社
會所有知識領域在它們得到最大發展的時代，急速前行！
這是藝術家的責任，這是他們的使命……。

　　　　　　　　　──聖西門〈藝術家、學者與工業家對話〉[1]

《新文藝》雜誌的「轉向」

　　《新文藝》雜誌（*La Nouvelle littérature*）由施蟄存、劉
吶鷗、徐霞村和戴望舒等組成的中國現代派「作家─譯者─

1　Henri de Saint-Simon, "L'Artiste, le Savant et l'Industriel. Dialogue," *Opinions littéraires, philosophiques et industrielles*, p. 347.

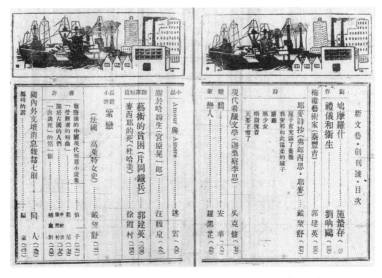

1929 年《新文藝》創刊號目錄及描繪都市風景的案頭。(藏上海復旦大學圖書館)

編輯」羣體主編，[2] 上海水沫書店出版。從 1929 年 9 月創刊
至 1930 年 4 月停刊，雜誌橫跨「左聯」成立（1930 年 3 月）
的前後時期。跟「左聯」成立相近的歷史背景下，《新文藝》
不僅駐足於世界文藝思潮的尖端，亦同時回應當時國內的政
治環境變化，通過八期有限的篇幅，極力表現對文學和政治
改革的前瞻性視野。《新文藝》翻譯了日、法、意、英、美、

2　《新文藝》第一卷第二期名為「讀者會」的通訊欄內，曾向讀者表明雜誌編委
　　會成員為施蟄存、徐霞村、劉吶鷗和戴望舒四人。不過雜誌改革後出版第二
　　卷第一期的法譯期刊目錄上，紀錄當時的編委會成員除施蟄存、劉吶鷗和戴
　　望舒以外還包括蘇汶（杜衡）和孫春霆。見〈答覆陳華先生〉，《新文藝》第 1
　　卷第 2 期（1929 年 10 月），頁 398；《新文藝》第 2 卷第 1 期（1930 年 3 月），
　　法譯期刊目錄。

德、蘇、挪威、西班牙、奧地利、匈牙利等十一國的文學作品，引介思想傾向相異相悖的文藝思潮，其中包括法國的象徵主義、英國的頹廢唯美派、日本的新感覺派和左翼文藝、俄蘇的未來主義和普羅文學。此外，雜誌不斷引進以馬克思主義文藝理論為基礎的「先進」、「科學」文藝研究方法，以求改革當時的文學觀念。這種追求藝術和意識形態雙重先鋒性的激進姿態，在二十年代末期處於左翼主流文學相對邊緣位置的《新文藝》雜誌裏，表現鮮明。

　　從文藝思潮與雜誌研究的角度而言，《新文藝》一直被置諸三十年代現代派「系列」刊物的論述框架之內。由於雜誌的編輯、撰稿者和譯者之間緊密的人事關係、相近的編輯方針和文藝取向，當時的評論家已將《新文藝》和較早年的《無軌列車》（劉吶鷗主編，1928-1929）以及後來的大型雜誌《現代》（施蟄存主編，1932-1935），視為互有承接的「系列」刊物。八十年代，嚴家炎從文學流派史的角度，配合文人團體和雜誌刊物的分析，直接據上列三種雜誌討論「中國第一個現代主義小說流派」的醞釀和形成。[3] 從「系列」刊物的角度考察，它們無疑為二、三十年代現代派詩歌和新感覺派小說的發展脈絡，以至現代主義、象徵主義等歐美文藝思潮移植中國等

3　嚴家炎從文學流派史的角度全面梳理現代小說的發展，以「新感覺派」作為中國現代文學史上「第一個現代主義小說流派」。在文藝創作方面，他從《無軌列車》、《新文藝》和《現代》三種雜誌討論相關小說流派的醞釀和形成。嚴家炎：〈三十年代的現代派小說──中國現代小說流派論之五〉（1982年講稿撰寫），載所著《論現代小說與文藝思潮》（長沙：湖南人民，1987年），頁95-107。

研究，提供了大量的原始材料。[4]《新文藝》與其他兩種刊物甚至成為二十世紀中國現代主義文學發展的基本研究對象。然而，相關論述也模糊了三種雜誌同中有異的地方，甚至掩蓋了《新文藝》內部各種思想和文藝傾向之間複雜的矛盾性。

造成這種情況的主要原因有二。其一，上述「系列」刊物的研究多以《現代》為主而兼論《新文藝》。論者據比較文學的研究方法，從文學翻譯以及文化過濾的角度，分析雜誌對歐美現代主義文學的引入和接受情況；[5] 又或借助歐美學者關於「現代性」（modernité）的論述，探討兩種針鋒相對的現代

4　論者研究三十年代「現代派」詩歌和「新感覺派」小説的密切關係，多以這三種雜誌為基本考察對象。分別參考陳旭光：《現代》雜誌的「現代」性追求與中國新詩的「現代化」動向〉，《文藝理論研究》1998 年 1 期，頁 67-74；葛飛：〈新感覺派小説與現代派詩歌的互動與共生 ── 以《無軌列車》、《新文藝》、《現代》為中心〉，《中國現代文學研究叢刊》2002 年第 1 期，頁 164-178。

5　例如潘少梅：《現代》雜誌對西方文學的介紹〉，《中國現代文學研究叢刊》1991 年 1 期，頁 177-194；馬以鑫：《現代》雜誌與現代派文學〉，《華東師範大學學報》1994 年第 6 期，頁 31-37。

6　「資產階級現代性」和「文化現代性」的分裂和矛盾，是現代論述中的核心問題。歷來學者討論現代性的概念均強調十九世紀法國詩人波特萊爾的重要地位，原因亦在於此。波特萊爾不僅通過《1846 年的沙龍》和《現代生活的畫家》等藝術評論，詳細探討短暫、偶然的「瞬間」時間價值觀念以及現代性美學特質；他在《惡之花》和《憂鬱的巴黎》的散文詩集裏對現代都市文明的描繪，更展現了兩種互相矛盾的現代性融合、並存的可能。參考：Charles Baudelaire, "Salon de 1846," pp. 493-496; Charles Baudelaire, "Le Peintre de la vie modern," pp. 683-697; Antoine Compagnon, Les Cinq paradoxes de la modernité, pp. 28-38; Matei Calinescu, Five Faces of Modernity, pp. 41-42, 46-58; Leo Ou-fan Lee, "In Search of Modernity: Some Reflections on a New Mode of Consciousness in Twentieth-Century Chinese History and Literature," in Paul A. Cohen and Merle Goldman(ed.), Ideas across Cultures: Essays on Chinese Thought in Honor of Benjamin I. Schwartz(Cambridge, Mass.: Harvard University Asia Centre, 1990), pp. 122-135.

性——相信進步學說、崇拜科學理性、帶來經濟社會變化的「資產階級現代性」，以及主張反傳統、反平庸、否定資產階級價值標準的「文化現代性」——如何結合並展現在文學雜誌之中。[6] 此等討論均未能深入探討《新文藝》在藝術和思想傾向上的矛盾衝突。再者，縱然「現代性」和「先鋒派」（avant-garde）文藝同建基於線性不可逆轉的時間意識，但二者針對的核心問題並不相同。[7] 下文參考西方十九世紀以降，兩種先鋒派（政治先鋒派和藝術先鋒派）複雜關係的論述，探討《新文藝》如何同時進行思想和藝術的革新，並細論雜誌「作家－譯者－編輯羣」對左翼文藝理論和創作的探索。

　　其二，《新文藝》以至整個系列雜誌的編輯羣一直以先鋒者的姿態，兼容並蓄分屬不同思想傾向的文藝思潮。但在愈見嚴峻的文學環境下，雜誌的政治立場以及與左翼文藝的關係，均成為評論者刻意迴避的論題。《新文藝》創刊以前一年（1928 年），全由共產黨黨員組成的太陽社成立並出版《太陽月刊》、郭沫若在《創造月刊》發表〈英雄樹〉提出「革命文學」的口號，中國文壇政治化的發展日益顯明。《新文藝》的編輯羣卻從世界文藝思潮發展的宏觀角度為自己的刊物定

7　本書所論的先鋒派，並非專指一次大戰後出現的立體主義（Cubism）、未來主義（Futurism）、達達主義（Dadaism）和超現實主義（Surrealism）等先鋒藝術流派。本文試從宏觀角度考察整個「先鋒」概念的形成，並參考自十九世紀以來先鋒派論述中爭辯不休的核心問題——「政治先鋒性」和「藝術先鋒性」兩者之間矛盾複雜的關係，以期深化《新文藝》的討論。參考：Renato Poggioli, *The Theory of the Avant-garde*, trans. Gerald Fitzgerald（Cambridge, Mass.: The Belknap Press of Harvard University Press, 1968）, pp. 8-12, 94-101；Raymond Williams, "The Politics of the Avant-Garde," in *The Politics of Modernism*, pp. 49-63; Matei Calinescu, *Five Faces of Modernity*, pp. 95-97.

位為「最新穎的雜誌」，[8] 以「新鮮的氣息」、「新鮮的風格」肯定不同意識形態的著作譯作。[9] 及至《新文藝》停刊，施蟄存受聘主編《現代》，面對的文學環境已大為不同，但仍堅持在文藝層面上保持「中間路線」，強調刊物按照「文學作品的本身價值」選載文章，「不預備造成任何一種文學上的思潮，主義，或黨派」，並希望「得到中國全體作家的協助，給全體的文學嗜好者一個適合的貢獻」。[10]《現代》的政治取向隨即被批判為「不左不右，亦左亦右」，加上後來「第三種人」的論爭[11]，《現代》以至整個系列刊物與左翼文藝的關係，成為文學史上的敏感議題，長年以來缺乏足夠的討論。[12]

---

8 〈新文藝月刊社廣告〉，《新文藝》第 1 卷第 1 期（1929 年 9 月），卷首。

9 〈編者的話〉，《新文藝》第 1 卷第 1 期（1929 年 9 月），頁 201；〈編者的話〉，《新文藝》第 1 卷第 6 期（1930 年 2 月），頁 1225。

10 施蟄存：〈創刊宣言〉，頁 2。另參考施蟄存：〈《現代》雜憶（一）〉，頁 214。

11 三十年代論者對《現代》雜誌的性質和定位並不一致。他們或以「純文藝」雜誌將之概括，又或批判其「不左不右，亦左亦右」的政治取向，甚至以《現代》為「『第三種人』的同人雜誌」。1934 年的〈上海市黨部文藝宣傳工作報告〉卻從另一角度批評現代書店為「共產黨所利用的書店」、「左翼作家的大本營」，更將《現代》定類為「半普羅」背景的文藝雜誌。參考傅東華：〈十年來的中國文藝〉，頁 287-288；谷非：〈粉飾，歪曲，鐵一般的事實〉，《文學月報》第 1 卷第 5 6 號合刊（1932 年 12 月），頁 107-117；〈上海市黨部文藝宣傳工作報告〉，載陳瘦竹主編：《左翼文藝運動史料》（南京：南京大學學報編輯部，1980 年），頁 315-316、319；施蟄存：〈《現代》雜憶（一）〉，頁 214。

12 直至九十年代，國內、外學者開始重新檢視《現代》及其主編施蟄存跟左翼文藝的微妙關係。參考 Leo Ou-fan Lee, *Shanghai Modern: The Flowering of a New Urban Culture in China, 1930-1945*（Cambridge, Mass.: Harvard University Press, 1999），pp. 130-137, 148-150; Shu-mei Shih, *The Lure of the Modern*, pp. 239-257；黃忠來：〈施蟄存與左翼文學運動〉，頁 37-40；董麗敏：〈文化場域、左翼政治與自由主義 ── 重識《現代》雜誌的基本立場〉，《社會科學》2007 年第 3 期，頁 174-183；楊迎平：《永遠的現代 ── 施蟄存論》（北京：光明日報，2007 年），頁 68-71、108-123。

《新文藝》致力引介各種相悖相異的文藝思潮，其中最為
論者忽視的，正是雜誌對外宣稱向左翼文藝的「轉向」發展。
《新文藝》在「左聯」成立以前的兩個月，宣告將要改變編輯
方向，直接回應國內文學環境的變化。雜誌第一卷第五期所
載〈編輯的話〉（1930 年 1 月）即向讀者表示：

> 一九三零年的文壇終於將讓普魯文學抬頭起
> 來，同人等不願自己和讀者都萎靡着永遠做一個苟
> 安偷樂的讀書人，所以對於本刊第二卷起的編輯方
> 向也決定改換一種精神。[13]

編者在雜誌「轉向」前最後一期（1930 年 2 月）所載〈編輯的
話〉裏，繼續向讀者表明：

> 本期是第一卷的最後一期，也就是我們舊的皮
> 剝將蛻化了，而開始一個燦爛的新的生命的一期。
> 不是殘喘，是斷然的決意，讀者當能看得出來。[14]

兩則〈編輯的話〉說明《新文藝》編輯羣面對雜誌「轉向」的
複雜心態。一方面正如施蟄存回顧雜誌「轉向」問題時指出，
《新文藝》是在「普魯文學抬頭」的「形勢要求」之下改換編
輯方向，並按原定計劃，於第二卷第一期（1930 年 3 月）以

---

13 〈編輯的話〉，《新文藝》第 1 卷第 5 期（1930 年 1 月），頁 1038。
14 〈編輯的話〉，《新文藝》第 1 卷第 6 期（1930 年 2 月），頁 1225。

「左翼刊物的姿態出現」。[15] 政治環境急劇變化無疑影響了文人作家的思想取向，普遍的政治文化心態同樣形成讀者羣特殊的閱讀需求，[16] 文藝刊物的「蛻變」和「轉向」因此成為三十年代常見的文學現象。[17] 但另一方面，兩則〈編緝的話〉同樣

---

15 施蟄存負責主編《現代》雜誌以後一年（1933 年），曾在〈我的創作生活之歷程〉中談及《新文藝》的「轉向」問題：「普羅文學運動的巨潮震撼了中國文壇，大多數作家，大概都是為了不甘落伍的緣故，都『轉變』了。《新文藝》月刊也轉變了。」八十年代，他再次憶述《新文藝》的「轉向」，表示了相近的意見。見施蟄存：〈我的創作生活之歷程〉，《創作的經驗》，頁 81；施蟄存：〈我們經營過三個書店〉，頁 188。

16 《新文藝》在「廢刊號」的〈編者的話〉裏曾表示雜誌「轉向」和讀者的閱讀取向相關：「因為時代的風波激蕩了我國文藝界，於是本刊因為不願被棄於親愛的讀者，所以也宣告了方向的轉變。」近年學者也開始從文學生產、讀者消費的角度，考察三十年代文學雜誌的發展取向與當時閱讀需求的關係。參考〈編輯的話〉，《新文藝》第 2 卷第 2 期（1930 年 4 月），頁 409；曠新年：〈一九二八年的文學生產〉，《讀書》1997 年第 9 期，頁 25-32；朱曉進等著：《非文學的世紀：20 世紀中國文學與政治文化關係史論》（南京：南京師範大學，2004 年），頁 126-146。朱曉進的觀點亦見其早期文章〈論三十年代文學雜誌〉，《南京師大學報》（社會科學版)1999 年第 3 期，頁 106-107。

17 高長虹、高歌主編的《泰東》月刊（1927-1929），在第 1 卷第 8 期以「泰東編輯部」的名義刊登〈九期刷新徵文啟事〉，表示「本刊從下期起，決計一變過去蕪雜柔弱的現象，重新獲得我們的新生命，以後要盡量登載並且徵求的是：（1）代表無產階級苦痛的作品。（2）代表時代反抗精神的作品。（3）代表新舊勢力的衝突及其支配下的現象的作品」，並指「一切從不徹底不健全的意識而產生的文藝，我們總要使之絕跡于本刊，這是本刊生命的轉變。」見泰東編輯部：〈九期刷新征文啟事〉，《泰東》第一卷第八期（1928 年 4 月）。另外，葉靈鳳、潘漢年主編的《現代小說》(1928-1930)，亦於第三卷第一期的〈編輯隨筆〉宣告「蛻變」：「關於這一次編制方面的蛻變，我們並不是完全無意的。…… 從這一期起，我們今後要向下列四個方面努力：A，介紹世界新興文學及一般弱小民族的文藝。B，努力國內新興文學運動。C，扶持鼓勵國內被壓迫的無名作家。D，介紹批評國內出版的書報。」同期的〈文藝通訊〉即集中討論「普羅文學」的題材問題。見〈編輯隨筆〉、〈文藝通訊：普羅文學題材問題〉，《現代小說》第 3 卷第 1 期（1929 年 10 月），頁 1-4、353-358。

説明《新文藝》對左翼文藝的「轉向」發展，並非純粹由外在形勢使然。雜誌編輯羣在一定程度上理解和接納無產階級的文藝理論觀點，表示不願在家國危難的情況下做「萎靡」、「苟安偷樂」的「讀書人」。他們以為編輯方向的轉變為雜誌展開「一個燦爛的新的生命」，指出相關的決定「不是殘喘」的結果，乃出於「斷然的決意」，往後甚至確認雜誌的「轉向」是「一個進步的改革」。[18] 其實，《新文藝》對無產階級文藝理論的探討，遠早於第二卷的「轉向」。雜誌改革前、後期對左翼文藝理論觀點不同層面的介紹和討論，以至於普羅文學的翻譯和創作，都表現了《新文藝》的「作家－譯者－編輯羣」對藝術先鋒性和意識形態先鋒性並行的探索過程。[19]

　　本章以處於邊緣位置的《新文藝》月刊為考察對象，循雜誌探索藝術和意識形態雙重先鋒性的進路，重新審視雜誌的文藝傾向，並從以下三方面加以探討：第一，從雜誌翻譯外國文學作品的選取原則、宣傳文字對水沫書店出版書籍的介紹與評價、編輯羣自身創作的內部評價等三方面，探討當時《新文藝》對思想傾向相悖的「新興文學」的理解和接受，並從而呈現「先鋒」概念的具體意涵；第二，通過《新文藝》編輯選譯的文藝評論，進一步闡釋雜誌與當時左翼文藝思潮的關係，探討藝術先鋒性和意識形態先鋒性二者並行的可能；

18　〈編輯的話〉，《新文藝》第 2 卷第 1 期（1930 年 3 月），頁 226。

19　雖然史書美曾指出《新文藝》延續《無軌列車》對藝術和意識形態先鋒性的發展，然而有關論述將之簡化為純藝術形式的探索和社會主義意識形態的宣傳，並未從理論層面或實際情況深入探討兩種先鋒性在《新文藝》之中所呈現的複雜關係。參考 Shu-mei Shih, *The Lure of the Modern*, p. 247.

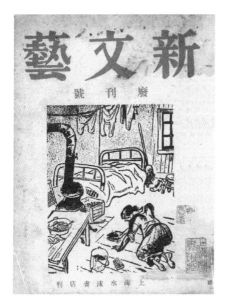

1930 年 4 月《新文藝》出版最後一期，
以描繪下層人民生活的圖像為封面。
(藏上海復旦大學圖書館)

第三，檢視雜誌「轉向」前後，身兼《新文藝》編輯、譯者的
作家羣對普羅文學的創作，從而探討時代轉變之下文人追求
雙重先鋒性所面對的兩難處境。

不同思想傾向並行的「新興文學」

（一）中國與世界文學的共時對話

先鋒派所強調線性不可逆轉的時間意識和改革者的定

位，[20] 首先充分表現在《新文藝》對國外「新興文學」的選譯
過程。不論是國外文學整體發展還是個別作家的介紹，《新文
藝》均着重「現代文學」的範疇和「現代作家」的身分，嘗試
在雜誌內部營造中國文學與世界文學「共時對話」（synchronic
dialogue）的可能性。《新文藝》連續刊載美國小說家及文評
家勒維生（Ludwig Lewisohn, 1882-1955）的譯介文章，詳細闡
述近代法蘭西詩人的寫作，[21] 並自首期開始刊登〈現代希臘文
學〉、〈阿根廷近代文學〉和〈葡萄牙現代文學〉等文論，關注
西歐以外南歐和南美的現代文學發展。[22] 同樣，《新文藝》各
期以專文介紹國外新興文學，着眼於二十世紀當下的世界文
壇，選取的詩人作家均可視為雜誌編輯和讀者的「同代人」，
當中包括 1917 年獲諾貝爾文學獎的挪威小說家哈姆生（Knut
Hamsun, 1859-1952）、意大利小說家魏爾嘉（Giovanni Verga,
1840-1922）、西班牙散文家阿左林（Azorín, 1873-1967）、蘇聯

20　Henri de Saint-Simon, "L'Artiste, le Savant et l'Industriel. Dialogue," *Opinions littéraires, philosophiques et industrielles*, pp. 331-392; Matei Calinescu, *Five Faces of Modernity*, pp. 100-108.

21　勒維生著，施蟄存譯：〈近代法蘭西詩人〉，《新文藝》第 1 卷第 3 期（1929 年 11 月），頁 415-733；第 1 卷第 4 期（1929 年 12 月），頁 705-728；第 1 卷第 5 期（1930 年 1 月），頁 983-996。

22　分別參考：迦桑察季思著，吳克修譯：〈現代希臘文學〉，《新文藝》第 1 卷第 1 期（1929 年 9 月），頁 77-86；孫春霆：〈阿根廷近代文學〉，《新文藝》第 1 卷第 2 期（1929 年 10 月），頁 289-310；李晉華：〈葡萄牙現代文學〉，《新文藝》第 1 卷第 3 期（1929 年 11 月），頁 449-452。另外，《新文藝》第一卷三期〈編者的話〉曾提及雜誌系統介紹國外「現代文學」的計劃，並預告刊登〈現代烏克蘭文學〉一文，然而此文最終未有發表。參考〈編者的話〉，《新文藝》第 1 卷第 3 期（1929 年 11 月），頁 602。

詩人馬雅可夫斯基和小説家巴別爾（Isaac Babel, 1894-1940）。[23]

再者，《新文藝》走向世界文學發展尖端的同時，還着重翻譯不同文藝思潮的作品。戴望舒、杜衡和劉吶鷗循個人審美趣味，在雜誌首六期分別以專輯形式，系統地選譯了法國象徵主義詩人馬拉美、耶麥（Francis Jammes, 1868-1938）和福爾（Paul Fort, 1872-1960），英國頹廢唯美派詩人道生（Ernest Dowson, 1867-1900）、日本浪漫主義詩人堀口大學（Kikuchi, Kan, 1892-1981）和蘇聯未來主義詩人馬雅可夫斯基的作品。[24] 至於小説翻譯，《新文藝》除譯介法、日著名的現代作家高萊特（Sidonie-Gabrielle Colette, 1873-1954）、菊池寬（1888-1948）和谷崎潤一郎（1886-1965）等人以外，還選譯了不少國外左翼文藝著作。《新文藝》改革以前，曾通過創刊號的〈文壇消息〉詳細介紹匈牙利新進的普羅作家，往後

23　國外新興作家的介紹包括：宮原晃一郎著，汪馥泉譯：〈關於哈姆生〉，《新文藝》第 1 卷第 1 期（1929 年 9 月），頁 99-104；C. Puglionisi 著，徐霞村譯：〈魏爾嘉論〉，《新文藝》第 1 卷第 2 期（1929 年 10 月），頁 217-224；徐霞村：〈一個絕世的散文家——阿左林〉，《新文藝》第 1 卷第 4 期（1929 年 12 月），頁 633-636；克爾仁赤夫著，洛生譯：〈論馬雅珂夫斯基〉，《新文藝》第 2 卷第 2 期（1930 年 4 月），頁 264-276。此外，部份作家引介，更配合其作品翻譯，同期刊載。例如魏爾嘉著，徐霞村譯的〈鄉村的武士〉與作者介紹文章同載於《新文藝》第 1 卷第 2 期；〈馬雅珂夫斯基詩抄〉與詩人介紹文章同載於《新文藝》第 2 卷第 2 期；阿左林著，江思譯〈修傘匠〉、〈賣糕人〉和〈哀歌〉的刊載，則早於作家的專文介紹，分別發表於《新文藝》第 1 卷第 2、3 期。至於哈姆生著，章鐵民據英譯本轉譯的《餓》，則由上海水沫書店於 1930 年出版。

24　分別參考《新文藝》第 1 卷第 1 期〈耶麥詩抄〉、第 1 卷第 2 期〈馬拉美詩抄〉、第 1 卷第 3 期〈道生詩抄〉、第 1 卷第 4 期〈堀口大學詩抄〉（今作堀口大學）、第 1 卷第 5 期〈保爾福爾詩抄〉和第 2 卷第 2 期〈馬雅珂夫斯基詩抄〉（今譯馬雅可夫斯基）。

陸續刊載從新感覺派轉向無產階級寫作的片岡鐵兵（Kataoka Teppei,1894-1944）、美國左翼作家倫敦（Jack London, 1876-1916）和蘇聯「同路人」作家卡達耶夫（Valentin Kataev, 1897-1986）的譯作。[25] 自雜誌第二卷「轉向」以後，更重點譯介蘇聯無產階級作家巴別爾和高爾基、日本的林房雄（Hayashi Fusao, 1903-1975）和葉山嘉樹（Hayama Yoshiki, 1894-1945）。總括而言，《新文藝》循直線、進步的時間意識，參照當時世界文學的發展以求國內文學形式和思想的革新。在這前提之下，雜誌引進藝術取向和意識形態相異甚至相悖的作品，這種做法進一步呈現在兩個方面：一、《新文藝》對於自身所屬書店（水沫書店）編印文學及理論翻譯「叢書」的宣傳文字，包括內容介紹和評價；二、《新文藝》雜誌編輯羣自身創作的內部評價。

（二）宣傳文字的批評準則

近年文學史的研究範圍不斷拓展，現代文學雜誌的封面、刊頭、插圖以及書籍的廣告宣傳被肯定為重要的文學史料，有助還原文學「生產」的本來面目。《新文藝》刊載的書刊廣告以文字為主，介紹作家著作並具有文學評論的特點，

25　魯迅曾在1933年出版《豎琴》的〈前記〉解說「同路人」作家：「『同路人』者，謂因革命中所含有的英雄主義而接受革命，一同前行，但無徹底為革命而鬥爭，雖死不惜的信念，僅是一時同道的伴侶罷了。」二十年代末期，大量的蘇聯文學被介紹到中國，就以「同路人」的作品居多。魯迅以為箇中原因「恐怕也是這種沒有立場的立場，反而易得介紹者的賞識之故了。」魯迅：〈《豎琴》前記〉，載魯迅編譯：《豎琴》，頁 4-5。

直接表現編輯的文學視野和雜誌的思想取向。《新文藝》出版之初，水沫書店計劃編印三種文學翻譯和理論翻譯的系列叢書。第一種「科學的藝術論叢書」，雜誌創刊時曾用兩大頁篇幅的廣告介紹擬將印行的十二種著作，主要為馬克思主義文藝理論，包括蘇聯盧那察爾斯基、波格達諾夫、普列漢諾夫（Georgi Plekhanov, 1857-1918）和德國梅林格（Franz Mehring, 1846-1919）的文論。[26] 就《新文藝》創刊時已出版的譯著而言，值得注意的是蘇汶（杜衡）翻譯波格達諾夫《新藝術論》和魯迅翻譯盧那察爾斯基《文藝與批評》二書的宣傳文字：

> 波格達諾夫底關於藝術的遺著，係是研究新藝術論與新藝術的人不可 [不] 注意的；本書內包 [含]「藝術，宗教，與馬克思主義」等的最重要的四篇，可全般地看出他對於舊藝術的態度和對於新藝術的主張。
>
> 本篇包含六篇有的説明藝術底起源，有的實地批評作家，有的對將來新藝術的預測，有的顯示新

---

26 「科學的藝術論叢書」的書目由馮雪峰和魯迅擬定，《新文藝》創刊時已出版的書籍包括蘇聯盧那察爾斯基《藝術之社會基礎》、波格但諾夫《新藝術論》、蒲力汗諾夫《藝術與社會生活》、盧那卡爾斯《文藝與批評》和德國梅林格《文學評論》等五種；仍未出版的包括蘇聯蒲力汗諾夫《藝術論》和《藝術與文學》、列褚耐夫《文藝批評論》、亞柯弗列夫《蒲力汗諾夫論》、盧那察爾斯基《霍善斯坦因論》、列寧和蒲力汗諾夫《藝術與革命》，以及日本藏原外村《蘇俄文藝政策》等七種。此後，《新文藝》第 1 卷第 2 期廣告表示《[蘇俄] 文藝政策》已經出版。分別參考《新文藝》第 1 卷第 1 期（1929 年 9 月），卷末；第 1 卷第 2 期（1929 年 10 月），卷末；施蟄存：〈我們經營過三個書店〉，頁 187-188。

批評底綱領。處理了文藝政策與文藝批評上的重要
問題。卷首附有著者的傳記與三色版的畫像。[27]

兩則譯作的內容介紹，相信由雜誌編輯或著作譯者擬寫。考
察廣告內容，他們同樣強調新舊對立，並從摒棄傳統、先驗
地確信未來等價值觀念，肯定「叢書」選譯馬克思主義文藝理
論的重要性。宣傳文字說明譯著為國內「新藝術」和「新藝術
論」研究者不能忽視的作品，既全面表現馬克思主義論者波
格達諾夫對「舊藝術的態度」以及「新藝術的主張」，亦展示
盧那察爾斯基對「將來新藝術的預測」和「新批評底綱領」。
相對而言，水沫書店出版另外兩種叢書「新興文學叢書」和
「現代作家小集」所收錄的國外創作翻譯，則無根據一致的選
取原則。[28]叢書既包括簡單符合革命內容的著作，亦不乏與左
翼文藝思想傾向相悖的作品。[29]最顯著的例子是日本新感覺
派代表作家橫光利一（Yokomitsu Riichi,1898-1947）和英國小

27 《新文藝》第 1 卷第 1 期（1929 年 9 月），卷末。

28 「現代作家小集」原擬定印行六種文學翻譯，但最後只出版了橫光利一《新郎
的感想》和勞倫斯《二青鳥》。至於「新興文學叢書」的設計，施蟄存也曾表
示：「沒有預定目錄，隨時有來稿，隨時編入」，情況與「科學的藝術論叢書」
大不相同。參考施蟄存：〈我們經營過三個書店〉，頁 186。

29 配合當時國內政治環境的變化，「新興文學叢書」選譯的作品雖然未必完全符
合無產階級的文藝觀點，但多與革命內容相關。「叢書」包括表現革命女性生
活的著作（日本平林タイ子著，沈端先譯《在施療室》），或表現前線士兵對「生
活的體驗，階級的意識，熱情的激蕩」（德國雷馬克著，林疑今譯《西部前線
平靜無事》），甚或選譯美國左翼作家的作品，展示如何以「華美的筆致」敘述
「流浪的革命者的觀點」（美國李德著，杜衡譯《革命的女兒》）。著作的宣傳評
介參考《新文藝》第 1 卷第 1 期（1929 年 9 月），頁 200；《新文藝》第 1 卷
第 3 期（1929 年 11 月），頁 448。

說家勞倫斯（D. H. Lawrence, 1885-1930）的著作，分別為郭建英翻譯的《新郎的感想》和杜衡翻譯的《二青鳥》（*The Blue Birds*, 1926）。《新文藝》第一卷二期刊載二書的廣告，評論作者風格：

> 　　橫光利一是現在日本壓倒着全個文壇的形式主義的主唱者。他的作品篇篇都獻呈給我們一個新的形式。他又能用感銳的感覺去探索着新的事物關係，而創造出適宜的文辭來描寫牠，使他的作品裏混然發散着一種爽朗的朝晨似的清新的氣味。
>
> 　　勞倫斯是英國第一流的小說家。他的文章是出名的有獨特性的風格。他善於用玩世派的情調來描寫愛慾。英國批評家喬治曾說他是一種北國的傲岸與多愁善感的北國之憂鬱的混合。[30]

從宣傳文字看來，編者譯者面對與左翼文藝思想傾向截然不同的著作，依然從「新的形式」、新的內容（「新的事物關係」）和新的寫作手法（「創造出適宜的文辭」）等角度肯定作品價值。比對《新文藝》編輯之一劉吶鷗翻譯日本短篇小說集《色情文化》的宣傳評介，同樣以新形式和現代生活內容肯定橫光利一、片岡鐵兵和池谷信三郎等人的寫作，指作品雖然「描寫着現代日本資本主義社會的腐爛期的不健全的生活」，但透

30　《新文藝》第 1 卷第 2 期（1929 年 10 月），頁 334。

露「對於明日的社會，將來的新途徑的暗示」，[31] 可見評價準則相若。故此，在文學追新求變的情況下，勞倫斯縱然以「玩世派的情調來描寫愛慾」，但其作品仍以「獨特性的風格」與革命內容為主的譯著被一併接受，並加以推許。[32]

（三）編輯自身創作的內部評價

至於《新文藝》雜誌編輯對自身創作的內部評價，如何進一步呈現摒棄傳統、題材和藝術形式創新等新觀念？乃至此等觀念如何成為絕對標準，從而包容不同意識形態的寫作，皆可深考。《新文藝》第一卷收錄劉吶鷗〈禮儀和衛生〉以及施蟄存〈阿秀〉，前者描寫東、西方男性與西化中國女子之間的慾望和反抗，後者則模仿普羅文學寫低下層人民生活。兩篇作品在題材和思想傾向上出現嚴重分歧，編者卻同樣以「新鮮的氣息」和「新鮮的風格」加以肯定。[33] 相近地，徐霞村以保爾之名評論戴望舒詩集《我底記憶》，也從詩歌的新穎題材、「新奇的情緒」、「打破傳統」的章法、「富於想像」的句

31 《新文藝》第 1 卷第 4 期（1929 年 12 月），頁 782。宣傳文字摘錄自《色情文化》的〈譯者題記〉。參考劉吶鷗：〈譯者題記〉，載片岡鐵兵等著，吶吶鷗譯：《色情文化》（上海：第一線書店，1928 年），頁 1-2。

32 《新文藝》第 1 卷第 2 期（1929 年 10 月），頁 334。

33 〈編者的話〉，《新文藝》第 1 卷第 1 期（1929 年 9 月），頁 201；〈編者的話〉，《新文藝》第 1 卷第 6 期（1930 年 2 月），頁 1225。《現代小說》第 3 卷第 1 期「新書一瞥」的欄目曾介紹《新文藝》月刊，指劉吶鷗在創刊號發表的〈禮儀和衛生〉「有一些零星的造句和形容詞卻很巧妙，這正是編者在編後所譽為『新鮮的氣息』的地方」，以回應雜誌〈編者的話〉對此篇小說的評論。見〈新書一瞥：新文藝月刊〉，《現代小說》第 3 卷第 1 期（1929 年 10 月），頁 339。

子以及作品對音樂的「試驗」等方面肯定其價值，且直言詩人
能「為中國新詩開出一條出路」，展現「無限的前途」。[34]

　　同為《新文藝》編輯的作者羣，甚或利用小說作為自我指
涉、批評的後設語言（meta-language），於小說內文直接評價
各國不同文藝思潮的代表作家。最顯著的例子是雜誌第一卷
第三期發表徐霞村的〈Modern Girl〉（摩登女郎）。小說以來自
東京的「摩登女郎」為主人公，描寫她充滿着「都會空氣」的
上海生活。文章借女主人公對外國文學的閱讀興趣，表現所
謂「現代人」的閱讀品味：

> 你看！咱們終於找到了一個真正的 Modern
> Girl！第一女高的二年級生！為剪髮問題和學監吵架
> 而出來的！在 Café Noir 佔第一把椅子！會作新詩，
> 又是法朗士的愛好者！……
>
> 都河君是我的文科的同窗，他在作品裏竭力摹
> 做着橫光利一，但是在細胞裏却拚命地保持着他的
> 武士道的遺傳。
>
> 啊，這件藝術品在都河君的身邊坐下並且開始
> 說話了。她講的是甚麼呢？法朗士？現代生活？堀
> 口大學的詩？克萊拉實？[35]

34　保爾：〈一條出路〉，《新文藝》第 1 卷第 2 期（1929 年 10 月），頁 383-
　　386。戴望舒《我底記憶》由上海水沫書店於 1929 年出版，編入「水沫叢書」。
35　徐霞村：〈Modern Girl〉，《新文藝》第 1 卷第 3 期（1929 年 11 月），頁 408-
　　409。

寫作新詩的能力成為「真正」摩登女郎的特徵。良好教育背景（就讀「上海第一女高」）的女主人公還偏好閱讀外國文學，包括曾獲諾貝爾文學獎的法國作家法朗士[36]和當時日本的「流行詩人」堀口大學的著作（小說發表後《新文藝》亦隨即刊載堀口大學的詩抄）。[37]跟她交往的男性人物喜歡模仿日本「新感覺派」代表作家橫光利一的寫作。徐霞村顯然嘗試通過小說文本，向讀者推介寫作風格和思想傾向並不一致，卻絕對接近現代人生活和精神面貌的法國和日本作家。〈Modern Girl〉評論這種「現代人」的閱讀口味，正與小說描述上海五光十色的「現代生活」互相關聯，[38]現代作家甚至與當時著名的美國

36　由於獨特的歷史語境，二十年代初中國譯者和評論家，偏向強調法朗士作為人道主義作家和鬥士的形象，卻淡化其「文學」形象。二十年代末期，杜衡翻譯《黛絲》(*Thaïs*, 1890)、葉靈鳳翻譯〈死的幸福〉和〈露瑞夫人〉，可說是對法朗士文學事業的介紹有所補充。戴望舒更曾於《新文藝》發表書評，嚴厲批評徐蔚南對 *Thaïs* 的翻譯《女優泰倚思》。參考錢林森：《法國作家與中國》（福州：福建教育出版社，1995 年），頁 506-509；許鈞：〈法朗士在中國的翻譯接受與形象塑造〉，《外國文學研究》2007 年 2 期，頁 118-122。法朗士著作中譯見杜衡譯：《黛絲》，上海：開明書店，1928 年；秋生譯：〈死的幸福〉，《戈壁》第 1 卷第 4 期(1928 年 6 月)，頁 229-234；葉靈鳳譯：〈露瑞夫人〉，《九月的玫瑰》（上海：現代書局，1928 年），頁 1-11。戴望舒的書評見〈徐譯「女優泰倚思」匡謬〉，《新文藝》第 1 卷第 3 期（1929 年 11 月），頁 567-581。

37　白璧〈譯者附記〉指堀口大學「有一種新的感傷，新的感覺，詩裏到處充滿着奇言妙想，色情和犬儒。是個輓近派詩體的創設者。」見堀口大學著，白璧譯：〈掘口大學詩抄〉，《新文藝》第 1 卷第 4 期（1929 年 12 月），頁 683-690。

38　小說開首即描繪上海四川路橋附近的的夜景，包括「建築物的燈火」、「廣東飯館的森林」、「沿街商店不健康的白色電光」、「青銅色馬路上歇斯底里亞地吼着」的汽車和電車、「百貨商店樓上的廣告樂隊的『孟姜女』」、「五色的電燈的影戲院」和「舖道上的人流」。見徐霞村：〈Modern Girl〉，頁 406。

好萊塢電影女星克萊拉・寶（Clara Bow, 1905-1965）相提並論。[39] 通過創作活動表達文學意見的做法，往後同見於穆時英的寫作。[40]

　　承上文分析，《新文藝》循線性不可逆轉的時間意識，試圖引入各國「新興文學」。藝術觀念和思想傾向相悖而並置的情況，全面反映在《新文藝》譯介西方文學、文藝理論以及雜誌編輯羣對自身創作內部評價的各個層面，其複雜性遠過於早年《無軌列車》展現左翼文藝和新感覺派兩種文藝思潮的互

39　二十年代末期，美國著名好萊塢電影女星克萊拉寶被介紹到中國。1931 年穆時英發表《被當作消遣品的男子》，當中亦提及克萊拉寶的名字：「這些克萊拉寶似的字構成的新鮮的句子圍着我，手繫着手跳着黑底舞，把我拉到門宮去了 —— 他們是可以把世界上一切男子都拉到那兒去的。」見穆時英：〈被當作消遣品的男子〉，載所著《公墓》（上海：現代書局，1933 年），頁 14。《被當作消遣品的男子》原為趙家璧主編上海良友圖書公司「一角叢書」之第五種，於 1931 年 10 月 2 日出版，後收入小説集《公墓》。參考趙家璧：〈回憶我編的第一部成套書 —— 《一角叢書》〉，《新文學史料》1983 年第 3 期，頁 230-232。

40　例如穆時英通過《被當作消遣品的男子》的文本更具體、清晰地表現對新興文藝思潮的追求。小説清楚區分新舊對立的文藝思潮，首先被「在刺激和速度上生存」的現代人所棄絕的，是歐洲十九世紀寫實主義的文學傳統，包括了法國作家大仲馬（Alexandre Dumas, père, 1802-1870）和左拉（Emile Zola, 1840-1902），以及俄國杜斯妥也夫斯基。他們的代表作品《茶花女》（La Dame aux camélias, 1848）、《娜娜》（Nana, 1880）和《罪與罰》（Crime and Punishment, 1917）都分別成為「一服良好的催眠劑」。備受象徵現代城市的女主人公推崇的，則是影響日本新感覺派發展的法國作家穆杭以及日本新感覺派的代表人物橫光利一。擅寫現代都市黑暗面的美國著名小説家辛克萊・劉易士（Sinclair Lewis, 1858-1951）也成為「文學名單」上被推薦的作家。在先鋒派強調新舊對立、線性不可逆轉的時間意識框架裏，小説後設評論當代中國文壇，肯定劉吶鷗、郭建英以至作者穆時英的寫作，並重新摒棄傳統，在新時代裏求新求變的原則：追求新的説話技巧和寫作方式（日語「話術」）、新的藝術媒體（「漫畫」）以及實驗性的文字風格（「粗暴的文字」、「獷野的氣息」）。見穆時英：〈被當作消遣品的男子〉，頁 17。

補和矛盾。[41] 對於《新文藝》的嘗試，我們從以下兩方面加以理解。其一，二十年代中國左翼作家主要受日本無產階級運動的影響，太陽社和後期創造社均通過附屬刊物大力倡導「革命文學」，向日本尋求他們全部的文學資源。相對而言，《新文藝》的「作家－譯者－編輯羣」則努力維持雜誌「傾向性不明顯」的地位。[42] 他們一方面關注左翼文藝思潮的發展，另一方面積極走向西歐中心以外的世界文學，並自視為「世界『第一線』上的革命和美學的雙重叛逆」。[43] 這種姿態，可視為《新文藝》對當時文學隨着社會變革越趨政治化、文藝理念單一化發展的「反抗」。由此可知，在語言、地域文化、文藝思潮、價值體系和批評準則等不同層面，《新文藝》引介「新興文學」的指涉範圍和具體內容，都較二、三十年代左翼作家

---

41 《無軌列車》譯介法國、日本現代主義文學作品（主要為新感覺派小說）的同時，翻譯大量無產階級的文藝理論和創作，使雜誌帶有明顯「左」傾的色彩。史書美認為，都市化和社會主義兩條路線在《無軌列車》裏正「處於協商之中」。施蟄存曾就劉吶鷗個人在文藝理論翻譯和小說創作所體現的矛盾情況，加以解釋：「劉吶鷗極推崇弗里采 [Vladimir Friche(1870-1928)] 的《藝術社會學》[*Sotsiologüa Iskusstva*, 1926]，但他最喜愛的卻是描寫大都會中色情生活的作品。在他，並不覺得這裏有甚麼矛盾，因為，用日本文藝界的話說，都是『新興』，都是『尖端』。共同的是創作方法或批評標準的推陳出新，各別的是思想傾向和社會意義的差異。」參考 Shu-mei Shih, *The Lure of the Modern*, p. 244；施蟄存：〈最後一個老朋友 —— 馮雪峰〉，頁 202。此外，筆者以為劉吶鷗對蘇聯馬克思主義文藝理論與日本新感覺派（即施氏所指「描寫大都會中色情生活的作品」）兩種不同的文藝傾向同時產生興趣，實質與日本二十年代獨有的文學現象相關。

42 施蟄存：〈我們經營過三個書店〉，頁 188。

43 參考施蟄存對當時「前衛」一詞的理解。Leo Ou-fan Lee, *Shanghai Modern*, p. 134；中譯參考李歐梵著，毛尖譯：《上海摩登 —— 一種新都市文化在中國 1930-1945》（北京：北京大學，2001 年），頁 150。

推崇以無產階級文學為主的「新興文學」更為寬廣。事實上，
二十年代初日本文藝界討論的「新興文學」，乃從「文學革命」
和「革命文學」兩方面破壞近代文學的主流。前者指受歐洲
一次大戰前後興起的革命藝術影響的前衛藝術運動，逐漸形
成以《文藝時代》為據的日本第一代現代主義文學（即新感覺
派）；後者則受俄國十月革命和法國「光明運動」影響，形成
以《文藝戰線》為據的無產階級文學。兩種思潮於二十年代中
期以前並未形成對立和分化，它們同樣作為向日本近代既成
文壇挑戰的「新興文學」而存在。只是往後中國左翼評論家從
日本引入「新興文學」之時，其範圍慢慢被收窄為無產階級文
學。[44]

　　其二，自 1929 年《新文藝》創刊至 1930 年雜誌轉向為
「左翼刊物」期間，國內文學環境仍然相對開放，編輯與讀
者的共識之中馬克思主義文藝理論、普羅文學與其他被視為
源自歐美資本主義社會的文藝思潮，並未形成尖銳的矛盾。
我們進一步考察，《新文藝》早於改革以前已譯載小泉八雲
（Lafcadio Hearn, 1850-1904）的〈文學與政見〉，探討文學與

---

[44] 葉渭渠、唐月梅：《日本文學史・現代卷》（北京：經濟日報，1999 年），頁
　　5-7。三十年代，張一岩翻譯的《日本新興文學選譯》在北京出版，除收錄前
　　田河廣一、葉山嘉樹和片岡鐵兵三位日本作家的普羅文學作品以外，也分別
　　收錄了「把寫實主義解放」的岸田國士和「新感覺派」代表橫光利一的作品。
　　譯者在〈總序〉中表明，「岸田，橫光，兩氏從意識形態，分明與前三氏有相
　　反之點」，然而他們都能作為「一個新時代的代表的文藝」。當時張一岩對日本
　　「新興文學」的理解，有關說法也並不專指無產階級文學。參考張一岩：〈《日
　　本新興文學選譯》總序〉，前田河廣一等著，張一岩譯：《日本新興文學選譯》
　　（北平：星雲堂書店，1933 年），頁 3-4。

政治的關係；[45] 蒲漢齡〈社會的上層建築與藝術〉、藏原惟人〈新藝術形式的探求〉和伊可維支〈唯物史觀的詩歌〉則成為論者從唯物史觀討論音樂、藝術和文學發展的範例。[46]《新文藝》的「作家－譯者－編輯羣」利用各種互有差異的文學觀念和思想傾向，深化藝術和意識形態兩種先鋒性的探討。

45　從《新文藝》選譯國外的文藝理論考察，雜誌對左翼文藝理論的探討，遠早於第二卷的「轉向」。誠然，改革以後的《新文藝》大量增加了文藝理論翻譯的數目，從兩期一篇的數量改為一期刊載三至四篇的論著文章。當中主要譯介蘇俄左翼文藝理論家的著作，包括弗理契、普列漢諾夫和馬雅可夫斯基。此外，雜誌還刊載了片岡鐵兵論述「普羅列塔利亞」小說的具體寫作手法的文章。分別參考弗理契著，洛生譯：〈藝術之社會的意義〉，《新文藝》第 2 卷第 1 期（1930 年 3 月），頁 2-16；弗理契著，洛生譯：〈藝術風格之社會學的實際〉，《新文藝》第 2 卷第 2 期（1930 年 4 月），頁 228-249；蒲力汗諾夫著，郭建英譯：〈無產階級運動與資產階級藝術〉，《新文藝》第 2 卷第 1 期（1930 年 3 月），頁 102-118；馬雅珂夫斯基著，洛生譯：〈詩人與階級〉，《新文藝》第 2 卷第 2 期（1930 年 4 月），頁 267-276；片岡鐵兵著，朱雲影譯：〈普羅列塔利亞小說作法〉，《新文藝》第 2 卷第 2 期（1930 年 4 月），頁 334-357。

46　分別參考蒲漢齡著，曉村譯：〈社會的上層建築與藝術〉，《新文藝》第 1 卷第 2 期（1929 年 10 月），頁 273-278；藏原惟人著，葛莫美譯：〈新藝術形式的探求 —— 關於普魯藝術當面的問題〉，《新文藝》第 1 卷第 4 期（1929 年 12 月），頁 606-632；伊可維支著，戴望舒譯：〈唯物史觀的詩歌〉，《新文藝》第 1 卷第 6 期（1930 年 2 月），頁 1040-1068。早年劉吶鷗同樣以葛莫美為筆名翻譯片岡鐵兵的小說，如片岡鐵兵著，葛莫美譯：〈一個經驗〉，《無軌列車》第 7 期（1928 年 11 月），頁 376-381。此外，伊可維支生平資料不詳，戴望舒的〈譯者後記〉也只從其名字推斷作者原籍波蘭，記述他是日內瓦的講師，曾在法國的左翼周報《世界》撰寫評論，除此以外「別的一點也不知道」。參考戴望舒：〈譯者附記〉，載伊可維支著，戴望舒譯：《唯物史觀的文學論》，頁 331。

文藝理論翻譯：兩種先鋒性的並行圖像

《新文藝》一直維持國外文學、理論翻譯與國內文學創作的平衡發展，翻譯（尤其是文藝評論翻譯）和創作遂成為雜誌內部兩個互相補足的重要範疇。[47] 二者在探求藝術和意識形態雙重先鋒性的課題上，顯得猶為重要。面對二十年代末期政治環境的急劇變化，身兼作者、譯者的《新文藝》編輯羣體，均曾發表左翼文藝理論翻譯以及普羅文學創作。通過兩項文字工作的實踐，他們都必需理解、過濾並重新思考無產階級的基本文藝觀念，以至先鋒理論的核心問題 —— 藝術的本質及其與社會政治的關係。本節首先針對《新文藝》宣告「轉向」成為左翼刊物前選譯的文藝評論，考察雜誌在思想取向未轉為單一發展以前對藝術和意識形態兩種先鋒性的探索；下一節再配合「現代派」編輯羣試寫普羅文學作品的分析，進一步探討他們對文藝和政治關係的反思。

《新文藝》雜誌「轉向」以前由雜誌編輯選譯藏原惟人〈新藝術形式的探求〉（劉吶鷗譯）、伊可維支〈唯物史觀的詩歌〉（戴望舒譯）和曷耐士對比利時木刻藝術家的評論〈馬塞萊爾（今譯麥綏萊勒）〉（徐霞村譯），都觸及藝術和意識形態先鋒性並行探索的問題。首二文同樣針對文藝思潮的發展，前者的評論對象兼及文學、藝術、建築以至電影各個範疇，後者則偏重個別詩人的討論。兩篇文章均嘗試處理相同的問

---

47 《新文藝》每期二百多頁的篇幅裏，國外文學、理論翻譯和國內文學創作，按比例被平均劃分。

題：二十世紀各種新興藝術形式與不同階級意識形態、心理情緒以至批評標準是否相應？[48] 詩人和藝術家又如何尋求新的藝術形式配合進步思想的發展？歐洲近二百年的歷史經驗裏，當意識形態的探索進入政治層面，政治先鋒派與藝術先鋒派隨即落入矛盾的局面。二者主要的分歧在於：藝術先鋒派的藝術家自視為自由主體（free-agent），他們雖然積極參與社會、文化的改革運動，但相信藝術本身具有的獨立革命潛能，主張政治和藝術之間應保持適當距離。相反，政治改革者認為藝術應該服從思想改革的要求，縱然兩者擁有共同目標。[49] 藏原惟人和伊可維支的文章，分別從不同角度提出兩種

---

48 藏原惟人表明文章的重點在於探求「近代的無產階級的心理上的新藝術形式」，並提出作為「近代資本主義社會的產物而生出來的，應當由無產階級承繼而發展的藝術是甚麼？」的疑問。至於伊可維支的文章旨在說明「社會的技術的變革如何地影響到詩歌，又如何地決定全部的文學潮流的出現」，而詩歌「表現的方式卻是和社會的變革一同深深的改變」。參考藏原惟人：〈新藝術形式的探求〉，頁 608-609；伊可維支：〈唯物史觀的詩歌〉，頁 1041、1064。

49 埃格伯特（Donald D. Egbert）曾詳細探討自十八世紀以來，歐洲的政治先鋒派和藝術先鋒派對「政治和藝術」關係的不同理解，並指出二者的思想分歧源自兩位法國烏托邦社會主義者聖西門和傅立葉（Charles Fourier, 1772-1837）的學說。藝術先鋒派自視為自由主體的觀念可追溯至文藝復興時期，強調藝術家獨立的身分並不阻礙他們參加各種革命運動（包括社會、文化層面），例如大衛（Jacques-Louis David, 1748-1852）參與 1789 年法國大革命、席里柯（Théodore Géricault, 1791-1824）參與 1830 年法國大革命、杜米埃（Honoré Daumier, 1810-1879）參與 1848 年法國大革命、庫爾貝（Gustave Courbet, 1819-1877）參與巴黎公社、現代俄國藝術家參與 1917 年的十月革命，以及德國表現主義者參與 1918 年十一月革命等。誠然，兩種先鋒派對政治和藝術關係的看法經歷長時期的演變發展。政治改革者認為文學藝術可以作為宣傳工具的論點，也要待俄國十月革命以後由列寧（Vladimir Lenin, 1870-1924）提出。參考：Donald D. Egbert, *Social Radicalism and the Arts, Western Europe*, pp. 60-64, 124-143.

先鋒性探索在文藝創作中可以互相補足的可能性和合理性。

〈新藝術形式的探求〉[50] 從唯物史觀的角度，闡釋現代歐美文藝思潮的發展與十九世紀開始主導工業生產模式的「機械」關係密切。現代藝術形式的轉變，遂被描繪為直線、進步發展的三個階段：機械的浪漫主義（未來派和表現派）、機械的寫實主義（構成派）和普羅藝術。藏原就各種藝術形式相應的階級意識和心理情緒加以批評，以為未來派（Futurism）對機械盲目的讚美，以及表現派（Expressionism）對機械的批判態度，均未能脫離資產階級的價值觀念。構成派（Constructivism）強調數學的精密計算、結構性的組織，雖配合現代工業、機械、科學的發展，並與「技術的智識階級」的心理相對應，但仍殘留着資產階級對機械的盲目崇拜。[51] 只有普羅藝術（Proletarian Art）能真正建立於生產的機械與無產階級勞動生活的密切關係上，將機械美、生產勞動者以及「羣眾的力學」，一併納入審美的範圍。當中表現的思想意識和心理，都與實際參與機械生產的勞動階級相應。蘇聯作家格拉特夫（Fyodor Gladkov, 1883-1958）的小說《水門汀》（又譯《士敏土》）（Cement, 1929）、綏

50　藏原惟人〈新藝術形式的探求〉一文，原載日本《改造》月刊，1929 年 12 月號。此文的另一譯本由陳灼水（陳啟修）翻譯，載於張資平主編的《樂羣》。參考藏原惟人著，陳灼水譯：〈向新藝術形式的探求去 —— 關於無產藝術的目前的問題〉，《樂羣》第 2 卷第 12 期（1929 年 12 月），頁 1-35。

51　藏原惟人曾引用弗理契的理論觀點：「蘇維埃的藝術理論家茀理契（Friche）把十九世紀的寫實主義向這力學的『未來派』的寫實主義的發展階級的基礎，視為是從中小資產階級（商業的，金利生活者的資產階級，小市民，教師型的智識階級）的智識階級向技術者，辦事員的智識階級的推進，這是指明了現代的機械主義的藝術的本質的很大的卓見。」藏原惟人：〈新藝術形式的探求〉，頁 613。

拉非摩維支（Alexander Serafimovich, 1863-1949）的《鐵之流》（Iron Flood, 1924）以及法捷耶夫（Alexander Fadeyev, 1901-1956）的《毀滅》（The Rout, 1927）即被引用為這方面的顯例。

藏原的文章不僅確認了藝術改革與新興階級意識形態向前推進的相應步伐，還提出了被當時中國左翼評論家所忽視的重點：嘗試從「純形式」的角度，為政治改革為目的的普羅藝術指示新形式的探索方向。[52] 首先，藏原明確指出普羅藝術與未來派、表現派和構成派共通的「現實的出發點」。普羅藝術與二十世紀被視為屬於小資產階級的先鋒藝術流派，同樣建基於近代工業的生產模式，「承繼着對於由未來派進到了構成派的機械美的見解」。[53] 其次，基於相同的物質基礎，藏原認為此等先鋒藝術流派的形式仍可借鑒：「我們曾以非普魯的內容而排斥的未來派，立體派，表現派，構成派，新寫實派等的藝術，也應該再一遍由新的觀點，就是純形式的觀點，受我們的檢討和評價……。[54]」雖然藏原對未來派、表現派、

---

52 二十年代以來，中國左翼文藝的發展主要受蘇俄和日本馬克思主義文藝理論的影響。從日文翻譯的馬克思主義文藝理論著作之中，又以藏原惟人所佔的數量最多，被魯迅、馮雪峰等左翼作家廣泛引用。近年學者研究藏原理論與中國左翼文藝發展的關係，指出中國作家及評論者對藏原的文章經常出現「偏向性解釋」的情況。例如王志松就錢杏邨、曼曼等對藏原惟人〈到新寫實主義之路〉和〈再論新寫實主義〉的引用和解說，分析當時左翼評論家如何強調藏原的政治性思考而有意排斥其藝術性的提倡。參考藏原惟人著，林伯修譯：〈到新寫實主義之路〉，《太陽月刊》停刊號（1928 年 7 月），頁 1-19；藏原惟人著，之本譯：〈再論新寫實主義〉，《拓荒者》第 1 卷第 1 期（1930 年 1 月），頁 333-343；王志松：〈「藏原理論」與中國左翼文壇〉，《中國現代文學研究叢刊》2007 年第 3 期，頁 111-117。

53 藏原惟人：〈新藝術形式的探求〉，頁 609、619。

54 同上註，頁 609。

構成派等藝術皆有批判，[55] 但建議選擇地吸收、調整它們的藝
術形式，還進一步細論未來主義詩歌使用「自由語」的三種修
辭特質：（一） 加強「快板」的語言節奏，破壞文章章法，廢
除無用的形容語、副詞、標點符號，羅列大量名詞及運用不
定動詞；（二） 表現「力學」的形式，不再停留於單一的形象
描寫，而是同時把握、揉合各種各樣的形象；（三） 凸顯「感
覺」，運用擬聲詞、各種音樂和數學符號。[56] 藏原借助西方普
羅文學在政治和藝術層面上平衡發展的經驗，批評當時日本
普羅作家的局限，更期待各種先鋒藝術的形式為日本普羅文
學帶來改革。[57]

　　二十年代末期，日本馬克思主義文藝理論影響着中國左
翼文藝的發展，藏原惟人佔有特殊的位置。《新文藝》唯一譯
載藏原的文章，正從文學角度提出政治性和藝術性並重的意
見，跟當時國內關於普羅文學的討論有所呼應，可惜此文未
受到左翼評論家的重視。相反，《新文藝》的「現代派」編輯
羣卻譽之為無產階級文藝理論「很重要的文章」，[58] 其中介紹

55　藏原惟人對普羅藝術批判地接受未來派和構成派藝術形式的具體意見：「普羅
　　藝術是要接受這些藝術形式的，拍子，力學，正確和單純。但是，如同一切
　　的新興階級的藝術一般，因為普魯藝術是內容的藝術，所以這些形式應該由
　　無產階級藝術的實踐目的觀點，被選擇，被整理。又因為普羅藝術本質上是
　　大眾的，所以牠的形式也不應該是專門 …… 的，而是要大眾能夠理解的。這
　　樣，未來派的無目的拍子 ……，構成派（除建築）的形式主義，和這些藝術
　　的大部所共有的智識階級的艱澀 —— 這些東西應該由我們這面來批判。」同
　　上註，頁 628。

56　同上註，頁 624-625。

57　藏原特別在文章裏討論日本當時的普羅作家葉山嘉樹、岩藤雪夫、小林多喜
　　二和片岡鐵兵。同上註，頁 620。

58　〈編者的話〉，《新文藝》第 1 卷第 4 期（1929 年 12 月），頁 810。

未來主義詩歌的藝術形式，對日後新感覺派小說的寫作產生直接、具體的影響。[59]

《新文藝》雖然譯載了當時國內左翼評論家甚為推崇的藏原惟人，但雜誌編輯之一的戴望舒也選譯了他們「頗有意見」的伊可維支。〈唯物史觀的詩歌〉一文本屬戴望舒翻譯伊可維支整部《唯物史觀的文學論》的部分章節。[60] 作為「藝術科學方法」應用研究的嘗試，此文同樣從唯物史觀角度檢視文學發展，但論述沒有規限在普羅文學和無產階級意識形態的範圍，甚至被當時國內的左翼評論家批評著作中「還有資產階級觀點」。[61]

〈唯物史觀的詩歌〉從社會詩、法國「一致主義」（Unanimisme）的文學運動以及未來主義文藝思潮，探討詩歌發展和社會經濟變革的相應關係，討論卻從個別詩人出發。美國詩人惠特曼（Walt Whiteman, 1819-1892）和比利時詩人凡爾哈侖（Emile Verhaeren, 1855-1916）被視為社會詩歌的先驅，率先引入勞動羣眾、機械生產、都市生活為審美對象。[62] 前者的作品以工業之戰代替傳統詩歌的戰爭主題，以「勞動」作為新宗教的內容；後者將車站、鐵路、隧道、酒舖、市場、證券

---

59 論者曾仔細比對分析，穆時英新感覺派小說的寫作技巧與《新文藝》所載藏原惟人〈新藝術形式的探求〉介紹未來主義詩歌「自由語」特色的淵源關係。參考葛飛：〈新感覺派小說與現代派詩歌的互動與共生〉，頁 168-171。

60 〈唯物史觀的詩歌〉是戴望舒翻譯伊可維支《唯物史觀的文學論》全書第二部「唯物史觀在文學上的應用」的第三章。參考伊可維支著，戴望舒譯：〈唯物史觀的詩歌〉，《新文藝》第 1 卷第 6 期（1930 年 2 月），頁 1040-1068。

61 施蟄存：〈我們經營過三個書店〉，頁 188。

62 伊可維支：〈唯物史觀的詩歌〉，頁 1044-1051。

交易所的都市生活景觀，以及新勞動人民階級作為書寫的對象。法國詩人羅曼則着眼於資本主義生產制度之下龐大羣眾力量的形成，指出集體生活的模式已取代個人生活的模式，重視從而產生的集團心理、情緒和行為。至於未來主義的論述，跟藏原文章的基調頗為相近，主要分析意大利詩人馬里奈諦（Filippo Tommaso Marinetti, 1876-1944）和蘇聯詩人馬雅可夫斯基對機械、速度和力量的描寫與社會科技發展和都市生活節奏的相應關係。

有別於藏原惟人的論述，伊可維支的文章用上一定篇幅探討法國象徵主義 —— 資產階級藝術 —— 代表詩人韓波的激進思想與其身處時代社會的關係。文章討論韓波的詩作，即針對詩人所面對的社會環境，描述他在藝術和意識形態兩個層面進行改革的激進姿態：

> 韓波是屬於那背叛自己的社會，敢輕蔑支配階級的高傲的藝術家羣的。一種強有力的革命的吹息穿過他的少年的詩，一種熱情和戰鬥的火焰使他的詩有生氣 ……，是騷動，是電光，是火山的爆發。每行中有爆裂的熱情，那強迫着的，爭鬥着的，壓碎着的愛，憎和侮蔑的，猛烈橫蠻而不可馴［服］的熱情。[63]

63　同上註，頁 1052。

論者從不同角度論述韓波在詩歌和書信之中所呈現的先鋒者形象。從社會角度而言，詩人拒絕平庸的環境、輕蔑掌權者和愚昧的市民大眾，並寫下〈巴黎重繁〉(*Paris se repeuple*)積極反抗資產階級。從宗教角度而言，他是無神論者，極力反對各種教會規條，並在〈最初的領聖禮〉(*Les Premières Communions*)、〈教堂中的貧民〉(*Les Pauvres à l'église*) 和〈七歲的詩人〉(*Les Poètes de sept ans*) 等詩歌中猛烈抨擊基督教理論，主張自由思想。[64] 不過，思想革新配合詩歌創新的討論，在其著名的《通靈者書信》(Lettres du Voyant, 1871) 才得到具體的表述。書信中他指詩人為「真正的盜火者」，不斷要求他們在意識形態和詩歌形式的探索上超越前人：

> 詩人在同時代的普遍精神中覺醒，界定許多未知；他所貢獻的超出了他的思想模式，也超越了有關他前進歷程的一切注釋。…… 永久的藝術也有其職能，正如詩人都是公民一樣。詩歌將不再與行動同步，而應超前。…… 在等待的過程中，我們要求詩人創新，——思想與形式的新穎。[65]

64 伊可維支所引韓波詩歌的原文參考：Arthur Rimbaud, *Œuvres complètes*, texte établi et annoté par Rolland de Renéville et Jules Mouquet(Paris: Gallimard, coll. Bibliothèque de la Pléiade, 1963）, pp. 77-79, 81-82, 88-92.

65 《通靈者書信》(Lettres du Voyant) 指 1871 年 5 月 13 日及 15 日韓波分別寫給依森巴爾（Georges Izambard）和德梅尼（Paul Demeny）的兩封書信，文中所引為 1871 年 5 月 15 日的書信內容。參考〈致保羅・德梅尼〉(1871 年 5 月 15 日），載蘭波著，王以培譯：《蘭波作品全集》(北京：東方出版社，2000 年），頁 331-332；原文見 Arthur Rimbaud, "Lettre à Paul Demeny, Le 15 mai 1871," *Œuvres complètes*, pp. 269-274.

十九世紀七十年代的法國，除韓波以外還有不少新進詩人和藝術家，將針對社會的批判精神轉移至藝術形式的領域，進行美學上的革命。他們相信藝術改革和社會秩序、生活規範的改革並無二致，兩種先鋒性的探索在韓波身上趨向統一。事實上，伊可維支對其他詩人的分析，同樣強調思想和藝術革命並行的可能性。文章描繪惠特曼以戰爭形式參與思想改革：「他的靈魂老是轉向未來，和過去的思想和偏見作戰着，祝着人類的前進。[66]」又指出他通過詩歌呼籲拓荒者迎向未來的召喚：「一切的過去，我們都把牠棄在後面。我們流入一個更崎嶇，更複雜的新世界，我們新鮮而有力地握住牠，這勞動的世界和進行，拓荒者哦！拓荒者！[67]」在社會政治、思想意識探索的道路上，詩人的先鋒者姿態其實與他們開創的詩歌藝術互相回應。

　　相對於藏原惟人和伊可維支對文藝思潮的分析，《新文藝》譯載的藝術評論以至雜誌在視覺藝術層面（包括雜誌封面、刊頭和插畫）展現的藝術意識，都嘗試從不同角度確立藝術和意識形態先鋒性並行探索的可能。[68]同為《新文藝》編輯的徐霞村，曾於雜誌第一卷第三期發表比利時詩人兼評論

66　伊可維支：〈唯物史觀的詩歌〉，頁 1041。

67　同上註，頁 1042。

68　在視覺藝術方面，《新文藝》自創刊號開始，一方面引用描繪上海城市現代化發展的圖像作為雜誌目錄的刊頭，另一方面又於卷首刊載以勞動生活為主題、普羅藝術風格的版畫。直至雜誌「轉向」以後，描繪工人階級、低下人民階層生活的版畫則直接成為雜誌封面。參考《新文藝》第 1 卷第 1 期（1929年 9 月），目錄頁；《新文藝》第 2 卷第 1 期（1930 年 3 月）及《新文藝》第 2 卷第 2 期（1930 年 4 月），封面頁。

家葛耐士的譯文，評介比利時藝術家麥綏萊勒的木刻作品。[69]
麥綏萊勒對中國新興木刻藝術的發展影響深遠，而《新文藝》
對他的譯介可能還要較左翼作家為早。[70]

　　葛耐士的文章提出麥綏萊勒作為藝術家各種先鋒性特
質。在藝術層面上，他自覺地棄絕傳統的木刻藝術，決然與
大部分的當代藝術家加以區別。麥綏萊勒力圖「脫離庸俗和輕
浮」，反對「卑劣的，絕對資產階級的藝術」；革新木刻藝術的
觀念和技巧，借助黑、白的強烈對照，把木刻「造成了一種獨
立的藝術」；甚至將木刻引入書籍排版設計，為「書的藝術」
創造「新的格式」。[71] 另一方面，文章凸顯麥綏萊勒作品對藝
術形式革新與藝術家改革社會現實的激進追求相應：

69　第 1 卷第 3 期的《新文藝》刊載了麥綏萊勒的木刻作品〈煙〉（Les Fumées,
　　1920）以及繪畫〈賽車場〉。雜誌介紹其木刻藝術以後，水沫書店遂於 1929
　　年出版凡爾哈侖的短篇小説集《善終旅店》，內附三十幅麥氏的木刻版畫。
　　八十年代，施蟄存曾憶述：「我們是為了介紹馬賽爾 [麥綏萊勒] 的版畫而譯
　　印此書的。」可見當時《新文藝》編輯羣對麥綏萊勒木刻藝術的重視。參考
　　《新文藝》第 1 卷第 3 期（1929 年 11 月），卷首；施蟄存：〈我們經營過三個
　　書店〉，頁 187。

70　魯迅在中國新興木刻運動中引進不少歐洲版畫家，其中比利時的麥綏萊勒、
　　德國的珂勒惠支（Käthe Kollwitz, 1867-1945）、格羅斯（George Grosz, 1893-
　　1959）和梅斐爾德（Carl Meffert, 1903-1988），都是他極為推崇的人物。參
　　考魯迅：〈「連環圖畫」辯護〉（1928）、《《一個人的受難》序〉（1933），《南
　　腔北調集》，載《魯迅全集》第四卷（北京：人民文學，2005 年），頁 457-
　　463、572-574。

71　葛耐士（A. Henneuse）著，徐霞村譯：〈馬賽萊爾 ——「善終旅店」的插圖
　　作者〉，頁 437。

> 他不能和時代的藝術分離；馬賽萊爾是最先起
> 來反對戰爭的一個。…… 這反抗把他造成了一個藝
> 術家。…… 他的良心的深刻的搖動解放了這位藝術
> 家。他必須和他戰前的那些東西絕交；他找到了他
> 的路，從這時以後，他在他自己身上發現的那種奇
> 異的力量便完全被用在一個觀念的表現上了。[72]

一次大戰期間，麥綏萊勒「最先起來反對戰爭」。他曾參與法國作家羅曼・羅蘭的非戰組織，在主張和平主義的刊物《葉報》（*La Feuille*）發表一系列木刻版畫，藉着「作品裏所爆發出來的真實性和反抗」對戰爭作出直接控訴。往後的作品裏，麥綏萊勒不僅批判戰爭現實，他更渴望進入現代人的精神層面，「轉變現代生活，都市，和靈魂」。正是這種「反抗者」的姿態「把他造成了一個藝術家」，也讓他的作品「將永不疲倦地流轉，破壞着傳統的規則，驚嚇着懦者；扶助着弱者，薰陶着永久的民眾」。[73]

值得注意的是，麥綏萊勒並不認同政治先鋒派的看法，以藝術淪為服務政治的工具。在他而言，藝術和社會思想改革其實同出一轍。一次大戰以後麥綏萊勒繼續藝術和意識形態層面的探索，在法國出版的作品集《一個人的熱情的二十五面觀》（*25 Images de la passion d'un homme, 1918*）、《無言的歷史》（*Histoire sans paroles*, 1920）、《思想》（*Idée*, 1920）和

72　同上註，頁 436。
73　同上註，頁 438。另參考 Roger Avermaete, *Frans Masereel*, trans. Haakon Chevalier（London: Thames and Hudson, 1976）, pp. 17-23.

著名的《城》(*La Ville*, 1925)，同樣透過先鋒形式表達社會批判的內容。直至 1933 年，魯迅、葉靈鳳、趙家璧和郁達夫分別編序麥綏萊勒的四種「木刻連環圖畫故事」：《一個人的受難》(*Die Passion eines Menschen*, 1918)、《光明的追求》(*Die Sonne*, 1919)、《沒有字的故事》(*Geschichte ohne Worte*, 1924) 和《我的懺悔》(*Mein Stundenbuch*, 1919)，廣泛介紹其作品。[74] 葉靈鳳為《光明的追求》所作的序言中，曾詳細闡釋麥綏萊勒所代表的現代木刻（黑底文上留白線條）與傳統木刻藝術的區別；魯迅則在〈《一個人的受難》序〉指出，麥綏萊勒乃通過作品「摘發社會的隱病」，並引述當時羅曼·羅蘭的話，將他比之於法國和西班牙著名的諷刺畫家杜米埃及戈耶 (Francisco Goya, 1746-1828)。[75] 由此觀之，《新文藝》的「作家－譯者－編輯羣」對藝術家激進抗爭姿態的肯定，以及對其先鋒藝術的鑑識能力，相較同時代的左翼作家並不遜色。

現代派作家的兩難處境

《新文藝》一直面對先鋒性理論的核心問題。從宏觀的西方文藝思潮到個別詩人和藝術家的考察，雜誌選譯的文藝評

74　四種木刻畫集皆據德文本整理出版，被編為「木刻連環圖畫故事」第一至四種，由上海良友圖書印刷公司於 1933 年出版。四種木刻畫集之中《一個人的受難》即是 1918 年首先出版的法文版本《一個人的熱情》，《沒有字的故事》即是 1920 年首先出版的法文版本《無言的歷史》。

75　葉靈鳳：〈《光明的追求》序〉，載麥綏萊勒：《光明的追求》(上海：上海良友圖書印刷公司，1933 年)，頁 2-8；魯迅：〈《一個人的受難》序〉，《南腔北調集》，載《魯迅全集》第四卷，頁 572-573。

論雖然展示了藝術層面的前衛追求與社會、思想意識改革可以互相配合的例子，但兩種先鋒性理念的探索如何具體落實在中國二十年代末期的文學環境，仍有待探討。身兼《新文藝》編輯、譯者的作家羣以先鋒者的姿態進行文學形式、詩學理念以至社會成規的革新，但當意識形態的探索進入政治層面，他們必須重新考慮能否與當時的政治先鋒派所規限的文藝思想傾向協商互補。從翻譯到創作，施蟄存、徐霞村、戴望舒等人響應左翼文壇的號召，試就既定的文藝觀念和「指引」寫作的普羅文學，遂成為我們考察這個「現代派」作家羣體探索雙重先鋒性歷程的重要參照。

　　《新文藝》編輯對雜誌「改革」前後刊載的普羅文學作品，都曾審慎考慮其選用題材，立意超越二十年代末期中國左翼作家建構的「革命加戀愛」小說模式，「決不願把自己限止在青年革命家和青年女革命家的戀愛和奇遇中」。[76] 施蟄存發表描寫勞動人民的小說〈阿秀〉和〈花〉；徐霞村的〈自然

76　〈編輯的話〉，《新文藝》第 2 卷第 1 期（1930 年 3 月），頁 226。1927 年蔣光慈發表《野祭》奠定「革命加戀愛」的小說模式，及至 1930 年發表《衝出雲圍的月亮》，《新文藝》亦曾發表書評加以評論。參考蘇汶：〈衝出雲圍的月亮〉，《新文藝》第 2 卷第 1 期（1930 年 3 月），頁 209-214。二十年代末期「革命加戀愛」的小說創作還包括茅盾《蝕》（1927-28）、白薇《炸彈與征鳥》（1928）和丁玲《韋護》（1929）等。王德威認為左翼和國民黨評論家對「革命加戀愛」小說模式的不同批評，能「讓我們檢視左右派文人之間的論戰，以及左翼圈內的嫌隙」。見王德威：《歷史與怪獸──歷史、暴力、敘事》（台北：麥田，2004 年），頁 46。至於《新文藝》對「革命加戀愛」小說模式的意見，同樣為我們提供另一角度檢視現代派和左派評論家對文學與現實政治（革命）關係的不同理解。篇幅所限，相關問題有待另文再議。

的淘汰〉則直接批判上海城市裏小資產階級的生活和思想模式；戴望舒更一改「雨巷詩人」的筆調，分別刊載表現羣眾力量以及頌讚機械的詩歌〈流水〉和〈我們的小母親〉。[77] 他們都以小說和詩歌創作實踐文藝思想的「轉向」，卻沒有放棄藝術形式的探索，其作品可從兩方面加以比較分析：第一，作品主題的選取對國外左翼評論家有關普羅文學要求的回應；第二，「現代派」作家羣通過無產階級觀點撰寫特定題材的作品，與他們自身的詩學理念、都市觸覺和形式實驗等方面所顯示不同程度的張力。

（一）普羅文學的試驗

戴望舒在其僅有的兩首普羅詩歌創作中，試寫了「羣眾力量」和「機械」兩個當時日本和蘇聯左翼評論提倡的重要主題。[78] 相較於詩人的成名作〈雨巷〉以及發表於早期《新文藝》的〈到我這裏來〉和〈少女〉等詩作，〈流水〉採用的依然是

---

[77] 安華：〈阿秀〉，《新文藝》第 1 卷第 6 期（1930 年 2 月），頁 1113-1140；施蟄存：〈花〉，《新文藝》第 2 卷第 1 期（1930 年 3 月），頁 63-69；徐霞村：〈自然的淘汰〉，《新文藝》第 2 卷第 1 期（1930 年 3 月），頁 119-130；戴望舒：〈我們的小母親〉、〈流水〉，《新文藝》第 2 卷第 1 期（1930 年 3 月），頁 93-98。利大英認為〈我們的小母親〉和〈流水〉二詩的寫作，可證明戴望舒並非如一般評論所言直至中日戰爭爆發才從「個人主義」中覺醒。參考 Gregory Lee, *Dai Wangshu*, p. 11.

[78] 《新文藝》譯載藏原惟人〈新藝術形式的探求〉一文，就曾詳細討論蘇俄的普羅詩歌、小說、戲劇和電影對「機械」和「羣眾的力學」兩大主題的描寫，並以此為普羅藝術的參照。參考藏原惟人：〈新藝術形式的探求〉，頁 619-622。

「環形結構」(Circularity)。[79] 詩的開首描述敘事者「我」在「寂寂的黃昏裏」聽見流水的話，對話內容主要表現流水穿越森林、衝過頑石、經過草地奔流大海的決心。對話中流水作為訴說的主體，一直以複數「我們」指稱，強調「我們」作為「各處的流水的集體」身分和宏大力量。對話中同樣出現擬想的訴說對象「你」，它既指稱「我們」號召的對象（被踐的草和被棄的花），也指稱終被「我們」毀滅的阻力（堤防和閘）。通過流水向不同對象發出的話，戲劇化地表現它向前奔流的堅決意志。詩歌的最後一節，再次回到敘事者「我」在黃昏觀看流水的意象。戴望舒對詩歌「環形結構」的寫作其實並不陌生，但此處回旋式的結尾沒有成功深化詩的主題。相反，詩句中流水奔向的目的地（大海）被「太陽的家鄉」直接替代，重複

---

79 「環形結構」指涉一種回旋和對稱的結構，在「詩的開始和結尾都使用同一個意象和母題，而此意象和母題在詩的其他地方並不出現」。作為詩歌結尾的特殊類型，它一方面有意地拒絕了終結感，從頭啟動該詩的流程；另一方面它改變了詩作為時間性藝術的本質，扭曲其直線進程。奚密解釋此結構在中國古典詩裏並不多見，但在現代詩中卻變得十分普遍。她更以戴望舒的〈雨巷〉作為「環形結構」的例子加以分析，並指出詩人可能是受到自己曾經翻譯法國象徵主義詩人果爾蒙（Remy de Gourmont, 1858-1915）的《西茉納集》(*Simone*, 1901) 十一首作品的影響。參考 Michelle Yeh, "Circularity: Emergence of a Form in Modern Chinese Poetry," *Modern Chinese Literature*, Vol. 3, No. 1/2（Spring/Fall 1987）:33-46；奚密著，宋炳輝、奚密譯：〈論現代漢詩的環形結構〉，《當代作家評論》2008 年第 3 期，頁 135-148；果爾蒙著，戴望舒譯：〈西茉納集〉，《現代》第 1 卷第 5 期（1932 年 9 月），頁 690-716。另外，文中提及三首同樣運用「環形結構」的作品，見戴望舒：〈雨巷〉，頁 979-982；戴望舒：〈到我這裏來〉，《新文藝》第 1 卷第 2 期（1929年 10 月），頁 285-286；戴望舒：〈少女〉，《新文藝》第 1 卷第 4 期（1929年 12 月），頁 605。

描述詩中提及那「赤色的太陽的海」的意象，使詩歌的重心最後轉移為無產階級革命文學中太陽的光明象徵。

至於〈我們的小母親〉作為頌讚機械的作品，基本上回應了《新文藝》早前刊載藏原惟人〈新藝術形式的探求〉一文對普羅文學撰寫機械主題的指導意見：既有別於未來派對機械的盲目讚美與崇拜，也不同於表現派的反機械立場強調人和機械的對立位置。我們應通過參與機械生產的活動，重新認識、建立勞動者和機械之間的關係。〈我們的小母親〉分為三個部分，首節從一反一正的句式，先否定過往各種有關機械的負面描述，再肯定未來日子裏機械作為人類「小母親」的特性：「不是那可怖的汗和血的搾牀，/ 不是那驅向貪和死的惡魔的大車，/ 牠將成為可愛的，溫柔的，/ 而且仁慈的，我們的小母親」。[80] 第二節同樣從一反一正的句式描寫我們對機械態度的轉變：「我們將沒有了恐慌，沒有了憎恨，/ 我們將熱烈地愛牠，用我們多數的心。/ 我們不會覺得牠是一個靜默的鐵的神秘，/ 在我們，牠是有一顆充着慈愛的血的心的。[81]」詩歌的最後一節，重申「我們」和機械在勞動過程中建立既相愛又互相理解的「母子」關係，並直接頌讚現代工業文明的產物：「有力的鐵的小母親！」

相較於〈流水〉，〈我們的小母親〉雖同樣符合當時國外左翼評論對普羅文學主題的普遍要求，但此詩更缺乏詩的結構和特質。戴望舒寫下兩首作品之時，已發表〈雨巷〉並出版

80　戴望舒：〈我們的小母親〉，《新文藝》第 2 卷第 1 期（1930 年 3 月），頁 93。
81　同上註，頁 94。

詩集《我底記憶》，成功轉化移用法國象徵主義詩歌的寫作技巧，其詩風及詩學理念亦漸次形成。從戴望舒後來發表的詩論看來，詩人承認「詩中是可能有階級、反帝、國防或民族的意識情緒的存在」，[82] 但重點應在於這種跟外在環境和諧呼應而引起的意識情緒，如何配合引起、促進這種情緒和感受的語言手段，即「詩情」（poétique）的表達問題。[83] 戴望舒對於自己有關普羅詩歌的寫作一直保持緘默，往後也沒有再作嘗試，至於兩篇試驗作品則從沒有收入任何自選集之中。

　　徐霞村的〈自然的淘汰〉、施蟄存的〈阿秀〉和〈花〉，均以上海為小說背景；首篇批判小資產階級，後二篇則從不同角度描寫勞動人民。〈自然的淘汰〉正好體現作家對左翼批評觀點的猶豫和矛盾：小說既被左翼批評資本主義的先鋒意識所吸引，講述男主人公沉迷頹廢生活而滅亡；但同時又對現代都市着迷，仔細描寫上海的消費娛樂場所（電影院、跳舞場、咖啡座、賽馬場）以及都市人微妙複雜的心態，可與作者早前在《新文藝》發表的〈Modern Girl〉加以對讀。

　　相對而言，施蟄存的〈阿秀〉和〈花〉則按照左翼評論的意見（包括《新文藝》往後譯載片岡鐵兵的〈普羅列塔利亞小說

82　戴望舒：〈談國防詩歌〉，頁 84。
83　戴望舒有關「詩情」概念主要受法國象徵主義詩人梵樂希關於「純詩」論述的影響。參考戴望舒：〈望舒詩論〉，頁 92-94；戴望舒：〈詩論零札〉，《華僑日報·文藝周刊》第 2 期，1944 年 2 月 6 日。

作法〉),從勞動人民自身的階級觀念和批判目光考察社會。[84]
〈阿秀〉的寫作明顯延續了施蟄存對寫作技巧的實驗,小說仿
效戲劇的分場結構分為七個部分,各部分運用不同的人物話語
形式,分別標示為「她」與婢女的對話、「她」的獨白、母親的
話、鄰人對話、巡捕局內「她」與辦事員的問答等等,講述女
主人公「她」(阿秀)為父母賣到上海成為姨太太以至日後出
走、被騙、墮落的故事。小說重點雖被約化為低下階層對資本
家和貪慕利益者的直接控訴,但作者仍然着意表現故事女主人
公如何理解自己「生在窮人家」的身分和命運、如何評價勞動
人民的生活。「她」的獨白於是成為小說的重要部分:「窮嗎?
哦,娟姊姊家裏難道不是和我們一樣嗎,她為甚麼不去做人
家的小呢,為甚麼他們爸爸不也賣絕了她呢?他現在不是還將
就得過去麼?她自己在牙粉廠裏做工,她的丈夫在南貨舖子裏
做夥計,他們兩口子不是很說得上來麼?為甚麼要做小,為甚

84　二十年代末期,國內的左翼評論家曾多次討論普羅文學的題材和形式問題。
　　1928 年林伯修翻譯藏原惟人〈到新寫實主義之路〉一文,強調普羅作家必須
　　站在「戰鬥的無產階級的立場」,「不能不『用』普羅列塔利亞前衞的『眼光』
　　觀察這個世界而把牠描寫出來。」見藏原惟人:〈到新寫實主義之路〉,頁
　　15-16。《新文藝》譯載片岡鐵兵的〈普羅列塔利亞小說作法〉,同樣表示普羅
　　小說應以「普羅列塔利亞的眼光」觀察和描寫。一方面意味着勞動者體認集團
　　的強大力量,得以成為自然的支配者,改革社會;另一方面表示勞動者理解
　　並堅持他們和資本家之間艱難和持久的鬥爭。參考片岡鐵兵著,朱雲影譯:
　　〈普羅列塔利亞小說作法〉,頁 344-346、349-350。此等觀點均影響了中國左
　　翼評論家的看法,指出普羅文學不應僅以被受壓迫的勞苦大眾生活為題材,
　　並宣揚「凡能以普羅塔利亞(Proletarian)的觀點,觀察事物,筆之於書的,
　　亦儘可說是普羅文學」。參考仲雲:〈走出十字街頭〉,《小說月報》第 20 卷
　　第 1 號(1929 年 1 月),頁 41;〈文藝通訊:普羅文學題材問題〉,《現代小說》
　　第 3 卷第 1 期(1929 年 10 月),頁 330-331。

麼一定要吃得好穿得好呢。[85]」一方面，女主人公的話語描寫
雖已儘量接近口語，但較之於《新文藝》所載濃濁〈薔薇與野
菊〉、穆時英〈咱們的世界〉、〈黑族風〉和〈獄嘯〉等普羅文學
作品──縱然在左翼評論家眼中它們也非典範，〈阿秀〉對低
下階層詞彙語調和大眾化形式的掌握明顯遜色。[86]另一方面，
〈阿秀〉對社會的批判鮮明，但對於勞動人民的頌讚，仍不免
直宣於口。小說對獨白形式的運用僅限於表達人物控訴，有關
技巧卻未能配合施蟄存當時對心理分析小說的興趣和研究再加
以發揮。[87]

85　安華：〈阿秀〉，《新文藝》第 1 卷第 6 期（1930 年 2 月），頁 1117-1118。

86　〈咱們的世界〉和〈黑旋風〉在《新文藝》發表時，前者被編者評論「在
　　Ideology 上固然是有欠正確，但是在藝術方面是很成功」，後者則被譽為
　　「普羅小說中的白眉」，二者同收入穆時英《南北極》小說集（上海：湖風書
　　局，1932 年）。見〈編者的話〉，《新文藝》第 1 卷第 6 期（1930 年 2 月），
　　頁 1225-1226；〈編者的話〉，《新文藝》第 2 卷第 2 期（1930 年 4 月），頁
　　408。錢杏邨在〈一九三一年中國文壇的回顧〉評論穆時英的小說〈咱們的世
　　界〉、〈黑旋風〉和〈南北極〉（原載《小說月報》第 22 卷第一期，1931 年 1 月），
　　以為它們「反映了非常濃重的流氓無產階級的意識」，其中對世界的認識並非
　　建築在「正確的人生觀以及世界觀上」。故此，他當時以為穆時英的發展方向
　　有各種變數：「橫在他的前面的，是資產階級代言人與無產階級代言人的兩條
　　路，走進任何一方面，他都有可能。」見錢杏邨：〈一九三一年中國文壇的回
　　顧〉，《北斗》第 2 卷第 1 期（1932 年 4 月），頁 17-18。

87　寫作〈阿秀〉以前，施蟄存早對西方心理分析小說產生興趣，開始系統翻譯奧
　　地利小說家顯尼志勒的《多情的寡婦》（*Frau Bertha Garlan*, 1900）和〈牧人之笛〉
　　（*Die Hirtenflöte*, 1911）等作品，並參考當中描寫性心理和內心獨白的技巧，在
　　《新文藝》創刊號上發表〈鳩摩羅什〉。往後施蟄存總結自己的寫作歷程，曾表
　　示〈阿秀〉是承繼〈鳩摩羅什〉而寫成，縱然前者對心理分析的運用遠不及後
　　者。參考施蟄存：〈我的創作生活之歷程〉，頁 81；施蟄存：〈鳩摩羅什〉，《新
　　文藝》第 1 卷第 1 期（1929 年 9 月），頁 2-34；[奧] 顯尼志勒著，施蟄存譯：〈牧
　　人之笛〉，《現代小說》第 3 卷第 1 期（1929 年 10 月），頁 177-202；〈牧人之
　　笛〉（續），《現代小說》第 3 卷第 2 期（1929 年 11 月），頁 87-114；顯尼志勒
　　著，施蟄存譯：《多情的寡婦》，上海：尚志書屋，1929 年。

相對而言，〈花〉的寫作着重人物的心理活動，通過少年人的夢，具體呈現勞動人民的心中「花園」以及幻想中對富人的報復；[88] 也藉着少年人成長、出外工作的體會，以溫婉的語調道出社會低下層勞動人民只有辛勞工作（種花）沒有享受權利（賞花）的不公平待遇：「他心中悲哀着，難道窮的人連賞花都不成的麼？不錯，真是這樣，這是他在上海更清楚地看得出了。花鋪子裏的花賣得都駭人地貴，幾曾看見上海的窮人手裏拿過一朵花過嗎？——的確不曾看見過。……自己是個窮人底兒子，到底沒有玩賞花兒的福氣。福氣，是呀，正如父親所說的，這竟要算是一種福氣。[89]」工人和資本家之間的矛盾、窮人對貴族的反叛、席捲全國充滿掠劫和廝殺的工潮等主題，其實同見於施蟄存早年翻譯奧地利心理小說家顯尼志勒（Arthur Schnitzler, 1862-1931）的〈牧人之笛〉（*Die Hirtenflöte*, 1920）。[90] 誠然此文並非從無產階級立場寫成，但對以上主題的思考都要較〈花〉更為深刻。

（二）詩人之死

對於二十年代末期《新文藝》的「編輯－譯者－作家羣」響應左翼號召而寫作的普羅文學，我們更關注其時代意義而非文學價值。這些試驗之作誘發我們對藝術和意識形態兩種先鋒性並行的進一步思考。創作實踐上，他們對「轉向」的努力以

88　施蟄存：〈花〉，《新文藝》第 2 卷第 1 期（1930 年 3 月），頁 64-65。
89　同上註，頁 68-69。
90　參考顯尼志勒：〈牧人之笛〉，頁 195-202。

至失敗,不僅表現在左翼評論指導之下雙重先鋒性的追求 ——
包括藝術形式的實驗以及無產階級觀點的宣揚兩方面無法輕
易實現,也透露了他們在探索過程中的困境。施蟄存在《新文
藝》停刊、主編《現代》雜誌以後一年(1933年),發表〈我的
創作生活之歷程〉對自己兩篇普羅小說的寫作加以否定:

> 在這兩個短篇 [〈阿秀〉和〈花〉] 之後,我沒有
> 寫過一篇所謂普羅小說。這並不是我不同情於普羅
> 文學運動,而實在是我自覺到自己沒有向這方面發
> 展的可能。甚至,有一個時候我曾想,我的生活,
> 我的筆,恐怕連寫實的小說都不容易做出來,倘若
> 全中國的文藝諸者祇要求着一種文藝,那時我惟有
> 擱筆不寫,否則,我只能寫我的。[91]

施蟄存直言作家無法輕易超越自身所屬特定階級的意識形
態,從而批評自己(以至穆時英)模仿寫作的普羅小說。[92] 不
少學者引述上文作為施蟄存早年對「我只能寫我的」個人藝術

91　施蟄存:〈我的創作生活之歷程〉,頁 81。八十年代,施蟄存回顧當年寫作關
　　於勞動人民的小說,再次表示:「為了實踐文藝思想的『轉向』,我發了《鳳
　　陽女》、《阿秀》、《花》,這幾篇描寫人民的小說。但是,自己看一遍,也知道
　　是失敗了。從此,我明白過來,作為一個小資產階級知識份子,他的政治思
　　想可以傾向或接受馬克思主義,但這種思想還不夠作為他創作無產階級文藝
　　的基礎。」見施蟄存:〈我們經營過三個書店〉,頁 189。

92　「穆時英寫的最初幾篇小說,一時傳誦,彷彿左翼作品中出了尖子。但是,到
　　後來就看出來了,他連馬克思主義的思想基礎也沒有,更不用說無產階級的
　　生活體驗。」見施蟄存:〈我們經營過三個書店〉,頁 189。

主張的佐證，但這段自我剖析同時表現了施氏所代表《新文藝》的「編輯－譯者－作家羣」當時面對的兩難處境：文人意識到歷史責任與個人審美趣味之間的矛盾，他們追求左翼文藝批評的先鋒意識，但又無法認同並按照既定的階級觀點寫作，遂與當時的左翼作家和評論保持一種「緊張關係」。

馬雅可夫斯基（Vladimir Mayakovsky）。
（網絡圖片）

　　從此我們可以嘗試理解，《新文藝》編輯羣對於蘇聯未來主義詩人馬雅可夫斯基「兩難處境」的關注和論述，同時是對自身處境的審視。一九三零年四月十四日馬雅可夫斯基在莫斯科自殺，《新文藝》最後一期（雜誌「轉向」以後第二期）因為未能及時付梓，故能編入詩人的紀念特輯。[93] 馬雅可夫斯基早年致力於俄蘇立體未來主義（Cubo-Futurism）的詩歌創作，十月革命以後更組織「共產主義者－未來主義者」的團體，以

---

93 《新文藝》因脫期而能及時編入馬雅可夫斯基紀念特輯一事，施蟄存曾作詳細解說：《新文藝》[最後一期] 本該在一九三零年四月初出版，但因為考慮『廢刊』問題，事實上延至五月份才出版。因此有可能臨時編入悼念馬雅可夫斯基的特輯。但這本刊物的版權頁上卻印着出版日期是『四月十五日』，在馬雅可夫斯基自殺後的第二天，遠在中國的文藝刊物已印出了追悼特輯，豈非怪事。」我們再仔細核對，《新文藝》第 2 卷第 1 期的「文壇消息」已曾報導馬雅可夫斯基自殺，該期刊物的版權頁注明出版日期為 1930 年 3 月 15 日，在詩人自殺以前一個月。由此推斷《新文藝》第 2 卷第 1 期同樣是延遲出版。參考施蟄存：〈我們經營過三個書店〉，頁 190；〈蘇聯未來主義詩人自殺〉，《新文藝》第 2 卷第 1 期（1930 年 3 月），頁 221-222。

「非黨員」作家的身分成為「最偉大的現代革命詩人之一」。[94]
蘇聯評論家稱他為最早「能和無產階級隊伍結合起來」、「準備
着和工人階級同走到底」的「同路人」。[95] 雖然中國左翼作家
茅盾、瞿秋白和蔣光慈等人早對馬雅可夫斯基有所介紹，[96] 但
《新文藝》仍是國內首份關注「詩人之死」的文學雜誌。[97]《新
文藝》編輯對詩人的重視，不僅由於其卓越的文學成就，更
因為他在先鋒藝術和思想、政治取向上的掙扎，為施蟄存和
戴望舒等人提供了實質的參照。

94　馬雅可夫斯基論述蘇聯十月革命前後未來主義的發展，參考馬雅可夫斯基
　　著、張捷譯：〈關於未來主義的一封信〉，載張秉真、黃晉凱主編：《未來主
　　義‧超現實主義》（北京：中國人民大學，1994 年），頁 74-76。另外，馬氏
　　曾討論自己「非黨員」的無產階級作家身分，參考馬雅可夫斯基：〈詩人與階
　　級〉，頁 275；革命文學國際委員會發表、洛生譯：〈國際無產階級不要忘記
　　自己的詩人〉，《新文藝》第 2 卷第 2 期（1930 年 4 月），頁 250。

95　克爾仁赤夫：〈論馬雅可夫斯基〉，頁 264。

96　二十年代，茅盾〈未來派文學之現勢〉（原載《小說月報》第 13 卷第 10 號，
　　1922 年 10 月）、瞿秋白〈勞農俄國的新文學家〉（原載鄭振鐸《俄國文學史略》
　　第十四章，上海：商務印書館，1924 年）以及蔣光慈〈十月革命與俄羅斯文
　　學〉（原載《創造月刊》第 1 卷第 2、3、4、7、8 期）等文都曾介紹馬雅可夫
　　斯基。文章分別收入賈植芳、陳思和主編：《中外文學關係史資料匯編 1898-
　　1937》上冊（桂林：廣西師范大學出版社，2004 年），頁 404-414；賈植芳、
　　陳思和主編：《中外文學關係史資料匯編 1898-1937》下冊（桂林：廣西師範
　　大學出版社，2004 年），頁 804-808、823-866。另參考譚桂林：《本土語境
　　與西方資源──現代西方詩學關係研究》第五章第二節「左翼詩學中的『馬雅
　　可夫斯基之死』」（北京：人民文學，2008 年），頁 161-169。

97　《新文藝》編輯曾因國內文學雜誌對馬雅珂夫斯基自殺的消息關注不足，表示
　　不滿：「從瑪雅珂夫斯基自殺的消息傳到中國後，直至今天，國內各文學雜誌
　　還並不有甚麼大的注意，還得讓我們這個緩緩前進的駱駝式的雜誌來首先紀念
　　他，在這方面，也可以見到我國文學界之貧乏了。」及後，《現代文學》第 1
　　卷第 4 期刊載八篇馬雅珂夫斯基的紀念文章，其中包括趙景深、戴望舒、杜衡
　　和谷非（胡風）等人的譯作及評論。參考〈編者的話〉，《新文藝》第 2 卷第 2
　　期（1930 年 4 月），頁 399；《現代文學》第 1 卷第 4 期（1930 年 10 月），頁 1-68。

　　「詩人之死」的紀念專號以譯文為主，《新文藝》編輯並未就事件即時發表任何評論。[98] 直至《新文藝》停刊五個月後，戴望舒首先在《現代文學》轉譯一份發表於法國左翼週報《世界》的評論文章〈瑪耶闊夫司基〉，質疑詩人的未來主義藝術傾向與無產階級革命在本質上的差距。[99] 雜誌停刊七個月後，戴望舒正式於《小說月報》發表評論〈詩人瑪耶闊夫司基的死〉，質疑蘇聯及國內的左翼評論家以情感問題、健康問題和詩劇實驗失敗等為由解釋馬氏的自殺原因，進而從詩人本身的藝術傾向和無產階級革命運動的矛盾提出三方面的詰問：第一，作家的出身、藝術傾向與其所屬社會政治環境的調和問題；第二，作家和作為讀者的社會羣眾之間的矛盾和衝突；第三，當作家充分意識到自身思想、藝術傾向與其所

98　馬雅珂夫斯基的紀念專號譯載了詩人自傳〈馬雅珂夫斯基自傳〉、演講〈詩人與階級〉和四首詩作。此外，還有蘇聯文評家的評論〈論馬雅珂夫斯基〉以及兩則直接翻譯自莫斯科《少共真理報》的報導〈國際無產階級不要忘記自己的詩人〉和〈關於馬雅珂夫斯基之死的幾行記錄〉。戴望舒往後發表〈詩人瑪耶闊夫司基的死〉一文，沿用《新文藝》譯載的文章、詩歌和報導為基本材料，並直接引用了 1930 年 6 月創刊的法文雜誌 Surréalisme au service de la [R]évolution 所載馬雅可夫斯基遺書的節錄。參考「Mayakovsky 專輯」相關文章，見《新文藝》第 2 卷第 2 期（1930 年 4 月），頁 250-328；戴望舒：〈詩人瑪耶闊夫司基的死〉，頁 1742。

99　〈瑪耶闊夫司基〉一文的作者阿巴呂是當時法國《世界》週報的主編，戴望舒翻譯伊可維支《唯物史觀的文學論》的〈原序〉裏亦曾經提及。阿巴呂認為馬雅可夫斯基主張的未來主義詩學「不是一個革命的運動」，詩人在革命中只「歌唱這種集團的進行的力學」，卻沒有看到運動之下「集團生活底連結物，運動的靈魂」。此文觀點明顯影響了戴望舒的論述。參考 A. Habaru 著，戴望舒譯：〈瑪耶闊夫司基〉，頁 15-18；伊可維支著，戴望舒：〈原序〉，《唯物史觀的文學論》，頁 7。

屬的社會政治環境無法調合，應如何尋找出路？[100]

　　首兩項問題均與《新文藝》編輯羣嘗試在左翼特定的文藝觀點之下追求雙重先鋒性的經驗相關，甚至對上文提及施蟄存在〈我的創作生活之歷程〉一文所表現的困境遙遙呼應。不論是《新文藝》的編輯羣還是馬雅可夫斯基所面對的「兩難處境」，都源於作家自覺本身的藝術傾向和他積極參與的無產階級革命運動之間的極端矛盾，並意識到「個人主義的我熔解在集團的我之中而不可能」。[101] 就馬雅可夫斯基的情況而言，戴望舒認為詩人致力的未來主義詩學本屬資產階級的產物，他只是憑藉未來主義破壞、否定過去的精神歌頌完全異質的無產階級革命，此其一；[102] 詩人的家庭和教育背景決定其小資產階級意識的形成，「革命詩人」身分背後「那集團生活的根柢，運動的靈魂，是瑪耶闊夫司基所沒有正確把握住的，也是他所不能正確地把握住的」，此其二。[103] 由此衍生作家和社會羣眾之間的衝突，不僅指向無產階級農民和工人寫作在語言隔閡（作家寫作層面）和文化知識水平（讀者理解層面）兩

---

100 相關討論參考革命文學國際委員會發表、洛生譯：〈國際無產階級不要忘記自己的詩人〉，頁 250；拉莎洛夫著，趙景深譯：〈瑪耶闊夫司基的自殺〉、谷非：〈瑪耶闊夫司基死了以後〉、楊昌溪：〈瑪耶闊夫司基論〉，《現代文學》第 1 卷第 4 期（1930 年 10 月），頁 12-14、47-48、65-66；戴望舒：〈詩人瑪耶闊夫司基的死〉，頁 1746。

101 戴望舒：〈詩人瑪耶闊夫司基的死〉，頁 1746。

102 文章中戴望舒分別引用藏原惟人〈新藝術形式的探求〉和阿巴呂〈瑪耶闊夫司基〉的論述說明未來主義的階級性。參考藏原惟人：〈新藝術形式的探求〉，頁 613-616、623-626；A. Habaru 著，戴望舒譯：〈瑪耶闊夫司基〉，頁 15-18。

103 戴望舒：〈詩人瑪耶闊夫司基的死〉，頁 1744。

方面的困難，還牽涉作家實際寫作過程中的矛盾心態。[104] 前者是二十年代末期中國左翼作家努力解決的文學大眾化形式問題，後者是《新文藝》編輯羣在左翼文藝觀點之下嘗試寫作普羅文學的經驗和體會。最後，戴望舒質疑作家在兩難處境之中能否尋找出路，問題實指馬雅可夫斯基自殺背後的真正原因，虛指《新文藝》編輯羣自身面對的困境。戴望舒認為馬雅可夫斯基的自殺經已説明「僅有的兩條出路」—— 塑造革命或被革命塑造，都無法讓他走出困局。[105] 詩人乃在「沒有出路」的情況下選擇結束生命，不論對於馬雅可夫斯基還是《新文藝》的編輯羣，戴望舒再也不能為他們身處的兩難處境提出任何建議。

　　戴望舒對馬雅可夫斯基自殺動機的深入分析，補充説明了雜誌的「作家－譯者－編輯羣」從先鋒者的立場對左翼文藝思想的反思。事實上，《新文藝》雜誌在「左聯」成立以後一個月便正式停刊，具體標示了他們對藝術和意識形態兩種先

---

104 戴望舒刻意引用馬雅可夫斯基在〈詩人與階級〉演講中擁護符合無產階級專政的文學路線的言辭：「我認為自己是黨的工作人員，我對於自己是接受了黨的一切的指示。倘使黨告訴我説，我的某作品是不適合的路線的，那麼那些作品就可以不必付印。我是為黨而工作的啊！」但同時紀錄詩人訴説無產階級文學推展過程中的困難，表現其矛盾心態：「我所願意進行的工作，真是難於着手 —— 就是工人講堂和長詩接近的工作 …… 有些狗對我咬，而加我以某一種罪名，那些罪名，有些是我有的，有些是我沒有的 …… 為着不要聽這些謾罵，我真想到甚麼地去坐他兩年。」參考戴望舒：〈詩人瑪耶闊夫司基的死〉，頁 1745；馬雅珂斯基：〈詩人與階級〉，頁 269。此外，雖然劉吶鷗翻譯〈詩人與階級〉一文曾在《新文藝》刊載，但戴望舒明顯對其譯文有不滿之處，引用的翻譯多有修訂。

105 戴望舒：〈詩人瑪耶闊夫司基的死〉，頁 1746。

鋒性探索過程的「暫時」終結。[106]

此後中國文壇由「左聯」主導發展，及至施蟄存受聘主編《現代》，其面對的政治化和商業化文學環境已絕然不同。《新文藝》正於時代轉折之際，以先鋒者的目光兼容並蓄不同政治、思想傾向的創作和翻譯，將馬克思主義文藝理論與各種源自資本主義社會的文藝思潮並置，標示了當時文壇政治化發展中的過渡階段，此時的文學環境卻相對開放。上文從「先鋒」概念重新檢視《新文藝》，不僅試圖深化理解雜誌引介各種思想傾向相異相悖的「新興文藝」的內部關聯，更嘗試追溯中國二十年代末期一個「作家－譯者－編輯」羣體探索藝術先鋒性和意識形態先鋒性的過程，它代表着中國現代文學發展上一個短暫而獨特的時期。施蟄存、戴望舒、徐霞村和劉吶鷗通過《新文藝》雜誌文藝理論的翻譯展現對藝術和意識形態先鋒性二者並行的積極「追求」，也透過普羅文學的寫作實踐體現雙重先鋒性追求的「幻滅」。其中的探索過程，凸顯了西方現代主義文藝思潮比附之下中國現代派文學發展的異質性特點。

106《新文藝》停刊後一年，水沫書店亦因為政治壓力而結束營業，雜誌編輯羣也開始各自尋求新的路向：戴望舒回到杭州，籌劃出國；施蟄存回松江，繼續任教中學；徐霞村也回到北平；劉吶鷗更放棄文藝事業，轉而發展電影。及至 1933 年施蟄存受聘主編《現代》雜誌，重新聯絡、組織戴望舒、徐霞村和劉吶鷗在雜誌上發表詩歌創作和翻譯，《現代》雖仍然繼續在革命和美學上的前衛探索，但為了能在政治層面上保持「中立」，雜誌也不再強調這種激進姿態。參考施蟄存：〈我們經營過三個書店〉，頁 190；Leo Ou-fan Lee, *Shanghai Modern*, p. 134.

第七章

中國現代派小說的都市風景修辭

　　　　藝術的兩重性是人兩重性的必然後果。如果你們願
　　意的話，那就把永遠存在的那部分看做是藝術的靈魂吧，
　　把可變的成份看做是它的軀體吧。

　　　　　　　　　　　　　　　——波特萊爾〈現代生活的畫家〉[1]

都市風景與現代性

　　繪畫（視覺藝術）和詩歌（語言藝術），一直為夏爾・波
特萊爾探討現代性概念的重要媒介。早於其散文詩集《惡之

1　夏爾・波特萊爾著，郭宏安譯：〈現代生活的畫家〉（1859 年完成，1863
　　年發表），《美學珍玩》，頁 359；Charles Baudelaire, "Le Peintre de la vie
　　modern," pp. 685-686.

華》出版前十年，詩人已通過藝術評論文章〈1846 年的沙龍〉
（Salon de 1846）細論都市現代性所指涉短暫、偶然、過渡性
的時間意識和美學本質，反襯追求永恒、絕對美的古典美學
傳統，從而提出藝術兩重性的觀點：任何的美均由永恒和過
渡的、絕對和特殊的兩種相對事物所構成。波特萊爾藉此回
應十七世紀末以來法國有關古典和現代的論爭（Querelle des
Anciens et des Modernes），擺脫原有美學觀念二元對立的機
制，強調轉瞬即逝的現代美感經驗可以超越歷史而擁有永恒
價值，讓藝術創造脫離傳統規範成為「現代英雄」的冒險過
程。由此，波特萊爾宣稱各個時代和民族擁有自身當下的審
美標準，現代生活中「我們的美」（notre beauté）絕不遜於古
代，甚至認為「任何現代性都值得變成古典性」。關鍵問題在
於資本主義迅速發展之下的現代都市，應如何被納入當代畫
家和詩人的藝術視野？我們又如何從現代生活、時尚和潮流
提煉歷史中富有詩意的東西（de poétique dans l'histoire），從
過渡的事物中提取永恒（d'éternel dans le transitoire）？[2]

　　波特萊爾賴以闡述現代性的兩種藝術媒體，[3] 促使他將審

2　夏爾・波特萊爾著，郭宏安譯：〈1846 年的沙龍〉、〈現代生活的畫家〉，《美
　　學珍玩》，頁 166-170、358-372；Charles Baudelaire, "Salon de 1846," pp.
　　493-496; Charles Baudelaire, "Le Peintre de la vie modern," pp. 683-697.

3　波特萊爾首次討論現代性概念的文章〈1846 年的沙龍〉雖為藝術評論，但
　　已關注撰寫現代題材的文學家，包括法國詩人歐仁・拉米（Eugène Lami,
　　1800-1890）和保爾・加瓦爾尼（Paul Gavarni, 1804-1866）詩歌中「浪蕩」
　　（Dadynism）主題以及巴爾札克《人間喜劇》（Comédie Humaine）的小說
　　人物。夏爾・波特萊爾著，郭宏安譯：〈1846 年的沙龍〉，頁 168-170；
　　Charles Baudelaire, "Salon de 1846," pp. 494-496.

視目光投向現代都市風景 ── 一種可被凝視（gaze）和思考
的物質形態。《惡之華》出版後二年，波特萊爾再次撰文批評
歐洲傳統風景畫日漸衰落的發展，並積極提倡自然以外風景
畫的新主題 ── 都市風景畫（le paysage des grandes villes）。[4]
他高度讚揚同代藝術家梅里翁（Charles Méryon, 1821-1868），
認為他的銅版蝕刻畫作恰當地表現了法國詩人維克多・雨果
（Victor Hugo, 1802-1885）對城市的深刻描繪：

> 我很少看到一座大城市的天然的莊嚴被表現得
> 更有詩意。堆積起來的石頭的雄偉，手指着天空的
> 鐘樓，向着 [穹蒼] 噴吐着濃煙的工業的方尖碑，正
> 在修葺的 [紀念] 建築物的神奇的腳手架，在 [紀念

4　波特萊爾在〈1859 年的沙龍〉評論十九世紀歐洲風景畫發展的衰落及其鄉村
　　自然題材急劇求變的情況：「如果說我們稱為風景的某種樹、山、水和房屋的
　　組合是美的話，那不是由於這種組合自身，而是由於我，由於我自己的好感，
　　由於我賦予它的觀念或感情。任何不善於通過植物材料或動物材料的一種組合
　　來表達一種情感的風景畫家不是藝術家，我想話說到此已經足夠了。[……] 我
　　像大家一樣承認，風景畫家的現代流派強大和機敏得出奇。然而，在一種低
　　等的種類的這一勝利和優勢中，在對於未經想像力淨化和說明的自然的無聊
　　崇拜中，我看見了一種普遍墮落的明顯跡象。[……] [他們] 都幾乎忘記了一處
　　自然勝地只因藝術家善於置於其中的現時情感才有價值。」詩人抨擊當時只
　　着重風格技巧直接摹寫自然表象的畫家，認為風景畫應表現繪畫者個人的觀
　　念（l'idée）、想像力（l'imagination）和情感（le sentiment）。其觀點明顯受十八
　　世紀以來浪漫主義思潮的影響，強調風景畫表現繪畫者對外在世界的感悟，有
　　關思考都可從盧梭（Jean-Jacques Rousseau, 1712-1778）《愛彌兒》（Émile,
　　ou De l'éducation, 1762）描寫人類心靈與大自然風景合而為一的感應中找到原始
　　根源。參考夏爾・波特萊爾著，郭宏安譯：〈1859 年的沙龍〉，頁 328-329；
　　Charles Baudelaire, "Salon de 1859," in Œuvres complètes, vol. II, op.cit., pp.
　　660-668.

建築物]結實的軀體上運用着具有如此怪異的美的時
興設計，充滿了憤怒和怨恨的紛亂的天空，由於想
到了蘊涵其中的各種悲劇而變得更加深邃的遠景，
組成文明的痛苦而輝煌的背景的任何複雜成分都沒
有被忘記。如果維克多・雨果看見了這些極好的畫，
他是應該滿意的，他又看見了並且恰當地表現了他
的[詩句]。[5]

波特萊爾對梅里翁作品的評論首見於〈一八五九年的沙龍〉
（Salon de 1859），後再被重複引用，當中說明詩人如何辨識
藝術家視野中都市風景所能呈現的現代性特質。[6] 其一，都
市景觀展現物質文明的發展，從而確立現代性美學的感知方
式：雄偉的石頭建築、高聳入雲的鐘樓、吐濃煙的工廠煙囪

5　夏爾・波特萊爾著，郭宏安譯：〈1859 年的沙龍〉，頁 336-337；Charles
　　Baudelaire, "Salon de 1859," pp. 666-667. 原文最後摘錄雨果《凱旋門》一詩
　　第二節的詩句，郭宏安中譯本誤指為戈蒂耶（Théophile Gautier, 1811-1872）
　　的作品。參考 Victor Hugo, "À l'Arc de triomphe," in Œuvres complètes,
　　Poésie IV : Les voix intérieures（Paris: Eugène Renduel, 1837），pp. 48-50.
6　引文同見於波特萊爾〈畫家與蝕刻師〉（1862）一文。研究波特萊爾現代性
　　論述的學者，多集中討論詩人在〈現代生活的畫家〉通過貢斯當丹・居伊
　　（Constantin Guys, 1802-1892）畫作的分析闡述現代性，卻忽略〈一八五九
　　年的沙龍〉一文對都市風景畫和梅里翁作品論述的重要性。本雅明注意到
　　波特萊爾幾乎是梅里翁生前唯一的推崇者，並據當時法國藝評家熱弗魯瓦
　　（Gustave Geffroy, 1855-1926）的觀點，指出二人的生平際遇以至作品之間，
　　具有本質上的關聯。參考夏爾・波特萊爾著，郭宏安譯：〈畫家與蝕刻師〉，
　　《美學珍玩》，頁 414-415；Charles Baudelaire, "Peintres et aquafortistes,"
　　in Œuvres complètes, vol. II, pp. 740-741. 另參考瓦爾特・本雅明著，劉北
　　成譯：《巴黎，十九世紀的首都》，頁 157-160；Walter Benjamin, Charles
　　Baudelaire, pp. 87-90.

和紀念建築物上的腳手架，構成古老城市併合時尚建築的悖論美（une beauté paradoxale）。事實上，波特萊爾重編的第二版《惡之華》就曾將十八首大量化用巴黎現代都市景觀的詩作獨立成章，並以繪畫為喻統稱為「巴黎圖畫」（Tableaux parisiens）。[7] 當中詩歌描繪人羣蟻聚的城市、濃霧下陰沉沉的街道、如同巨獸脈管的渠溝，通過巴黎的工場、煙囪、鐘樓、都會桅檣、窗前燈火和瀰漫煤煙的江河刻劃「超自然的景致」，表現詩人對人工或非自然藝術的情感。[8] 其二，梅里翁描繪的都市風景取材自現代生活，把握過渡、短暫的時尚美，卻同時表現「某種已經死亡或將要死亡的事物」，處處顯露巴黎即將衰敗成為廢墟的古代面貌。[9] 這種反思現代性的矛盾視角，一直為波特萊爾所追求。他的詩歌寄生於資本主義高度發展的城市，卻同時批判這種轉瞬即逝、必要滅亡的

7　《惡之華》於 1857 年首次出版，分別於 1861 和 1868 年出版第二、三版。評論者普遍認為，波特萊爾生前親自審訂的 1861 年版本最能體現詩人在詩歌編排和整體結構上的意圖。至於「巴黎圖畫」一章包含十八首詩作，其中十首見於《惡之華》初版，其餘均為詩集第二版出版時所增補。參考 Charles Baudelaire, *Les Fleurs du Mal*, in *Œuvres complètes*, vol. I（Paris: Gallimard, coll. Bibliothèque de la Pléiade, 1975）, pp. 82-104；劉波：〈論《巴黎圖畫》的「隱秘結構」〉，《當代外國文學》2003 年第 2 期，頁 4-13。

8　此處所引都市意象主要取自《惡之華》「巴黎圖畫」題下〈七位老頭〉（Les Sept vieillards）和〈風景〉（Paysage）二詩。同代詩人戈蒂耶亦曾通過〈巴黎之夢〉（Rêve parisien）一詩說明波特萊爾對人工藝術的頌揚。詳見 Théophile Gautier, "Charles Baudelaire," la notice précédée des *Fleurs du mal*, in Charles Baudelaire, *Œuvres complètes*, tome I（3ème éd., Paris: Michel Lévy Frères Editeur, 1869）, p. 39.

9　本雅明引用熱弗魯瓦對梅里翁的評論。見瓦爾特・本雅明著，劉北成譯：《巴黎，十九世紀的首都》，頁 159；Walter Benjamin, *Charles Baudelaire*, p. 88.

繁榮。《惡之華》以寓言方法，通過現代都市和古代廢墟的重疊意象，描繪當下（現代）和預想過去（古代）結合的都市風景。[10]

「風景」（landscape）作為概念，代表一種觀看世界的方式（a way of seeing）。在有待重建的風景系譜學（Genealogy of landscape）之中，波特萊爾所表述的都市景觀，聯繫着法國第二帝國時期寄生於都市的現代詩人反抗現代化發展的困境。二十世紀人文地理學者科斯格羅夫（Denis Cosgrove, 1948-2008）在其理論著作《社會構成與符號風景》（*Social Formation and Symbolic Landscape*, 1984），曾就風景概念與經濟、歷史、文化研究的共同基礎指出，文學、藝術以至歷史文獻記載的風景地貌，均屬人們在特定歷史時期通過土地利用的現實經驗，表現對外在世界的主觀想像。換言之，風景是外在世界的再現（representation），必然牽涉獨立的觀察者。[11] 他從個人認知立場注視、思考和轉化客觀環境，其視點與自身所屬的時代、社

---

10 本雅明認為波特萊爾有關現代性的藝術理論並沒處理現代和古典互通的問題，卻於《惡之華》的部分詩作如〈天鵝〉（Le Cygne）裏有所體現。《巴黎，十九世紀的首都》，頁 150-155；Walter Benjamin, *Charles Baudelaire*, pp. 81-85.

11 威廉斯在其經典著作《城市和鄉村》已曾指出風景的概念意味着人類觀察自然的漫長歷史裏出現了自我意識的觀察者（the self-conscious observer），他自覺正在進行觀察行為，並將之分成實用性（pratical）和藝術性（aesthetic）兩 種。Raymond Williams, *The Country and the City*（London: The Hogarth Press, 1973），pp. 120-121. 另 參 考 Denis E. Cosgrove, *Social Formation and Symbolic Landscape*（2nd ed., Madison: The University of Wisconsin Press, 1998），pp. 1, 15.

會階層和文化價值體系關係密切。[12] 對波特萊爾而言，都市風
景的文學修辭，正迂迴曲折地表達特定歷史時期詩人對現代性
複雜的感知方式。

　　至於波特萊爾通過都市風景闡釋現代性的時間意識和美
學特質，以至歐美現代性概念的發展，都深遠影響了二十世
紀中國都市文學和現代性的討論。近年學者配合兩種互相矛
盾的現代性論述，重新檢視中國三十年代穆時英、劉吶鷗、
施蟄存、葉靈鳳等現代派作家描繪上海的都市景觀及其背後
的歷史文化意涵。相關討論主要從「西方」和「本土」兩個
極具象徵性的方向進行。一方面，論者參照波特萊爾及其研
究者本雅明（Walter Benjamin, 1892-1940）的評論，比附分
析中國現代派小說展現都市物質文明的符號、[13] 都市漫遊者

12　科斯格羅夫舉例說明，文藝復興時期意大利畫家提倡線性透視法則（linear
　　perspective）作為寫實風景的視覺表述範式，乃從單一位置和角度觀察外在
　　世界，觀察方法鞏固了個人對客觀環境的控制權力。這種視覺表述範式其
　　實與歐洲土地買賣制度的出現以及個人主義的興起，平衡發展。詳見 Denis
　　E. Cosgrove, *Social Formation and Symbolic Landscape*, pp. 13-38. 另參
　　考 Barry Cunliffe, "Landscape with People," in *Culture, Landscape and the
　　Environment*, ed. Kate Flint and Howard Morphy（Oxford: Oxford University
　　Press, 2000）, pp. 111-130; Julian Thomas, "The Politics of Vision and the
　　Archaeologies of Landscape," in *Landscape: Politics and Perspectives*,ed.
　　Barbara Bender（Oxford: Berg, 1993）, pp. 21-25.
13　李歐梵：〈中國現代小說的先驅者 —— 施蟄存、穆時英、劉吶鷗作品簡介〉，
　　《聯合文學》3 卷 12 期（1987 年 10 月），頁 8-14；後收入《上海的狐步舞》（台
　　北：允晨文化 2001 年），頁7-21。另參考李今：《海派小說與現代都市文化》
　　（合肥：安徽教育，2000 年），頁 15-21。

（flâneur）的形象、[14] 浪蕩子（dandy）的審視目光、[15] 摩登女郎與都市文化寓言，[16] 以及作品所借鑒的西方現代主義文學，包括心理分析小説和第一人稱内心獨白等形式。[17] 縱然論者不曾忽略中國和歐美現代主義文學發展的根本性差異，但他們高舉的現代性特質，無可避免地將中國相關作品總結為西方文學影響下的結果。[18] 另一方面，論者或強調中國三十年代現

14　張英進曾配合本雅明對波特萊爾筆下漫遊者（flâneur）的論述，分析三十年代黑嬰小説〈當春天來到的時候〉裏漫步街頭的男性敘事者。往後更從本雅明討論的三類都市「英雄」——漫遊者（flâneur）、浪蕩子（dandy）和偵探（detective），分析徐訏《風蕭蕭》的男主人公形象。參考 Zhang Yingjin, "The Texture of the Metropolis: Modernist Inscription of Shanghai in the 1930s," *Modern Chinese Literature* 9（1995）: 19-23; *The City in Modern Chinese Literature and Film: Configurations of Space, Time and Gender*（Stanford: Stanford University Press, 1996）, pp. 225-229. 另參考李歐梵和張英進就漫遊者概念分析新感覺派作品適切性問題的討論，見 Leo Ou-fan Lee, *Shanghai Modern*, pp. 41-42; 張英進：〈批評的漫遊性：上海現代派的空間實踐與視覺追尋〉，《中國比較文學》2005 年第 1 期，頁 90-96。

15　參考 Peng Hsiao-yen, "The Dandy and the Woman: Liu Na'ou and Neo-Sensationism," pp. 11-27；彭小妍：〈浪蕩子美學與越界——新感覺派作品中的性別、語言與漫遊〉，頁 137-144。

16　參考彭小妍：〈「新女性」與上海都市文化——新感覺派研究〉，頁 317-355；Shu-mei Shih, *The Lure of the Modern*, pp. 292-301; 姚玳玫：《想像女性：海派小説（1892-1949）的敘事》，頁 163-206。

17　參考嚴家炎：〈三十年代的現代派小説——中國現代小説流派論之五〉，頁 101-103；嚴家炎：《中國現代小説流派史》，頁 152-155。

18　不少學者已指出西方現代主義在他國的傳播與帝國主義和後殖民主義的共謀關係，並注意到中國三十年代與十九世紀末至二十世紀初西方現代主義文學發展的歷史背景、文化傳統的基本分別。中國現代主義文學（尤其是新感覺派小説）對西方現代主義文學的接受，除通過西歐文學的直接譯介外，也間接受日本現代主義文學影響，情況複雜。由於相關討論並非本文重心，此處不贅。參考 Leo Ou-fan Lee, "Modernism in Modern Chinese Literature: A Study（Somewhat Comparative）in Literary History," *Tamkang Review* 10.3（Spring 1980）: 282-286; Shu-mei Shih, *The Lure of the Modern*, pp. 5-30.

代派作品是以「鄉村中國」為依歸的都市文學，它們對都市物質文明的發展其實持多重批判的態度。小說展現的都市形象亦呈多樣性，但離不開中國本土，總是「籠罩在鄉土文化、家族文化的大投影之下」。[19] 故此，葉靈鳳描寫都市的抑鬱，不過是「鄉村性失落的補償」；穆時英作為都市飄零者，其小說從沒脫離懷鄉、懷舊的情結；施蟄存更懷有「根深蒂固的城鄉二元性格」，他以鄉鎮回憶作為都市文學的「後院」。中國現代派作家寫作都市人飄泊、尋找的主題，被進一步視為對中國文學文化傳統深厚累積的繼承。[20]

不論追溯西方現代主義文學對中國都市文學的影響，還是將之總結為中國文學自身演進發展的傳承，論者均從縱向的歷時研究描述中國現代派作家寫作與中、外文學關聯，亦無可避免地簡化了現代經驗被轉化的曲折過程。下文將從共時研究的角度，探討現代派作家在三十年代轉折之際，如何通過小說文本的內部系統呈現都市現代經驗。首先參考近年隱喻研究的新發展，重新審視現代派小說中由視覺到文字轉喻的都市風景，特別關注現代派作家如何利用以自然景物為

19　學者配合二十世紀中國歷史文化的發展，嘗試重塑現代文學中城、鄉形象各自的複雜性。參考吳福輝：《都市漩流中的海派小說》（湖南：湖南教育，1995 年），頁 157-167；Zhang Yingjin, *The City in Modern Chinese Literature and Film: Configurations of Space, Time and Gender*, pp. 9-20; 趙園：《地之子》（北京：北京大學，2007 年），頁 102-122。

20　吳福輝：《都市漩流中的海派小說》，頁 79、147、161-163。

喻的都市風景修辭，將陌生的城市景觀納入他們的認知範疇（cognitive domain），並探討「都市產物」和「自然景物」的對比性意象，如何透露他們對都市的感知模式。我們將指出現代派作家刻意引入「鄉村自然」景觀及其象徵的價值體系書寫現代都市，同時亦以都市文明為本位，在人工自然的新世界裏重新定義自然。此外，下文將探討現代派作家如何以香港作為自身城市（上海）的參照對象，其小說又如何偏重南國小島自然風光的描述，使同處於現代化商業化發展中的城市成為「鄉村自然」的隱喻，藉此與上海進行反襯和比對。相關作品不僅為早年的香港記下一系列獨特的文學地域想像，也展示現代派作家對都市文明發展的不同思考。

「都市風景線」的隱喻修辭

　　隨着二十世紀語言學和文學批評的發展，隱喻（metaphor）與人類思考模式的密切關係重新得到關注。過往西方學者有關隱喻的研究主要從修辭學角度，探討本體（tenor）和喻體（vehicle）的距離和功能。亞里士多德（Aristotle, 384-322 B.C.）《詩學》（Poetics）認為隱喻是兩種事物概念範疇的聯繫和置換，從不同事物之間直覺感知它們相似之處。縱然《詩學》的討論仍限制於修辭學範疇，但亞里士多德的闡述明顯將隱喻運用視為心智、認知活動的運作，把已知之事投射到未知之事，將不可知變為可知。由於事物概念之間的相似性並非客觀存在，發現相似性的能力遂成為天才的象徵，而隱喻透露

的便是一種因人而異的感知過程。[21] 十八世紀德、法兩國的
哲學家赫爾德（John Gottrried Herder, 1744-1803）和盧梭（Jean-
Jacques Rousseau, 1712-1778）分別宣稱語言基本的表達方法，
皆屬隱喻性（figurative）。[22] 二十世紀俄國語言學者及文評家
雅各森（Roman Jakobson, 1896-1982）也曾嘗試以隱喻和借代
（metonymy）兩種辭格機制，歸納文學構成的基本原則：類聚
性（paradigmatic）和連接性（syntagmatic）。前者以相類進行替
代，是為詩的基本性向；後者以毗鄰的偶然關係結合，主宰

---

21 Aristotle, *Poetics*, trans. with an intro and notes by Malcolm Heath(London: Penguin Books, 1996）, pp. 34-35, 37.(Ch21, 57b; Ch22, 59a）相對關注修辭學上隱喻本體和喻體之間差異性作用的，是稍後於亞里士多德的古羅馬修辭學家昆提利安（Quintilian, 35-95 B.C.）。錢鍾書〈讀《拉奧孔》〉對隱喻所包含辯証關係的精闢見解，即建基於昆提利安《修辭學》（*Institutio Oratoria*）第八卷第三章的論述：「相比的事物間距離愈大（longius），比喻的效果就愈新奇（novitatis atque inexspectata magis）。」（8.3.74）錢氏從而判斷，比喻在哲學思辯裏只是「不謹嚴、不足依據的比類推理（analogy）」，但這「正是文學語言的特點」。參考 *Institutio Oratoria*, Book VIII, III.74: "For the more remote the simile is from the subject to which it is applied, the greater will be the impression of novelty and the unexpected which it produces." *The Institutio Oratoria of Quintilian*, Vol.3,with an English translation by H. E. Butler, （Cambridge, Mass: Harvard University Press and London: William Heinemann Ltd., Reprinted 1959 [1921]）, pp. 252-253. 錢鍾書：〈讀《拉奧孔》〉,《七綴集》（香港：天地圖書,1990 年）,頁 45-48；《談藝錄》補訂重排本，下冊(北京：生活・讀書・新知三聯書店，2001 年）,頁 556-557。

22 Johann Gottfried Herder, *Abhandlung über den Ursprung der Sprache*, Berlin: Christian Friedrich Voss, 1772；Jean-Jacques Rousseau, "Essai sur l'origine de langues," in *Œuvres complètes*, Tome XIV, nouv. éd., conforme à celle de Geneve en 1781(Lyon: [s.n.], 1796）, pp. 223-225.

敘事文的構成。[23] 不過促使隱喻研究出現革命性改變的另一力量，則源自近年認知語言學的發展。八十年代，美國語言學家萊考夫（George Lakoff, 1941- ）和約翰遜（Mark Johnson, 1949- ）有關隱喻概念（metaphorical concept）的觀點對文學研究極具啟發性：一、隱喻普遍存在於人們思想和語言活動之中，它作為概念系統，反映人類事物經驗、思維邏輯以至文化背景；二、隱喻中分屬不同認知領域的兩個概念可以互換調整，隱喻過程甚或改變我們對目標領域（target domain）的理解，從而取消客觀真實的問題。[24] 由此而言，隱喻不僅被視為一種建構原始人類對外在世界的認知方式，它更展示人類認知活動的內在規律。下文將配合隱喻研究的新發展，重新檢視中國三十年代現代派小說呈現的都市意象，考察現代經驗轉化中生成的都市文學表述。

---

23 Roman Jakobson and Morris Halle, "Two Aspects of Language and Two Types of Disturbances," in *Fundamentals of Language*（The Hague: Mouton, 1956），pp. 55-82. 另外，高辛勇曾通過解構主義批評的角度，詳細論述各種辭格和思維方式、意識形態的密切關係。參考高辛勇：〈修辭與解構閱讀〉，《中國比較文學》1994 年第 2 期，頁 135-149；〈比喻與意識形態〉，載楊乃橋、伍曉明主編：《比較文學與世界文學：樂黛雲教授七十五華誕特輯》（北京：北京大學，2005 年），頁 427-438。

24 縱然隱喻的認知研究以日常語言為主要研究對象，但萊考夫指出文學隱喻乃建基於日常生活中隱喻性的思維，是對慣性隱喻進行創意延伸（extending）、闡述（elaborating）、質疑（questioning）和併合（composing）。參考 George Lakoff and Mark Johnson, *Metaphors We Live By*（London: University of Chicago Press, 2003[1980]），pp.77-96; George Lakoff and Mark Turner, *More than Cool Reason: A Field Guide to Poetic Metaphor*（Chicago: University of Chicago Press, 1989），pp. 67-80.

（一）「都市產物」和「自然景物」的對比性意象

現代建築和各種新興都市產物構成的城市景觀，率先成為中國三十年代現代派作家的審美對象，不少論者亦由此開展中國都市文學的論述。若以茅盾加入「左聯」後發表的《子夜》（1933 年）為參照，小說開首即沿着黃浦江和蘇州河俯瞰資本主義大都會的全景 —— 革命象徵地，上海。相對而言，劉吶鷗以「都市風景線」為名的小說集收入的〈遊戲〉和〈兩個時間的不感症者〉，或穆時英〈上海的狐步舞〉、〈夜總會裏的五個人〉、〈街景〉和〈PIERROT〉等篇所展現「都市的風土畫」，[25] 雖不排除全景描寫，但以上海的地標建築和娛樂場所的剪影式描繪為主導。因此，現代派小說羅列盡致的摩天樓、勃靈登大廈、華懋飯店、華東飯店、中國飯店、東方飯店、大上海飯店，以至更多的「亞歷山大鞋店，約翰生酒鋪，拉薩羅煙商，德茜音樂鋪，朱古力糖果鋪，國泰大戲院，漢密爾登旅社」，都被評論者反覆強調。還有密集佈置的探戈宮、大世界、皇宮舞場、皇后夜總會、巴黎露天舞場、新光戲院、沙利文咖啡座、文藝復興咖啡座等娛樂場所，「三百七十種煙的牌子，二十八種咖啡的名目，五千種混合酒的成分配列方式」等無法窮盡的物質文明象徵符號，充斥着「紅的街、綠的街、藍的街、紫的街⋯⋯ 強烈的色調化裝着」那個聲光化電的表象世界。[26] 1930 年劉吶鷗出版首部小說集

25　穆時英：〈Pierrot〉，《公墓》（上海：現代書局，1933 年），頁 190-191。
26　穆時英：〈駱駝・尼采主義者與女人〉，《聖處女的感情》（上海：良友圖書印刷公司，1935 年），頁 59；穆時英：〈夜總會裏的五個人〉，《公墓》，頁 73。

旋即被譽為「敏感的都市人」，正因為他能對「飛機、電影、JAZZ、摩天樓、色情、長型汽車的，高速度大量生產的現代生活，下着銳利的解剖刀。[27]」都市文明在劉吶鷗、穆時英以至其他現代派作家筆下「第一次獲得肯定」。[28]

面對長久以來左翼評論者對現代派作家偏向關注都市娛樂消費的指責，[29] 加上京派文人有關「城鄉對峙」的強大論述，[30] 近年學者嘗試重新發掘現代派小說強調物質文明發展的時代意義，卻忽略當中大量借用自然景物為喻的都市意象。事實上，從視覺景觀到價值體系，現代派作家書寫城市及其隱藏的批判立場，均刻意引入一個與現代都市針鋒相對的象徵價值體系——鄉村自然。施蟄存主編《現代》雜誌期間，為說明現代詩形式革新的必要性，曾利用都市景觀闡釋現代生活的具體內涵，從而指出現代人對外在世界認知方法的轉移。二元對立觀念為基礎的認知結構中，都市景觀的出現促使原來的「自然景物」也被重新定義：

27　現代派「編輯－譯者－作家羣」主編的《新文藝》月刊（1929-30）刊載劉吶鷗《都市風景線》的宣傳文字。參考《新文藝》二卷一期（1930 年 1 月），雜誌正文前之廣告頁。

28　分別參考李歐梵：〈中國現代小說的先驅者 —— 施蟄存、穆時英、劉吶鷗作品簡介〉，頁 8-14；李今：《海派小說與現代都市文化》，頁 15-21。

29　參考茅盾：〈都市文學〉，《茅盾全集》第十九卷・中國文論二集（北京：人民文學，1991 年），頁 421-422（原載《申報月刊》第二卷第五期，1933 年 5 月 15 日）。

30　參考沈從文：〈習作選集代序〉，《沈從文選集》第五卷（成都：四川人民文學，1983 年），頁 229-230（原載《國文周報》十三卷一期，1936 年）。

> 所謂現代生活，這裏面包含着各色各樣獨特的
> 形態：匯集着大船舶的港灣，轟響着噪音的工場，
> 深入地下的礦坑，奏着 Jazz 樂的舞場，摩天樓的百貨
> 店，飛機的空中戰，廣大的競馬場 …… 甚至連自然
> 景物也與前代的不同了。這種生活所給與我們的詩
> 人的感情，難道會與上代詩人們從他們的生活中所
> 得到的感情相同的嗎？[31]

正如英國馬克思主義批評家威廉斯（Raymond Williams, 1921-1988）的分析，城市和鄉村二者的觀念、形象、各自代表的生活模式和情感結構，隨歷史社會的發展而變化，卻又同時保留某種固定不變的內核模式。人們乃通過城、鄉互為參照的二元結構，觀察和理解生活轉變以至社會危機。[32] 中國三十年代現代派作家對城、鄉關係的態度，較同期左翼和京派作家都更為複雜曖昧。認知層面上，他們憑藉鄉村的生活經驗進入陌生的城市環境，甚至以鄉村為參照點對現代都市進行定位。至於在都市風景的文學表述中，他們則通過都市和自然景觀的重疊鑲嵌，透露自身對都市文明的思考和情緒，也為中、外文學的「都市風景」系譜提供了獨特模式。

　　現代派作家運用隱喻修辭，以自然景物為喻描繪現代都市，從而接近或排斥都市物質文明的發展。這種意識形態在

31　施蟄存：〈又關於本刊中的詩〉，《現代》第 4 卷第 1 期（1933 年 11 月），頁 6。
32　Raymond Williams, *The Country and the City*, p. 289.

文學作品中被具體化為「都市產物」和「自然景物」的對比性意象，其中牽涉兩個截然不同的認知範疇。劉吶鷗《都市風景線》首個篇章〈遊戲〉所描繪的都市風景正是典型例子：

> 這是五層樓的一室，他憑着欄杆往外面望。黑越越的空中罩住一片生活的紅光，下底是一片的燈海。那些高高低低的樓房，只露着不明瞭的輪廓，像海底的沙堆一樣，疊在他的眼底下。近處一條燈光輝煌的街道，像一條大動脈一樣，貫串着這大[都]市的中央，無限地直伸上那黑暗的空中去。那中間的這些許多夜光蟲似的汽車，都急忙動着兩隻觸燈，轉來轉去。那面交錯的光線裏所照出來的一簇螞蟻似的生物，大約是剛從戲園滾出來的人們吧！ [33]

小說從第三人稱敘事者的角度，描述都市生活壓力下頗感寂寞的故事主人公，在五層樓高的公寓陽台憑欄眺望。當時上海新興的公寓樓房建築，為故事主人公提供了鳥瞰俯視城市所需的高度和距離，他將眼前的都市景觀（主體）直接比附為海底世界（喻體），並加以詮釋。小說將街燈光影比喻為「一片的燈海」；「高高低低的樓房」則喻為「海底的沙堆」，「只露着不明瞭的輪廓」；至於貫穿大都會中央一條燈光輝煌的街道上行走的汽車，直指為「急忙動着兩隻觸燈，轉來轉去」的夜

33　劉吶鷗：〈遊戲〉，《都市風景線》（上海：水沫書店，1930 年），頁 12-13。

光蟲。引例中以隱喻方式描述都市景觀的各種喻體，具有內在統一的特質，同屬大自然的範疇。

相近的例子同見於其他現代派作家的小說，他們甚至將城市景觀比附為自然山色和星空夜景：

> 游倦了的白雲兩大片，流着光閃閃的汗珠，停留在對面高層建築物造成的連山的頭上。遠遠地眺望着這些都市的牆圍，而在眼下俯瞰着一片曠大的青草原的一座高架台，這會早已被賭心熱狂了的人們滾成為蟻巢一般了。
>
> （劉吶鷗〈兩個時間的不感症者〉）

> 從隔岸望過去，終夜掙扎着香港的街燈像秋星一樣的在閃着惺忪的睡眼。一條環繞着山腰的裙帶路，那高低蜿蜒的燈光，在叢樹中時隱時現，使人要疑惑它是改變了位置的天河。夜歸的摩托車，沿着險峻的山道向上馳去，偶爾從叢樹間露出綫一樣一道銀光[……]，恰像是從天際落下來的一顆隕星。[34]
>
> （葉靈鳳〈時代姑娘〉）

34　葉靈鳳：〈時代姑娘〉，《葉靈鳳小說全編》下（上海：學林，1997 年），頁475。

> 街上接連着從戲院和舞場裏面回來的，哈士蟆
> 似的車輛，在那條兩座面對着勃靈登大廈和劉易士
> 公寓造成的狹巷似的街上爬行着。[35]

（穆時英〈紅色的女獵神〉）

上述引例中，構成都市景觀的意象主體（高低蜿蜒的燈光、摩托車的銀光、高層建築物、跑馬場），均以各種自然景物（秋星、天河、隕星、連山、青草地）為喻；汽車作為都市物質文明的象徵，亦比附為大自然生物（爬行着的哈士蟆），加以描繪。這裏，隱喻的運用不僅是文學修辭手法，它同時牽涉人類認知活動的內在規律。中國三十年代現代派作家多由農村進入城市，當他們首次踏足工業化現代化的大都會，必需憑藉個人經驗，將陌生的都市景觀及其生活模式轉化納入自身的認知範疇。其作品以自然景物為本位所描寫的都市意象，具體代表着他們理解和掌握外在世界「人工自然」發展過程的初始階段，將人工建造重新定義為自然的部分，甚或刻意混淆人工世界與自然世界之間的界線。

相較四十年代自覺「生長在都市文化中」的作家同樣面對自然人工化的發展，[36] 他們反以都市產物（喻體）修飾描繪自然風景（主體）。不少論者已經指出，張愛玲小說裏大量「以實寫虛」逆向處理的風景意象，將自然景物轉化為身邊觸手

35 穆時英：〈紅色的女獵神〉，《聖處女的感情》，頁 236。
36 張愛玲：〈童言無忌〉，《流言》（香港：皇冠，1991 年），頁 12。

可及的服飾、傢俱以至「薄荷酒裏的冰塊」、「雪茄煙盒上的商標畫」和「灰色的耶誕卡」等都市產物。[37]這種以都市文化為本位的比喻方法,「自然人工化」、「心理物品化」的意象處理,正能反襯二十年代末至三十年代初現代派作家把握和描繪都市的原始狀況。

現代派作家進一步修正以自然為喻的都市意象,表現他們面對城市發展的不安情緒。都市意象中作為喻體的「自然景物」,或脫離了作家們的鄉村經驗,走向想像的太古時代、原始自然的非經驗世界。劉吶鷗和穆時英小說裏兩個被評論者反覆引用的例子,同屬此類。〈遊戲〉描述故事主人公在現代都市「魔宮」裏受着「男女的肢體,五彩的燈光,和光亮的酒杯,紅綠的液體以及細細的指頭,石榴色的嘴唇,發焰的眼光」等聲色刺激下,[38]回想自己進入大都會一刻的情景:

> 我今天上午從朋友的家裏出來,從一條熱鬧的馬路走過的時候,我覺這個都市的一切都死掉了。塞滿街路上的汽車,軌道上的電車,從我的身邊,

---

37 張愛玲:〈第一爐香〉,《第一爐香 —— 張愛玲短篇小說集之二》(香港:皇冠,1995年),頁43-45、80。有關張愛玲「以實寫虛」的筆法先由王安憶提出,其他學者再詳細闡述。參考許子東:〈重讀《日出》、《啼笑姻緣》和《第一爐香》〉,《文藝理論研究》1995年6期,頁29-39;許子東:〈物化蒼涼 —— 張愛玲意象技巧初探〉,載劉紹銘、梁秉鈞、許子東編:《再讀張愛玲》(香港:牛津大學,2002年),頁149-162。

38 劉吶鷗:〈遊戲〉,頁4。

> 摩着肩，走過前面去的人們，廣告的招牌，玻璃，
> 亂七八糟的店頭裝飾，都從我的眼界消滅了。我的
> 眼前有的只是一片大沙漠，像太古一樣地沉默。那
> 街上的喧囂的雜音，都變做吹着綠林的微風的細
> 語，軌道上的轆轆的車聲，我以為是駱駝隊的小鈴
> 響。最奇怪的，就是我忽然間看見一隻老虎跳將出
> 來。我猛吃了一驚，急忙張開眼睛定神看時，原來
> 是伏在那劈面走來的一位姑娘的肩膀上的一隻山貓
> 的毛皮。[……] 總之，我的心實在寂寞不過了。倘若
> 再添這些來時，或者我的生命的銀絲，載不起它的
> 重量，就此斷了。[39]

第一人稱的敘事者「我」是現代派作家小說裏充滿寂寞與疲累
的典型都市人，經過自我意識的調整，眼前熱鬧的都市景觀
化成荒涼、「太古一樣地沉默」的大沙漠，街上人羣喧囂的雜
音、軌道上電車的車聲被分別轉化為沙漠裏「綠林的微風的
細語」和「駱駝隊的小鈴響」。至於小說描寫自然生物進入都
市的形態，野生老虎則只能成為人工自然的裝飾（山貓的毛
皮），「伏在那劈面走來的一位姑娘的肩膀上」，方能出現在熱

---

39 劉吶鷗：〈遊戲〉，頁 4-5。

鬧都市的街景。

　　另一例子見於被譽為都市文學的代表作〈上海的狐步舞〉，即穆時英長篇小說《中國行進》的部分。[40] 小說開首記述火車兩次行經大都會之間發生的一宗謀殺案，案發地點正是「造在地獄上的天堂」的上海，「道德給踐在腳下，罪惡給高高地捧在腦袋上面」的林肯路。[41] 作者刻劃高度象徵現代都市文明的火車，進入上海「大原野」的姿態：

　　　　上海。造在地獄上的天堂！

　　　　滬西，大月亮爬在天邊，照着大原野。淺灰的原野，鋪上銀灰的月光，再嵌着深灰的樹影和村莊的一大堆一大堆的影子。原野上，鐵軌畫着弧線，沿着天空直伸到那邊兒的水平線下去。[⋯⋯]

40　〈上海的狐步舞〉最初發表於《現代》二卷一期，副題已註明「一個斷片」。編者施蟄存亦在同期雜誌的〈社中日記〉裏說明此篇乃穆時英「從去年起就計劃着的一個長篇中的斷片，所以是沒有故事的。」可惜學界一直未能確定長篇小說《中國行進》（原名《中國一九三一》）是否曾經出版。九十年代以後，嚴家炎、李今、陳建軍等學者着手整理穆時英大量未被發現的材料，確定除〈上海的狐步舞〉以外《中國行進》還包括五個已經發表的部份：〈中國的一九三一〉、〈上海的季節夢〉、〈我們這一代〉、〈田舍風景〉和〈蒼白的彗星〉，各篇章的基本人物形象和寫作手法均互相呼應。參考嚴家炎：〈穆時英長篇小說追踪記 ——《穆時英全集》編後〉，《新文學史料》2001 年第 2 期，頁 196-197；陳建軍：《《穆時英全集》補遺說明〉，《中國現代文學研究叢刊》2012 年第 4 期，頁 131-132。

41　穆時英：〈上海的狐步舞〉，《公墓》，頁 169（原載《現代》創刊號，1932 年 5 月）。

　　　　嘟的吼了一聲兒，一道弧燈的光從水平線底下
　　伸了出來。鐵軌隆隆地響着，鐵軌上的枕木像蜈蚣
　　似地在光線裏向前爬去，電桿木顯了出來，馬上又
　　隱沒在黑暗裏邊，一列「上海特別快」凸着肚子，
　　達達達，用着狐步舞的拍，含着顆夜明珠，龍似地
　　跑了過去，繞着那條弧線。又張着嘴吼了一聲兒，
　　一道黑煙直拖到尾巴那兒，弧燈的光線鑽到地平線
　　下，一會兒便不見了。

　　　　又靜了下來。[42]

　　小說先從宏觀角度描寫火車（都市文明）進入都市的景
象：「畫着弧線」的火車鐵軌沿着天邊延伸至大地盡頭，「一道
弧燈的光」伴隨火車的吼聲與鐵軌的隆隆巨響劃破上海寧靜
的黑夜。事實上，現代派作家對象徵現代文明的火車多有論
述，戴望舒便曾撰文反思這被俄國「最後的田園詩人」葉賽寧
稱為「鐵的生客」及其所代表「醜陋和不調和」的現代文明，
對「古舊的山川天地之間相互的默契和熟稔」以及「人和自然
界之間融和的氛圍」所造成的破壞。[43] 其次，小說通過隱喻
修辭，將火車的現代都市背景置換為太古時代的原始自然。
具體的「上海特別快」列車（Shanghai Express）進入城市的意

42　同上註。

43　戴望舒：〈西班牙的鐵路——西班牙旅行記之四〉，《新中華》第 4 卷第 6 期
　　（1936 年 3 月 25 日），頁 55-56。

象，被轉化成中國古老傳說中龍「含着顆夜明珠」，「凸着肚子」，卻「用着狐步舞的拍」沿着弧線鐵軌前行且瞬間消失的形態。現代派作家對意象喻體（自然景物）的選取，一方面源自他們鄉村生活的現實經驗，另一方面也轉向指涉原始自然的非經驗世界，強調人對現代都市的陌生感。都市意象本體和喻體之間的關係和距離，直接透露他們對都市發展的複雜思考。

（二）否定邏輯重新定義的自然概念

現代派作家為新興而陌生的都市風景尋找表述方式的同時，在人工自然的世界裏重新探討自然的概念。他們不少的散文著作，強調都市生活壓力下的現代人如何嚮往自然山色、鄉村生活，宣告要「把城市丟在城裏」，「去找一個更廣闊，一個更高的天空」，[44] 期待「把一天的疲勞溶散在田舍風景裏」；[45] 又寄望重臨廣闊的田野、望不盡的天空，「給繁重的工作麻痺了的，時常被禁閉在狹窄的書室裏邊的幻想與感情便會鴿子樣飛翔起來。[46]」穆時英在其回憶文章〈上海的夢〉憶述年青時對花香田野的嚮往：「對於生長在都市，第一次經

44　穆時英：〈麗娃栗妲村〉，《穆時英全集》第三卷（北京：北京十月文藝，2008年），頁9。

45　穆時英：〈湖〉，《穆時英全集》第三卷，頁99。

46　穆時英：〈新秋散記〉，《穆時英全集》第三卷，頁45。

到郊外的我，這畫卷簡直是不可思議地媚惑。[47]」可是當中談到的郊外，其實是「現代都市的近郊」；而作者念念不忘的，也是沒有遠離都市的近郊夜景：「霓虹燈給澄碧的夜空染上鮮膩的口紅，那面插在天邊的圓月把羅曼蒂克的銀色瀉滿大地。[48]」事實上，現代派作家對鄉村自然、抒情風景的嚮往，與其投入現代都市生活的程度呈辯證關係。他們愈是貼近現代都市生活，愈急需確認現實中或想像中自然風景鄉村生活的重要性。不過，縱然現代派作家欣賞鄉郊生活，卻從不妨礙他們對都市文明的肯定，他們甚至利用都市文化為參照重新定義自然的具體意涵，這一點跟京派作家對城鄉問題的處理截然不同。

現代派作家對鄉村自然的思考和論述，主要存在兩種模式。第一，感慨昔日的明媚風光在繁囂的大城市之中消亡，寄望逃離二十世紀的物質文明，轉向歐洲文學想像中「中世紀的古夢」裏尋覓平靜生活。如穆時英〈故鄉雜記〉所述「還鄉」的回憶：

> 出了火車站，我們就走出了二十世紀。那麼悠長的一條窄石路在前面伸展着，一頂轎子浮在上面，向山影那面移去，走到中世紀的古夢裏去似的。[49]

47　穆時英：〈上海的夢〉，《穆時英全集》第三卷，頁 130（原載《旬報》一卷一期，1938 年 5 月 11 日）。

48　同上註，頁 130。

49　穆時英：〈故鄉雜記〉，《穆時英全集》第三卷，頁 19（原載《申報‧自由談》1933 年 4 月 19-21、23、25-26 日）。

又如劉吶鷗〈風景〉描寫火車上相遇的都市男女進入鄉村郊野所目睹的自然景觀，同樣只能保存在「中世紀的舊夢」裏。面對如斯景致，男主人公也頓時感到自己「被扭退到兩三世紀以前去」：

> 火車走近車站了。水渠的那面是一座古色蒼然，半傾半頹的城牆。兩艘揚着白帆的小艇在那微風的水上正像兩隻白鵝從中世紀的舊夢中浮出來的一樣。燃青覺得他好像被扭退到兩三世紀以前去了。[50]

從自然景觀到精神內涵，施蟄存〈花夢〉更具體指出「中世紀浪漫時代」與二十世紀現代都市的分野。只有中世紀的浪漫時代方能尋得大都會無法實現的愛情，小說男主人公遂在主觀心理影響下將眼前由車輛、行人和巨大建築物構成的都市景觀，幻想成為中世紀「繁花簇擁着的古堡」背景，並設想大都會男女的相遇，彷彿是白羽扇子掩蔽朱唇的「美人」遇上手持盾牌騎着高大白馬的「武士」的情景：

50　劉吶鷗：〈風景〉，《都市風景線》，頁 27。

　　中世紀浪漫時代的男女所懂得的愛決不能再存
在於現代的都會裏了 [⋯⋯]。車輛，行人，巨大的三
和土建造物，架在空中的鐵絲蛛網，瞬息在從他眼
前消隱下去，一座以沉靜的天際揚着白色的三角帆
的碧海為背景的繁花簇擁着的古堡代替了它們的地
位。那個行進着的女人，現在是把白羽的扇子掩蔽
着朱唇在露台上臨視着，他自己，仿佛是擁着刻了
英武的祖宗的格言的盾牌，騎着高大的白馬，預備
立刻出發去盡忠於這個美人的吩咐的武士了。[51]

參考現代派作家的學養背景，他們所言「中世紀的古夢」、「中
世紀的舊夢」以及「中世紀浪漫時代」，均指涉歐洲文學想像
中那個業已消失、跟「現代」截然不同的年代。劉吶鷗曾於
1926 年致戴望舒的信函裏談及德、法文學和電影的發展，將
源自歐洲中世紀文學的 "Romance"（浪漫）和「近代主義」
（Modernism）加以對舉。他惋惜現代文明（噪鬧的電車、工廠
的炭煙）對田園古城浪漫情調的破壞，卻同時宣告我們當下
「現代生活」中美的新形式：

　　我不說 Romance 是無用，可是在我們現代人，
Romance 究未免緣稍遠了。我要 faire des Romances，
我要做夢，可是不能了。電車太噪鬧了，本來是蒼

51　施蟄存：〈花夢〉，《施蟄存文集・十年創作集》（上海：華東師範大學，1996
年），頁 693-694（原載施蟄存《娟子姑娘》，上海：亞細亞書局，1929 年）。

青色的天空，被工廠的炭煙佈得黑濛濛了，雲雀的
聲音也聽不見了。繆賽們，拿着斷弦的琴，不知道
飛到那裏去。那麼現代的生活裏沒有美的嗎？那
裏，有的，不過形式換了罷，我們沒有 Romance，沒
有古城裏吹着號角的聲音，可是我們卻有 trill，carnal
intoxication，這就是我說的近代主義，至於 trill，
carnal intoxication，就是戰栗和肉的沉醉。[52]

至於現代派作家論述鄉村自然的第二種模式，主要描寫都市
人「進入」鄉村，通過否定都市文明反證純樸自然的郊野風
景。[53] 穆時英早期小說集《公墓》的同名篇章，即記述寂寞主
人公「我」戀慕患上肺病的年輕女子，為這場悲劇提供故事場
景的是上海市郊一處埋葬二人母親的墓園：

郊外，南方的風，吹着暮春的氣息。這兒有晴
朗的太陽，蔚藍的天空；每一朵小野花都含着笑。
這兒沒有爵士音樂，沒有立體的建築，跟經理調情
的女書記。田野是廣闊的，路是長的，空氣是靜
的，廣告牌的紳士是不會說話，只會抽煙的。[54]

52　劉吶鷗：〈致戴望舒函〉（1926 年 11 月 10 日，署名燦波），載孔另境編：《現
　　代作家書簡》（廣州：花城出版社，1932 年），頁 184-185。

53　現代派作家描寫都市人「進入」鄉村的情節，可參考施蟄存〈旅舍〉和〈港內
　　小景〉，劉吶鷗〈遊戲〉、〈風景〉和〈赤道下〉，穆時英〈公墓〉和〈黑牡丹〉
　　等篇。

54　穆時英：〈公墓〉，頁 140、175。

小說描寫市郊墓園擁有濃厚的鄉村氣息，皆從都市物質文明的否定角度描繪寧靜清幽的環境，呈現「沒有爵士音樂，沒有立體的建築」的自然景觀。田野景致不是沒有受到都市發展的影響，但反諷地「廣告牌的紳士是不會說話，只會抽煙的」，所以郊外墓園尚能保持寧靜。女主人公要保持她「淡淡的哀愁的風姿」，也只能以「廣大的田野」為背景。小說同樣通過否定都市的物質文明，遠離「直線的建築物」、「銀紅的，黑和白配合着的強烈顏色的衣服」以及「爵士樂和 neon light」，從而確立郊外田野的自然風景：

> 姑娘們應當放在適宜的背景裏，要是玲姑娘存在在直線的建築物裏邊，存在在銀紅的，黑和白配合着的強烈顏色的衣服裏邊，存在在爵士樂和 neon light 裏邊，她會喪失她那種結着淡淡的哀愁的風姿的。她那蹙着的眉尖適宜於垂直在地上的白大理石的墓碑，常青樹的行列，枯花的淒涼味。她那明媚的語調和夢似的微笑卻適宜廣大的田野，青朗的天氣，而她那蒙着霧似的視線老是望着遼遠的故鄉和孤寂的母親的。[55]

55　穆時英：〈公墓〉，頁 151。引文強調直線所象徵的理性、直接、機械化等特質，被視為現代生活「緊要的質素」。另參考劉吶鷗：〈風景〉，頁 12-13。

參照小說的人物名稱、形象和故事背景，穆時英另外兩篇自述文章〈燕子〉和〈故鄉雜記〉，均可視為小說的「互文」加以對讀。[56] 二文分別記載作者回鄉探望姑母女兒玲姑娘的墓園，藉着否定「速度」、「刺激」和需要「麻醉」的都市生活，放鬆「都市裏壓縮了的神經細胞組織」，解除「教育裏邊的近代文明」，從而確立「幽靜」和「古雅」的鄉村郊野：

> 那麼幽靜啊！我是在王摩詰的山水畫裏航行着。[……] 這兒是沒有時間和空間的地方；這兒用不到速度，用不到刺激，用不到麻醉，只是香醇的龍井茶似的生活，幽閒地，不知不覺地在歷史中溜了過去。[……] 躺着，躺着，在都市裏壓縮了的神經細胞組織鬆散下來，我所受的教育裏邊的近代文明一點點的溶解了下來，消逝在這幽靜的，古雅的大氣裏邊。[57]

三十年代現代都市發展之下，過往外在自足的「自然」作為一種先驗的、不言自明的普遍概念明顯失卻原有涵義。自覺生活在都市文化中的現代派作家，一方面懷念昔日的自然景觀和生活形態，如今只能存在於遙遠的歐洲中世紀想像裏；另

56　二文均於〈公墓〉發表後翌年出版。參考穆時英：〈燕子〉，《穆時英全集》第三卷，頁 14-15（原載《申報・自由談》，1933 年 3 月 11 日）；穆時英：〈故鄉雜記〉，頁 16-25。
57　穆時英：〈故鄉雜記〉，頁 23。

一方面，他們只能借助城鄉的二元結構，通過都市文明的否定重新認識和定義自然的概念。相關的論述裏，現代派作家不乏對都市文明的直接批判，亦由此觸及波特萊爾面對現代性的兩難處境：作家所反抗的正是提供他們生活經驗和創作資源的現代都市。[58] 然而現代派作家對都市發展的反思深度不足，其諷刺觀點或所謂「二重的審美評價」，[59] 亦多源自左翼的批判立場，並非對現代性的真正懷疑。[60]

鄉村自然的象徵：香港

不論以自然為本位描繪的都市風景意象，還是倒反過來以都市為參照重新定義自然的論述，「鄉村自然」的概念一直是現代派作家理解和轉化都市現代經驗的重要中介。風景修辭以外，其作品利用文學的地域想像，為小說的都市場景提供另一重參照。現代派小說所設置的多重都市背景，既以上

58　李歐梵曾經從漫遊者的角度，比較波特萊爾和現代派作家（「摩登」作家）反思都市的不同態度。參考 Leo Ou-fan Lee, *Shanghai Modern*, pp. 38-39.

59　吳福輝：《都市漩流中的海派小說》，頁 155-157。

60　事實上，三十年代不少現代派作家也曾按左翼評論的觀點進行創作，例如穆時英：《南北極》，上海：湖風書局，1932 年（1933 年改訂本增收〈偷面包的面包師〉、〈斷了一隻胳膊的人〉和〈油布〉三篇小說）；安華：〈阿秀〉，《新文藝》第 1 卷第 6 期（1930 年 2 月），頁 1113-1140；施蟄存：〈花〉，《新文藝》第 2 卷第 1 期（1930 年 3 月），頁 63-69；徐霞村：〈自然的淘汰〉，《新文藝》第 2 卷第 1 期（1930 年 3 月），頁 119-130；又或曾參與無產階級文藝理論的翻譯，例如弗理契著，劉吶鷗譯：《藝術社會學》，上海：水沫書店，1930 年；伊可維支著，戴望舒譯：《唯物史觀的文學論》，上海：水沫書店，1930 年。

海為重心，又同時引入國內外不同城市加以比對：〈公墓〉
從北京、香港和上海的對照寫各城市的氣候和生活習慣；[61]
〈禮儀和衛生〉展示由金髮女郎（Blonde）、印度大漢和斯拉
夫女子等異鄉人在「沙漠似的上海」構築的「一個綠洲」；[62]
〈夜〉描述遊蕩上海街頭的主人公喚起古巴、西班牙馬德里、
日本神戶以及夏威夷各地的回憶。[63]小說呈現歐、美、亞洲
城市的文化想像，增添上海作為國際大都會的異國情調，但
論者多有忽略現代派作家同樣刻意引入象徵鄉村自然及其價
值體系的城市，作為上海的反襯和比對。這個隱喻鄉村自然
的都市，正是三十年代同處於現代化工業化發展中的南國小
島——香港。

　　三十年代香港的工商業發展雖遠不及已躋身國際大都會
的上海，但其現代化的都市景觀和市民物質生活的轉變，還
是受到上海文人的關注。三十年代初，穆時英小說描寫夏天
的香港，便提及這城市「給海濱浴場，音樂會，夜總會，露天
舞場佔滿」的光景。[64]事實上，被譽為「北上作家」第一人的

61　穆時英：〈公墓〉，《公墓》，頁 152-153、170-171。

62　劉吶鷗：〈禮儀和衛生〉，《都市風景線》，頁 111-112。

63　穆時英：〈夜〉，《公墓》，頁 143-144、152-153、167、170-171、177-178、187。

64　穆時英：〈公墓〉，171。

香港作家謝晨光，[65] 早在 1927 年葉靈鳳主編的上海文藝雜誌
《幻洲》發表小說和散文，詳述香港作為英屬殖民地在宗主國
「竭力經營」之下如何發展成為「東亞第一大商場」，而「商場
最繁盛的地方」則薈萃了「最偉大的建築物，珍珠寶石商店，
博物院，影戲場」。[66] 至於香港作為現代都市的文娛生活，包括
「H 埠 [香港] 最宏麗的 Queen's Theatre [皇后戲院]」、[67] 皇后酒
店的跳舞場、[68]「Pedder Street [畢打街] 的 Café de Parisian[巴
黎人咖啡廳]」[69] 以及歐美電影傳入的情況，[70] 同樣通過文學

65　謝晨光生平資料不詳，其事跡記載可參考盧瑋鑾的文章和訪談。另外，由於
　　陳子善認為謝晨光是最先在上海發表作品的香港作家，故稱他為「北上作家」
　　第一人。參考盧瑋鑾：〈造磚者言 —— 香港文學資料蒐集及整理報告（以二十
　　年代至四十年代為例）〉，《香港文學》總第 246 期（2005 年 6 月），頁 67；
　　關夢南訪問及整理：〈為完整的香港文學史打好基礎 —— 訪問文學資料搜集
　　的健行者盧瑋鑾女士〉，《今天》2007 年第 2 期夏季號（總 77 期），頁 152-
　　153；陳子善：〈香港新文學的開拓者 —— 謝晨光創作初探〉，《活潑紛繁的香
　　港文學 —— 1999 年香港文學國際會議研討會論文集》上冊（香港：香港中文
　　大學，2000 年），頁 117。

66　謝晨光：〈加藤洋食店〉，《幻洲》第一卷第 11 期上部（1927 年 5 月），頁
　　538-539。

67　謝晨光：〈劇場裏〉，《幻洲》第一卷第 12 期上部（1927 年 9 月），頁 594。

68　謝晨光：〈加藤洋食店〉，頁 545。

69　謝晨光：〈最後的一幕〉，《幻洲》第二卷第 5 期上部（1927 年 12 月），頁
　　239。

70　謝晨光〈劇場裏〉提及 1926 年上映由意大利作曲家普契尼（Giacomo Puccini,
　　1858-1924）的經典歌劇改編、美國演員吉許（Lillian Gish, 1893-1993）
　　和吉伯特（John Gilbert, 1897-1936）聯合主演的電影《波希米亞人》（La
　　Bohème）；〈最後的一幕〉則提及西班牙作家伊巴涅茲（Vicente Blasco
　　Ibanez, 1867-1928）同名小說改編的電影《激流》（Torrent）。分別參考謝晨
　　光：〈劇場裏〉，頁 588-589；謝晨光：〈最後的一幕〉，頁 239。

作品進入上海作家和讀者的視野。[71]

　　不過，縱使以上海為據的現代派作家對香港都市發展的情況有所認識，其筆下的香港依然偏重自然風光的描繪，為這城市留下了獨特的異國形象（l'image de l'étranger）。檢視三十年代現代派作家的小說，如施蟄存〈凶宅〉（1933）；穆時英〈公墓〉（1932）、〈Craven "A"〉（1933）、〈五月〉（1933）和〈第二戀〉（1937）；葉靈鳳〈時代姑娘〉（1932）、〈未完的懺悔錄〉（1934）和〈永久的女性〉（1935），其中的人物背景或故事情節均與香港相關。海上白鷗翱翔、小島滿山白石建築和蒼翠林木的景致，在穆時英小說以至散文裏如出一轍：

> 在透明的，南方的青空下，它（案：維多利亞島）戴了滿山蒼翠的樹木和明朗的白石建築物，靜謐地浸在亂飛着白鷗的大海裏邊 [⋯⋯]。[72]
>
> （穆時英〈第二戀〉）

71　除《幻洲》以外，1927 年謝晨光曾於《語絲》發表題為〈談皇仁書院〉的通信，回應《語絲》120 期（1927 年 4 月 4 日）刊載〈皇娘〉一文，並提及魯迅於 1927 年 2 月 28 和 29 日香港青年會的兩次演講。1928-1931 年間，他又分別於《現代小説》、《一般》和《現代文學評論》等雜誌發表小説。詳見辰江：〈談皇仁書院〉，《語絲》137 期（1927 年 6 月 26 日），頁 18-20；謝晨光：〈跳舞〉，《現代小説》第 1 卷第 4 期（1928 年 4 月），頁 65-77；謝晨光：〈勝利的悲哀〉，《現代小説》第 2 卷第 2 期（1929 年 3 月），頁 50-70；謝晨光：〈心聲〉，《一般》第 5 卷第 3 號（1928 年 7 月），頁 412-440；謝晨光：〈鄉間所做的夢〉，《現代文學評論》第 2 卷第 3 期、第 3 卷第 1 期合刊（1931 年 10 月），頁 1-15。

72　穆時英：〈第二戀〉，《中國文藝》第 1 卷第 2 期（1937 年 6 月），頁 397、408。

> 東方的 Riviera 是一個漂亮的小島，它載滿了白
> 石的建築物，詩，羅曼史，日光和花束，浮沉在亂
> 飛着白鷗的南海裏。[73]
>
> （穆時英〈懷鄉小品〉）

> 從遠處望過去，香港不但載着滿山的白石建
> 築，還開放着滿山的花。[……] 澄澈的青空，異樣溫
> 煦明朗的陽光，就是在十二月裏也到處是布谷鳥的
> 雙重的歌聲和茉莉的芳香 —— 真像是初夏的花園裏
> 一樣。[74]
>
> （穆時英〈英帝國的前哨：香港〉）

葉靈鳳則具體刻劃香港清水灣和鯉魚門等地平靜而樸素的自
然景觀：

> 環繞着籠葱的大山，在平坦的沙灘前面，伸張
> 着清可見底的油碧的海水。淺黃的沙灘上散着幾堆
> 黝黑的珊瑚蟲遺體的大礁石，礁石背後是蒼翠的天

---

73 穆時英：〈懷鄉小品〉，《穆時英全集》第三卷，頁 117（原載《宇宙風》第 60
期，1938 年 2 月 11 日）。引文中「東方的 Riviera」正是香港的代稱，穆時英
在另一篇文章記述：「香港一間官辦的旅行社出了一本專賣給每年到這裏來的
三十萬游人避暑的小冊子，把香港稱為 Riviera of the Orient。」參考穆時英：
〈英帝國的前哨：香港〉，《穆時英全集》第三卷，頁 121（原載《宇宙風》第
61 期，1938 年 2 月 21 日）。

74 穆時英：〈英帝國的前哨：香港〉，頁 121。

然的屏障，不知名的淺絳的山花和成熟了的朱紅色
的野生菠蘿點綴在叢樹中，山後是澄澈的明朗的七
月秋空。沒有風，一丈多深的海水平靜得可以望見
底下晶瑩的沙石。這是香港著名的清水灣天然海浴
場。[75]

（葉靈鳳〈時代姑娘〉）

新秋的下弦月，從鯉魚門沉黑的魚背形的山頂
上升起來的時候，港裏的海水都泛出鱗一樣的銀灰
色的光輝。

夜潮在頑固地舐着海岸底下的堆積着的亂石。
[⋯⋯]

三兩隻夜漁的漁船，燃着輕便的瓦斯燈光，無
聲無息地像幽靈在海中浮蕩着，水綠的瓦斯燈光，
混合着粼粼的倒映着的銀灰色的月光，在薄薄的夜
霧中展開着，使人起了一種夢一樣的情調。[76]

（葉靈鳳〈時代姑娘〉）

三十年代現代派作家有關香港的描寫，一方面憑藉他們自身
的遊歷經驗，另一方面也揉合了時人對此地的普遍想像。比

75　葉靈鳳：〈時代姑娘〉，頁 478-479。
76　葉靈鳳：〈時代姑娘〉，頁 475。

對他們訪港和小說發表的時距，雖然部分作家曾踏足香港，可是有關香港的寫作大都發表在他們來港以前。1938 年施蟄存曾兩度來港，分別於 7 月由昆明取道越南、香港回上海省親；10 月離上海經香港、越南回昆明。至 1940 年施氏再次取道越南、香港回上海，這次在港滯留六個多月，並將妻子接到香港居住。[77] 故此，他早年在〈凶宅〉對香港的描述，依靠的恐怕是時人對此地的普遍想像。[78] 穆時英於 1936 年 4 月來港，1939 年 10 月重返上海，在港居住三年半之久。[79] 不過〈公墓〉、〈Craven "A"〉和〈五月〉同樣發表在作者南來以前，只有〈第二戀〉發表於來港以後。至於葉靈鳳，則是唯一在港度過大半生的作家。他於 1937 年「八・一三」淞滬會戰以後南下廣州，翌年廣州失陷前夕抵達香港，此後再沒離去。[80] 其三

77　施蟄存：〈滇雲浦雨話從文〉，《施蟄存文集・文學創作篇》第二卷・北山散文集（一）（上海：華東師範大學，2001 年），頁 362-363。另參考黃德志、肖霞：〈施蟄存年表〉，頁 33。

78　施蟄存在〈凶宅〉裏記述上海南京路開設珠寶店的俄國商人一本秘密日記，其內容先由巴黎某小報發表，再轉譯中文，當中特別提及香港著名的海浴場，以及當時香港作為珠寶買賣的中轉站。參考施蟄存：〈凶宅〉，《施蟄存文集・十年創作集》，頁 359、375。

79　李今：〈穆時英年譜簡編〉，《中國現代文學研究叢刊》2005 年第 6 期，頁 259-265。

80　1937 年「八・一三」淞滬會戰爆發，11 月上海淪陷。葉靈鳳於翌年春天離開上海經香港至廣州，不久家人亦避戰到香港。宗蘭回憶葉靈鳳其時「人在廣州，家在香港」，「周末有時去香港看家人，一次去了香港回不了廣州，日軍跑在他前面進了五羊城。從此他就在香港長住下來，度過了整個的下半生」。可見葉靈鳳原來沒有計劃定居香港，但又隨遇而安。參考宗蘭：〈葉靈鳳的後半生〉，載葉靈鳳：《讀書隨筆》一集（北京：生活・讀書・新知三聯書店，1988 年），頁 12；李廣寧：〈葉靈鳳年表〉，《葉靈鳳傳》（石家莊：河北教育，2003 年），頁 193-194。

篇小說〈時代姑娘〉、〈未完的懺悔錄〉和〈永久的女性〉均發表於作者移居香港以前，當中對南國小島的描述乃憑藉 1929 年來港小住的經驗及其文學想像。

引例中，小說〈時代姑娘〉描寫香港「鯉魚夜月」的一道「紙上風景」，[81] 更聯繫港、滬兩代文人的共同回憶。香港作家侶倫（1911-1988）在悼念葉靈鳳的文章〈故人之思〉裏，曾憶述 1929 年夏天葉靈鳳與前夫人郭鳳林從滬來港留居一個月，並由他和黃谷柳（1908-1977）接待。[82] 為着方便照應的緣故，侶倫替葉氏夫婦在自己家附近租住樓房，房子陽台面臨鯉魚門海峽：

　　　　那是座落「宋皇台」旁邊一間房子的第二層樓。從那「走馬騎樓」向外望，正面是鯉魚門，右面是香港，左面是一條向前伸展的海堤；景色很美。尤其是晚上，海上的漁船燈火在澄明的水面溜來溜去，下面傳來潮水拍岸的有節奏的聲音。在海闊天空之中，人彷彿置身於超然物外的境界。［……］一次月圓之夜。月亮從鯉魚門的魚背上湧出來，在一片銀光

81　葉靈鳳在小說〈時代姑娘〉開首描寫月下的鯉魚門景色，正是他日後在〈香港八景和香港十景〉一文中考據「新安八景」以及「香港八景詩」時提及的「鯉魚夜月」。葉靈鳳：〈香港八景和香港十景〉，《香島滄桑錄》（香港：中華書局，1989 年），頁 131。

82　正如侶倫所言，葉靈鳳不少朋友誤以為他是抗日戰爭爆發後才到香港。有關 1929 年葉靈鳳首次來港的原委，參考侶倫：〈故人之思〉、〈故人之思續筆〉，《向水屋筆語》（香港：三聯書店，1985 年），頁 128-131、133-136。

映照下，周圍的山嶺有如剪影，海水平滑得像一塊
藍色玻璃。[83]

對讀侶倫的悼念文字以及葉靈鳳由回憶與文學想像轉化而成
的虛構作品，得見兩代文人在同一時空下對眼前風景的觀
察，其實頗為相近。可以想像，葉靈鳳和侶倫曾一起站在「走
馬騎樓」欣賞屋外夜景，同被魚背山上的月色、鯉魚門海峽
的水光、漁船燈火的倒影和潮水拍岸的浪聲所吸引。不過侶
倫〈故人之思〉回憶的重點是當日「海闊天空」的自然景觀以
及人藉此得到的精神超越，這是侶倫日後對已故前輩兼友人
的懷念；而葉靈鳳〈時代姑娘〉側重將鯉魚門夜景進行藝術轉
化，模糊人工與自然的分野，混合描寫水中「瓦斯燈光」與
「銀灰色的月光」的倒影，替小說營造「夢一樣的情調」。

滬港之間的審視角度

從比較文學形象學（L'imagologie）分析，文學形象的構
成皆經歷文學化以至社會化過程（un processus de littérarisation
mais aussi de sociailisation），因此形象本身具備兩種特點。其

83　侶倫：〈故人之思〉，《向水屋筆語》，頁 129-130。

84　形象學研究的重點參考 Daniel-Henri Pageaux, "De l'imaginerie culturelle à
　　l'imaginaire," in Pierre Brunel et Yves Chevrel（dir.）, *Précise de littérature
　　comparée*（Paris: Presse universitaire de France, 1989）, pp. 132-161；達尼
　　埃爾─亨利・巴柔著，孟華譯：〈形象〉，《比較文學形象學》（北京：北京大
　　學，2001 年），頁 153-184。

一，文學作品所描述的異國形象，都是「社會的總體想像物」
（l'imaginarie sociale），它揭示作者自身、所屬文學流派甚或
整個社會羣體在某一歷史時期和文化環境之下特定的意識形
態。其二，「形象」源於自我與他者、本土與異域關係的自覺
意識，每當一個社會羣體審視和想像「他者」的同時，其實也
在進行自我審視和反思。[84] 故此，現代派小說偏重描繪香港的
自然風貌，甚至選擇以現代化發展中的都市作為「鄉村自然」
的象徵，其實透露了三十年代的現代派作家，如何理解港滬
二地之間的關係以及審視香港的角度。

　　比較三十年代中國南遊作家有關香港印象的記述，[85] 胡
適《南遊雜憶》和張若谷《遊歐獵奇印象》等遊記文章，均能
指出都市發展中的南國小島尚能保有天然美景。前者不禁「驚
異」於香港風景之美，[86] 後者也欣然讚揚香港各種自然景色：
「海上有白帆小快艇，蠕蠕瀉動，點點如白鷗影。[……] 岸上
和山嶺，[……] 樹木偃臥，綠葉低垂。[87]」同樣，二難〈香港

85　除下文所引各種三十年代出版的遊記文集外，盧瑋鑾編《香港的憂鬱》一書
　　曾收入 1925 至 1941 年間不少曾經訪港的作家所撰寫有關香港的文章。參考
　　盧瑋鑾編：《香港的憂鬱 —— 文人筆下的香港（1925-1941）》，香港：華風書
　　局，1983 年。

86　胡適特別讚揚從船上眺望香港「那輕霧中的滿山燈光」、從山上俯瞰海灣及
　　遠近的島嶼、在聖士提反學校觀看「海上的斜陽」、從山頂眺望香港「全市的
　　燈火」和夜色。參考胡適：《南遊雜憶》（上海：國民出版社，1935 年），頁
　　11-15（原載《獨立評論》第 141 號，1935 年 3 月 10 日）。

87　張若谷：〈香港與九龍〉，《遊歐獵奇印象》（上海：中華書局，1936 年），頁
　　21。作者於 1933 年 5 月 12 日離開上海，經香港、新加坡、錫蘭、印度和埃
　　及，橫渡南洋、印度洋、紅海、地中海，再抵達意大利及歐洲諸國。《遊歐獵
　　奇印象》一書中〈香港與九龍〉、〈英國旗下的香港〉和〈香港半日遊〉三個章
　　節集中記述途經香港的印象。

一瞥〉稱頌香港「山林優美，終年不凋；樓閣凌雲，超塵拔俗」；[88] 杜重遠〈香港所見〉細寫此地「山水環抱，水綠山青，狀極秀美」。[89] 然而，上述文章描寫香港的水光山色，處處與其現代都市景觀並列對舉，甚至側重記述南國小島的繁華盛況，認為香港全市燈火的氣象更勝美國紐約和舊金山的夜色，[90] 城市交通、郵政、商業、娛樂各方面的規劃發展也是當時的上海「不可比擬」。[91] 再者，遊記文章的關注重點正是這個昔日的「捕魚荒島」、「海鳥與漁夫棲居的不毛地」，如何成為「人煙稠密的海上蜃樓」、「亞洲的一大都市」。[92] 面對這片早於十九世紀中葉已成為大英帝國殖民地的「幻夢的鄉土」，他們不免流露「惜我國素不經意，遂為英國割據」的感慨。[93]

88　二難：〈香港一瞥〉，載孫季叔編註：《中國遊記選》（上海：中國文化服務社，1936 年），頁 246。

89　杜重遠：〈香港所見〉，載孫季叔編註：《中國遊記選》，頁 250。

90　胡適：《南遊雜憶》，頁 14。

91　二難：〈香港一瞥〉，載孫季叔編註：《中國遊記選》，頁 246。另參考張若谷：〈英國旗下的香港〉，《遊歐獵奇印象》，頁 24-25。

92　張若谷：〈英國旗下的香港〉，《遊歐獵奇印象》，頁 23-24；杜重遠：〈香港所見〉，載孫季叔編註：《中國遊記選》，頁 250。

93　張若谷引述法國作家路易・拉羅（Louis Laloy, 1874-1944）《中華鏡》（*Miroir de la Chine*, 1933），說明「在中國人的耳中，香港的名字無異是一聲警鐘。這個海島，從 1842 年 8 月 29 日，割讓給英國，就開始了其他一切不平等的條約，在近代中國愛國志士方面，是認為莫大哀痛的事件。」參考張若谷：〈香港與九龍〉，《遊歐獵奇印象》，頁 20-21；Louis Laloy, *Miroir de la Chine: présages, images, mirages*（Paris: Editions Desclée de Brouwer & Cie, 1933），pp. 36-37.

　　相對而言，三十年代現代派作家雖選擇香港作為上海相對的論述背景，[94] 卻由於對自身城市（上海）和他者（香港）複雜的審視和定位過程，他們刻意忽略香港繁榮的一面。從帝國主義批判的角度而言，現代派作家既強調香港因殖民身分而暫得「偏安」，[95] 亦藉此反襯當時上海越見緊張的政治局勢，不同層面上表達他們對帝國主義殖民統治的反抗情緒。葉靈鳳於「一‧二八」事件（1932 年）發生以後撰寫的大眾小說〈時代姑娘〉，故事背景即利用香港的自然景觀反襯上海的蕭條街景，至於小說描寫南國小島兩岸怡人的景色亦只讓故事人物感慨「這可愛的一切是早已屬於異國的統治」。[96] 1936年穆時英因個人境遇及隨後日本全面展開的侵華戰爭，無法回到上海。[97] 滯留期間在港發表的散文，更直接將港滬兩地置於極端的對立位置。一方面，穆時英在另一個城市的政治和

94　由於港滬兩地在殖民歷史和現代化發展等方面可作不同層次的對比，三十年代已有上海作家以香港作為自身城市的相對故事背景，加以比較論述。至於李歐梵《上海摩登》提出「雙城記」的說法，乃主要分析四十年代張愛玲小說以至九十年代的香港電影，討論港滬兩地如何互為「她者」，在比較和對照中得到理解。參考李歐梵：〈香港，作為上海的「她者」—— 雙城記之一〉，《讀書》1998 年第 12 期，頁 17-22；〈上海，作為香港的「她者」—— 雙城記之二〉，《讀書》1999 年第 1 期，頁 50-57。兩篇文章原稿為《上海摩登》的第十章，另參考 Leo Ou-fan Lee, *Shanghai Modern*, pp. 324-341.

95　面對三十年代中國大陸的政治處境，葉靈鳳形容香港的平靜生活為「宋皇台偏安之局」。參考侶倫：〈故人之思〉，《向水屋筆語》，頁 131。

96　葉靈鳳：〈時代姑娘〉，頁 476。

97　穆時英 1936 年 4 月從滬來港，原計劃留住兩星期，卻因家庭環境和政局的變化，直至 1939 年 10 月才重返上海。參考穆時英：〈懷鄉小品〉，頁 116-120；侶倫：〈穆時英在香港〉，《向水屋筆語》，頁 114-117；李今：〈穆時英年譜簡編〉，《中國現代文學研究叢刊》2005 年第 6 期，頁 259-265。

文化壓力之下，大大加深了自己對故鄉上海的纏綣思念，[98] 將之視為「母親」、「我的祖國」的象徵。[99] 另一方面，曾被穆時英譽為「夢之島，詩之島」的香港，[100] 因作家當下受困的處境被想像為阻隔他和故鄉、祖國之間的鴻溝：

> 窗外就是渺茫的大海 [案：維多利亞港]，隔開
> 我和我的故鄉的，渺茫的大海。[101]
>
> （穆時英〈懷鄉小品〉）

> 那時的汽笛聲好像是異國的召喚。羅曼斯的召
> 喚。[……] 九龍半島的峻峭的山脈又阻斷了我對北國
> 的瞭望。汽笛現在是變成懷鄉病的病菌了。[102]
>
> （穆時英〈霧中沉思〉）

正如穆時英指出，「八‧一三」事變（1937 年）以後香港成為

98　穆時英回憶最初離開上海時，「沒有離別的感傷，也沒有留戀和眷惜，把故鄉輕易地，像一隻空烟盒似地拋在後面」。但離滬以後滯留香港期間，穆時英始知自己對上海的懷念，甚至表示「如果我將老死在這裏 [案：香港]，那我想，我的生命實在是一個悲劇。只要能再看見黃浦江的濁水，便會流下感激的淚來吧。想起上海來時，不能不懷着感傷的心情。」見穆時英：〈懷鄉小品〉，頁 116；穆時英：〈無題〉，《穆時英全集》第三卷，頁 149（原載《大公報》，1938 年 10 月 16 日）。

99　穆時英：〈懷鄉小品〉，頁 116-118。

100　穆時英：〈英帝國的前哨：香港〉，頁 122。

101　穆時英：〈懷鄉小品〉，頁 117。

102　穆時英：〈霧中沉思〉，《穆時英全集》第三卷，頁 154（原載《大地畫報》第 5 期，1939 年 4 月）。

「全中國唯一的，最安全的現代都市」，但「從敵人刺刀下逃出來的人們」，看見「這太平盛世的昇平氣象，想起死亡在炮火下的父母兄弟姐妹們」，必然「一面感傷，一面憤慨。[103]」在抗日戰爭之下，作家對這片依仗外族統治而暫得「偏安」的殖民地產生極度負面的情緒，甚至從帝國主義的批判擴展至文化層面的全面否定。[104]

　　有別於散文的表述，穆時英小說對港滬兩地的審視遠離帝國主義殖民歷史，進入現代化都市文明的批判。「七七」事變（1937 年）前夕發表的〈第二戀〉，再以香港和上海作為相對的故事背景，內容卻未提及抗日戰爭。小說講述多年以後男主人公懷念昔日香港留下的情感回憶，從滬來港重拾「過去的記憶的碎片」。[105]〈第二戀〉強調這個南方小島才是純真愛情的保存地，「山腳下蜿蜒着的香港的街道」埋藏的都是故事人物過去的「青春」、「痛苦」、單純而深刻的感情。[106] 相反，上海只能成為男主人公創造財富和累積產業之處。[107] 其實一直讓現代派作家深切憂慮的是上海大都會的發展，令他們重拾平靜的則是都市化和商業化進程都較上海相對緩慢的香港。

---

103 穆時英：〈英帝國的前哨：香港〉，頁 122。

104 相對上海的文化發展，穆時英批評香港為「文化上的沙漠」：「對於香港，這文化上的沙漠，我是一點好感沒有的：因為在這裏，我精神地飢渴了一年；因為在這裏，我遂漸庸俗起來；因為在這裏，我看見了世上最醜惡、最卑鄙、最無恥的人物 [⋯⋯]。」見穆時英：〈希望實現了〉，《穆時英全集》第三卷，頁 105（原載《大眾日報・大眾副刊》，1937 年 10 月 31 日）。

105 穆時英：〈第二戀〉，頁 408。

106 同上註，頁 398。

107 同上註，頁 407、410。

是以〈第二戀〉偏重描繪香港的自然景色，縱使提及香港「大都市的雜景」,[108] 仍然指出隱藏在半山夜景「人家的窗子裏」「閃爍的燈光」背後，是「千家笑語」的人間情景。[109]

文明的風景

波特萊爾〈1846 年的沙龍〉發表後兩年，法國二次革命爆發，深受波特萊爾尊敬的同代詩人戈蒂耶撰寫一系列文章檢視當時資產階級崇尚的古代藝術。其中包括〈造型藝術與文明：古代的美與現代的美〉（Plastique de la civilisation : du beau antique et du beau moderne, 1848）一文，主張藝術結合現代物質文明的發展，遙遙呼應波特萊爾的觀點：

---

108 同上註，頁 398。

109 同上註，頁 411。〈第二戀〉與穆時英另外兩篇同樣牽涉港滬兩地故事人物的小說〈Craven "A"〉和〈五月〉比較，二者不乏對上海都市景觀、休憩娛樂場所（跑馬場、飯店、巴黎露天舞場、國泰大戲院、兆豐公園、永安公司）以及象徵現代都市物質文明的消費品等大量描寫。例如〈Craven "A"〉細寫城市街景：「站在七樓的窗口，看外面溶解在燈光中的街景，半夜的都市是睡熟了，只有霓虹燈的眼珠子在蔚藍的被單下看着人」；「夜風，輓歌似地吹着。從上面望下去，兩排街燈無盡綿延着，汽車的前燈夜海裏的探照燈似的互相交織。夜的都會浮在黑暗的海中，朦朧地，粉畫似的。」又或〈五月〉描述都市燈影下黃浦江的夜色：「水面上還浮着一盞盞的燈，沿着江岸，和黃的燈光，燈柱的影子，電線的影子一同地。[……] 小汽船從江中的月色上面掠了過去，戴着兩對緘默的男女和半船的葡萄汁，鮮橘水，可口可樂，威士忌，橡皮糖，話匣子，Banjo，吉士牌……一面兒那夾岸的摩天樓就不見了」。兩篇作品遂與〈第二戀〉形成鮮明對比。見穆時英：〈Craven "A"〉，《公墓》，頁 118-119、122；穆時英：〈五月〉，《聖處女的感情》，頁 191-192。象徵都市物質文明各種消費品的描寫，詳見穆時英：〈Craven "A"〉，《公墓》，頁 107-108、113、122-123；穆時英：〈五月〉，頁 135、143-144、181、187-189、218-219。

> 　　無需説我們會如其所是地接受文明，接受它
> 所包含的鐵路、蒸氣船、機器、英國科研、中央暖
> 氣、工廠煙囪和它所有的技術裝備，這些文明的事
> 物被認為不受如畫的風景所影響。[……] 這個我們稱
> 作古典藝術，由白色大理石和藍天構成的世界，也
> 許可以在時代氛圍之下跟一個由鋼和煤氣所照耀的
> 新世界互相平衡；活躍中的古典藝術世界與平靜幻
> 想中的新世界同樣漂亮。[110]（筆者自譯）

革命時代詩人力求美學觀念更新，強調由「如畫的風景」所
支配的古代藝術可與一個由「鋼和煤氣」所建立的新世界「互
相平衡」，當中所針對的正是當時資產階級固守的古典美學原
則。縱然在中國和西方漫長的文藝史上，詩人主張文學與藝
術結合都市物質文明的發展各有特定的歷史語境，但波特萊
爾有關都市風景、人工藝術與現代性的論述對我們仍有不少
啟發。

---

110 Théophile Gautier, "Plastique de la civilisation : du beau antique et du beau
moderne," *Souvenirs de théatre, d'art et de critique*（Paris: Eugène Fasquelle
Editeur, 1903）, pp. 202-204:"Il est bien entendu que nous acceptons la
civilisation telle qu'elle est, avec ses chemins de fer, ses bateaux à vapeur, ses
machines, ses recherches anglaises, ses calorifères, ses tuyaux de cheminée
et tout son outillage, cru jusqu'à présent rebelle au pittoresque. […] Ce monde
de marbre blanc et d'azur qu'on appelle l'art antique peut être balancé sur la
sphère du temps par un monde nouveau tout resplendissant d'acier et de gaz,
aussi beau dans son activité que l'autre dans sa rêverie sereine."

　　我們提出風景修辭的概念，以期通過隱喻建構的都市意象，揭示作家對新興都市的感知模式，重新檢視中國三十年代現代派小說文本的複雜性。第一，相對西方以都市為重心的現代主義文學，中國現代派作家的城市書寫一直處於主流文學以外的邊緣位置，而他們對都市的理解依然建基於城鄉對立的認知結構上。然而，有別於威廉斯《城市與鄉村》（*The Country and the City*, 1973）對十七、十八世紀英美現代文學中城鄉關係的探討，[111] 雖然中國現代派作家積極回應都市發展甚至迷戀現代物質文明，他們卻不曾排斥田舍風景和鄉村生活，仍然依仗自然的概念理解和轉化都市現代經驗。第二，相對以沈從文為代表的京派作家，在城市巨大壓力之下以回憶方式從「過去」與「消失」中追尋「鄉村中國」所包涵的傳統道德價值，[112] 現代派作家所想像和表述的鄉村自然，文化深度明顯不足。但他們以自然為喻建構的都市意象，或逆向以都市為參照重新定義自然的論述，均能具體反映時代

---

111 威廉斯指出，城鄉之間的對比可追溯至古典時期。城市被理解為一個到達知識、溝通和光明的中心，但城市同時是喧鬧、世俗和充滿野心之地；相反，鄉村則是落後、無知與受制之處。Raymond Williams, *The Country and the City*, p. 1.

112 吳福輝：〈鄉村中國的文學形態——《京派小說選》前言〉，《中國現代文學研究叢刊》1987 年第 4 期，頁 232-236。

轉折之際，人們把握都市「人工自然」發展過程的初始階段。第三，現代派作家以香港作為鄉村自然的隱喻，利用尚未完全發展、保有純樸自然的城市反襯十里洋場的上海，其實與沈從文以鄉村自然所象徵的樸素道德標準為據，批判都市文明的做法十分接近。不過京派作品中象徵鄉村自然的北平，在現代派小說中被置換為南國小島──香港，這種情況大概在中國現代文學史上並不多見。[113]

---

113 三十年代葉靈鳳發表的小説，同樣偏重描寫香港自然純樸的景色反襯「十里洋場」的上海。參考拙文〈上海跟香港的「對立」──讀《時代姑娘》、《傾城之戀》和《香港情與愛》〉，《中國現代文學研究叢刊》2007 年第 4 期，頁 246-247。

西文引用書目

Adorno, Theodor, Walter Benjamin, Ernst Bloch, Bertolt Brecht, Georg Lukács. *Aesthetics and Politics*. With an Afterword by Fredric Jameson. London and New York: Verso, 2007.

Aristotle. *Poetics*. Trans. with an intro. and notes by Malcolm Heath. London: Penguin Books, 1996.

Aron, Paul. "Littérature prolétarienne: le detour par la Belgique." In Sophie Béroud et Tania Regin (dir.), *Le roman social: littéraire, histoire et mouvement ouvrier*. Paris: Les Editions de l'Atelier et Editions ouvrières, 2002, pp. 115-125.

Avermaete, Roger. *Frans Masereel*. Trans. Haakon Chevalier. London: Thames and Hudson, 1976.

Ayguesparse, Albert. *Etudes de Littérature française de Belgique offertes à Joseph Hanse pour son 75e anniversaire*. Bruxelles: Editions Jacques Antoine, 1978.

Balachova, Tamara. (dir.) Avec la participation de N. S. Volkova, V. N. Kuteichtchikova et P. M. Toper. *Dialogue d'écrivains: pages d'histoire des relations culturelles franco-russes au XXe siècle, 1920-1970 (Dialog pissatelei: iz istorii russko-frantsuzskikh kulturnykh sviazei XX veka 1920-1970)*. Moscou: IMLI, 2002.

Barbusse, Herni. *Russie*. Paris: Ernest Flammarion, 1930.

Barbusse, Herni. "Desphilippon à B. A. Pessis" (Le 22 janvier, 1930).

Nouvelles FondationS, Trimestriel 2 (juillet 2006) : 165-166.

Barbusse, Herni."Henri Barbusse à B. A. Pessis" (Le 23 février, 1930). *Nouvelles FondationS*, Trimestriel 2 (juillet 2006) : 164-165.

Barbusse, Herni. "Secrétariat du MBRL à Henri Barbusse" (avant le 19 juin, 1930). *Nouvelles FondationS*, Trimestriel 2 (juillet 2006) : 166-167.

Barbusse, Herni. "Henri Barbusse au secrétariat du MBRL" (Le 21 juin, 1930). *Nouvelles FondationS*, Trimestriel 2 (juillet 2006) : 167-169.

Barbusse, Herni. " 'Monde' et les partis." *Monde*, Le 1 novembre, 1930.

Baudelaire,Charles. *Œuvres complètes*. Tome I et II. Édition de Claude Pichois. Nouv. éd., Paris: Gallimard, coll. Bibliothèque de la Pléiade, 1975-1976.

Benjamin, Walter. *Charles Baudelaire: A Lyric Poet in the Era of High Capitalism*. Trans. Harry Zohn. London and New York: Verso, 1997.

Bernard, Jean-Pierre. "Le Parti communiste français et les problèmes littéraires (1920-1939)." *Revue française de science politique* 3 (1967) : 520-544.

Brett, Vladimir. *Henri Barbusse, sa marche vers la clarté, son mouvement Clarté*. Prague: Éditions de l'Académie tchecoslovaque des sciences, 1963.

Brunel, Pierre et Yves Chevrel. (dir.) *Précise de littérature comparée*. Paris: Presse universitaire de France, 1989.

Calinescu, Matei. *Five Faces of Modernity: Modernism, Avant-Garde, Decadence, Kitch, Postmodernism*. Durham: Duke University Press, 2003.

Che, Jinshan. (車槿山) "La Condition humaine: quel intérêt particulier pour un lecteur chinois." *Présence d'André Malraux:Cahiers de l'Association Amitiés Internationales André Malraux* (Malraux et la Chine. Actes du colloque international de Pékin, 18, 19 et 20 avril, 2005), n° 5/6 (printemps 2006) : 101-104.

Chestov, Léon. "Dostoïevski et la lutte contre les évidences." Trad. Boris de Schlœzer. *Nouvelle Revue Française,* n°101 (février 1922), pp. 134-158.

Chramoff, Alexander. (ed.) *Flying Osip: Stories of New Russia.* Trans. L. S. Friedland and J. R. Piroshnikoff. New York: International Publishers, 1925.

Compagnon, Antoine. *Les Cinq paradoxes de la modernité.* Paris: Le Seuil, 1990.

Copeau, Jacques. "M. Baring et Dostoïevsky," *La Nouvelle Revue Française,* n°18 (juin 1910) : 799-801.

Copeau, Jacques. "Sur le Dostoïevsky de Suarès," *La Nouvelle Revue Française,* n°38 (février 1912) : 226-241.

Cosgrove, Denis E. *Social Formation and Symbolic Landscape.* 2nd ed., Madison: The University of Wisconsin Press, 1998.

Crémieux, Benjamin. "Notes sur *Tendres Stocks* par Paul Morand." *La Nouvelle Revue Française,* n° 91 (avril 1921) : 487-488.

Crémieux, Benjamin. "Notes sur *Ouvert la nuit* par Paul Morand," *La Nouvelle Revue Française,* n° 104 (mai 1922) : 607-610.

Crémieux, Benjamin. *XXe siècle.* (1924) Éd. aug., textes établis, préfaces et annotés par Catherine Helbert. Paris: Gallimard, 2010.

Cuénot, Alain. *Clarté 1919-1924.* Tomes I: Du pacifisme à l'internationalisme prolétarien. Paris: L'Harmattan, 2011.

Cuénot, Alain. *Clarté 1925-1928.* Tomes II: Du surréalisme au trotskisme. Paris: L'Harmattan, 2011.

Cuénot, Alain. "Clarté (1919-1928): du refus de la guerre à la révolution. " *Cahier histoire* 123 (2014): 115-136.

Cunliffe, Barry. "Landscape with People." In Kate Flint and Howard Morphy (ed.), *Culture, Landscape and the Environment.* Oxford: Oxford University Press, 2000, pp. 111-130.

Daudet, Alphonse. *Les Contes du lundi.* Paris: Nelson Editeurs, 1955 [1874].

Delcord, Bernard. "A propos de quelques 'chapelles' politico-littéraires en Belgique (1919-1945)," *Cahiers du Centre de recherches et d'études historique de la deuxième guerre* 10 (1986) : 168-176.

Détrie, Muriel. (dir.)*France-Chine: Quand deux mondes se rencontrent.*

Paris: Gallimard, 2004.

Dostoïevski, Fédor. "La Confession de Stavroguine" (fragment inédit des *Possédés*). Trad. Boris de Schlœzer. *La Nouvelle Revue Française,* n°105 (juin 1922) : 647-665.

Dostoïevski, Fédor. "La Confession de Stavroguine (fin)." Trad. Boris de Schlœzer. *La Nouvelle Revue Française,* n°106 (juillet 1922) : 30-57.

Egbert, Donald D. "The Idea of 'Avant-garde' in Arts and Politics." *The American Historical Review* 73.2 (Dec 1967) : 339-366.

Egbert, Donald D. *Social Radicalism and the Arts, Western Europe: A Cultural History from the French Revolution to 1968*. New York: Alfred A. Knopf, 1970.

Einfalt, Michael. " 'penser et créer avec désintéressement' - *La Nouvelle Revue Française* sous la direction de Jacques Rivière." *Études littéraires*, vol. 40, n° 1 (hiver 2009) : 37-53.

Étiemble, Réne. (Jean Louverné) "Littérature révolutionnaire chinoise." *Commune* 7-8 (mars-avril, 1934) : 681-686.

Étiemble, Réne. (trans.) "Chant des prisonniers." (囚徒之歌) *Commune* 7-8 (mars-avril, 1934) : 694-695.

Étiemble, Réne.*Quarante ans de mon maoïsme, 1934-1974*. Paris: Gallimard, 1976.

Falek, Pascake. "Hélène Temerson (1896-1977): Parcours d'une universitaire juive d'Europe de l'Est." *Cahiers de la mémoire contemporaine* 9 (2009-2010) : 135-167.

Farge, Yves. *Vie et mort d'Augustin Habaru: 1898-1944*. Préface d'Yves Farge et dessins de Franz Masereel.Paris: Editions Prolibros, 1947.

Field, Andrew David. *Shanghai's Dancing World: Cabaret Culture and Urban Politics, 1919–1954*. Hong Kong: The Chinese University Press, 2001.

Field, Andrew David. (trans.) *Mu Shiying: China's Lost Modernist*. Hong Kong: Hong Kong University Press, 2014.

Frederick, Bernard. "Archive 'L'affaire *Monde*' 1929-1930: Confrontation entre Henri Barbusse et le Komintern." *Nouvelles FondationS*,

Trimestriel 2 (juillet 2006) : 158-159.

Fréville, Jean. "La Résolution de Kharkov," *L'Humanité*, Le 20 octobre et le 3 novembre, 1931.

Gamsa, Mark. *The Chinese Translation of Russian Literature: Three Studies*. Leiden: Brill, 2008.

Gautier, Théophile. "Charles Baudelarie" (Le 20, février, 1868), la notice précédée des *Fleurs du mal*. In Charles Baudelarie, *Œuvres complètes*. Tome I. 3ème éd., Paris: Michel Lévy Frères Editeur, 1869, pp. 1-75.

Gautier, Théophile. *Souvenirs de théatre, d'art et de critique*. Paris: Eugène Fasquelle Editeur, 1903.

Goriély, Benjamin. (Maximoff) "Souvenirs de la Róvolution russe" (I-VI). *Universitaire*. Du 20 au 25 mars, 1925.

Goriély, Benjamin. (J. B.) "Les soixantième anniversaire de Maxime Gorki."*Les Dernières nouvelles*, 1928.

Goriély, Benjamin, Réne Baert. *La Poésie nouvelle en U.R.S.S.* Bruxelle: Editions du Canard Sauvage, 1928.

Goriély, Benjamin. (J. B.) "Que devient la poésie russe?" (I-IV).*Les Dernières nouvelles*, mars-avril, 1929.

Goriély, Benjamin. (Bengor) "Après la glorieuse épopée du 'Krassine' Samoïlovitch et Tchouknovsky furent longuement acclamés jeudi soir, à Bruxelles." *Le Drapeau Rouge*, Le 30 mars, 1929.

Goriély, Benjamin. (Bengor) "Art populaire." *Le Drapeau Rouge*, Le 19 juin, 1929.

Goriély, Benjamin. "Vendeuses de fleurs" (La Fuite en carrousel). *Le Rouge et le noir*, Le 10 juin, 1931.

Goriély, Benjamin.*Les Poètes dans la révolution russe*. Paris: Librairie Gallimard, 1934.

Goriély, Benjamin. "Lenin dans la poésie." *Commune* 5-6 (janvier-février, 1934) : 500-503.

Goriély, Benjamin. "Visite au Ministre." (Extrait d'un roman à paraître: "A la recherche du héros"). *Commune* 10 (juin 1934) : 1094-1097.

Goriély, Benjamin. "Quelques souvenirs sur Albert Ayguesparse « Tentatives » et « Prospections »." *Marginals* 100-101 (1965) : 7-15.

Goriély, Benjamin.*Nul ne reconnaitra les siens* (tapuscrit). (Après 1968). Réservé à la Bibliothèque de l'Alliance israélite universelle (AIU), Fonds Benjamin Goriély, boîte 1, AP 21/II. (A large amount of personal documents and publications are reserved in this archive.)

Goriély, Benjamin.*L'Homme aux outrages*, suivi de *Mort à Venise* et de *Conversion à l'amour*. Paris: Editions Saint-Germain-des-Prés, 1988.

Herder, Johann Gottfried. *Abhandlung über den Ursprung der Sprache*. Berlin: Christian Friedrich Voss, 1772.

Hugo, Victor. *Œuvres complètes, Poésie IV: Les voix intérieures*. Paris: Eugène Renduel, 1837.

Ickowicz, Marc. *La Littérature à la lumière du matérialisme historique*. Paris: Edition Marcel Rivière, 1929.

Ivanov, Vsevolod. *Panzerzug, Issues 14-69*. Übers. von Eduard Schiemann. Hamburg: Carl Hoym Nachf, 1923.

Ivanov, Vsevolod. *Le Train blindé numéro 1469*. Trad. du russe par Olga Sidersky. Paris: Libraire Gallimard, 1927.

Ivanov, Vsevolod.*Armoured Train 14-69: A Play in Eight Scenes*. Trans. Gibson-Cowan and A. T. K. Grant. London: Martin Lawrence, 1933.

Jakobson, Roman and Morris Halle. "Two Aspects of Language and Two Types of Disturbances." In *Fundamentals of Language*. The Hague: Mouton, 1956, pp. 55-82.

Koetsier, Liesbeth. *Nous autres, Russes - traces littéraires de l'émigration russe dans la Nouvelle Revue Française de 1920 à 1940*. PhD Thesis, Faculteit der Letteren, Universiteit Utrecht 2006.

Koffeman, Maaike. *Entre classicisme et modernité. La nouvelle revue françaisedans le champ littéraire de la Belle Époque*. Amsterdam, New York: Rodopi, 2003.

Krüssmann-Ren, Ingrid. *Literarischer Symbolismus in China: theoretische Rezeptionen und lyrische Gestaltung bei Dai Wangshu, 1905-1950*. Mit einem einleitenden Essay von Rolf Trauzettel. Bochum: N.

Brockmeyer, 1991.

Lacouture, Jean. *Une Adolescence du siècle: Jacques Rivière et la NRF.* Paris: Seuil, 1994.

Lakoff, George and Mark Johnson. *Metaphors We Live By.* London: University of Chicago Press, 2003 [1980].

Lakoff, George and Mark Turner. *More than Cool Reason: A Field Guide to Poetic Metaphor.* Chicago: University of Chicago Press, 1989.

Laloy, Louis. *Miroir de la Chine:présages, images, mirages.* Paris: Editions Desclée de Brouwer & Cie, 1933.

Larbaud, Valery. "Notes sur *Fermé la nuit* par Paul Morand." *La Nouvelle Revue Française*, n° 116 (mai 1923) : 829-831.

Lee, Gregory. *Dai Wangshu: The Life and Poetry of a Chinese Modernist.* Hong Kong: The Chinese University Press, 1989.

Lee, Leo Ou-fan. (李歐梵)"Modernism in Modern Chinese Literature: A Study (Somewhat Comparative) in Literary History." *Tamkang Review* 10.3 (Spring 1980) : 282-286.

Lee, Leo Ou-fan. "In Search of Modernity: Some Reflections on a New Mode of Consciousness in Twentieth-Century Chinese History and Literature." In Paul A. Cohen and Merle Goldman (ed.), *Ideas across Cultures: Essays on Chinese Thought in Honor of Benjamin I. Schwartz.* Cambridge, Mass.: Harvard University Asia Centre, 1990, pp.109-135.

Lee, Leo Ou-fan. *Shanghai Modern: The Flowering of a New Urban Culture in China, 1930-1945.* Cambridge, Mass.: Harvard University Press, 1999.

Leffèvre, Frédéric et Paul Morand. "Une heure avec... (Deuxième série)." *La Nouvelle Revue Française*, n° 137 (fév. 1925) : 232-233.

Le Pape, Paul. *Art et matérialisme.* Paris: Chimère, 1928.

Lemaitre, Georges. *Four French Novelists: Marcel Proust, Andre Gide, Jean Giraudoux, Paul Morand.* London, New York and Toronto: Oxford University Press, 1938.

Leung, Ping-kwan. (梁 秉 鈞) *Aesthetics of Opposition: A Study of the Modernist Generation of Chinese Poets, 1936-1949*. Ph.D. Dissertation, San Diego: University of California, 1984.

Liu, Kang. (劉康) *Aesthetics and Marxism: Chinese Aesthetic Marxists and Their Western Contemporaries*. Durham: Duke University Press, 2000.

Liu, Lydia H. (劉禾) *Translingual Practice, Literature, National Culture, and Translated Modernity - China, 1900-1937*. Standford, California: Standford University Press, 1995.

Loi, Michelle. *Roseaux sur le mur: Les Poètes occidentalistes chinois 1919-1941*. Paris: Gallimard, 1971.

Lunn, Eugene. *Marxism and Modernism: An Historical Study of Lukács, Brecht, Benjamin and Adorno*. Berkeley: University of California Press, 1982.

Maïakovsky, Wladimir. *Le Nuage dans le pantalon*. Trad. du russe par B. Goriély et R. Baert et suivi d'autres poèmes traduits par N. Guterman.Paris: Editions Les Revues, 1930.

Maïakovsky, Vladimir. *Le Nuage en pantalon*. Trad. du russe et présenté par Benjamin Goriély avec un portrait de l'auteur par Granovsk. Paris: Editions des Portes de France, 1947.

Malraux, André. *Les Conquérants*. Paris: Grasset, 1928.

Malraux, André. "*La Condition humaine*" (I-VI), *La Nouvelle Revue Française*, n° 232-237 (jan-juin 1933).

Malraux, André. *La Condition humaine*. Paris: Gallimard, 1933.

Malraux, André. "Trotzky." *Marianne*, Le 25 avril, 1934.

Malraux, André. "La Réaction ferme l'Europe à Léon Trotsky," *La Vérité*, n° 204 (Le 4 mai, 1934).

Malraux, André. *Œuvres Complètes*. Tome I. Édition publiée sous la direction de Pierre Brunel avec la collaboration de Michel Autrand, Daniel Durosay, Jean-Michel Glicksohn, Robert Jouanny, Walter G. Langlois et François Trécourt. Préface de Jean Grosjean. Paris: Gallimard, coll. Bibliothèque de la Pléiade, 1989.

Malraux, André. *Œuvres Complètes*. Tome II. Édition de Marius-

François Guyard, Maurice Larès et François Trécourt avec la collaboration de Noël Burch. Introduction de Michel Autrand. Paris: Gallimard, coll. Bibliothèque de la Pléiade, 1996.

Maurois, André. *De Proust à Camus*. Paris: Librairie académique Perrin, 1963.

Morand, Paul. *Lampes à Arc*. Paris: Au Sans Pareil, 1919.

Morand, Paul. "Aurore ou la sauvage." *La Nouvelle Revue Française*, n° 75 (déc. 1919) : 977-1000.

Morand, Paul. *Feuilles de Température*. Paris: Au Sans Pareil, 1920.

Morand, Paul. "Notes sur *Spectacle-Concert* organisé par Jean Cocteau (Comédie des Champs-Élysées)." *La Nouvelle Revue Française*, n° 79 (avril 1920) : 609-610.

Morand, Paul. "Feuilles de température." *La Nouvelle Revue Française*, n° 82 (juillet 1920) : 56-60.

Morand, Paul. "Notes sur *Le Cocu magnifique* de Crommelynck (Théâtre de l'Œuvre)." *La Nouvelle Revue Française*, n° 90 (mars 1921) : 373-374.

Morand, Paul. "Notes sur *Sous les yeux d'Occident* par Joseph Conrad." *La Nouvelle Revue Française*, n° 91 (avril 1921) : 495-497.

Morand, Paul. "La Nuit des six jours," *La Nouvelle Revue Française*, n° 100 (janv. 1922) : 56-69.

Morand, Paul. "Notes sur *Chroniques italiennes* par Stendhal," *La Nouvelle Revue Française*, n° 101 (fév. 1922) : 228-229.

Morand, Paul. "Les amis nouveaux," *La Nouvelle Revue Française*, n° 130 (juillet 1924) : 5-13.

Morand, Paul. *1900*. Paris: Les Éditions de France, 1931.

Morand, Paul. *Papiers d'identité*. Paris: Editions Bernard Grasset, 1931.

Morand, Paul. *Mes débuts*. Paris: Denöel et Steele, 1933.

Morand, Paul. *Nouvelles Complètes*. Tome I et II. Éd. présentée, établie et annotée par Michel Collomb. Paris: Gallimard, coll. Bibliothèque de la Pléiade, 1992.

Morgan, George JR. "Individualism versus Individuality," *Ethics* 52, no.

4 (July 1942) : 434-446.

Naville, Pierre. *"Monde* à l'envers." *La Lutte de classes* 20 (April, 1934) : 299-303.

Nelson, Cary. (ed.) *The Wound and the Dream: Sixty Years of American Poems about the Spanish Civil War*. Urbana, IL: University of Illinois Press, 2002.

Normand, Guessler. "Henri Barbusse and His *Monde* (1928-35): Progeny of the Clarté Movement and the Review *Clarté*." *Journal of Contemporary History* 11, no. 23 (July 1976) : 173-179.

Pen, Pai. (Peng Pai 彭 湃) "Extrait d'un journal." Trad.Tai Van-chou(Dai Wangshu). *Commune* 7-8 (mars-avril, 1934) : 719-728.

Peng, Hsiao-yen. (彭小妍) "The Dandy and the Woman: Liu Na'ou and Neo-Sensationism," *Tamkang Review* 35.2 (Winter 2004) : 11-27.

Peng, Hsiao-yen. *Dandyism and Transcultural Modernity: The Dandy, the Flaneur, and the Translator in 1930s Shanghai*. New York: Routledge (Series: Academia Sinica on East Asia), 2010.

Pettersson, Bo. "The Postcolonial Turn in Literary Translation Studies: Theoretical Framework Reviewed." *Canadian Aesthetics Journal/ Revue canadienne d'esthétique*, Vol. 4 (Summer 1999). (URL: http:// www.uqtr.uquebec.ca/AE/vol_4/petter.htm)

Poggioli, Renato. *The Theory of the Avant-garde*. Trans. Gerald Fitzgerald. Cambridge, Mass.: The Belknap Press of Harvard University Press, 1968.

Poirrier, Philippe. "Culture nationale et antifascisme au sein de la gauche française (1934-1939)." In Serge Wolikow et Annie Ruget (dir.). *Antifascisme et nation. Les gauches européennes au temps du Front populaire*. Dijon: Editions universitaires de Dijon, 1998, pp. 239-247.

Pozner, Vladimir. "Livre: *Les Poétes dans la révolution russe* - Benjamin Goriély (Gallimard)." *Commune* 10 (juin 1934) : 1133-1136.

Quintilian. *The Institutio Oratoria of Quintilian*. Vol. 3. With an English trans. by H. E. Butler. Cambridge, Mass: Harvard University Press and London: William Heinemann Ltd., Reprinted 1959 [1921].

Racine-Furland, Nicole. "Une revue d'intellectuels communistes dans les années vingt : Clarté (1921-1928)," Revue française de science politique, 17e année, n° 3 (1967) : 488-489.

Racine, Nicole. "The Clarté Movement in France, 1919-21." Journal of Contemporary History 2, No. 2 (Apr 1967) : 195-208.

Racine, Nicole. "Victor Serge: chroniques de la revue 'Clarté' (1922-26)." in Mélanges d'histoire sociale offerts à Jean Maitron. Paris: Les éditions ouvrières, 1976, pp. 191-196.

Raymond, Marcel. De Baudelaire au Surréalisme. Éd. nouvelle revue et remaniée, Paris: Libraire José Corti, 1947.

Rimbaud, Arthur. Œuvres complètes. Texte établi et annoté par Rolland de Renéville et Jules Mouquet. Paris: Gallimard, coll. Bibliothèque de la Pléiade, 1963.

Rivière, Jacques. "La Nouvelle Revue Française," La Nouvelle Revue Française, n° 69 (juin 1919) : 1-12.

Rolland, Romain. Voyage à Moscou (juin-juillet 1935). Paris: Éditions Albin Michel, 1992.

Rousseau, Jean-Jacques. Œuvres complètes. Tome XIV. Nouv. éd., conforme à celle de Geneve en 1781. Lyon: [s.n.], 1796.

Ruet, Noël. "Un curieux écrivain, Paul Morand." La Revue sincère, n° 8 (15 mai, 1923) : 582-585.

Saint-Simon,Henri de. "L'Artiste, le Savant et l'Industriel. Dialogue." Opinions littéraires, philosophiques et industrielles. Paris: Galerie de Bossange Père, 1825, pp. 331-392.

Sakai, Naoki. Translation & Subjectivity: On "Japan" and Cultural Nationalism. Minneapolis, London: University of Minnesota Press. 1997.

Sartre, Jean-Paul. Le Mur. Paris: Gallimard, 1939.

Sartre, Jean-Paul. L'Être et le néant: essai d'ontologie phénoménologique. Ed. corrigée avec index par Arlette Elkaïm-Sartre. Paris: Gallimard, coll. "Tel", 2003 [1943].

Schlœzer, Boris de. "Alexander Block," *La Nouvelle Revue Française,* n°
97 (octobre 1921) : 496-498.

Schlœzer, Boris de. "Les Ballets russes." *La Nouvelle Revue Française,*
n° 106 (juillet 1922) : 115-120.

Schlœzer, Boris de. "Anton Tchekhov." *La Nouvelle Revue Française,* n°
110 (novembre 1922) : 528-536.

Schlœzer, Boris de. "Le Théâtre artistique de Moscou." *La Nouvelle
Revue Française,* n° 123 (décembre 1923) : 763-767.

Schlœzer, Boris de. "Coup d'œil sur la littérature au pays des Soviets."
Revue hebdomadaire, n° 30 (27 juillet 1929) : 419-420.

Schlumberger, Jean. "Considérations." *La Nouvelle Revue Française,* n°
1 (février 1909) : 5-11.

Serge, Victor. "La vie intellectuelle en Russie des Soviets." *Clarté,* n° 25
(15 novembre, 1922) : 6-8.

Serge, Victor (trans.), André Biely. "Christ est ressuscité." *Clarté,* n° 27
(20 décembre, 1922) : 77.

Serge, Victor. "Chronique de la vie intellectuelle en Russie. Blancs et
Rouges." *Clarté,* n° 28 (1er janvier, 1923) : 91-93.

Serge, Victor. "Chronique de la vie intellectuelle en Russie. Le nouvel
écrivain et la nouvelle littérature." *Clarté,* n° 31 (15 février, 1923) :
158-160.

Serge, Victor. "La vie intellectuelle en Russie. Boris Pilniak." *Clarté,* n°
36 (20 mai, 1923) : 272-275.

Serge, Victor. "Chronique de la vie intellectuelle en Russie. *La Semaine*
de I. Lebedinski." *Clarté,* n° 43 (15 septembre, 1923) : 387-389.

Serge, Victor. "La vie intellectuelle en Russie. Vsevolod Ivanov." *Clarté,*
n° 56 (1er avril, 1924) : 151-154.

Serge, Victor. "La vie intellectuelle en Russie. Mayakovski." *Clarté,* n°
69 (1er décembre, 1924) : 504-508.

Serge, Victor. "La vie intellectuelle en Russie. Une littérature
prolétarienne est-elle possible?" *Clarté,* n° 72 (1er mars, 1925) :
121-124.

Serge, Victor. "La vie intellectuelle en Russie. Un portrait de Lénine par Trotsky." *Clarté*, n° 75 (juin 1925) : 254-258.

Serge, Victor. "Chronique de la vie intellectuelle en URSS. La littérature épique de la Révolution." *Clarté*, n° 79 (décembre 1925) : 389-391.

Serge, Victor. "Chroniques. Les jeunes écrivains russes de la Révolution entre le passé et l'avenir." *Clarté*, nouvelle série, n° 2 (juillet 1926) : 50-53.

Serge, Victor.*Mémoires d'un révolutionnaire, 1901-1941*. Paris: Seuil, 1951.

Serge, Victor.*Littérature et révolution*. Paris: Librairie François Maspero, 1976.

Shih, Shu-mei. (史 書 美)*The Lure of the Modern: Writing Modernism in Semicolonial China, 1917-1937*. Berkeley, CA: University of California Press, 2001.

Slonim, Marc. *Modern Russian Literature: From Chekhov to the Present*. Oxford: Oxford University Press, 1953.

Tchang, T'ien-yin. (Zhang Tianyi 張天翼) "La Haine." (恨)Trad.Tai Van-chou (Dai Wangshu). *Commune* 7-8 (mars-avril, 1934) : 696-718.

Thomas, Julian. "The Politics of Vision and the Archaeologies of Landscape." In Barbara Bender (ed.), *Landscape: Politics and Perspectives*. Oxford: Berg, 1993, pp. 19-48.

Thornberry, Robert S., "A Spanish Civil War Polemic: Trotsky versus Malraux." *Twentieth Century Literature*, Vol. 24, No. 3, André Malraux Issue (Autumn, 1978) : 324-334.

Ting, Ling. (Ding Ling 丁玲) "Sans titre." (無題) Trad. Tai Van-chou (Dai Wangshu) et Jean Louverné (Réne Étiemble). *Commune* 7-8 (mars-avril, 1934) : 687-693.

Todd, Olivier. *André Malraux: une vie*. Paris: Gallimard, 2001.

Toller, Ernst. "The Modern Writer and the Future of Europe." *The Bookman* (U.K.) (Jan 1934) : 380-382.

Trotsky, Léon. *Littérature et Révolution*. Trad. Pierre Frank, Claude Ligny, Maurice Nadeau. Paris: Union générale d'Edition, coll. 10-18, 1964.

Trotsky, Leon. *Literature and Revolution*. Trans. Rose Strunsky. Ann Arbor: The University of Michigan Press, 1960.

Vaillant-Couturier, Paul. "Manifestations ouvrières, protestations d'écrivains," *L'Humanité* Le 6 mars, 1933.

Vaillant-Couturier, Paul. "Unité d'action! Les communistes sonnent le rassemblement: 8000 prolétaires enthousiastes hier à Bullier," *L'Humanité*, Le 8 mars, 1933.

Vaillant-Couturier, Paul. "Au Feu!" *La Feuille rouge* 1, mars 1933.

Vaillant-Couturier, Paul. "Rot Front!" *La Feuille rouge* 2, mars 1933.

Valéry, Paul. *Œuvres*. Tome I. Éd. établie et annotée par Jean Hytier. Paris: Gallimard, coll. Bibliothèque de la Pléiade, 1957.

Venuti, Lauwrence. *The Translator's Invisibility: A History of Translation*. New York: Routledge, 1995.

Venuti, Lauwrence. *The Scandals of Translation: Towards an Ethics of Difference*. New York: Routledge, 1998.

Williams, Raymond. *The Country and the City*. London: The Hogarth Press, 1973.

Williams, Raymond.*The Politics of Modernism: Against the New Conformists*. Ed. Tony Pinkney. London: Verso, 1989.

Yeh, Michelle. "Circularity: Emergence of a Form in Modern Chinese Poetry." *Modern Chinese Literature*, Vol. 3, No. 1/2 (Spring/Fall 1987) : 33-46.

Zévaès, Alexandre. "Chants révolutionnaires: L'internationale, ses auteurs, son histoire." *Monde*, Le 27 avril, 1929.

Zhang, Yinde. (張寅德) "La Tentation de Shanghai: espace malrucien et hétérotopie chinoise." *Présence d'André Malraux:Cahiers de l'Association Amitiés Internationales André Malraux* (Malraux et la Chine. Actes du colloque international de Pékin, 18, 19 et 20 avril, 2005), n° 5/6 (printemps 2006) : 81-100.

Zhang, Yingjin. (張 英 進)"The Texture of the Metropolis: Modernist Inscription of Shanghai in the 1930s." *Modern Chinese Literature* 9 (1995) : 19-23.

Zhang, Yingjin. *The City in Modern Chinese Literature and Film: Configurations of Space, Time and Gender*. Stanford: Stanford University Press, 1996.

"L'Ecrivain et la révolution." *Monde*, Le 5 décembre, 1931.

"Un an d'activité de l'association des écrivains et artistes révolutionnaires. André Gide parlera, ce soir, salle Cadet." *L'Humanité*, Le 21 mars, 1933.

"Manifeste de l'Association des écrivains et artistes révolutionnaires." *L'Humanité*, Le 22 mars, 1932.

"A l'appel de l'Association des écrivains et artistes révolutionnaires." *L'Humanité*, Le 23 mars, 1933.

"André Gide parle: La Presse se tait." *L'Humanité*, Le 23 mars, 1933.

"La Protestation des intellectuels." *L'Humanité*, Les 6, 9 et 13, mars, 1933.

"Pour qui écrivez-vous?" (3ème série de réponses), *Commune* 7-8 (mars-arvil, 1934) : 767-788.

"Livres: *Une Femme* par Edouard Peisson." *Commune* 16 (décembre 1934) : 356-357.

"Livres: Vladimir Boutchik - *Bibliographie des œuvres littéraires russes traduites en français*. Librairie régionaliste." *Commune* 17 (janvier 1935) : 908-909.

"Livres: *Dix ans plus tard (Une nouvelle lecture de Marcel Proust)* par Léon Pierre-Quint." *Commune* 31 (mars 1936) : 893-895.

中文引用書目

一、譯作

巴比尼著，徐霞村譯：〈鬼才〉，《文藝風景》第 1 卷第 2 期（1934 年 7
月），頁 75-83。

巴甫連科著，唐錫如譯：〈我願和辛克萊合作「紅色的黃金」—— 答辛
克萊書〉，《星島日報・星座》，1938 年 12 月 22 日。

片岡鐵兵等著，吶吶鷗（劉吶鷗）譯：《色情文化》，上海：第一線書
店，1928 年。（附〈譯者題記〉）

片岡鐵兵著，葛莫美（劉吶鷗）譯：〈一個經驗〉，《無軌列車》第七期
（1928 年 11 月），頁 376-381。

片岡鐵兵著，朱雲影譯：〈普羅列塔利亞小說作法〉，《新文藝》第 2 卷
第 2 期（1930 年 4 月），頁 334-357。

艾登伯著，徐仲年譯：〈艾登伯致戴望舒信札（1933-1935）〉，《新文學史
料》1982 年第 2 期，頁 215-218。

王炳東編譯：《比利時文學選集 —— 法語作家卷》，北京：人民文學，
2005 年。

弗理契著，劉吶鷗譯：《藝術社會學》，上海：水沫書店，1930 年。

弗理契著，洛生（劉吶鷗）譯：〈藝術風格之社會學的實際〉，《新文藝》

第 2 卷第 2 期（1930 年 4 月），頁 228-249。

茀理契著，洛生譯：〈藝術之社會的意義〉，《新文藝》第 2 卷第 1 期
　　（1930 年 3 月），頁 2-16。

馬克・史朗寧著，湯新楣譯：《現代俄國文學史》，臺北：遠景出版事業
　　公司，1981 年。

伊可維支（Marc Ickowicz）著，戴望舒譯：〈小說與唯物史觀〉，《小說
　　月報》第 20 卷 12 號（1929 年 10 月），頁 1873-1896。

易可維茨著，江思（戴望舒）譯：〈文藝創作的機構〉，《現代小說》第 3
　　卷第 4 期（1930 年 1 月），頁 30-43。

伊可維支著，戴望舒譯：〈唯物史觀的詩歌〉，《新文藝》第 1 卷第 6 期
　　（1930 年 2 月），頁 1040-1068。

伊可維支著，戴望舒譯：〈唯物史觀 [的] 戲劇〉，《新文藝》第 2 卷第 1
　　期（1930 年 3 月），頁 142-169。

伊可維支著，江思譯：《唯物史觀的文學論》，上海：水沫書店，1930 年。

伊科維茲著，樊仲雲譯：《唯物史觀的文學論》，上海：新生命書局，
　　1930 年。

Marc Ickowicz 著，沈起予譯：《藝術科學論》，上海：現代書局，1931 年。

伊凡諾夫著，戴望舒譯：《鐵甲車》，上海：現代書局，1932 年。

V. V. 伊凡諾夫著，韓待桁譯：《鐵甲列車 Nr. 14-69》，上海：神洲國光
　　社，1932 年。

伊凡諾夫著，羅稷南譯：《鐵甲列車》，上海：讀書生活，1937 年。

伏・伊萬諾夫着，戴望舒譯，高存五校訂：《鐵甲車》，北京：人民文
　　學，1958 年。

瓦爾特・本雅明著，劉北成譯：《巴黎，十九世紀的首都》，上海：上海
　　人民，2006 年。

伐揚 - 古久列著，戴望舒譯：〈下宿處〉，《現代》第 1 卷第 3 期（1932
　　年 7 月），頁 440-459。

托洛斯基著，劉文飛、王景生、季耶譯：《文學與革命》，北京：外國文
　　學，1992 年。

托萊爾著，施蟄存譯：〈現代作家與將來之歐洲〉，《文藝風景》第 1 卷

第 2 期（1934 年 7 月），頁 2-9。

西條八十著，劉吶鷗譯：〈西條八十詩抄〉（七首），《現代詩風》第 1 期（1935 年 10 月），頁 38-44。

克爾仁赤夫著，洛生譯：〈論馬雅珂夫斯基〉，《新文藝》第 2 卷第 2 期（1930 年 4 月），頁 264-276。

利大英著，寇小葉譯：〈遠行與發現──1932-1935 年的戴望舒〉，《現代中文學刊》2009 年第 3 期，頁 45-55。

希式柯夫著，戴望舒譯：〈奧格利若伏村底戲劇公演〉，《俄羅斯短篇傑作集》第二冊，上海：水沫書店，1929 年 6 月，頁 3-39。

李歐梵著，毛尖譯：《上海摩登──一種新都市文化在中國 1930-1945》，北京：北京大學，2001 年。

沙多勃易益著，戴望舒譯：《少女之誓》，上海：開明書店，1928 年。

里別進思基著，江思、蘇汶譯：《一週間》，上海：水沫書店，1930 年。

U. Libedinsky 著，蔣光慈譯：《一週間》，上海：北新書局，1930 年。

辛克萊著，林疑今譯：〈賣淫的銅牌與詩人〉，《新文藝》第 1 卷第 3 期（1929 年 11 月），頁 535-545。

U. 辛克萊：〈我願和蘇聯作家合作──致「國際文學」編者書〉，《星島日報・星座》，1938 年 12 月 21 日。

耶麥著，戴望舒譯：〈耶麥詩抄〉，《新文藝》第 1 卷第 1 期（1929 年 9 月），頁 67-75。

亞力山大・德契著，靈鳳譯：〈作家在蘇聯〉，《星島日報・星座》，1938 年 12 月 24-25、27、29、31 日。

亞尼西莫夫著，苗秀（戴望舒）譯：〈巴比塞逝世三週年紀念〉，《星島日報・星座》，1938 年 10 月 3 日，第 10 版。

亞歷山大・勃洛克著，胡斅譯：《十二個》，北京：北新書局，1926 年。

拉第該著，戴望舒譯：〈陶爾逸伯爵的舞會〉（連載），《現代》第 3 卷第 1 期至第 4 卷第 4 期，1933 年 5 月至 1934 年 1 月。

拉莎洛夫著，趙景深譯：〈瑪耶闊夫司基的自殺〉，《現代文學》第 1 卷第 4 期（1930 年 10 月），頁 12-14。

果爾蒙著，戴望舒譯：〈西茉納集〉，《現代》第 1 卷第 5 期（1932 年 9

月），頁 690-716。

法朗斯著，杜衡譯：《黛絲》，上海：開明書店，1928 年。

法朗士著，秋生（葉靈鳳）譯：〈死的幸福〉，《戈壁》第 1 卷第 4 期（1928
　　年 6 月），頁 229-234。

阿左林著，江思譯：〈修傘匠〉，《新文藝》第 1 卷第 2 期（1929 年 10
　　月），頁 279-281。

阿左林著，江思譯：〈賣糕人〉，《新文藝》第 1 卷第 2 期（1929 年 10
　　月），頁 279-283。

阿左林著，江思譯：〈哀歌〉，《新文藝》第 1 卷第 3 期（1929 年 11 月），
　　頁 487-491。

阿拉貢著，戴望舒譯：〈好鄰舍〉，《人世間》第 2 卷第 1 期（1947 年 10
　　月），頁 81-92。

阿保里奈爾著，陳御月（戴望舒）譯：〈詩人的食巾〉，《現代》第 1 卷
　　第 1 期（1932 年 5 月），頁 19-22。

阿爾朗著，江思譯：〈薔薇〉，《新生日報・新語》，1946 年 1 月 19 日。

阿爾蘭著，戴望舒譯：〈薔薇〉（上、下），《星島日報・星座》，1941 年
　　6 月 11、13 日。（原刊署名施蟄存）

馬塞爾・阿朗著，戴望舒譯：〈村中的異鄉人〉，《星島日報・文藝》，
　　1948 年 11 月 15 日。

孟華主編：《比較文學形象學》，北京：北京大學，2001 年。

胡適譯：《短篇小說集》，上海：亞東圖書館，1919 年。

哈姆生著，章鐵民譯：《餓》，上海：水沫書店，1930 年。

拜倫著，杜衡譯：〈英國詩人拜輪書信抄〉（三封），《現代詩風》第 1 期
　　（1935 年 10 月），頁 64-82。

葛耐士（A. Henneuse）著，徐霞村譯：〈馬賽萊爾 ──「善終旅店」的
　　插圖作者〉，《新文藝》第 1 卷第 3 期（1929 年 11 月），頁 435-438。

柯根教授著，沈端先譯：《偉大的十年間文學》，上海：南強書局，1930
　　年。

柯爾志巴綏夫著，戴望舒譯：〈夜〉，《俄羅斯短篇傑作集》第一冊，上
　　海：水沫書店，1929 年 5 月，頁 1-30。

紀奧諾著，戴望舒譯：〈憐憫的寂寞〉（一至五），《星島日報·星座》，
　1941 年 3 月 24-28 日。（原刊署名施蟄存）

紀德著，徐霞村譯：〈紀德日記抄〉，《文藝月刊》第 9 卷第 6 期（1936
　年 12 月），頁 131-142。

紀德著，戴望舒譯：〈從蘇聯回來〉（前記、一至六），載《宇宙風》第
　39-44 期（1937 年 4-7 月）。

紀德著，戴望舒譯：〈紀德日記抄〉，《華僑日報·文藝週刊》第 31 期，
　1944 年 8 月 27 日。

紀德著，施蟄存譯：〈擬客座談錄〉（第一），《益世報·文學周刊》第
　21 期，1946 年 12 月 28 日。

紀德著，施蟄存譯：〈擬客座談錄〉（第二），《益世報·文學周刊》第
　29 期，1947 年 2 月 22 日。

昂德萊·紀德著，戴望舒譯：〈奧斯特洛夫斯基〉，《純文藝》第 1 卷第
　2 期（1938 年 3 月），頁 37-38。

昂德萊·紀德著，戴望舒譯：〈和羅曼羅蘭的兩次邂逅〉，《華僑日報·
　文藝週刊》，1944 年 2 月 13 日。

庫普林（A. Kuprin）著，周作人譯：〈晚間的來客〉，《新青年》，第 7 卷
　第 5 號（1920 年 4 月），頁 1-6。

高力里著，戴望舒譯：〈革命期俄國詩人逸聞〉，《文藝風景》第 1 卷第
　2 期（1934 年 7 月），頁 87-92。

高列里著，戴望舒譯：〈葉賽寧與俄國意像詩派〉，《現代》第 5 卷第 3
　期（1934 年 7 月），頁 411-421。

高力里著，戴望舒譯：〈蘇聯詩壇逸話〉（一至五），《文飯小品》第 2-6
　期，1935 年 3-7 月。（附施蟄存、戴望舒分別撰寫的〈小引〉）

本約明·高力里著，戴望舒譯：〈蘇聯詩壇逸話〉（佛拉齊米爾·瑪牙
　可夫斯基），《現代詩風》第 1 期（1935 年 10 月），頁 73-82。

本約明·高力里著，戴望舒譯：《蘇聯詩壇逸話》，上海：上海雜誌公
　司，1936 年。

本約明·高力里著，戴望舒譯：〈革命中的詩人們〉，《書報展望》第 1
　卷第 7 期（1936 年 5 月），頁 3。

高列里著，（戴望舒譯）：〈詩歌中的列甯〉，《星島日報·星座》，1938
　　年 8 月 24 日。

高列里著，（戴望舒譯）：〈蘇聯詩壇的活歷史：別賽勉斯基〉，《星島日
　　報·星座》，1938 年 12 月 19 日。

高列里著，（戴望舒譯）：〈蘇聯文學創造期 —— 高爾基所演的角色〉，
　　《星島日報·星座》，1938 年 12 月 20 日。

高列里著，（戴望舒譯）：〈布格達諾夫的理論 —— 蘇聯文學史話之一〉，
　　《星島日報·星座》，1938 年 12 月 23 日。

高列里著，（戴望舒譯）：〈蘇聯文學的源流〉，《星島日報·星座》，1938
　　年 12 月 27 日。

高列里著，（戴望舒譯）：〈無產階級文化協會的始末 —— 蘇聯文學史話
　　之一〉，《星島日報·星座》，1939 年 2 月 7 日。

高列里著，（戴望舒譯）：〈無產階級文化的始末 —— 蘇聯文學史話之
　　一〉，《星島日報·星座》，1939 年 2 月 9 日。

高列里著，（戴望舒譯）：〈蘇聯無產階級文學底第一個時期（蘇聯文學
　　史話）〉，《星島日報·星座》，1939 年 2 月 10-14、23-24 日。

高列里著，（戴望舒譯）：〈亞力山大·耶洛夫（蘇聯文學史話）〉，《星島
　　日報·星座》，1939 年 4 月 1 日。

高列里著，（戴望舒譯）：〈無產階級文學底突進（蘇聯文學史話）〉，《星
　　島日報·星座》，1939 年 4 月 7 日。

高列里著，（戴望舒譯）：〈文藝政策的改變（蘇聯文學史話）〉，《星島日
　　報·星座》，1939 年 4 月 19 日。

高列里著，（戴望舒譯）：〈作家的突擊隊（蘇聯文學史話）〉，《星島日報
　　·星座》，1939 年 4 月 20 日。

高力里著，戴望舒譯：《蘇聯文學史話》，香港：林泉居，1941 年。

高萊特著，戴望舒譯：〈紫戀〉，《新文藝》第 1 卷第 1-4 號，1929 年 9-12
　　月。

J. 紐加斯著，杜衡譯：〈給我們這一天〉（一至五），《星島日報·星座》，
　　1938 年 12 月 25-29 日。

迦桑察季思著，吳克修譯：〈現代希臘文學〉，《新文藝》第 1 卷第 1 期

（1929 年 9 月），頁 77-86。

迦爾洵著，戴望舒譯：〈旗號〉，《俄羅斯短篇傑作集》第二冊，上海：水沫書店，1929 年 6 月，頁 1-21。

迦爾洵著，戴望舒譯：〈旗號〉（一至九），《香島日報‧綜合》「新譯世界短篇傑作選」，1945 年 5 月 13、15-23 日。

倍爾拿‧法意著，戴望舒譯：〈世界大戰以後的法國文學 —— 從凱旋門到達達（一九一八至一九二三）〉，《現代》第 1 卷第 4 期（1932 年 8 月），頁 488-494。

夏爾‧波德萊爾著，郭宏安譯：《美學玩珍》，上海：上海譯文，2009 年。

奚密著，宋炳輝、奚密譯：〈論現代漢詩的環形結構〉，《當代作家評論》2008 年第 3 期，頁 136-167、140。

宮原晃一郎著，汪馥泉譯：〈關於哈姆生〉，《新文藝》第 1 卷第 1 期（1929 年 9 月），頁 99-104。

茹連‧格林著，戴望舒譯：〈克麗絲玎〉，《現代》第 1 卷第 5 期（1932 年 9 月），頁 719-727。

貢巴尼翁著，周憲、許鈞譯：《現代性的五個悖論》，北京：商務印書館，2005 年。

賈克‧倫敦著，林疑今譯：〈叛逆者〉，《新文藝》第 1 卷第 5 期（1930 年 1 月），頁 957-982。

馬拉美著，李金髮譯：〈馬拉美詩抄〉（四首），《新文藝》第 1 卷第 2 期（1929 年 10 月），頁 52-62。

馬雅珂夫斯基著，史文城、蓬子譯：〈馬雅珂夫斯基詩抄〉（四首），《新文藝》第 2 卷第 2 期（1930 年 4 月），頁 90-107。

馬雅珂夫斯基著，洛生譯：〈詩人與階級〉，《新文藝》第 2 卷第 2 期（1930 年 4 月），頁 267-276。

馬爾洛著，戴望舒譯：〈《火的戰士 —— 希望》片斷之一〉，《星島日報‧星座》，1938 年 8 月 3 日。

馬爾洛著，戴望舒譯：〈反攻 —— 「希望」片斷之一〉，《星島日報‧星座》，1938 年 8 月 14 日。

馬爾洛著，戴望舒譯：〈死刑判決〉，《大風》第 17 期（1938 年 8 月 15
　　日），頁 533-535。

馬爾洛著，戴望舒譯：〈烏拿木諾的悲劇〉（上、下），《星島日報・星
　　座》，1938 年 10 月 7-8 日。

馬爾洛著，戴望舒譯：〈克西美奈思上校〉（上、下），《星島日報・星
　　座》，1938 年 10 月 13-14 日。

馬爾洛著，王凡西譯：《中國大革命序曲》，上海：金星書店，1939 年。

馬爾洛著，施蟄存譯：〈青空的戰士——「希望」的插曲〉（一至
　　十五），《星島日報・星座》，1939 年 1 月 3-16 日。（附〈譯者附記〉）

馬爾洛著，江思譯：〈希望〉（一至一四八），《星島日報・星座》，1941
　　年 6 月 16 日至 12 月 8 日。

保爾・梵樂希著，戴望舒譯：〈文學（一）〉，《新詩》第 2 卷第 1 期（1937
　　年 4 月），頁 86-92。

保爾・梵樂希著，戴望舒譯：〈文學（二）〉，《新詩》第 2 卷第 2 期（1937
　　年 5 月），頁 197-202。

保爾・瓦萊里著，王忠琪等譯：〈純詩〉，《法國作家論文學》（北京：生
　　活・讀書・新知三聯書店，1984 年），頁 114-122。

梵樂希著，戴望舒譯：〈藝文語錄〉，《華僑日報・文藝周刊》第 4 期，
　　1944 年 2 月 20 日。

梵樂希著，戴望舒譯：〈文學的迷信〉，《香港日報・香港藝文》，1945
　　年 2 月 1 日。

梵樂希著，戴望舒譯：〈梵樂希詩論抄〉，《香島日報・日曜文藝》，第 5
　　期，1945 年 7 月 29 日。

梵樂希著，戴望舒譯：〈波特萊爾的位置〉，載波特萊爾著，戴望舒編
　　譯：《〈惡之華〉掇英》，上海：懷正文化出版社，1947 年 3 月，頁
　　1-27。

勒維生著，施蟄存譯：〈近代法蘭西詩人〉（連載），《新文藝》第 1 卷第
　　3-5 期，1929 年 11-12 月、1930 年 1 月。

基郁著，杜衡譯：〈西班牙難民在法國〉，《星島日報・星座》，1938 年 8
　　月 15 日。

前田河廣一等著，張一岩譯：《日本新興文學選譯》，北平：星雲堂書店，1933 年。

堀口大學著，白壁（劉吶鷗）譯：〈掘口大學詩抄〉（今作堀口大學）（十首），《新文藝》第一卷第四期（1929 年 12 月），頁 683-690。

梭羅維也夫著，戴望舒譯：〈第九十六個女人〉（連載），《濤聲》復刊號第 1 卷第 1-2 期，1946 年 12 月 5 日、1947 年 1 月 15 日。

莫洛阿著，戴望舒譯：〈綠腰帶〉，《星島日報・星座》，1938 年 9 月 1 日。

許拜維艾爾著，戴望舒譯：〈許拜維艾爾自選詩〉，《新詩》第 1 卷第 1 期（1936 年 10 月），頁 91-101。（附〈譯者附記〉）

許拜維艾爾著，戴望舒譯：〈賽納河的無名女〉（一至七），《香島日報・綜合》，1945 年 6 月 10、12-17 日。

許拜維艾爾著，戴望舒譯：〈賽納河的無名女〉，《文潮月刊》第 3 卷第 1 期（1947 年 5 月 1 日），頁 941-946。（附〈譯者附記〉）

許拜維艾爾著，江文生（戴望舒）譯：〈陀皮父子〉，《華橋日報・文藝周刊》，1948 年 8 月 22 日。

都德、莫泊桑、左拉原著，李青崖選譯：《俘虜：法國短篇敵愾小說》，上海：開明書店，1936 年。

都德著，陳藝圃（戴望舒）譯：〈柏林之圍〉（一至五），《星島日報・星座》，1940 年 6 月 19-23 日。（附〈「都德誕生百年紀念短篇」編者按語〉）

都德著，陳藝圃譯：〈賣國童子〉（一至五），《星島日報・星座》，1940 年 6 月 24-28 日。

都德著，藝圃（戴望舒）譯：〈最後一課 —— 一個阿爾薩斯孩子的故事〉（一至四），《星島日報・星座》，1940 年 6 月 28-31 日。

都德著，戴望舒譯：〈賣國的孩子〉（一至六），《香島日報・綜合》，1945 年 5 月 7-12 日。

梭羅維也夫著、張白衡（戴望舒）譯：〈第九十六箇女人〉（一至十一），《星島日報・星座》，1941 年 1 月 20 日至 2 月 5 日。

斐里泊著，戴望舒譯：〈邂逅〉，《國聞周報》第 13 卷第 17 期（1936 年 5 月），頁 1-2。

斐理泊著，戴望舒譯：〈相逢〉，《星島日報・星座》，1940 年 12 月 27 日。

（原刊署名施蟄存）

普式金著，艾昂甫（戴望舒）譯：〈普式金詩鈔一〉（三首），《新詩》第
　　1 卷第 5 期（1937 年 2 月），頁 574-579。

畫室（馮雪峰）譯：〈無產階級文化協會宣言〉（原題〈「無產者文化」宣
　　言〉），載波格達諾夫著，蘇汶譯：《新藝術論》，上海：水沫書店，
　　1929 年，頁 111-119。

華勒里·拉爾波著，吳家明（戴望舒）譯：〈廚刀 —— 獻給昂德雷·季
　　德〉，《現代》第 4 卷第 4 期（1934 年 2 月），頁 748-768。

萊爾蒙托夫著，戴望舒譯：〈達芒〉，《俄羅斯短篇傑作集》第一冊，上
　　海：水沫書店，1929 年 5 月，頁 1-28。

萊蒙托夫著，戴望舒譯：〈達滿〉，《星島日報·星座》，1941 年 7 月
　　16-17 日。

費襄代斯著，戴望舒譯：〈死刑判決〉，《星島日報·星座》，1940 年 12
　　月 23 日。（原刊署名施蟄存）

愛略特著，周煦良譯：〈「詩的用處與批評」序說〉，《現代詩風》第 1 期
　　（1935 年 10 月），頁 45-58。

聖代克茹貝里著，望舒譯：〈綠洲〉，《時代文學》創刊號（1941 年 6 月
　　1 日），頁 76-80。

葉賽寧著，艾昂甫譯：〈葉賽寧詩鈔〉（五首），《新詩》第 2 卷第 1 期
　　（1937 年 4 月），頁 59-65。

葉靈鳳（選譯）：《九月的玫瑰》，上海：現代書局，1928 年。

道生著，戴望舒、杜衡、章依、邵冠華譯：〈道生（Ernest Dowson）詩
　　抄〉（八首），《新文藝》第 1 卷第 3 期（1929 年 11 月），頁 439-447。

達比著，戴望舒譯：〈老婦人〉，《東方雜誌》第 43 卷第 10 號（1947 年
　　5 月），頁 77-82。

馬塞爾·雷蒙著，戴望舒譯：〈許拜維艾爾論〉，《新詩》，第 1 卷第 1 期
　　（1936 年 10 月），頁 102-111。

蒲力汗諾夫著，郭建英譯：〈無產階級運動與資產階級藝術〉，《新文
　　藝》第 2 卷第 1 期（1930 年 3 月），頁 102-118。

蒲漢齡著，曉村譯：〈社會的上層建築與藝術〉，《新文藝》第 1 卷第 2

期（1929 年 10 月），頁 273-278。

亞歷山大・勃洛克著，胡斅譯：《十二個》，北京：北新書局，1926 年。（附魯迅〈《十二個》後記〉）

盧那卡爾斯基著，江思譯：〈普希金論〉，《新文藝》第 2 卷第 2 期（1930 年 4 月），頁 393-398。

魯迅譯：〈關於文藝領域上的黨的政策 —— 俄國 XX 黨中央委員會的決議〉（一九二五年七月一日，"Pravada" 所載），《奔流》第 1 卷第 10 期（1929 年 4 月），頁 1893-1902。後收入《文藝政策》，上海：水沫書店，1930 年；高力里著，戴望舒譯：《蘇聯文學史話》，香港：林泉居，1941 年。

魯迅編譯：《豎琴》，上海：上海良友圖書印刷公司，1933 年。

戴望舒選譯：《法蘭西現代短篇集》，上海：天馬書店，1934 年。

戴望舒譯：《戴望舒譯詩集》，成都：四川人民，1981 年。（附施蟄存〈序〉）

穆杭著，郎芳（戴望舒）譯：〈六日之夜〉，載水沫社編譯：《法蘭西短篇傑作集》第一冊，上海：現代書局，1928 年，頁 1-25。

保爾・穆杭著，江思譯：〈新朋友們〉，《無軌列車》第 4 期（1928 年 10 月 25 日），頁 163-175。

保爾・穆杭著，戴望舒譯：〈懶惰病〉，《無軌列車》第 4 期（1928 年 10 月 25 日），頁 160-162。

保爾・穆杭著，戴望舒譯：《天女玉麗》，上海：尚志書屋，1929 年。

穆朗著，戴望舒譯：〈六日競賽之夜〉（一至十二），《香島日報・綜合》，1945 年 6 月 28-30 日、7 月 2-12 日。

保爾福爾著，戴望舒譯：〈保爾福爾詩抄〉（六首），《新文藝》第 1 卷第 5 期（1930 年 1 月），頁 841-846。

薩特爾著，陳御月（戴望舒）譯：〈牆〉（一至十一），《星島日報・星座》，1940 年 3 月 6-16 日。

藏原惟人著，林伯修譯：〈到新寫實主義之路〉，《太陽月刊》停刊號（1928 年 7 月），頁 1-19。

藏原惟人著，陳灼水譯：〈向新藝術形式的探求去 —— 關於無產藝術的目前的問題〉，《樂羣》第二卷第十二期（1929 年 12 月），頁 1-35。

藏原惟人著，葛莫美譯：〈新藝術形式的探求——關於普魯藝術當面的問題〉，《新文藝》第 1 卷第 4 期（1929 年 12 月），頁 606-632。

藏原惟人著，之本譯：〈再論新寫實主義〉，《拓荒者》第 1 卷第 1 期（1930 年 1 月），頁 333-343。

藏原惟人著，馮雪峰譯：〈詩人葉賽寧之死〉，載高力里：《蘇聯文學史話》（香港：林泉居，1941 年），頁 225-226。

魏爾嘉著，徐霞村譯：〈鄉村的武士〉，《新文藝》第 1 卷第 2 期（1929 年 10 月），頁 225-233。

鄺可怡編校：《戰火下的詩情——抗日戰爭時期戴望舒在港的文學翻譯》，香港：商務印書館，2014 年。

蘭波著，王以培譯：《蘭波作品全集》，北京：東方出版社，2000 年。

羅曼・羅蘭著，文生（戴望舒）譯：〈我為甚麼，為誰而寫作？〉，《新生日報・生趣》，1946 年 1 月 20 日。

羅曼・羅蘭著，戴望舒譯：〈我為甚麼，為誰而寫作？〉，《華僑日報・文藝》，1949 年 1 月 16 日。

羅曼・羅蘭著，夏伯銘譯：《莫斯科日記》，臺北：臺灣商務印書館，1998 年。

羅蕙兒女士著，李萬鶴（施蟄存）譯：〈我們為甚麼要讀詩〉，《現代詩風》第 1 期（1935 年 10 月），頁 59-63。

顯尼志勒著，施蟄存譯：《多情的寡婦》，上海：尚志書屋，1929 年。

顯尼志勒著，施蟄存譯：〈牧人之笛〉（連載），《現代小說》第 3 卷第 1-2 期，1929 年 10-11 月。

A. Habaru 著、戴望舒譯：〈瑪耶闊夫司基〉，《現代文學》第 1 卷第 4 期（1930 年 10 月），頁 15-18。

C. Puglionisi 著、徐霞村譯：〈魏爾嘉論〉，《新文藝》第 1 卷第 2 期（1929 年 10 月），頁 217-224。

V. S. Pritchett 著、趙家璧譯：〈近代西班牙小說之趨勢〉，《現代》第 5 卷第 3 期（1934 年 7 月），頁 506-513。

二、論著及文章

丁玲：〈無題〉，《文學雜誌》第 1 卷第 34 期（1933 年 8 月），頁 11-16。

千里：〈馬德里是怎樣防守的〉，《星島日報·星座》，1938 年 8 月 2 日。

止默：〈試論抗戰〉，《星島日報·星座》，1938 年 8 月 6 日。

孔另境編：《現代作家書簡》，廣州：花城出版社，1932 年。

王文彬、金石主編：《戴望舒全集·小說卷》，北京：中國青年，1999 年。

王文彬、金石主編：《戴望舒全集·詩歌卷》，北京：中國青年，1999 年。

王文彬、金石主編：《戴望舒全集·散文卷》，北京：中國青年，1999 年。

王文彬：〈戴望舒和紀德的文學因緣〉，《新文學史料》2003 年第 2 期，頁 146-155。

王文彬：〈戴望舒年表〉，《新文學史料》，2005 年 1 期，頁 95-105。

王文彬：《雨巷中走出的詩人 —— 戴望舒傳論》，北京：商務印書館，2006 年。

王志松：〈「藏原理論」與中國左翼文壇〉，《中國現代文學研究叢刊》2007 年第 3 期，頁 111-117。

王德威：《歷史與怪獸 —— 歷史、暴力、敘事》，台北：麥田，2004 年。

北塔：〈戴望舒與「左聯」關係始末〉，《現代中文學刊》2010 年第 6 期，頁 42-50。

北塔：〈短暫而集中的熱愛 —— 論戴望舒與俄蘇文學的關係〉，《社會科學研究》2012 年第 4 期，頁 186-192。

北塔：〈引玉書屋版《從蘇聯歸來》譯者考〉，《中國現代文學研究叢刊》2013 年第 12 期，頁 81-89。

仲雲：〈走出十字街頭〉，《小說月報》第 20 第 1 號（1929 年 1 月），頁 41。

仲雲：〈文藝通訊：普羅文學題材問題〉，《現代小說》第三卷第一期（1929 年 10 月），頁 330-331。

吉明學、孫露茜編：《三十年代「文藝自由論辯」資料》，上海：上海文藝，1990 年。

朱源：〈「詩情」論與「純詩」論之比較〉，《遼寧師範大學學報》（社會

科學版），第 30 卷第 2 期（2007 年 5 月），頁 83-87。

朱曉進：〈論三十年代文學雜誌〉，《南京師大學報》（社會科學版），
　　1999 年第 3 期，頁 102-108。

朱曉進等著：《非文學的世紀：20 世紀中國文學與政治文化關係史論》，
　　南京：南京師範大學，2004 年。

吳福輝：〈鄉村中國的文學形態 ──《京派小説選》前言〉，《中國現代
　　文學研究叢刊》1987 年第 4 期，頁 228-246。

吳福輝：《都市漩流中的海派小説》，湖南：湖南教育，1995 年。

李今：《海派小説與現代都市文化》，合肥：安徽 育，2000 年。

李今：〈穆時英年譜簡編〉，《中國現代文學研究叢刊》2005 年第 6 期，
　　頁 259-265。

李今：《二十世紀中國翻譯文學史・三四十年代・俄蘇卷》，天津：百
　　花文藝，2009 年。

李憲瑜：《二十世紀中國翻譯文學史・三四十年代・英法美卷》，天津：
　　百花文藝，2009 年。

李洪華：〈從「同路人」到「第三種人」 ── 論 1930 年代左翼文化對現
　　代派羣體的影響〉，《南昌大學學報》（人文社會科學版）2009 年第 3
　　期，122-127。

李洪華：《中國左翼文化思潮與現代主義文學嬗變》，北京：中國社會科
　　學，2012 年。

李晉華：〈葡萄牙現代文學〉，《新文藝》第 1 卷第 3 期（1929 年 11 月），
　　頁 449-452。

李廣寧：《葉靈鳳傳》，石家莊：河北教育，2003 年。

李歐梵：〈中國現代小説的先驅者 ── 施蟄存、穆時英、劉吶鷗作品簡
　　介〉，《聯合文學》3 卷 12 期（1987 年 10 月），頁 8-14。

李歐梵：〈香港，作為上海的「她者」 ── 雙城記之一〉，《讀書》1998
　　年第 12 期，頁 17-22。

李歐梵：〈上海，作為香港的「她者」 ── 雙城記之二〉，《讀書》1999
　　年第 1 期，頁 50-57。

李歐梵編選：《上海的狐步舞》，台北：允晨文化，2001 年。

沈從文：《沈從文選集》第五卷，成都：四川人民文學，1983 年。

保：〈Monde 週刊新裝乍式〉，《新文藝》第 1 卷第 4 期(1929 年 10 月)，
　　頁 794。

谷非：〈瑪耶闊夫司基死了以後〉，《現代文學》第 1 卷第 4 期（1930 年
　　10 月），頁 47-48。

谷非：〈粉飾，歪曲，鐵一般的事實〉，《文學月報》第 1 卷第 5、6 號合
　　刊（1932 年 12 月），頁 107-117。

周紅興、葛榮：〈艾青與戴望舒〉，《新文學史料》，1983 年 4 期，頁
　　144-148。

林虹：〈現代派與左翼文學的疏離與融合〉，《甘肅社會科學》2005 年第 3
　　期，頁 125-127、255。

侶倫：《向水屋筆語》，香港：三聯書店，1985 年。

柳鳴九、羅新璋編選：《馬爾羅研究》，南寧：灕江，1984 年。

姚玳玫：《想像女性：海派小說（1892-1949）的敘事》，北京：中國社會
　　科學，2004 年。

姚萬生：〈現代鄉愁及其藝術的表現 —— 試論耶麥對戴望舒的影響〉，
　　《宜賓學院學報》1988 年第 1 期，頁 36-43。

施蟄存：《娟子姑娘》，上海：亞細亞書局，1929 年。

施蟄存：〈鳩摩羅什〉，《新文藝》第 1 卷第 1 期(1929 年 9 月)，頁 2-34。

施蟄存（安華）：〈阿秀〉，《新文藝》第 1 卷第 6 期（1930 年 2 月），頁
　　1113-1140。

施蟄存：〈花〉，《新文藝》第 2 卷第 1 期（1930 年 3 月），頁 63-69。

施蟄存：〈創刊宣言〉，《現代》第 1 卷第 1 期（1932 年 5 月），頁 2。

施蟄存：〈關於本刊所載的詩〉，《現代》第 3 卷第 5 期（1933 年 5 月），
　　頁 725-727。

施蟄存：〈又關於本刊中的詩〉，《現代》第 4 卷第 1 期(1933 年 11 月)，
　　頁 6-7。

施蟄存：〈發行人言〉，《文飯小品》第 1 期（1935 年 2 月），頁 3-4。

施蟄存：〈文飯小品廢刊及其他〉，《現代詩風》第 1 期（1935 年 10 月），
　　頁 2。

施蟄存：〈進城〉（一至六）（完於 1937 年 8 月 7 日），《星島日報‧星座》，1938 年 8 月 1-6 日。

施蟄存：〈《現代》雜憶〉（一至三），《新文學史料》1981 年 1-3 期。

施蟄存：〈最後一個老朋友——馮雪鋒〉，《新文學史料》1983 年 2 期，頁 199-203。

施蟄存：〈震旦二年〉，《新文學史料》1984 年 4 期，頁 51-55。

施蟄存：〈我們經營過三個書店〉，《新文學史料》1985 年 1 期，頁 184-190。

施蟄存：〈雜憶二事〉，《新文學史料》1987 年 3 期，頁 67-71。

施蟄存：《沙上的腳跡》，瀋陽：遼寧教育，1995 年。

施蟄存：《施蟄存文集‧十年創作集》，上海：華東師範大學，1996 年。

施蟄存：《施蟄存文集‧文學創作篇》第二卷‧北山散文集（一、二），上海：華東師範大學，2001 年。

胡紹華：〈戴望舒的詩歌與法國象徵派〉，《外國文學研究》1993 年第 3 期，頁 104-107。

胡適：《南遊雜憶》，上海：國民出版社，1935 年。

高辛勇：〈修辭與解構閱讀〉，《中國比較文學》1994 年第 2 期，頁 135-149。

高辛勇：〈比喻與意識形態〉，載楊乃橋、伍曉明主編：《比較文學與世界文學：樂黛雲教授七十五華誕特輯》，北京：北京大學，2005 年，頁 427-438。

高辛勇：《修辭學與文學閱讀》，香港：天地圖書，2008 年。

高明：〈一九三二年的歐美文學雜誌〉，《現代》第 1 卷第 4 期（1932 年 8 月），頁 495-516。

高明：〈未來派的詩〉，《現代》第 5 卷第 3 期（1934 年 7 月），頁 473-483。

高明：〈蕉村及其俳句〉，《文藝風景》第 1 卷第 2 期（1934 年 7 月），頁 93-100。

沈雁冰：〈戰後文藝新潮：未來派文學之現勢〉，《小說月報》第 13 卷第 10 號（1922 年 10 月），頁 1-5。

茅盾：〈都市文學〉，《申報月刊》第 2 卷第 5 期（1933 年 5 月 15 日），
　　頁 117-118。

茅盾：《茅盾全集》第十九卷・中國文論二集，北京：人民文學，1991
　　年。

郁達夫：〈抗戰週年〉，《星島日報・星座》，1938 年 8 月 1 日。

郁達夫：〈轟炸婦孺的國際制裁〉，《星島日報・星座》，1938 年 8 月 5 日。

革命文學國際委員會發表、洛生譯：〈國際無產階級不要忘記自己的詩
　　人〉，《新文藝》第二卷第二期（1930 年 4 月），頁 250。

哥耶：〈多麼勇敢〉，《星島日報・星座》，1938 年 12 月 19 日，

哥耶：〈轟炸下〉，《星島日報・星座》，1938 年 12 月 20 日。

哥耶：〈文明之宣揚〉（同名四種作品），《星島日報・星座》，1938 年 12
　　月 21-22、27-28 日。

哥耶：〈流亡〉，《星島日報・星座》，1938 年 12 月 29 日。

唐錫如：〈蘇俄新譯外國名著〉，《星島日報・星座》，1938 年 12 月 31 日。

孫季叔編註：《中國遊記選》，上海：中國文化服務社，1936 年。

孫春霆：〈阿根廷近代文學〉，《新文藝》第一卷第二期（1929 年 10 月），
　　頁 289-310。

孫春霆：〈國際歌的作者及其歷史〉，《新文藝》第 2 卷第 1 期（1930 年
　　3 月），頁 184-208。

孫源：〈回憶詩人戴望舒〉，《海洋文學》第 7 卷第 6 期（1980 年 6 月 10
　　日），頁 38-41。

徐霞村（保爾）：〈一條出路〉，《新文藝》第 1 卷第 2 期（1929 年 10 月），
　　頁 383-386。

徐霞村：〈Modern Girl〉，《新文藝》第 1 卷第 3 期（1929 年 11 月），頁
　　408-409。

徐霞村：〈一個絕世的散文家 —— 阿左林〉，《新文藝》第 1 卷第 4 期
　　（1929 年 12 月），頁 633-636。

徐霞村：〈自然的淘汰〉，《新文藝》第 2 卷第 1 期（1930 年 3 月），頁
　　119-130。

馬以鑫：〈《現代》雜誌與現代派文學〉，《華東師範大學學報》1994 年第

6 期，頁 31-37。

馬國亮：〈我們要勝利〉，《星島日報・星座》，1938 年 12 月 20 日。

康嗣羣：〈創刊釋名〉，《文飯小品》第 1 期（1935 年 2 月），頁 1-2。

張天翼：〈仇恨〉，《現代》第 2 卷第 1 期(1932 年 11 月)，頁 95-111。

張同道：〈火的吶喊與夢的呢喃 —— 三十年代的左翼詩潮與現代主義詩潮〉，《文學評論》1997 年第 1 期，頁 107-117。

張若谷：《遊歐獵奇印象》，上海：中華書局，1936 年。

張英進：〈批評的漫遊性：上海現代派的空間實踐與視覺追尋〉，《中國比較文學》2005 年第 1 期，頁 90-96。

張秉真、黃晉凱主編：《未來主義・超現實主義》，北京：中國人民大學，1994 年。

張愛玲：《第一爐香 —— 張愛玲短篇小説集之二》，香港：皇冠，1995 年。

張愛玲：《流言》，香港：皇冠，1991 年。

梁宗岱：〈論詩之應用〉，《星島日報・星座》，第 45 期，1938 年 9 月 14 日。

梁宗岱：〈談抗戰詩歌〉，《星島日報・星座》，第 52 期，1938 年 9 月 21 日。

劉紹銘、梁秉鈞、許子東編：《再讀張愛玲》，香港：牛津大學，2002 年。

許子東：〈重讀《日出》、《啼笑姻緣》和《第一爐香》〉，《文藝理論研究》1995 年 6 期，頁 29-39。

許鈞：〈法朗士在中國的翻譯接受與形象塑造〉，《外國文學研究》2007 年 2 期，頁 118-122。

許霽：〈梁宗岱：純詩理論的探求者〉，《詩網絡》2003 第 11 期（2003 年 10 月 31 日），頁 26-39。

陳瘦竹主編：《左翼文藝運動史料》，南京：南京大學學報編輯部，1980 年。

陳子善：〈香港文學的開拓者 —— 謝晨光創作初探〉，《活潑紛繁的香港文學 —— 1999 年香港文學國際會議研討會論文集》上冊，香港：香港中文大學，2000 年，頁 116-124。

陳丙瑩：《戴望舒評傳》，重慶：重慶出版社，1993 年。

陳玉剛主編：《中國翻譯文學史稿》，北京：中國對外翻譯出版公司，

1989 年。

陳旭光：〈《現代》雜誌的「現代」性追求與中國新詩的「現代化」動向〉，《文藝理論研究》1998 年 1 期，頁 67-74。

陳建軍：〈《穆時英全集》補遺説明〉，《中國現代文學研究叢刊》2012 年第 4 期，頁 131-132。

陳智德：〈純詩的探求〉，《文學研究》2006 年第 3 期，頁 62-77。

麥綏萊勒：《木刻連環圖畫故事》四冊（《一個人的受難》、《我的懺悔》、《光明的追求》和《沒有字的故事》），上海：上海良友圖書，1933 年。（分別由魯迅、郁達夫、葉靈鳳和趙家璧作序。）

傅東華：〈十年來的中國文藝〉，《中國新文學大系 1927-1937》第一集 · 文學理論集一，上海：上海文藝出版社，1987 年，頁 287-288。

彭小妍：〈「新女性」與上海都市文化 —— 新感覺派研究〉，《中國文哲研究集刊》第十期（1997 年 3 月），頁 317-355。

彭小妍：〈浪蕩子美學與越界 —— 新感覺派作品中的性別、語言與漫遊〉，《中國文哲研究集刊》第二十八期（2006 年 3 月），頁 137-144。

黃忠來：〈施蟄存與左翼文學運動〉，《江西社會科學》2001 年 6 期，頁 37-40。

黃德志、肖霞：〈施蟄存年表〉，《淮陰師範學院學報（哲學社會科學版）》第 25 卷（2003 年 1 月），頁 25-47。

楊昌溪：〈瑪耶闊夫司基論〉，《現代文學》第 1 卷第 4 期（1930 年 10 月），頁 65-66。

楊迎平：《永遠的現代 —— 施蟄存論》，北京：光明日報，2007 年。

楊迎平：〈現代派作家施蟄存的左翼傾向 —— 兼談與魯迅、馮雪峰的交往〉，《魯迅研究月刊》2008 年第 11 期，頁 57-62、39。

葉孝慎、姚明強：〈戴望舒著譯目錄〉，《新文學史料》1980 年 4 期，頁 172-173。

葉渭渠、唐月梅：《日本文學史 · 現代卷》，北京：經濟日報，1999 年。

葉靈鳳：《讀書隨筆》一至三集，北京：生活 · 讀書 · 新知三聯書店，1988 年。

葉靈鳳：《香島滄桑錄》，香港：中華書局，1989 年。

葉靈鳳：《葉靈鳳小説全編》（上、下），上海：學林，1997 年。

葛飛：〈新感覺派小説與現代派詩歌的互動與共生 ── 以《無軌列車》、《新文藝》、《現代》為中心〉，《中國現代文學研究叢刊》2002 年第 1 期，頁 164-178。

葛雷：〈魏爾倫與戴望舒〉，《國外文學》1988 年第 3 期，頁 62-75。

董麗敏：〈文化場域、左翼政治與自由主義 ── 重識《現代》雜誌的基本立場〉，《社會科學》2007 年第 3 期，頁 174-183。

賈植芳、陳思和主編：《中外文學關系史資料匯編 1898-1937》上、下冊，桂林：廣西師範大學出版社，2004 年。

路易士：〈為你復仇〉，《星島日報‧星座》，1938 年 12 月 26 日。

端木蕻良：〈五四懷舊詞〉，《文滙報》，1979 年 4 月 29 日。

趙家璧：〈回憶我編的第一部成套書 ──《一角叢書》〉，《新文學史料》1983 年第 3 期，頁 230-232。

趙園：《地之子》，北京：北京大學，2007 年。

齊曉紅：〈蔣光慈與「同路人」問題在中國的輸入〉，《中國現代文學研究叢刊》2006 年第 6 期，頁 56-60。

劉吶鷗：《都市風景線》，上海：水沫書店，1930 年。

劉波：〈論《巴黎圖畫》的「隱秘結構」〉，《當代外國文學》2003 年第 2 期，頁 4-13。

樓佐：〈書評：「中國大革命序曲」（原名：征服者）〉，《星島日報‧星座》，1939 年 1 月 10 日。

潘少梅：〈《現代》雜誌對西方文學的介紹〉，《中國現代文學研究叢刊》1991 年 1 期，頁 177-194。

適夷：〈迎新的戰鬥之年〉，《星島日報‧星座》，1939 年 1 月 5 日。

魯迅等著：《創作的經驗》，上海：天馬書店，1933 年。

魯迅：《魯迅全集》第四、六、八、十卷，北京：人民文學，2005 年。

黎錦明：〈日軍所慣用的戰略〉，《星島日報‧星座》，1938 年 8 月 6 日。

盧瑋鑾編：《香港的憂鬱 ── 文人筆下的香港（1925-1941）》，香港：華風書局，1983 年。

盧瑋鑾：〈戴望舒在香港的著作譯作目錄〉，《香港文學》第 2 期（1985

年 2 月），頁 26-29。

盧瑋鑾：《香港文縱 —— 內地作家南來及其文化活動》，香港：華漢文
　　化，1987 年。

盧瑋鑾：〈造磚者言 —— 香港文學資料蒐集及整理報告（以二十年代至
　　四十年代為例）〉，《香港文學》總第 246 期（2005 年 6 月），頁 65-
　　71。

盧瑋鑾、鄭樹森主編，熊志琴編校：《淪陷時期香港文學作品選：葉靈
　　鳳、戴望舒合集》，香港：天地圖書，2013 年。

穆時英：《南北極》，上海：湖風書局，1932 年。（1933 年改訂本增收〈偷
　　面包的面包師〉、〈斷了一隻胳膊的人〉和〈油布〉三篇小説。）

穆時英：《公墓》，上海：現代書局，1933 年。

穆時英：《聖處女的感情》，上海：上海良友圖書，1935 年。

穆時英：〈第二戀〉，《中國文藝》第 1 卷第 2 期（1937 年 6 月），頁 397-
　　422。

錢杏邨：〈一九三一年中國文壇的回顧〉，《北斗》第 2 卷第 1 期（1932
　　年 4 月），頁 1-24。

錢林森：《法國作家與中國》，福洲：福建教育出版社，1995 年。

錢鍾書：《七綴集》，香港：天地圖書，1990 年。

錢鍾書：《談藝錄》補訂重排本（上、下冊），北京：生活・讀書・新知
　　三聯書店，2001 年。

戴望舒：〈雨巷〉，《小説月報》第十九卷八號（1928 年 8 月），頁 979-
　　982。

戴望舒：《我底記憶》，上海：水沫書店，1929 年。

戴望舒(舒)：〈匈牙利的「普洛派」作家〉，《新文藝》第 1 卷第 1 期（1929
　　年 9 月），頁 195-196。

戴望舒：〈到我這裏來〉，《新文藝》第 1 卷第 2 期（1929 年 10 月），頁
　　285-286。

戴望舒：〈徐譯「女優泰倚思」匡謬〉，《新文藝》第 1 卷第 3 期（1929
　　年 11 月），頁 567-581。

戴望舒：〈少女〉，《新文藝》第 1 卷第 4 期（1929 年 12 月），頁 605-

606。

戴望舒：〈我們的小母親〉，《新文藝》第 2 卷第 1 期（1930 年 3 月），頁 93-95。

戴望舒：〈流水〉，《新文藝》第 2 卷第 1 期（1930 年 3 月），頁 96-98。

戴望舒（江思）：〈英國無產階級文學運動〉，《新文藝》第 2 卷第 1 期（1930 年 3 月），頁 217-219。

戴望舒（江思）：〈蘇聯文壇的風波〉，《新文藝》第 2 卷第 1 期（1930 年 3 月），頁 215-217。

戴望舒（江思）：〈國際勞動者演劇會〉，《新文藝》第 2 卷第 1 期（1930 年 3 月），頁 219-220。

戴望舒：〈詩人瑪耶闊夫司基的死〉，《小說月報》第 21 卷第 12 號（1930 年 12 月），頁 1742-1746。

戴望舒：〈創作不振之原因及其出路：一點意見〉，《北斗》第 2 卷第 1 期（1932 年 1 月 20 日），頁 148。

戴望舒：〈望舒詩論〉，《現代》第 2 卷第 1 期（1932 年 11 月），頁 92-94。

戴望舒：《望舒草》，上海：現代書局，1933 年。

戴望舒：〈法國通訊 —— 關於文藝界的反法西斯諦運動〉，《現代》第 3 卷第 2 期（1933 年 6 月），頁 306-308。

戴望舒：〈新作四章〉（〈古意答客問〉、〈霜花〉、〈秋夜思〉、〈燈〉），《現代詩風》第 1 期（1935 年 10 月），頁 15-18。

戴望舒：〈西班牙的鐵路 —— 西班牙旅行記之四〉，《新中華》第 4 卷第 6 期（1936 年 3 月 25 日），頁 55-56。

戴望舒（望舒）：〈《蘇聯詩壇逸話》後記〉，《書報展望》第 1 卷第 7 期（1936 年 5 月），頁 4。

戴望舒：〈記詩人許拜維艾爾〉，《新詩》第 1 卷第 1 期（1936 年 10 月），頁 112-123。

戴望舒：〈談國防詩歌〉，《新中華》第 5 卷第 7 期（1937 年 4 月 10 日），頁 84。

戴望舒：〈「都德誕生百年紀念短篇」編者按語〉，《星島日報・星座》，

1940 年 6 月 19 日。

戴望舒：〈詩論零札〉，《華僑日報・文藝周刊》，第 2 期，1944 年 2 月 6 日，第三頁。

戴望舒：〈獄中題壁〉，《新生日報・新語》，1946 年 1 月 5 日。

戴望舒：〈十年前的星島和星座〉，《星島日報・星座》，增刊第 10 版，1948 年 8 月 1 日。

戴望舒：〈跋《西班牙抗戰謠曲選》〉，《華僑日報・文藝周刊》，1948 年 12 月 12 日。

戴望舒：《戴望舒詩集》，長沙：湖南人民出版社，1983 年。

謝晨光：〈加藤洋食店〉，《幻洲》第一卷第 11 期上部（1927 年 5 月），頁 538-539。

謝晨光（辰江）：〈談皇仁書院〉，《語絲》137 期（1927 年 6 月 26 日），頁 18-20。

謝晨光：〈劇場裏〉，《幻洲》第一卷第 12 期上部（1927 年 9 月），頁 588-589。

謝晨光：〈最後的一幕〉，《幻洲》第二卷第 5 期上部（1927 年 12 月），頁 239。

謝晨光：〈跳舞〉，《現代小說》第 1 卷第 4 期(1928 年 4 月)，頁 65-77。

謝晨光：〈心聲〉，《一般》第 5 卷第 3 號(1928 年 7 月)，頁 412-440。

謝晨光：〈勝利的悲哀〉，《現代小說》第 2 卷第 2 期（1929 年 3 月），頁 50-70。

謝晨光：〈鄉間所做的夢〉，《現代文學評論》第 2 卷第 3 期、第 3 卷第 1 期合刊（1931 年 10 月），頁 1-15。

鍾軍紅：〈試論郭沫若「內在律說」與戴望舒「詩情說」之同異〉，《華南師範大學學報》（社會科學版），1993 年第 4 期，頁 29-38。

瞿秋白：〈勞農俄國的新文學家〉，載鄭振鐸編纂《俄國文學史略》（第十四章），上海：商務印書館，1924 年，頁 151-157。

酈可怡：〈上海跟香港的「對立」——讀《時代姑娘》、《傾城之戀》和《香港情與愛》〉，《中國現代文學研究叢刊》2007 年第 4 期，頁 236-259。

關國虹：〈戴望舒著譯年表〉，《福建師大學報》（哲學社會科學版），

1982 年第 2 期，頁 95-104。

關國虹：〈試論戴望舒詩歌的外來影響與獨創性〉，《文學評論》1983 年
　　第 4 期，頁 31-41。

懷惜：〈一部劃時代的傑作：《西伯利亞的戍地》〉，《新文藝》第 2 卷第
　　1 期（1930 年 3 月），頁 222-224。

曠新年：〈一九二八年的文學生產〉，《讀書》1997 年第 9 期，頁 25-32。

譚桂林：《本土語境與西方資源——現代西方詩學關係研究》，北京：
　　人民文學出版社，2008 年。

關夢南訪問及整理：〈為完整的香港文學史打好基礎——訪問文學資料
　　搜集的健行者盧瑋鑾女士〉，《今天》2007 年第 2 期夏季號（總 77 期），
　　頁 147-160。

嚴文莊：〈卡爾桑德堡的一幅肖像〉，《現代詩風》第 1 期（1935 年 10
　　月），頁 83-86。

嚴家炎：《論現代小說與文藝思潮》，長沙：湖南人民出版社，1987 年。

嚴家炎：〈三十年代的現代派小說——中國現代小說流派論之五〉（1982
　　年講稿撮寫），載《論現代小說與文藝思潮》，長沙：湖南人民，1987
　　年，頁 95-107。

嚴家炎：《中國現代小說流派史》，北京：人民文學出版社，1989 年。

嚴家炎：〈穆時英長篇小說追蹤記——《穆時英全集》編後〉，《新文學
　　史料》2001 年第 2 期，頁 196-197。

嚴家炎、李今編：《穆時英全集》一至三卷，北京：北京十月文藝，
　　2008 年。

嚴靖：〈《從蘇聯歸來》譯本問題再補充〉，《中國現代文學研究叢刊》
　　2014 年第 5 期，頁 214-218。

蘇汶：〈辛克萊的新著震撼全世界〉，《新文藝》第 2 卷第 1 期（1930 年
　　3 月），頁 224-225。

蘇汶（杜衡）：〈衝出雲圍的月亮〉（書評），《新文藝》第 2 卷第 1 期（1930
　　年 3 月），頁 209-214。

蘇汶：〈關於《文新》與胡秋原的文藝論辯〉，《現代》第 1 卷第 3 期（1932
　　年 7 月），頁 384-385。

蘇汶編：《文藝自由論辯集》，上海：現代書局，1933 年。

〈九期刷新徵文啟事〉，《泰東》第 1 卷第 8 期（1928 年 4 月）。

〈文藝通訊：普羅文學題材問題〉，《現代小說》第 3 卷第 1 期（1929 年
　　10 月），頁 353-358。

〈囚徒之歌〉，《中國論壇》第 2 卷第 2 期（1933 年 3 月 1 日），頁 16。

〈創刊小言〉，《星島日報‧星座》，1938 年 8 月 1 日。

〈蘇聯未來主義詩人自殺〉，《新文藝》第 2 卷第 1 期（1930 年 3 月），頁
　　221-222。

外國人名索引

中文人名索引（按姓氏筆劃）